# 横戈马上

杨得志◎著

中国言实出版社

图书在版编目(CIP)数据

横戈马上/杨得志著 . -- 北京:中国言实出版社,
2021.2
ISBN 978-7-5171-3769-6

Ⅰ . ①横… Ⅱ . ①杨… Ⅲ . ①革命回忆录—中国—当
代 Ⅳ . ① I251

中国版本图书馆 CIP 数据核字（2021）第 019861 号


出 版 人　王昕朋
责任编辑　佟贵兆
责任校对　赵　歌


出版发行　中国言实出版社

　　　　　地　　址：北京市朝阳区北苑路 180 号加利大厦 5 号楼 105 室
　　　　　邮　　编：100101
　　　　　编辑部：北京市海淀区花园路 6 号院 B 座 6 层
　　　　　邮　　编：100088
　　　　　电　　话：64924853（总编室）　64924716（发行部）
　　　　　网　　址：www.zgyscbs.cn
　　　　　E–mail：zgyscbs@263.net

经　　销　新华书店
印　　刷　三河市华东印刷有限公司
版　　次　2021 年 2 月第 1 版　　2021 年 2 月第 1 次印刷
规　　格　710 毫米 ×1000 毫米　1/16　20.25 印张
字　　数　320 千字
定　　价　78.00 元　　ISBN 978-7-5171-3769-6

中国人民解放军高级将领杨得志，1928年1月参加中国工农革命军，同年10月加入中国共产党。曾任一方面军红一军团第一师第一团团长，第二师师长，

八路军第一一五师第三四三旅第六八五团团长，冀鲁豫支队支队长，八路军第二纵队司令员，冀鲁豫军区司令员，晋冀鲁豫军区第一纵队司令员，晋察冀军区第二纵队司令员，晋察冀野战军司令员，华北军区第二兵团司令员，第十九兵团司令员兼宁夏军区、陕西军区司令员，志愿军司令员，军事学院战役系主任，济南、武汉、昆明军区司令员，国防部副部长，中国人民解放军总参谋长，中央军委副秘书长、中央军委常务委员等职。他是第一至第三届国防委员会委员，中共第八至第十二届中央委员，第十一届中央书记处书记，第十二届中央政治局委员，中共十三大当选为中央顾问委员会委员、常务委员。1955 年被授予上将军衔。曾荣获中革军委颁发的三级红星奖章，中华人民共和国颁发的一级八一勋章、一级独立自由勋章、一级解放勋章和中央军委颁发的一级红星功勋荣誉章；朝鲜民主主义人民共和国一级自由独立勋章、一级国旗勋章各三枚。

# 序

　　杨得志同志的回忆录《横戈马上》就要付印了，他要我为此书的出版写几句话。我约略地看了该书的手稿，深感文如其人。得志同志很朴实地写了自己的童年身世，写了他参加井冈山的斗争，中央革命根据地的斗争，二万五千里长征，抗日战争和解放战争等革命活动的主要经历。写得简明扼要又比较系统完整，生动地记述了一个横戈马上的革命军人的生涯，反映了我国新民主主义革命阶段的许多重大历史事件，把读者带进了烽火连天，艰苦创业的战争年代。

　　我和得志同志早在一九三二年春相识于中央革命根据地，距今已五十余年了。那时，我在红一军团任政治委员，他是一军团所属一个团的团长。正如他在本书记述的：第三次反"围剿"胜利后攻打漳州；第四次反"围剿"时的黄陂、草台岗之战；第五次反"围剿"前后的强攻乐安、三甲掌战斗和苦战高兴圩；长征中的突破乌江、过彝族区、强渡大渡河；抗日战争时期的平型关大战；解放战争时期的清风店、石家庄、新保安等战役，直到和平解放北平城，我和得志同志都是在一起战斗和工作的。他和黎林同志指挥的红一团，和罗瑞卿、耿飚同志率领的杨、罗、耿兵团等部队创建的战绩，为我军的历史增添了光辉的一页，他们为英雄部队树立了楷模！他的书唤起了我亲切的回忆。

　　得志同志出生于一个贫苦农民的家庭，从参加创建井冈山革命根据地开始，半个多世纪以来，一直工作在人民军队中。在党和毛泽东同志的培育下，在枪林弹雨的洗礼中，由普通战士成长为我军的高级将领，经历过我党我军历史上许多重大斗争。他这本回忆录就是亲身经历的回顾，既具有严格的历史真实性，又有故事情节的生动性，感情真挚，文笔质朴。读来如话家常，亲切感人，引人入胜。

本书以较多的篇幅写部队、写战士、写战友、写人民群众、写党和毛泽东同志等老一辈无产阶级革命家对人民军队的领导。我很赞同这样的写法。因为就每个人来说，不论他的职位高低，都是人民革命伟大洪流中的普通一员。

得志同志告诉我，他写本书的主要目的，是想为没有经历过革命战争的读者，特别是青少年，提供一些比较形象的材料。使他们了解，我国新民主主义革命的胜利是无数先烈和战士在中国共产党的领导下，经过几十年的浴血奋战取得的，实在来之不易。他的想法很好。列宁说："忘记过去就意味着背叛。"中国革命的"过去"，几经曲折，人民付出了巨大的代价。同时，在长期的艰苦斗争中也形成了革命的光荣传统。对这些革命传统，我们不但要珍惜他，而且要继承他，发扬他，在党中央的正确领导下，投入到今天的轰轰烈烈的"四化"建设中去，为振兴中华而努力奋斗，为实现共产主义的伟大理想而再接再厉！

杨尚昆

一九八三年中秋

# 目录

# 第一章

---

## 长安城下的思绪

中国大地上第一个由共产党领导、人民当家做主的国家——中华人民共和国诞生的时候，我和李志民同志率领十九兵团在祖国大西北的银川。年底，因受命兼任陕西军区司令员，离开银川南返古城西安。

西安虽然获得了新生，但由于国民党反动派的长期破坏，经济领域和社会治安等方面存在的问题还相当严重，人民生活的困难也很大。

一天傍晚，第一野战军司令员兼西北军政委员会主席彭德怀同志，约我去街头看一看。他是位很愿意深入群众，了解人民疾苦的人。我们在东大街下车，向钟楼走去。天冷，行人很少。路两旁低矮的店铺大部分都关了门。只有钟楼附近昏黄的路灯下，聚集着一簇簇人，像一个集市。这里的群众，大都是携家带口由河南逃荒入陕的贫苦农民。白日沿街乞讨，夜晚栖息于古城墙之下。接近钟楼时，彭总忽然把身上披着的大衣交给警卫员，语调深沉地对我说："走，我们去看看他们。"

人们用惊奇的目光看着彭总。一个十来岁的女孩子，端着一碗大米饭大胆地走到我们面前。她高兴地说："解放军大爷，这饭是你们解放军大叔给的。大叔说，往后俺们的日子就好过了，是真的吗？"孩子天真无邪地笑望着我们，眼神里充满了信任和期望。彭总抚摸着孩子的头，大声地对众人说："乡亲们受苦了！"这时，这群面黄肌瘦、衣不遮体的人，一齐向彭总围拢过来，七嘴八舌地诉说他们的苦难遭遇。一位身披麻袋片的老汉对彭总说："长官同志呀，俺们河南让'水旱蝗汤'[1]给害惨了！"

这样的场景不禁使我想到了自己的责任，想到了自己的家乡和那如同浸泡在苦水之中的童年……

## 一、苦难的童年

我童年时，家庭人多，贫穷。母亲直到离开这个世界也没有自己的名字。孩提时，她就作了童养媳。由于原来收养她的那家人遭了祸殃，才来到湖南省醴陵县（现株洲）南阳桥的一个小山村，嫁给了我的父亲杨远递。她一世生了十三个子女。我还有一个叔父，叫杨远和，因为贫穷不曾娶妻，一直同我们生活在一起。我们这个家庭人口真是够多的了，可偏偏一无田，二无地，连住的两间茅草破屋也是人家的。

父亲和叔父都是穷铁匠，一年四季在破烂的衣衫外面，罩着一块深紫色的、被火星烧得斑斑点点的粗油布围裙。一个风箱，一个火炉，一个砧子，以及一些锤子、钳子、火剪，便是这个家庭的全部家当。他们经常挑着担子走乡串村，这里干几天，那里做几日。可又从不走远。因为家里大大小小十几口人全等着他俩挣来的几个钱糊口呢！我很小就学打铁，父亲手把手地教我，经常提醒我："伢子，你要好好地学哩，我们一家人就只能靠这铁砧子、火钳子活命哩！"我跟着他们走乡串村，白天打镰刀、锄头和其他农具，夜晚找一点稻草一铺，露宿在人家的屋檐或门洞之下，有时干脆就睡在大树或古庙旁边。天长日久，父亲的腿得了风湿病。有时痛得死去活来，由于请不起医生，买不起药，他只能忍受着。有时痛得实在忍不住，他便抓起一个大铁锤，往地上猛捶，随着地面砸出一个又一个的深坑，他额头滚出一颗又一颗的汗珠，仿佛只有这样才能减轻他的痛苦似的。

然而他更痛心的是，我的兄弟姐妹虽多，活下来的却很少。他外出打铁经常半月二十天才回家一趟，可有时挑子刚放下，就发现母亲的眼睛是红肿的，嗓音是沙哑的，哭得像个"泪人"，泣不成声告诉他的，不是那个伢子病死了，

---

[1] "蝗"指蝗虫灾害；"汤"指国民党汤恩伯的军队。

就是这个妹子饿死了。每每这时，母亲就像犯了什么大罪似的等待着父亲的责骂或怒打。可父亲却没有一句话，没有一滴泪，只是用他那被炉火熏烤而干裂的大手，轻轻地抚摸着母亲的肩头，发出一声声悲愤的长叹……我想看一看死去的兄妹，母亲却从不告诉我把他们埋在了什么地方……直到现在，留在我记忆里的也就只剩下海堂哥哥和桂泗姐姐了。

海堂哥哥比我大五岁，身体长得挺结实，人很聪敏，无论做什么事都很认真。因为父母生他时孩子还少，他读过几年私塾。平日，他常自编一些唱词，用湖南花鼓戏的曲调唱给家人听，逗得我们直乐。这是我记忆中家里唯一的欢乐。他待我极好，家里分给他吃的东西，他总是省下来留给我。当看到我大口吃着这些东西的时候，便露出无比欣慰和淳朴真挚的微笑。

桂泗姐姐虽然只比我大两岁多，但我一直把她当成长辈。她给我做鞋，给我缝衣。夏夜给我赶蚊子，冬天给我暖床头。她也是个苦命人。十五六岁便出了嫁，但不久丈夫就死了。后来又嫁给了一个穷人。

我长征到陕北后，曾写过一封信，寄过一张照片给桂泗姐姐。信上说我在延安做生意。但我那张照片是穿着红军军服照的，她收到后没敢让任何人看，偷偷藏在茅草房的夹缝里。一九五○年我探家时，她把那张已经变黄了的照片拿给我，说：

"这样的相片，让坏人看见，是要杀头的。"

我说："现在不怕了，坏人让共产党打倒了。"

"是呀，"桂泗姐姐笑了，很像我印象中的母亲，她说"可是日子真长，真难熬。从你离家到如今，整整二十二年，二十二年了呀！"没等我开口，她又接着说，"爹死了，叔叔也死了。叔叔死的那年六十一岁，那是个冬天，他去讨饭，被地主家的大狗活活咬死的……"说到这里桂泗姐姐忍不住哭了起来，这时，更像我记忆中的母亲。"是啊，这些事你都不晓得。"她又说："可小时候的事你还记得一些吗？"

我点点头，表示记得。的确，童年的遭遇，是很难忘怀的。

我十一岁那年，母亲在"月子里"得病去世，日子更难熬了。我不得不离家十几里去替人家放牛。

那时的放牛仔，并不像有些诗画里描绘的那样，骑在牛背上，吹着短笛，无忧无虑地在田野上漫游。给人家放牛，真是一件苦差事。天一亮就要牵着牛出去，割草，垫圈，照料它吃，照料它喝。刮风下雨也不得歇息。稍不留神，牛吃了地主家的禾苗，就要挨打。我咬紧牙关熬过了三年这样的日月。到了十四岁，便想着如何离开这个地方，到外面去闯闯。正巧那年海堂哥哥接到姐夫从江西安源煤矿寄来的信，说他在那里挖煤，矿上有活干。于是我们就决定去那里谋生。

我知道，父亲、叔父和桂泗姐姐他们不希望我们走，可又不能不让我们走，因为家里少两个人吃饭，日子总会好过一点。何况我们在外边也许能闯出一条活路来呢？

湖南的二月，还是春寒料峭。我和海堂哥哥穿着补丁摞补丁的破黑袄，黑布裤，头上箍块白布巾，肩上背个小包袱，腰兜里装着几块杂粮做成的硬饼子，向陌生的安源奔去。

醴陵到安源二百多里路，中间横着几座山，几条大河。虽然两地之间有简易公路，通着汽车，还通火车，可是我们没有钱买票，只好步行。一路上爬山、过河、晓行、夜宿，连所带的几个饼子也不敢多吃一口，是啊，谁知道什么时候才能到安源呢？

走了几天，一个夜晚，我们拖着疲惫的双腿刚爬上一个山坡，前面那个山窝窝里突然出现了一片闪亮的灯火，比我们家乡赶灯会还多得多的灯火。我抓住哥哥的胳膊，高兴地叫了起来："哥，你看，这里的灯比我们家乡的星星还多呢！"

"是啊，真是个好地方，"哥哥也兴奋了，"怪不得让我们来安源啊！"他重重地在我身上拍了一下，然后两手一合，使劲地搓起来。

我们忘记了寒冷，飞快地往山坡下跑去。一股热乎劲驱散了满身的疲劳。

到矿局门口，已经是后半夜了。我们向守门的说出姐夫的姓名，求他给找一找。守门的警察打量我们半天，才说："深更半夜到哪里去找？等天亮了再说吧！"

我和哥哥只好蹲缩在矿局门口，等着天亮。虽说这时夜风冷飕飕的，冻得我们全身发抖，但看到层层楼房和那红红绿绿的灯光，听着轰轰隆隆的机器声，想着明天也许就有工可做了，心里便觉得热乎乎的。

好不容易熬到天亮，总算找到了姐夫。但姐夫把我们领到工头那里的时候，工头却嫌我个子小，说不能下矿。姐夫觍着脸向他求情，他才开恩似的让我当了挑脚（挑煤的挑夫），说挑一担算一担的钱，没有煤挑他们不管。哥哥担心我年岁小受欺负，便主动放弃了下矿的机会，陪着我一起挑煤。

从那以后，我们兄弟俩整天担着百把斤重的煤担子，在矿区穿来穿去。穿绸子裤的工头，戴文明帽和白手套的外国人，手拎着硬木棒子死盯着我们，稍不顺眼，棒子就落到我们身上。就这样，我们一天到晚在煤山上爬，在煤车里滚，一身一手一脸墨黑墨黑像个黑人似的，连吐出的口水都是黑色的。工人中生病的很多，工头不但从来不管不问，还说："这里是煤矿，不是医院。下矿的每天四角钱，挑脚的每天两角钱，不干的半分钱也没得！谁生病谁就走，走得越远越好！"这些人说到做到，心比煤还黑。

和我们一起干活的有位姓朱的湖北人，我们叫他老朱。那时他四十多岁了，个子很高，肩膀宽宽的，但是身子很瘦，腰背有点微偻。他眼睛不好，经常是红红的，布满了血丝，结着黄色的眼屎。听说他刚来矿井时身体挺好，一担能挑二百多斤。别人歇脚他不歇，常常打连班（加班），巴不得一天能有四十八个小时。他一年四季穿着件棉袄，破了补，补了破，那棉袄足有十来斤重。正如他说的："我这棉袄里的煤渣也能煮熟一锅饭呢！"老朱挣钱比我们多，但每天的晚饭只吃些价钱很便宜的烂蒜苗。有次我问他："老朱，听说蒜苗是助热的，你眼睛不好，怎么还总吃烂蒜苗呢？"他无可奈何地摇摇头，苦笑着说："小兄弟，你年轻不晓得，我是在老家受不了土豪的气跑出来的，老婆孩子一大群，个个伸长脖子等我这几个卖命钱，我吃蒜苗总比饿肚子强呀！"说着说着便伤心地哭了起来。日子长了，我渐渐明白了：安源是洋人和老板的天堂，是我们工人的火坑，是我们用血汗喂肥了他们。哥哥多次伤心地对我说："我们原先把安源想得太好了。哪知道是这个样子啊！"的确，这里早就流传着一首歌谣：

安源好赚钱，

一去二三年。

想回家看看，

没有盘费钱。

这是工人生活的真实写照。

这时正是著名的安源大罢工发生不久，工人们常常到矿上一个大概叫牛角坡的小山腰里去集会，那里有一座刚建不久的大楼，上面插着红旗，叫工人俱乐部。工人经常在那里活动，如商讨要求老板增加工资的问题等，工运的负责人也住在那里。我在那里见过一次李立三同志（当时叫李龙）。老板是最怕工人们开会的。开起会来，大家坐在广场上，一色的大草帽，虽然十分破旧，却很是威风。高鼻子蓝眼睛的外国人戴着白帽子，提着木棒在周围转，却不敢到我们工人中间来。我们那时称他们为"洋狗"。

有一次，一个"洋狗"在矿区里看到一个上了岁数的挑夫在歇脚吸烟，他跑上来不由分说，恶狠狠地就是一顿棍子，打得那老人满地乱滚。这下可激怒了在场的工人，大家一下子从四面八方围拢过来，组成了厚厚的人墙。从人们的眼里可以看出，由于天天受气挨骂，满肚子憋的愁、闷、怨、恨全迸发出来了。就在这"洋狗"见势不妙，想溜走的时候，老朱一个箭步上去，紧紧抓住"洋狗"的西服领，瞪着血红的双眼吼道："你还让我们活吗？"说着，猛地一推，手一松，"洋狗"仰面朝天倒在地上了。紧接着，那个家伙双手抱着头，全身直打哆嗦。这时，人们扶起了挑夫。这是我第一次看到平日里耀武扬威的"洋狗"，倒在我们中国人的脚下，也是我第一次感觉到我们中国人的力量。可不，眼前的老朱，原先微偻的腰如今挺直了，原先青筋暴绽骨瘦如柴的胳膊是多么的有劲！

从那天起，老朱成了我心目中的英雄，我更乐意和他接近了。在越来越多的接触中，我才发现，他懂得世界上很多的事情。他知道矿里、矿外一些新鲜事，也能绘声绘色地讲中国历史上许多英雄豪杰的故事。他常常给我们讲《水浒》中的鲁智深、武松、李逵，也讲孙二娘。这些故事和人物给我留下了很深的印象。

哥哥海堂不同于老朱，他不太喜欢讲话，也不善于出头露面去干什么事，但是他有主意。他最受不得老板和"洋狗"们的气，他恨死了他们。我俩在矿上干了多半年，一天，他突然告诉我要离开这里。

"往哪里去呢？"我问。

哥哥只是说："先回家看看再说。"

可是我俩把积攒的钱数了又数，算来算去还不够一张火车票钱。怎么办？我想把回家的事给老朱讲讲，哥哥却不同意。他说："不要给老朱添麻烦了。他又能有什么办法？总不能要他吃烂蒜苗省下来的钱吧？走，能走着来就能走着回去。腿是我们自己的。"

我们正在收拾东西，老朱来了。"你们哥俩可以搭车走。"他高兴地说。

"你怎么知道我们要走？"我问。

"那还用说，看出来了嘛！说真的，"老朱的笑容没有了，他大手搭在我的肩上，"只要有一条活路的，谁愿意在这个鬼地方卖命呀！"

哥哥让老朱坐下，说："搭什么车？"

"本想凑几个钱给你们，可是……唉！天无绝人之路，明天有辆煤车从这里往北开，你们坐一站算一站吧！"

第二天清早，老朱和另外几个挑夫送我们到车站。老朱牵着我的手，叮嘱说："走吧，你年少，有志气，人穷志不短，靠两只手还怕养活不了自己？可我真有点舍不得你们两兄弟呀！"

我觉得眼皮有点发涩，不知该对老朱说什么好。哥哥拉起老朱的手，劝慰说："等积攒几个钱，你也回家去吧！"

老朱点点头，苦笑着说："我不是不想家。可要回去没盘缠不说，真回去了，土豪劣绅能放过我吗？总不能让老婆、孩子吊起嘴巴过日子呀！我现在是有家回不得啊！"他一摆手，说："你们年轻，走吧，走吧！"他一边说一边把我们往车上推，好像不忍心再看我们一眼似的。火车开动的时候，他却又追了上来，一句话也没有，只是摆动着他那干瘦的手臂……老朱的这个形象，一直印在我的心上，几十年了，怎么也忘却不了。

我们坐的是斗式煤灰车，屁股底下全是煤块和煤屑。车子一开动煤灰铺头盖脸地袭来，不一会儿我们就变成了"黑人"。哥哥却很满意似的笑着说："你看，我们头一次坐火车就是包车，多阔气！"

不知什么时候下起了毛毛细雨。飞扬的煤灰没有了，我们全身却沾满了黑泥。我由于累，什么也顾不得，一头倒在哥哥的背上睡着了。不一会儿，哥哥也迷迷糊糊地睡着了。

睡得正香，忽然觉得有什么东西杵到我的脸上，睁眼一看，不好了——原来火车已经进了车站，一个警察正拿着皮鞭要打我和哥哥。我紧张地站起来，哥哥也一骨碌爬起来。

警察见我们吃惊的样子，狞笑着说："哈哈！好！偷了多少煤，快说，说！"

他举起皮鞭想抽我们，我伸手抓住他举鞭的手脖子。这家伙本来瘦得像只猴，被我猛地一抓，哪里能动。只是嘴硬地吼着："你，你敢动手？我宰了你，我宰了你！"

哥哥怕把事情闹大了吃亏，大声对我说："我们没偷东西，让他查好了。"然后回过头去对那家伙说："我们是安源矿的工人，回家没盘费，只好搭这煤车，你就做个好事帮个忙吧。"

那家伙见哥哥讲好话，趁机抽出手把帽子往后一推，摆起威风来了："不行！不行！"

哥哥到底比我大几岁，他从口袋里掏出四角钱递过去，强笑着说："这点钱请你买酒喝吧。"

那家伙飞快地把钱装进腰包，对哥哥说："你还好说，这小家伙太不懂道理了。"我心里狠狠地骂他："你懂道理？见钱眼开的财迷鬼！"他见我拿眼瞪着他，扯起嗓子喊："怎么，还不想下去吗？"

哥哥知道我的脾气，他拉着我的手说："还看什么，我们走！"

我的肺快气炸了。顺手脱了外衫，朝那家伙抖了几下，团团煤屑朝他飞去。那家伙被迷住了眼，还不停地咳嗽。我跳下车，头也不回地跑了。

## 二、衡阳的路没有修成……

我们回到了家。

虽然还是那两间破屋，没什么变化，但是，父亲、叔父却变化很大，他们显得更加苍老了。桂泗姐姐看着我，翻来覆去地说："长高了，也结实了，成了大人了。"父亲掩饰不住内心的喜悦，对着桂泗姐姐说："还能不长？你都快出嫁了！"一句话羞得桂泗姐姐不讲话了。她一把搂住我的脖子，嗔怪地说："你听爹说些什么呀！"于是，全家都笑了。

欢乐是暂时的。今后的日子怎么过呢？

由于生活所迫，哥哥又离开了家，远走高飞到衡阳去了。我呢，也没法留在家里，只好到一个地主家里做了长工。

时间如流水，转眼已是一九二六年的夏天了。哥哥从衡阳来信说，他在那里修路，和工人弟兄们相处得很好，短时间不会回来。他还劝父亲让我去，说路要从湖南修到广东，广东地方大得很，兴许能闯出一条生路来。父亲知道我信任海堂哥哥，看出我愿意和他在一起，整整有好几天不讲话。我知道，他是不放心我一个人去那么远的地方。可是机会难得呀，他思前想后，最后还是同意我去找海堂哥哥了。

桂泗姐姐听说我又要离家远行，整夜在月亮地里赶着给我做鞋。这时她已有了一个小孩，孩子哭闹她也不管，拉着细长的麻线纳鞋底，好像要把她的心也纳进鞋里去似的。临走的那天，她把鞋子给我打进小包袱里，挎到我的肩膀上，一句话也没说，紧闭着苍白的嘴唇，光流泪。父亲非要送我一程不可。桂泗姐姐便带着她那个小孩子，默默地跟在后边。过了一会儿，父亲停下来对她说："你不要送了，在家看细伢子吧。"她很听话地站住了，随后依着旁边的一棵大树，还是一句话也不说，光流泪。我走过去安慰说："桂泗姐姐，别难过。几年前你不就说我是大人了吗？"她点点头，转向她那还不懂事的孩子说："你去送送舅舅吧。"小孩好像猛然间长大了，扯着我的衣服哭喊着："舅舅不走，舅舅不走！"孩子的尖叫声像一根根锋利的钢针，刺着我的心。父亲把孩子从我手里接过去交给桂泗姐姐，一句话也没说，领着我走了。走了没几步，我听桂泗姐姐叫着我在家时的名字，喊："敬堂兄弟，早些回来啊！"

我虽然嘴里答应着，但没敢回头去望一眼我的桂泗姐姐。

父亲和我走在小路上。他替我背着行李。我知道他和我一样，有满肚子话要讲，却不知从哪里说起。我看父亲那清瘦的面孔，那明显弯曲了的腰背，心里凄凉得很。他这么大年纪了，没过上一天舒心的日子。哥哥走了，我又走了，桂泗姐姐也出嫁了，只剩他和叔父两位老人带着我那些还不懂事的弟弟妹妹，日子是多么难熬呀！我想劝慰他几句，但嘴巴张不开似的，想了好一阵才说："爸，你等着吧，日子好过一点，我马上就回来。挣了钱也会带给你的。"

"孩子，"他听了我的话猛然站住，满含泪水的眼睛疼爱地望着我，说："这世界我看透了，出了力也挣不到钱。不信你就去闯闯吧！我担心的是你在外面吃亏，你那性子我晓得……"

"爸，"我赶紧打断他的话，说："你放心，我自己会小心。再说有哥哥和我在一起，不会出事的。"

……

走着走着，面前出现了一条岔路。它似乎告诉我们：该分手了。父亲在一棵老榆树边站住，成串成串的泪珠冲刷着他那被炉火烤成酱紫色的脸，他不去擦，把行李递给我，又帮我扣好上衣扣子，长长地叹了一口气，嘱咐说："孩子，要做个有志气的人！记着爹，有空就回来！"我点了点头。沉默了一会儿之后，他像下了什么狠心，推了我一把，说："你，走吧！"

我走了。走出很远，我回过头来一瞅，见父亲还直愣愣地站在那棵老榆树的旁边……想不到这次分手之后，我再也没有见到我那辛苦了一辈子的铁匠父亲……

到了衡阳，我和哥哥仍旧干老本行——挑脚。只不过在安源挑的是煤，在这里挑的是石灰。我由于身体特别好，一次能挑一百六十斤。可这里的工头很刁，对我们总是不放心，每次石灰装挑时他都派人过秤，到工地他还要过一遍秤，少了——不管是撒了，还是什么原因，一律扣工钱。很多人干了一段时间，受不了这种窝囊气，便不干了。我跟哥哥考虑到这里每天可以挣到六角钱，比安源稍好一点，除了我们俩的生活费，还可以寄一点钱给父亲，便咬着牙，坚持下来了。

尽管我们工人住的是低矮的工棚，一个工棚住二三十人，尽管活是那么重，但由于年轻力壮，大家休息的时候还是有说有笑。我很快发现他们中有许多乐观自信的人。从他们的言谈里，我又听到了安源矿上老朱讲过的那些故事，听到了老朱讲不出来的许多道理。其中，在我心目中最能讲，并且讲起来最能令人信服的要数老唐了。

老唐是湘潭人，个子不高，脸膛黑红黑红的，很健壮。他是我们那个工棚里年岁最大的一个，是被公认的中心人物。有人说他是"穷党"（那时工人中有人把共产党叫作"穷党"），他听了，总是把手一恭，抱起拳，像过年时人们相互贺喜那样，说："高抬了。不敢，不敢！"要不就习惯地两手抟着腰，说："弟兄们，我当过国民党的兵，见过国民党。共产党嘛，听说过，那是些'神人'。你老哥没得那个福分，一个也没见过，可不敢乱说。当共产党可不易，得准备好几个脑袋才成，懂吗？"

那时候，我确实不懂。

转眼一年多了，到一九二七年夏天，共产党在南昌举行武装起义的消息旋风般地吹遍了湘江两岸，也传到了我们筑路工地。传来的消息虽然说法不一，但有一条是一致的，那就是这支起义的队伍是为穷人打天下的。这不禁使我对这支队伍产生了钦佩之情，恨不得立即见到他们！那些天，我一有空就去打听起义军的消息。先听说他们到了大庾，又传说去了崇义。后来很长一段时间打听不到他们的消息了。到冬天，突然又传来了起义军到达广东韶关的消息。当时我们正在郴县北边的板子楼筑路。大家都知道，韶关离郴县不远。共产党的起义军何时来我们这里呢？人们心里盼着，却又不便直说，每当大家拐弯抹角地议论着这些事情时，爱说爱笑的老唐总爱没头没脑地说："快了！快了！"

红军越来越近，农民扬眉吐气，扛红缨枪、拿大刀片的越来越多了。我们的老板也不像以往那么凶了。那些见了工人不抬鞭子不讲话的工头，对我们也客气起来，有的还主动同我们工人打招呼。

隔了些日子，工地附近的村庄里发生了打土豪的零星暴动。规模虽不大，但有钱人开始往北逃了。他们造了很多谣言，说什么共产党共产共妻，杀人放火。这些谣言对我们这些穷得叮当响的工人来说，似乎根本不起作用。

那些天我哥哥的话反倒多了起来，总是给我讲农民暴动的消息。当然，我们最关心的还是今后的出路。一天晚上，他在工棚里突然问我："你听说这里要散伙的事了吗？"

"为什么？"我问。

"听说从南昌出来的红军要来了，老板、工头还能不跑吗？"

"那我们怎么办？"我有些着急地问。

哥哥停了一会儿才说："没处去的话，只好回家了。"

虽然回家的事我也想过，因为我想父亲，想叔父，想桂泗姐姐他们。但我毕竟十七岁了，懂得的事情比在安源时多了。这时更牵动我的心的已经是红军了。

哥哥见我不作声，便问道："你怎么想？"

"等等吧。现在心里没有底。"我说。

哥哥又停了一会儿，说："要不，就投红军去！"

"投红军！"我欣喜地叫了起来。

哥哥赶忙对我摇了摇手，我发觉自己也过于兴奋了。这时，门外有脚步声，我们真有点紧张。正在担心，老唐推门进来了。

"好兄弟，"老唐轻轻地把门关上，说，"你的嗓门太大了，若给外人听见，是要坏事的。"他把我和哥哥引到工棚一头的地铺上，压低声音说："红军已经进了湖南地界，这里很乱。听说工头接到命令，发给每个工人二十五斤大米，让我们走。"

"二十五斤大米，够吃几天的？"哥哥愤愤地说。

"是啊。"老唐说，"要不是红军来，近处的农民也动起来，他们会发善心给我们米？现在老板、老板娘全逃了，连大小工头也在收拾东西准备溜了。"

"应该抓住他们！"哥哥把拳头砸在稻草铺上，狠狠地说。

"哎，他们跑他们的，我们另外想办法嘛！"老唐显然是在鼓动。

"……"三个人都没有马上说话。我知道大家都在想着投红军的事，只是谁也没开口就是。停了一会儿，我实在憋不住了，一拍胸脯，说："我不回家了。投穷人的队伍，干红军去！"

"对，投红军去！"我的话刚落地，老唐紧接着说。

"说干就干，现在就走！"哥哥立刻站起来，显得比我还急！

老唐却仍然坐着不动。他沉思了一会儿，指了指工棚里的空铺，用很严肃的语气说："好兄弟，要走的话应当大家一起走，有饭大家吃，有事大家干，人多好使劲呦！"

我和哥哥一听，觉得还是老唐年岁大，比我们想得周到，互相交换了一下眼色，不约而同地点起头来。

"晚上再商量商量吧。"老唐又说。

夜晚，我们二十多个人坐在各自的草铺上。铺当中一盏小油灯闪着微弱的光亮。老唐离灯最近，黑红的脸膛在灯光下略微显得有些黄。棚子里鸦雀无声，人们的表情异常严肃，像在等待宣告什么重大决策似的。

"说吧，弟兄们，"老唐第一个打破了沉寂，"不管老板、工头逃不逃，我们总得活下去呀！"

长时间仍没有人开口。棚子里只听见人们的喘息声。

又过了一会儿，一个曾在北伐时当过兵，我们平日叫他大胡子的人说："我有家口，也尝够了当兵的苦，想来想去，还是想回家种田去！"

"回家固然好，"说话的这个人我们叫他李大叔，是湘潭人。"可乱世年月，你想种田行吗？我也没得田。听说如今这红军和以往的队伍不一样，我倒真想投红军当兵去。"李大叔停了停，转向老唐，"老唐，你就领个头吧！"然后又转向大家，鼓动说，"有种的，一起去！"

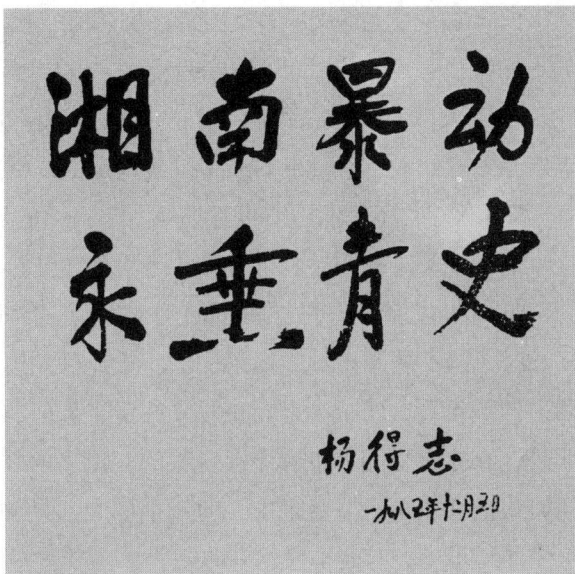

1985 年 12 月 5 日，中国人民解放军总参谋长杨得志为湘南起义题词"湘南暴动，永垂青史"。

　　李大叔的话，牵动了大家的衷肠。大家你一句我一句开了腔。有的说回家好，有的说投红军好，还有的主张一起到长沙去做工。但是议论来议论去，最后还是认为投红军好，单就打土豪分田地这一条，就没有一个不赞成的。

　　夜深了。窗外不时刮来一阵阵冷风，但谁也不觉得冷。闷在肚子里的话多少年了，都想说个痛快。老唐见各种意见讲得差不多了，便说："弟兄们，天不早了，灯油也快熬干了。谁想去哪里，自己拿主意。我呢，是赞成投红军的。愿意跟我去的，把手举起来。"

　　人们庄重地举起了手。五……十……二十五！真没想到，最初要回家的大胡子也举起了手。老唐抑制不住内心的高兴，说了声，"那么，我们明天就出发，现在大家就睡觉吧！"人都躺在床上了，可是谁也睡不着，仍旧不停地议论着，一直到天亮。

　　清晨，我和哥哥杨海堂等二十五个筑路工人，各自背着自己的衣服、被子上路了。这时红军在韩家村，离板子楼只有十几里路，中间隔着一条河。可是人们好像忘记了这一切，一路上有说有笑。这天，我把离家时桂泗姐姐替我做的、一直没舍得上脚的新鞋也穿上了。走着走着，我们碰到另外一些打算回家的筑路工人，他们听说我们要去投红军，有些也跟着我们来了。爬上一座山，老唐指着远处一个山凹的小村说："看，那就是韩家村。"

"啊，红军就在那里！"我高兴地拍着哥哥的肩膀喊："快走呀！"

哥哥禁不住笑了起来："看你，比回到自己的家还高兴哩！"

听人家说，韩家村驻扎的部队是红军独立第七师的师部。

村头的一块开阔地上插着一面小旗，像旧时店铺招徕顾客的幌子，上面写着"招募新兵"四个大字。小旗下围满了人。有穿蓝色军服的，也有穿绿色军服的，有打绑腿的，也有穿大皮靴的，更多的却和我们一样，穿着破旧的布裤褂，头上缠块条布或者毛巾。他们手里大都是拿着红缨枪和大刀片，只有少数人拿的是步枪，有的坐着，有的站着，还有一些年龄比我小的伢子，三个一群，五个一伙，相互嬉戏着，看他们那个欢快劲，准是被批准加入红军了。

我带着羡慕的眼光瞅着他们，跟着哥哥和老唐挤进人群里，好不容易才挤到一张八仙桌跟前。

八仙桌后边坐着一个戴红星军帽的人，正在往本本上记桌子前面人的姓名。我指着那个给老唐看，他忙告诉我，那叫花名册，要当红军得先上册子才行。这时我的目光转到站在桌子旁边的那个留仁丹胡子的高个子身上。嗬！呢子大衣、马裤、皮靴子、阔皮带，虽然没戴帽子，却神气得很哩。说真的，要不是站在那个戴红星军帽的人的旁边，我真把他当成白军了呢！他眯着眼，拖着长腔慢吞吞地问站在他前面的人：叫什么名字，家住哪里，家里几口人，什么成分，干过什么活，问得可细啦，连娶没娶过老婆，他都要问。有时我还听到他大声地向喧闹的人群喊着："安静，安静！"可是任他怎么喊，眼前这些报名的人争先恐后往前挤，总也安静不下来。

这会儿，我们板子楼来的人，老唐第一个报了名，算是很顺利，紧接着我哥哥杨海堂也报了名。我赶紧挤过去，抢着说：

"还有我哩！"

"叫什么名字？"那个穿皮靴、被叫作副官长的人问我。

"杨得志。"我生怕他听不清似的，大声地说。这个名字是离开板子楼时哥哥替我改的。我不明白他为什么给我改名字。但为了纪念哥哥，后来我就一直用这个名字。

副官长拍拍我的肩，又问："多大了？"

"十七。"

"正是好时候。"副官长说着用拳头轻轻地朝我前胸捶了两下。"行，就留在这里当红军吧！"

"是！"我高兴地跑到哥哥身边，提起行李准备到指定的房子去，忽然又听副官长喊道：

"哎！那个叫杨得……对，叫杨得志的，你回来！"

我有点惊慌地转过身来，心里想，莫不是又不要我了吧？副官长仔仔细细地打量了我一番，说：

"杨得志同志，你留在这里，在师部当通信员！"

"不，"我拉起哥哥的手，说，"他是我哥哥，我得和他在一起。"

"哎，当红军嘛，要听命令。再说你哥哥就在师部特务连，离这里不远，你们可以天天见面的。"

哥哥对我说："听长官的话，不要挑拣了。"

于是，我就在红军中当了一名通信员。尽管这时没有发给我军装，也没有人给我发武器，我穿的还是从家里带出来的破棉袄，盖的还是从家里带出来的破棉被，但是我毕竟是一名红军战士了。过了好几天，每人发了一个土布做的红袖章。这就是我们区别于老百姓的唯一标志。

这是一九二八年的一月。

衡阳的路我们没有修成，风起云涌的工农革命却把我们这些工农子弟送上了一条完全崭新的大路。

……

整整二十二年以后，见到长安城下河南乡亲所引起的回忆，使我觉得革命虽然取得了巨大的胜利，但真要使我们的国家富强起来，使我们的人民摆脱贫困，前面的道路还很长，自己肩上的责任还很重。也提醒我不要忘记过去的苦难，因为这苦难还没有结束——尽管河南乡亲们遇到的苦难，和二十二年前的我不完全一样。

# 第二章

——

## 崎岖的井冈

　　一九二九年一月下井冈山的时候，我是个军龄刚一年，年龄还不满十九岁的青年战士。以往每次都是下山打几仗就上山，这次我认为也是这样，殊不知一去竟是三十八年。再回来时，全国除台湾省都已解放，自己也已经年过五十了。

　　井冈山也变了——平如镜面的稻田；郁茂繁密的山林；平整宽阔的公路；青瓦红檐的楼房；连昔日顿顿不离的红米饭南瓜汤，也变成款待宾客时才能见到的"礼仪性"食品了。当然，环绕在黄洋界、双马石、桐木岭、八面山、朱砂冲五大哨口之间的崎岖山路没有变。这些崎岖山路是当年许多和我并肩战斗，如今却不能和我结伴而归的战友用血汗浸渍过的。那些青瓦白墙，大门外套着两扇小门的房舍没有变。屋里边白木旧桌和狭窄窗洞上的小油灯好像还亮着。当年毛主席、朱老总和我们一样，就睡在这样潮湿的稻草铺上。那些挂满苍苔，树皮上结着老疤留着累累弹痕的黄桷树、海罗杉、老柞树也没有变。在敌人"山要过刀，茅草要过火，人要换种"的白色恐怖中，井冈山人民用鲜红的热血浇灌了它们。

　　人常说"触景生情"。我想这话是很有些道理的。

# 一、上 井 冈

那年我和哥哥杨海堂等二十五个筑路工人，从衡阳板子楼到韩家村投奔的是红军第七师。红七师原来是朱德、陈毅同志领导湘南起义时建立的一支队伍。大部分成员是宜章、郴县、永兴、耒阳和资兴等地暴动的农民。不仅有我这样兄弟二人同时入伍的，也有四五十岁的父亲带着十三四岁的儿子一起参军的。除了少数干部（当时叫长官）参加过南昌起义或在旧军队里当过兵之外，大多数人都没有打过仗。号称一个师，实际上只有几百人，而且武器极少。

我当通信员没多久，就被调到师属特务连三排七班当战士。当听到这个消息时，我高兴得又蹦又跳。因为除了我哥哥就在这个连的二排当班长不说，我还可以领到一支枪啊！只有战斗连队才能享受这样的待遇。可是通信员呢，只发梭镖。谁料想，到了七班，班长问过我的姓名之后，从稻草铺底下摸出一个梭标镖，说："去找根木棍砍砍，把它装好。"我一看，那生满铁锈、都快磨平了的梭镖头，比我在师部用的那个差远了。我脖子一拧，转身就走。

"杨得志同志！"班长截住我，火了，"我再说一遍：去找根木棍砍砍，把它装好！"他见我仍不伸手接那镖头，突然大声喊道："全班持枪集合！"

一班人横排站定，我呆了——原来包括班长在内，手中的武器全是梭镖和大刀。好几个人的枪头下面还没有绑上红缨呢。班长瞥了我一眼，说："想要支汉阳造，好呀！打仗的时候自己夺去！"说罢扬长而去。走了好几步才头也不回地喊："解散！"

班长走后，有位老兵悄悄地对我说："你这年轻人好野愣。你不晓得班长先前当过旧军吧？今天他没抽皮带，算你运气。"几天后，哥哥也来找我。我本想诉说一下自己的"委屈"，谁知他一见我就板着脸说："那梭镖头是农友们打土豪得来送给红军的，不容易哩，你怎么可以不要？"我嘴硬地说："那班长也不能那么凶呀，他简直像板子楼的工头！"不料这话激怒了哥哥，他两眼直盯着我，说："怎么可以这样讲话？他是红军的班长，是我们的亲兄弟！"我见哥哥急了，便说："等打仗的时候我拼死夺两支枪，送给班长一支还不行吗！"哥哥这才满意了似的。停了一会儿，把我拉到他身边，压低嗓门说："他当过旧军，有军阀习气。开班长会时，连长批评他好一阵哩——批评是什么懂吗？批评就是开导的意思。"我望着哥哥，觉得他变了。才几个月不在一起，他懂了那么多的事情。

其实我的班长也是穷苦人出身，老家在云南，在滇军打黔军的时候被抓去当的兵，后来由贵州流落到湖南参加了红军。就在我哥哥找我的当天，他也找我来了。他把我叫到一棵大树旁坐下，搓揉着两只大手，却不开口讲话，我不知道他的意思，也不敢先说什么。闷了好一阵，他才说："发枪那事都怪我，莫往心里去就是了。我那军阀习气今后一定改！"我感动地抓住他的大手说："班长，我年轻，性子急，今后我有什么不对，你就尽管批评——开导吧！"

"好！好！"班长咧开大嘴笑了，突然话锋一转，问道，"打仗怕不怕死？"

"不怕！"我说。

"好！"他更高兴了，"我如今也懂了一点：当红军就是为了穷人不受苦。为这掉脑袋也值得。那才是真正的光宗耀祖——给穷人添光，耀穷人的祖先哩！"他停下来望着我，有点不好意思地问，"我的话你明白不？"班长的话说得我心里暖烘烘的。不等我回答，他又说："啊，对了，明天我带你和农友们一起打土豪去！"

第二天，我跟着班长打土豪去了。第一次参加打土豪，心里很激动，也有些紧张。但是看到集合在土豪的深宅大院的农友，人山人海，满满腾腾，听到农友们在会上诉苦的时候，内心的紧张一点没有了，还真想走到那临时搭起的台子上说几句话。因为眼前破衣烂衫的人们使我想起了家乡的父老乡亲；他们诉说的苦难使我想起了自己的兄弟姐妹。当人们从土豪的粮仓里运出一担担白米，从银库里搬出一罐罐银圆，从房屋里抬出一箱箱衣物的时候，大会进入了高潮。是啊，土豪劣绅真可恶！农民们没有粮食吃，他们却把那么多的白米放得生了虫；农民们打油买盐没得钱，他们装银圆的罐子却用鱼鳔封得死死的；寒冬腊月农民们衣不遮体，他们的绫罗绸缎却堆得发了霉！今天，也只有在今天，农友们才一个个扬眉吐气，他们分了粮，分了衣……翻身了。多么叫人高兴啊！

轰轰烈烈的湘南暴动真是大快人心，然而却震动了国民党反动派，湘粤两省的敌人，沿着粤汉路向我们夹击来了。我也就在这个时候参加了平生的第一次战斗。

那天中午离开驻地的时候，班长问我："杨得志同志，今天要是碰上敌人你怎么办？"我把磨得锃亮的梭镖一举，说："就靠它来缴两支汉阳造！"我特别强调了"两支"两个字，可班长并没有怎么注意。他只是满意地点点头，上下打量了我一番，紧接着又问："你的红袖章呢？"我说："太脏了，没戴。"班长严肃地说："那可不行，不戴红袖章谁知道你是红军呀！"我想，也是，我们连军装也没有，红袖章是我们红军的唯一标志呀，于是我也不管脏不脏，赶紧佩戴好了。

黄昏的时候，我们刚刚爬上一座山梁，突然发现山下有些打着白旗，戴着白袖章，帽子上戴着白箍的队伍也往山上运动。"敌人！"我和好几个同志几乎同时喊道。这时连长喊了声："卧倒！"我们便都伏在了山梁上。也许是因为我们的声音太大，敌人发觉了。他们没再前进。一霎时，周围静极了。我看到敌人一个个在往后退。退到只能模模糊糊看到人影的时候，突然响起了一阵炮声。班长见我不会利用地形地物，爬到我的身旁，按下我支着的胳膊，嘱咐说："身子再低一点，要不会吃亏的。"接着他又壮我的胆，说："不过你也不用怕，他们那是小炮，没有瞄准镜，只能吓唬吓唬人。"天越来越黑，敌人打了一阵炮，见无动静，便扯起嗓子高喊着"冲啊！"向我们扑来。我和同志们恨不得立即投入战斗，两眼盯着连长，等他下命令，可连长站在一棵大树后边一声不响。直到敌人快接近山顶了，连长才从树后跳出来，喊道："上！"班长随即在我背上猛拍一下，说："快，去夺他们的汉阳造！"

天黑，敌我混在一起。这既是一场近战，又是一场夜战。敌人虽然人人都有钢枪，但此刻在我们那磨得锋利的梭镖和大刀面前，却显得无能为力。

在这场白刃格斗中，我们是靠红白袖章来分辨敌我的。我虽然早就想从敌人手里夺"汉阳造"了，可这仗一打起来就似乎什么也不记得了。只想着如何用梭镖捅死敌人，多消灭敌人。每当我扯起嗓子高喊着"冲啊！杀啊！"扑向敌人的时候，敌人往往丢下枪就跑。而我，一点也没想到要得到他的枪，而是紧追不放。追呀追呀，不曾想，追到两块山石之间，遇到一个拖着长枪不肯放手的敌人，当他再也跑不动时，扑通一声，双手举枪跪倒在我面前。这时月亮已经升起来了。我不知道为什么没有结果他的性命，只缴了他的枪，让他逃跑了。后来仔细一看，缴获的这支枪还是支杂牌枪，根本不是"汉阳造"。不过它总算是我第一次在战场上亲手缴到的胜利品。

战斗大约进行了三四个小时，就以我们的胜利结束了。我拿着缴获的那支杂牌枪直发愣，因为我原先想"夺两支'汉阳造'送给班长一支"，如今怎么给班长呢？没想到，当初说我'好野愣'的那位老兵这时气喘吁吁地跑来，对我说："快去，班长不行了。"我赶紧跑到仰卧在半山腰的班长身旁。原来班长被敌人的子弹击中了腹部，正流着血。看来伤势蛮重的！他见我跑来，艰难地笑了笑，没有讲话，只是指着他身旁的一支枪，眨了眨眼，好像这就是他要对我讲的话，也好像我一定会明白他的意思。我顺着他手指的方向，仔细一看，嗬，是真正的"汉阳造"！但怎么也高兴不起来。就在这一瞬间，班长睁着眼，停止了呼吸……

我背上班长留给我的这支"汉阳造"，踏上了新的征途。

我们的队伍眼看就要上井冈山了。一天，师部那位副官长找到我，一见面就说："杨得志，你同我一起回湖南吧。"

"为什么？"我问。

他摇摇头，心灰意懒地说："我们是湖南人，为什么要留在江西呢？"

我答不上他的问话，只是问他："湖南有红军吗？"

他也答不上我的问话。我们就这样分手了。

的确，对于他——第一个把我的名字填在红军花名册上的人，我是非常感激的。我尊敬他，不仅仅是因为听说他在北伐军里当过连长，是湘南暴动时参加红军的，更主要的是我当过他的警卫员，对他那种军人气质十分佩服。可他竟成了我见到的第一个离开红军的人。

不久，我们这支队伍在朱德、陈毅同志的率领下上了井冈山，并且在砻市与毛泽东同志率领的红军胜利会师了。这时我参军才四个多月。

会师大会马上就要召开了！地点就在砻市南边的一个广场上。同志们用门板和青竹竿搭起了主席台，在台上支起块木板当桌子，又在台的两侧竖起了几块很大的标语牌，还在广场四周插上了许多红旗，使这里洋溢着节日的气氛。不一会儿，红军和当地群众就把整个会场挤得满满腾腾。我看到红军有这么多人，心里有说不出的高兴。虽然各部队的负责人不停地要求大家坐好，我们还是忍不住地站起来，看看那些虽不相识，却倍感亲近的同志。是啊，在井冈山下的时候，不要说见到红军部队，就是听说附近或者远处有一支我们的队伍都兴奋得不得了，眼下这情景，怎不叫人欢喜若狂呢！大会由陈毅同志主持，当他宣布大会开始时，鞭炮齐鸣，响声震天。紧接着由部队司号员组成的"乐队"吹号。号声虽然不那么整齐、悦耳，但雄壮得很。这时，陈毅同志宣布：所有的部队改编为中国工农红军第四军。军长是朱德，党代表是毛泽东。随后朱军长讲话。

他讲了国际国内的形势，特别强调了两支红军部队会师后的团结问题。朱军长讲完，毛泽东党代表站了起来。这是我第一次见毛泽东同志。他很年轻，高高的个子，穿一身灰布军装，挺精神的。他论述了两军会师的伟大意义，指出了红军光明前途，特别强调了要发动群众，依靠群众，建立和发展革命根据地。他讲话的声音比较尖细，但很清晰。尽管会场很大，我们坐在后面，照样能听清楚。由于我是湖南人，听到毛泽东同志那满口的湖南话，觉得特别亲切。我印象极深的是他讲了孙悟空的故事，要我们学习孙悟空的本领。他讲得深入浅出，我们年轻人高兴得直鼓掌。毛泽东同志讲话后，红四军参谋长王尔琢同志和各方面的代表也讲了话。

砻市会师大会后，我和哥哥都被编到了红四军特务营三连。他在一排三班当班长，我仍在三排七班当战士。

## 二、八月失败

砻市会师后，红四军在毛泽东同志的正确领导下，以不足四个团的兵力，和数倍的敌人巧妙周旋，多次打败了敌人，根据地一天天扩大，土地革命一天天深入，红军和赤卫队也一天天壮大。特别是著名的七溪岭战斗，"不费红军三分力，打败江西两只'羊'"（指敌杨如轩、杨池生部），打垮了敌人的第四次"进剿"，井冈山根据地的发展到了全盛时期。可是这种胜利的局面，却由于一部分同志的错误而被破坏了。这就是令人痛心的"八月失败"。

那时，湖南省委派代表杜修经来，要红四军离开井冈山根据地，分兵向湖南的敌人进攻。党的边界特委、红四军工委和永新县委联席会议，不同意省委的错误主张。毛泽东同志就是极力反对这种错误主张的。他认为：当时统治阶级内部正处在暂时稳定时期，不应该采取在统治阶级内部分裂时期的政策。但是杜修经和省委派来任边界特委书记的杨开明，却不顾联席会议的正确决议，乘毛泽东同志远在永新的时候，跑到酃县一带的红军大队进行活动。这时，由宜章起义农民为主组成的二十九团的一些干部和战士，想返回湘南家乡；而二十八团部分人员也由于游击主义习气和流寇思想的影响不想返回井冈山根据地过艰苦的斗争生活。杜修经、杨开明他们就利用了二十九团部分人的家乡观念，鼓动他们向湘南冒进。

于是，红四军大队在一九二八年七月中旬，由鄢县出发了。二十九团在前，朱军长率领我们特务营和二十八团跟进。

走到郴县城东十多里路的地方，碰到了敌军范石生部的两个团。二十九团打下了两个山头就攻不动了。前面传下命令，要二十八团赶快上去。我们让在道旁，看着二十八团的同志跑步往前赶。有些老兵一面跑，一面讲怪话："哼！二十九团整天喊：打回去，打回去！真打了，还是得我们来！……"

二十八团上去，果然很快就把正面的敌人打垮了。他们冲出了一条道路，直奔郴县县城。这时城里敌人只有一个补充师，全是新兵，不经打，中午十二点钟左右就歼灭了守敌，进入了郴县。

敌补充师战斗力不强，装备却很齐全。除了武器，崭新的水壶、饭包等日用品扔得到处都是。我们的部队虽然群众纪律不错，但那时的战场纪律却不大好，特别有些农民意识严重的同志，包袱、毯子、银圆，什么都拣，一个个肩背手提，啰啰唆唆一大堆，真不像个红军的样子。直到朱军长进了城，才制止住这种违犯纪律的行为，并派我们特务营在各个仓库设了岗，维持治安，检查纪律。

天快黑的时候，城北响起激烈的枪声，我们很快接到了准备出发的命令。枪炮声越来越紧，守卫城北的部队垮下来了。原来敌人有两个师五六个团，驻扎在城北十几里路的地方，我们攻城时，他们没受到很大打击，尤其城北敌人的四个团根本没有动，现在一起向我们反攻了。

情况突然，毫无准备，天又黑了下来，只见街上人来人往，你喊他叫，乱成一团。部队仓促集合，乱哄哄地向东门转移。东门外就是耒水，河上有一座大桥，朱军长亲自掌握着机枪连，掩护部队过桥。二十八团、军部和我们特务营都过来了。二十九团却因为动作缓慢，犹豫不决，被敌人插断，大部分没能过桥。

我们特务营是在后边过桥的。过桥前我看到哥哥杨海堂带着他那个班，一边跑一边招呼同志们说："快！快！"他见我枪上没上刺刀，还嘱咐说："把刺刀上上，不然要吃亏的！"我上好刺刀，却不见他了。我们过桥后，隔着河又和敌人打了一阵，直到深夜才平静下来。

部队打了败仗，情绪很不好，大家心里都很难过——不到一天的时间，怎么就糊里糊涂地让敌人从城里打出来了呢？二十九团的大部分人怎么就没能过河赶上大队呢？真晦气！

部队行进中各班排清查人数时，连长走过来问我："杨得志，看到三班长没有？"

我一时没反应过来，问他："我哥哥吗？"

连长有点急："还能是谁？看到没有嘛！"

我又问："怎么，他没有过来吗？"

连长真急了："看你，过来了我还来问你吗！"

我当时觉得头轰的一下，有点站不住了。

连长一把扶住我，安慰道："别急，别急。兴许他走到别的连里去了。"

我的哥哥也可能是走到别的连队去了。但这个连队不是二十八团的，不是军部的，更不是我们特务营的。他根本就没能过桥！后来听说二十九团被打散后，并没有积极寻找大队主力，却自由行动，沿耒水西岸跑回宜章老家去了。一部分被土匪胡凤章消灭，一部分分散在郴、宜各地，军部只收拢了一小部分。这一小部分里也没有我的哥哥杨海堂同志。一九三四年红军长征路经宜章时，我曾向当地的老乡打听过。他们说，七年前被打散的那些红军，大部分被白军杀害了。我一直不知道哥哥杨海堂是血洒战场，还是饮恨于敌人的刑场。只是我们再也没有见过面……

部队离开郴县，连夜东进。走到汝城北面，进行了整编。军部特务营和二十九团的一部都编到了二十八团，我被编到了三营九连。二十八团原有一千九百多人，这次虽然遭受了失败，整编后人数仍不少。只是当时天气炎热，部队在敌人追击下连续行军，又加上远离根据地，得不到群众的支援，困难重重，有时连饭都吃不上。就在汝城以西，有一次，整整一天没停脚，没吃一点东西。这样连打带拖，部队情绪更加低落，讲怪话的不少，甚至出现了开小差的。这种现象过去是没有过的。

东进中，二营和团部的炮兵连担任前卫，早出发一天。两天后，忽然听说二营营长袁崇全带着部队叛变了。听到这消息，大家都十分气愤。我想：这才叫倒霉！两个团零一个营，打得只剩下一个团不说，现在又有人要去干反革命。我们郑营长更是气愤。经他一讲，我们才知道，袁崇全这家伙早就阴谋叛变，只是没有找到机会。郴县战斗时他就很消极。三营在城北面迎击敌人，二营集中在北门外马路上停着。当时敌人攻得很紧，郑营长派人通知袁崇全，要求他支援。袁崇全却说："哼，你是营长，我也是营长，凭什么指挥我？"故意按兵不动，结果一、三营支持不住。这也是郴县失败的原因之一。这次他趁部队情况不够稳定的机会，竟走上了反革命的道路。郑营长气得眼睛通红，说："这狗东西，无论跑到哪里，都要把他抓回来！"

当天上级命令我们三营先期出发，去追赶二营。追了一天，没追上，就停下来等军部和一营上来继续东进。这期间，二营的许多同志发觉袁崇全叛变了，纷纷跑回来归队，最后只剩下第五连和炮兵连继续被他胁骗着向江西崇义逃去。

部队下一步该向哪里去？前景又怎么样？大家心里空荡荡的。过去在井冈山的时候，好像没有特别感到井冈山的温暖——根据地人民热情支援红军、热爱红军，上级爱护下级，下级尊重上级，毛党代表指挥英明打胜仗。现在离开了，又经受了这样的磨难，便自然地想念起井冈山来了。

八月中旬，部队占领了桂东县。有一天，连队党代表告诉我们，毛党代表带着三十一团的一个营从井冈山来接我们了。这真似旱中得雨，病中遇医，大家高兴极了。

毛泽东同志找到我们也很不容易，当时他带病下山，有一个担架班随行。沿途几次遇到敌人，边打边走。最后一次，部队被冲散，他只带着几十个人，击退围追的敌人才找到了这里。毛党代表不但没有批评我们，还说，井冈山人民天天打听二十八团哪里去了，盼望我们快些回去。刚刚经历了失败的我们，听了这些话，感动的泪水怎么也止不住。

后来听说，毛泽东同志得知郴县失败，并且知道二十八团中有人不愿回井冈山时，很着急。为了使红军部队更加团结，避免继续分散而被敌人各个击破，以保存红军的有生力量，他特地赶来，向主张分兵的人说明利害，以便把部队带回井冈山。毛泽东同志不顾个人安危，坚持正确路线，维护党和军队团结的伟大实践，给了我们极深的教育。

部队根据毛泽东同志的指示，取道崇义、上犹，向井冈山进发。有一天，我们班担任尖兵，枪上上着刺刀走在最前面。路上碰到一位老乡，我问他："老板，前面有队伍没有？"

"有。"老乡毫不迟疑地回答。

"离这里多远？"

"十五里路。"

"是什么样的队伍？"

"三天前和你们一样，打的是红旗；现在变了，在红旗上面加了蓝布白星。"

　　我一听，估计很可能就是二营。心想，袁崇全这家伙干反革命是铁了心了，走了才七八天，连旗子也换了。班长一面叫我们原地休息，一面派人向上级报告。

　　过了一会儿，我们全营都上来了。军参谋长兼二十八团团长王尔琢同志带着警卫排也来了。王参谋长命令我们原地待命，他自己带起警卫排径直往老乡说的那个镇子走去。

　　这时天已黄昏，我们都注意着参谋长去的方向，为他捏着一把汗。叛徒是什么坏事也干得出来的。但是我们也相信二营的大多数同志，更相信在部队中享有很高威信的王尔琢参谋长。约莫一个小时后，听到一两声枪响，过了一会儿，又传来几声枪声。我们忐忑不安地等待着，过了好一阵又没有动静了。

　　大家心情更加紧张了。

　　后来听警卫排的同志说，他们一走进镇子，哨兵打了两枪。王尔琢同志当即喊："不要打枪，我是你们团长，来叫你们回去的！"因为王参谋长时常给部队讲话，哨兵熟悉他的声音，便不再开枪。但二营的队伍听到枪声却乱了起来。当时天已经全黑了。王参谋长走进大街，边走边喊："同志们别怕，我是王尔琢，来接你们回去的！""同志们，快回来革命吧！"二营的战士们听到王参谋长的声音，混乱渐渐平息下来。这时，叛徒袁崇全正在打麻将。这家伙听到王参谋长的声音，提起两支驳壳枪，顶上红子就冲出来，迎面撞上了王参谋长。在王参谋长和警卫排的同志毫无准备的情况下，袁崇全两支枪同时开火，把参谋长打倒。紧接着，他又和叛变的党代表两个人跑到村头，把放哨的一个班骗走了。

　　经过一场斗争，被叛徒胁骗去的五连和炮兵连终于被争取了回来，但王尔琢同志却当场牺牲了。

　　第二天早晨八九点钟，我们接到继续前进的命令。经过这个镇子时，看到路旁放着一具尸体，上面蒙着一条被单。当我们知道这就是敬爱的参谋长时，很多同志都哭了。王尔琢同志是大家很崇敬的领导人。他参加过南昌起义，后来和朱德、陈毅同志一道把起义军的一部带上了井冈山。我自己也是跟着他们走上井冈山的。他是黄埔军校出来的，年轻英武，很有知识，打仗勇敢，又会做政治工作，在部队中很受敬重，不幸的是竟然遭到了叛徒的毒害。我们怀着悲痛和对叛徒愤怒的心情，从烈士遗体边走过。不一会儿，朱军长来了。他悲伤地低着头，在王尔琢同志的遗体前脱下军帽，站了好久好久……

　　我们掩埋了王尔琢同志的遗体，怀着对这次行动失败的悲痛心情，跟着党代表毛泽东同志和军长朱德同志又回到了井冈山根据地。这时我们才知道敌人趁我们冒进湘南，根据地空虚的机会，把我平原地区全部占去。幸好毛党代表布置三十一团一营守卫井冈山中心根据地，打退了敌人的疯狂进攻，才使根据地没有完全丧失。错误的领导给革命事业带来了多么巨大的损失啊！单说我们从衡阳板子楼到韩家村投奔红军的二十五个筑路工人，仅八个多月的时间，到"八月失败"后重上井冈山的时候，就只剩下我一个人了。

失败和挫折自然不是好事，但它给人们的教育和启迪有时却更深刻。

## 三、入　党

"八月失败"给我最深刻的教育是增强了党的观念。尽管这时党在红军中是秘密的，自己对党的了解和认识也还相当肤浅。但事实告诉我，如果没有毛党代表冒着风险到湘南接我们回井冈山，二十八团（当然也包括我自己）的前景如何呢？也许要经过更艰苦的斗争才能取得胜利，也许……

我们回到井冈山是九月。七月下山，九月返回，时间虽只短短两个多月，但我发现自己的变化却不小。脑子里老在想一些事，心里也老觉得有许多话要讲。但这时刚编到二十八团，同志间还不熟悉，哥哥杨海堂和一起参军的同志又都不在了，内心的话找谁谈呢？这时我觉得应该找党谈谈，却又不知道谁是党员。如果说痛苦，这真是一种很大的痛苦。

我第一次听说共产党，是在湖南老家。那时我们邻村有两个人被国民党抓去了。这两个人我都不认识，至今也不知道他们的姓名。但这个村我常去。听人家说他俩原在长沙读书，回到村里后帮着穷人出主意，抗土豪衙门的苛捐杂税；也有人说他们自己有枪，还劝说穷人们也要拿起枪来，不然就得吃一辈子苦。土豪们则骂他们是搞"痞子运动"的，是"红眼绿眉"的"赤匪"，是"共产党"。可我想，共产党不让穷人吃一辈子苦有什么不好？后来听说这两个人被官府抓起来了。临到砍头的时候这两人硬是不弯腰，不下跪（旧时处死人是要下跪的），直挺挺地站着。这不是传说，是亲眼看到的人对我们讲的。他们惋惜而敬重地说："年岁才二十冒头，可就是不怕死，好人啊！"

共产党是"好人"，是我对党的最初印象。待到自己参加了红军，特别是上了井冈山，才慢慢知道，做一个共产党员是很不容易的。

　　井冈山的生活极其艰苦。红军的一切物资来源，几乎全靠通过战斗和流血牺牲从敌人手里夺得。吃的是红米饭南瓜汤，穿的是杂七杂八的衣裳，而且是冬无棉夏缺单。有的同志说，红军的服装是"四季一贯制"，真是一点不假。没有津贴费，没有零用钱，在清水煮的大锅菜里加几块连骨头带皮的猪肉，就算是了不得的生活享受了。在这样的条件下，有的同志却把衣物、食品让给别人。对这样的同志，人们背后议论猜测起来，最后总是以肯定的语调、钦佩的心情说："他是共产党员！"

　　那时候部队的成员也比较复杂，尤其初到井冈山的时候，有各路农军，也有工人；有旧军队的士兵，也有军官；有各种自食其力的手艺人，也有小商小贩；有小知识分子，也有从黄埔军校出来的"科班"军人。红军刚刚建立，纪律并不很好，赌博的、斗殴的，甚至还有吸鸦片烟的。当时红军的管理教育除了方法简单之外，也受到旧军队的影响。有人犯了纪律，干部们往往发火、训斥、关押，以至舞拳弄棒。记得我在的那个连，有个战士因为在哨位上赌博，被连长发现后叫到全连面前，拿老百姓挑水的扁担，狠狠地打了一顿屁股，裤子都打破了。然而，对犯纪律的人，大家总是肯定地说："这人，不是共产党！"

　　由于经常打土豪，得来的东西不少，从长枪土炮到衣物钱财几乎什么都有。战斗中也能缴获不少财物。有人把得到的东西装进自己的腰包，挥霍了；有人却一点不少地交给上级。人们又议论了：贪财的，不是共产党；无私的，准是好党员！

　　井冈山时期战斗很频繁。处在敌强我弱的形势下，战斗又往往打得十分艰苦。看到那些冲锋在前，退却在后，甚至用自己的生命掩护他人的同志，大家都认为他一定是共产党员——尽管像我一样的一大批非党群众，并不确切地知道谁是共产党员。

　　我最初就是这样接触党，认识党，向往党的。

　　上井冈山，特别是"八月失败"后，部队的思想工作加强了，而且生动活泼，结合实际。记得一开始打土豪的时候，由于大家的激愤，除了没收他们的枪支粮食外，土豪家的房屋、桌椅板凳、绫罗绸缎都是放火烧掉的。后来不准这样做了。党代表告诉我们，毛委员讲，为什么要烧掉呢？分给穷人不好吗？你们看，穷人们谁家有像样的桌椅板凳，更不用说绫罗绸缎了。那么好的房子，交给农会嘛！交给刚刚建立起来的苏维埃政府嘛！我们这样做了。农民们说：红军真是为穷人想得周全呀！针对红军纪律不太好的情况，上井冈不久，党代表就宣布了行动听指挥、不拿工人农民一点东西、打土豪要归公三项纪律。后来（记得是夏天），又传达了六项注意：上门板；捆铺草；说话和气；买卖公平；借东西要还；损坏东西要赔。这一切都是党代表出面讲的。党代表是公开的共产党员。所以，群众是通过党员的一言一行来认识党的。

我们连的党代表叫颜有光，是个学生出身的湖北人。他个子不高，胖胖的。年龄比我大一点，不过也就是二十岁左右，这个同志能打仗，会打仗，又很会做思想工作。我那一肚子话很想找他讲讲，但又有点胆怯，觉得真要讲了，又不知道从哪里讲起，该讲些什么。我们班有个湖南籍的战士，姓梁（名字记不清了），年龄虽然和我差不多，但参军比我早半年多。人生得很瘦弱，脸上有几颗雀斑，一笑就露出两颗很大的虎牙。他经常找我谈话，问我的出身成分，家庭人口，告诉我平时不能怕苦，打仗不能怕死，还经常向我了解思想情况：大家都有些什么想法。开初，他并没有引起我的特别注意，我开玩笑似的对他说："出身是赤贫。家里的人口嘛，难说了，过去是十几口，谁知道如今呢？"说到平时和打仗，我倒是蛮认真。我告诉他："都说红军的日子过得苦，我倒觉得不错——你不知道，我在家打过短工放过牛，稍大一点在安源煤矿挖过煤，后来又到衡阳板子楼修过路，那才叫苦哩！"我给他说打仗，他笑嘻嘻地一摆手："那就不用说了，我有眼，看见了嘛！"我很高兴，因为这位梁同志是我自认为的党员中的一位。我很愿意接近他，想着把心里的话给他谈谈。

部队住在井冈山茨坪东南黄坳的时候，有天吃晚饭时，梁同志在背后扯了扯我的衣服，悄声说："吃罢饭你去小庙那里等我。"我因为毫无准备，转身高声地问："干什么？"梁同志只顾端着碗喝南瓜汤，不再理我了。

这是怎么回事呢？

搞得我半天摸不着头脑。

我紧扒了两口饭，洗好碗疾步向黄坳小庙走去。没有月亮，天很黑，什么也看不清。我喊了几声梁同志的名字，没有回音，只好找个地方坐下来等着。心里想：该不是我听错了吧？刚才明明是梁同志扯我的衣服，让我来等他嘛！反正已经来了，等吧。

不一会儿，传来了脚步声。我又喊了声梁同志的名字，他答应着走过来："你来得好早呀！"

"吃饭时是你叫我吧？"我问。

他笑着说："你这家伙嗓门可以吼山歌了。"

"找我什么事？"我又问，心里却有点紧张。梁同志沉默了，眼睛望着天，好像他要说的话写在布满繁星的高空。

"我想问你件事。"他开口了，"你知道共产党吗？"

"怎么不知道，你就是一个！"我也不知道自己为什么说出了这样一句话。

梁同志倒没有现出惊讶的样子，他既没有承认，也没有否认，只是继续问道："那你知道共产党是干什么的？"

这是个很好回答、又很难回答的问题。我想了想，说："共产党是为穷人的，领导红军的，打白匪的，为共产主义的！"

这一次他有点惊讶地望起我来了："你知道共产主义？"

"怎么不知道，"我说，"党代表上政治课讲过了嘛！"

其实，这时我对共产主义的理解还是很不深刻的。但是梁同志似乎很满意。他很庄重地说："我是一个共产党员。今天，就是党组织要我找你谈话的。"

"我能够参加一个吗？"我急切地问道。

梁同志没有直接回答我。他只是说，你的出身成分，家庭情况过去都了解过了。在连队，特别是战斗中的表现大家都知道。想参加共产党是件好事，但还要经受考验。做个共产党员，吃苦受累、流血牺牲都要跑在前面。要是被敌人捉到了，共产党员就得先掉脑袋。他最后笑着说："可是没有什么好事呀！"梁同志的意思我全懂。我虽然没讲多少话，但觉得原来满肚子的话，现在连一句也没有了。

这种谈话的方式和内容，现在有些年轻的同志或许会觉得有点好笑，但它却一直激动着我的心啊！

这次谈话之后，党代表颜有光同志又找我谈过几次。不久，梁同志通知我，组织上决定发展我入党。介绍人就是颜有光同志和他两个人。他要我填一个表（类似后来的入党申请书，只是简单一些）。我虽然当时认不得多少字，但还是十分认真地填写了那张纸质很粗糙的表。直至填好表格，召开党小组会，我才知道，我们那个连，除了党代表，还有四名党员。

人员不多，党小组会却开得很认真，很严肃。会上，我向党组织详细讲了自己的家庭情况，个人经历，主要优缺点。同志们对我提出了希望。给我印象

1970年济南军区司令员杨得志重访井冈山入党地——黄坳。

最深的是，每个同志都提到了打仗勇敢，要不怕死；要吃苦耐劳；要守纪律，要保守党的机密。的确，在战争年代，又是红军初创时期，这几条是非常重要的。同志们的那些希望，在我后来的戎马生活中，一直起着很大的作用，使我念念不忘。

入党宣誓会是傍晚在黄坳那个小庙里举行的。窗子堵得严严的。没有桌子，没有凳子，只在墙上挂了一面很小的党旗。大家站在党旗下，由颜有光同志带领我宣读了入党誓词："牺牲个人，服从组织，严守秘密，永不叛党……"他读一句，我跟着读一句，连续读了三遍。然后，颜有光同志和我握手，并且告诉我，因为我的家庭是赤贫，组织上决定我入党后没有候补期。他很郑重地对我说："杨得志同志，从现在开始，你是中国共产党的正式党员了。"这时，梁同志和其他三位党员同志都来和我握手。我觉得和这些本来生活在一个连队，又是很熟悉的同志的心，一下子靠得更近了，而且不知道为什么，觉得自己一下子成熟了许多许多……

这是一九二八年十月的事。

几十年后，我再回井冈山的时候，曾专程去了一趟黄坳，只是那座小庙已不复存在了，就连那座小庙的具体位置也不容易确认了。但是，当年的黄坳和黄坳的那座小庙却十分清晰地印在我的心里。那是永远也不会忘怀的。我的入党介绍人颜有光和梁同志的模样，以至讲话的声音语调也十分清楚地留在我的记忆里。

我是又回到井冈山了，但是颜有光同志，在我们一九二九年下井冈山，开辟赣南闽西根据地的一次战斗中，英勇牺牲了！那位年龄和我相差无几的梁同志，也早已离开了我们。他们年轻的生命，都是被敌人夺去的。革命胜利的今天，是多少先烈用鲜血和生命换来的呀！

又有许多年没去井冈山了。那里肯定又有了许多变化。道路更宽阔了；房屋更高大了；人民的生活也更富裕了。但是，我想到井冈山的时候，眼前最先出现的还是那崎岖的山路；闪着暗红色灯光的茅屋草舍；生活条件极差、革命精神却十分旺盛的井冈山人民；还有那些当年教育过我，培养过我，帮助过我，和我一起战斗，却不可能再和我一起重上井冈山的战友们！

# 第三章

——

## 赣南闽西六年

　　从一九二九年一月到一九三四年十月，中央红军在赣南闽西转战了整整六个年头。这期间，还处于初建和发展时期的红军，在连续四次粉碎蒋介石近百万军队大规模的反革命"围剿"中，浴血奋战，成长壮大。召开了具有伟大历史意义的"古田会议"，通过了毛泽东同志作的《关于纠正党内的错误思想》的决议。在人民群众的支持和援助下，开辟、建立了以瑞金为中心的中央革命根据地。成立了中国历史上第一个工农民主（苏维埃）中央政府。后来，由于"左"倾机会主义领导的错误，红军不但没能打破敌人的第五次"围剿"，反而被迫撤离了中央根据地，进行了艰苦卓绝的二万五千里长征。

　　我在人民军队六十多年的经历中，从担任战士、班长、排长、连长、营长到团长的这段战斗生活，是在赣南闽西度过的。赣南闽西地区的面积并不很大，但那里的山好水好，人民群众更好。我们在这块土地上流过汗，洒过血；经历过胜利，遭受过挫折；有过无比的欢乐，也有过深深的苦痛……

### 一、最初的日子

　　一九二八年年底，彭德怀和滕代远同志率领平江起义后组成的红五军，到达井冈山和红四军会师了。

红军的壮大和根据地的扩展,震动了敌人。几乎是同时,湖南、广东、江西三省的敌人,开始了对井冈山的第三次"会剿"。这次"会剿",规模比以往都大。

为了调动敌人,粉碎"会剿",在游击战中选择和开辟新的革命根据地,发展红军,上级决定彭德怀同志率部分部队,坚持井冈山斗争,红四军主力则下山去,到外线作战。

一九二九年新年后,党内首先简单地传达了去外线的任务。我印象比较深的是交代任务时说,山下敌人强大,群众工作基础薄弱,没有根据地,一切都要从战斗中获得。后来看到由朱德军长和毛泽东党代表签发的《红军第四军司令部布告》,对总的形势和下山后的任务、政策,才有了进一步的了解。《布告》是用四言体写的,有些像私塾的启蒙课本《三字经》,通俗易懂又朗朗上口。我们一些十八九岁的青年战士,看上几遍几乎就背下来了:

> 红军宗旨　民权革命
> 赣西一年　声威远震
> 此番计划　分兵前进
> 官佐兵夫　服从命令
> ……
> 全国工农　风发雷奋
> 夺取政权　为期日近
> 革命成功　尽在民众
> 布告四方　大家起劲

下井冈山时,正值农历腊月,而我们依然穿的是破旧单衣,自编的草鞋,几乎没有一丝棉絮。江西虽然没有北方那样的鹅毛大雪,但经常下着淅淅沥沥的小雨。雨丝随着凛冽的北风扑来,刺骨钻髓,寒冷难耐。

我们从井冈山的茨坪出发,经大汾、左安、营前等地,占领了大余县城。由于敌人的欺骗宣传,这一带的不少群众跑了。一仗打下来,伤员没有地方安置,给养得不到及时补充。晚上露营时,以班为单位点起堆堆篝火。每人顶着一床潮湿的夹被围火而坐，然后拿出一点米，放在搪瓷、白铁缸子里，加一点水放在火堆旁。天亮时，夹被干了。缸子里的米，有的熟的，也有夹生或者烧焦的，但都得吃掉，因为当时粮食供应确实太困难了。

在大余停下不几天，归江西省朱培德指挥的敌二十一旅，由遂川方向向我们发起了进攻。二十一旅的旅长叫李文彬。我们和他打过几仗，都没有打好。这个旅装备比较好，轻重机枪和带刺刀的"三八式"都是从日本进口的。全旅清一色的灰军装，白帽罩。那时我们对戴白帽罩的敌人有点胆怯。因为他们不是靖卫团的土豪武装，而是正规的中央军，战斗力比较强。

我们刚占大余，立足未稳，一接火战斗就很激烈。我当时所在的二十八团三营十一连，据守在大余城东北的一片山地上。敌人火力强，轮番攻击，压得我们抬不起头来。

我的班长是湖北人，高高的个子，脸上有几颗麻子。他原是安源煤矿的矿工，身体好，打仗也很勇敢。战斗开始的时候，他就在我左边两步远的地方。敌人远的时候，他还卧在阵地上指挥我们射击，等敌人离我们只有二三十步的时候，他却猛地站起来，对全班的同志喊："拼！跟他们拼了！"我刚站起来，准备冲入敌群，班长伸出手像要抓住什么似的，一个趔趄倒下了。只见他满身是血，但分不清伤在哪个部位。我抱着他喊："班长、班长！"他嘴都没有张开，便牺牲在我的怀里了。

敌人离我们越来越近。我刚把班长的遗体放平，就听有人喊："十一连快撤，我们掩护！"

敌人见我们后撤，更疯狂了。他们一边追，一边狂叫："捉活的！捉活的！"

我撤到山下一块农田旁，见后面全是敌人，没有一个自己的同志，心里有些紧张。冬季的农田，没有什么东西可以遮挡。我身上的一块斗篷却被风吹得鼓鼓的，像撑开了的雨伞一样拽着我，行动很不方便。我在田埂、小沟和高低不平的小路上，不断变换着位置向敌人还击。敌兵见我孤身一人，追得更紧了。我觉得除了手中的武器，身上的一切都变得特别笨重，伸手一扯，斗篷随风向身后飞去。四五个追兵猛然愣住了，望着飘向他们的斗篷。我趁机压上子弹，继续转移。不一会儿，敌人又上来了，仍是紧追不舍。呀！离我最近的只有二三十步，他们不开枪，看来真想"捉活的"了。我又抬手将贴身的米袋绳解下来，往田埂下摔去。那田埂有个把人高，不料四五个敌兵丢下我一齐向米袋扑去。

　　原来，那时我们连队士兵委员会主席、司务长或上士同志的身上，除了米袋，还有一条袋子装着银圆，或五十块，或一百块，甚至更多。我们叫它"随身供给部"。显然，敌兵把我的米袋当成"随身供给部"了。这些心里只有钱的家伙！当他们发现米袋里装的是连稻壳都没有磨掉的糙米，明白是上了当的时候，我唯一的一个土制手榴弹，在他们中间开了花。真没想到，一条普通的米袋，替我解除了危难。但是后来听说，我们二十八团的党代表何挺颖同志，在负伤转移时，遭到敌人袭击，光荣牺牲了，大家都非常悲痛。他是个知识分子出身的优秀政治工作干部。

　　大余战斗后，部队在敌人尾追不舍的情况下，进入了"三南"（龙南、全南、定南）地区。我们每日行军都几乎在九十华里以上，不少同志和我一样，没有斗篷，没有米袋，连草鞋也破得挂不住脚。可是大家都知道，如今是在新区，这里的群众对我们还不了解，敌人又紧追不放，补给是谈不上的。所以谁也不说自己的困难。然而，气候也好像有意和我们作对，三九严寒风雨交加。常年翠绿的南方，路旁也出现了枯黄的干草，上面挂着尖细的冰花。而我们不少同志却赤着红肿的双脚。这样的转战，我军虽然劳累，却使尾追的敌人因摸不清我们的意图，而追击不赢，求战不得，陷于疲于奔命的境地。我军则依靠良好的纪律，给所经地区的人民群众留下了极好的印象。

　　眼看一九二九年的春节要到了。我们从福建的武平一带又回到了会昌、瑞金地区。这时，江西敌军刘士毅追来了。刘士毅部是个地方师，在井冈山东南的遂川曾被我们打垮过。他知道我们刚从井冈山下来，大余一仗没有打好，又老避着他们，便神气十足地紧紧追逼。我们连续急行军，几天就把他甩开了。紧接着，我们在驻地发动群众，打土豪。把土豪们准备过年的东西搞出来，一部分分给群众，一部分发给部队。我们许多天没有吃到带油的饭食了，这回一个个都吃得饱饱的。随后我们又开到大柏地以南的有利地带，等着刘士毅部的到来。

　　年三十晚上，大柏地一带下起了毛毛细雨。我们埋伏在山坳里，雨把衣服打湿，风又把衣服吹干，听到山下村庄里过年的鞭炮响了，还是没有敌人的影子。直到中午，刘士毅的部队才进入我们的埋伏圈。大柏地战斗打响之后，经过一阵激战，我们不仅消灭了敌人，还俘虏了刘士毅的两个团长和七八百名士

大柏地战斗战场纪念地。

兵，缴获了大批枪支弹药。这是我们进军赣南闽西以来打的第一个胜仗。真是过了个胜利年！

在"新春大喜"的气氛中，部队经宁都到了吉安的东固。东固地方不大，但十分热闹，一派新气象。原来，红军独立第二团、第四团在这里建立了一块游击区。对我们这些离开井冈山后一直在转战中的人来说，见到兄弟部队和热情的群众，有了可以停脚的地方，真像到了家一样。两个独立团和红四军的会师大会开得很隆重。朱军长，毛党代表和两个团的负责人都讲了话。同志们高兴地说：一九二九年大年初一打胜仗，没过正月十五又会师，是个"招喜"的样子。在东固停了几天，党小组布置了南返瑞金一带，准备过武夷山进军闽西的任务。

武夷山山高林密，重重叠叠，连绵千里。一会儿是断崖峭壁，怪石嶙峋；

一会儿是藤萝缠绕，山泉涌泻。半空中浓雾弥漫，不见天日；地面上流水纵横，青苔斑斑。行进起来非常困难。有天午饭后，部队刚刚集合，前面突然响起了枪声。不一会儿后边又传来消息，说从江西尾随的敌人离我们不远了。前堵后追，形势一时紧张起来。上级命令我们越过前面的大山，向东北方向插小路迎敌。敌人是福建省防军暂编第二混成旅，旅长叫郭凤鸣，旅部设在长汀。

土匪出身的郭凤鸣，是闽西的三个土皇帝之一，也是盘踞在瑞金、长汀一带民愤很大的地头蛇。自然，能吃掉他们，对于振奋群众的革命热情和开辟、建立根据地会有重大作用。我们越过大山，在荆棘丛生的小路上急速前进，很快和敌人接了火。郭旅战斗力不强，刚一接火敌人便溃退了，我们乘胜追击，攻进了长汀城，端了郭凤鸣的老窝。不一会儿，就听说郭凤鸣在逃跑中被我军击毙了。数以千计的群众涌上街头，高喊着："快来看呀，郭胖子吃了红军的'红子'了！"当郭凤鸣的尸体夹杂在俘虏中抬过来的时候，受他压榨多年的群众沸腾了：

"把郭凤鸣的头割下来！"

"挂到城头上示众三天！"

"郭胖子你也有今天呀！"

……

长汀也叫汀州。"一州管三县"，有几万人口，是我参加红军后见到的第一个大城市。街道两旁商店的大门上，搭着镶有蓝边的白布棚，店门口贴着七红八绿的商标、广告，店里面摆着许多我们从未见过的商品，好阔气！但是我们谁也不曾进去。一是进城后领导上重申了纪律；二是我们身无分文；再说也没有逛商店的习惯。其实，对那些花花绿绿的商品大家并没有兴趣，只有两种急需的东西，我们有些心动：一是成匹成匹的灰布；二是黑、白色的力士鞋（我们叫它"陈嘉庚胶皮鞋"）。因为许多同志像我一样，把长裤的一只裤筒改成了米袋，另一只裤筒过武夷山时几乎全部扯碎，是穿着刚到膝盖的短裤进汀州城的。我怕冷，腿上多打了一副绑带。

军部查封了郭凤鸣在汀州的全部财产。几天后，每人发了一套崭新的灰军装，一顶带红五星的军帽，一个挎包，一副绑带，两三双"陈嘉庚胶皮鞋"。不要说像我这样参军只一年多的新战士，听说就是朱军长、毛党代表他们也是头一次得到这么齐全的装备。队伍拉出来，一色的新衣新帽新鞋子，整齐划一，精神抖擞，人都好像变了模样，威武得很。每人还发了三块钢洋（银圆），虽然不是一次发的，但也是破天荒的事了。

红四军占领长汀之前，闽西早就有了我们党的秘密工作，发动过好几次武装暴动。我们到闽西后，很主要的一项任务是在农村发动群众、组织群众、武装群众，在农民中发展党的组织，建立苏维埃政权。那时候团的机关里有专做民运工作的同志，每到一地，先进行调查。虽然有些群众因为害怕跑了，但从房子的式样上可以看出哪是穷人家，哪是财主家。然后各连派出由干部或党员带领的宣传组，到群众家里去了解：当地有几家财主，都姓什么，叫什么，有多少土地，雇多少长工，怎样收租……从而摸清了哪家财主民愤最大，同时也宣传了革命的道理和党的政策。群众逐渐了解了我们，跑到外面去"躲风"的便回来了。于是我们又召开大会，把民愤最大的土豪的钱、财、粮和多占的土地分给群众。在打土豪、分田地中，虽然也有个别胆子小的人家，怕红军走后土豪倒算，什么也不敢要。但绝大多数群众斗争是积极的。这时，我们特别注意农民中的勇敢分子。把那些胆大、积极、敢到土豪家背东西，敢在大会上揭露、控诉土豪罪行的农友们召集到一起开小会，进一步讲革命道理，教他们去做其他农友的工作。其实，那时候像我这样十八九岁的青年战士，自己也懂不了许多革命道理。但是受封建势力残酷压榨几千年的中国农民，确实如同干柴一般，只要用革命的火种一点就会燃烧起来，就会发展成燎原烈火。

经过一段工作，我们就开始在农民勇敢分子中秘密发展党员了。入党手续虽然比在红军中简单些，但也很慎重。除了很注重现实斗争中的表现，也了解他的家庭身世。每发展一个党员，连队党支部都要专门开会研究。没有入党志愿书和党证的时候，由连队党支部开一个证明，写上某乡某村某同志，由我党支部同志介绍，自愿加入中国共产党，党龄从某年某月算起。支部书记还签名盖章。没有图章就摁上手印，以示负责。此外，还要找一个秘密的地方开宣誓会。然而，同一个村子里的党员有的互相不知道，因为不是同一个支部发展的。可是连队要离开驻地开往新区时，便都把自己支部发展的党员召集起来，临时从部队抽几支枪（一般都是挑好的）、几发子弹，发给他们。告诉他们和土豪、白匪斗争的方法。这些新发展的党员一个个也都是好样的，他们说："土豪、白匪回来我们就上山打游击，总归是他们人少我们人多，不怕他们！"

我在赣南闽西发展过好几名党员，可惜现在记不得名字了。不过有几位同志的面貌我一直还记得。解放后我再到这里时，很注意观察一些老同志，只是年代久远，即使面孔熟悉，也不敢贸然相认了。

红四军在长汀一带驻了近一个月。这期间部队进行了整编。二十八团主力编为第一纵队，军直特务营和二十八团的第三营编为第二纵队，三十一团编为第三纵队。整个红四军有了三千多人。我编在第二纵队当战士。

一九二九年三月，我们离开长汀转回赣南。有天行军到了还不是根据地的瑞金附近，见我们的左前方集合着一支三百多人的红军部队。队伍前面有一张条桌，一个人正站在上面大声讲话。这人中上等身材，长得很敦厚，虽然戴着一顶我在安源矿上见过的工程师们才戴的白筒子帽，但很像个农民。后来才知道这是红五军的彭德怀同志。这是我第一次见彭老总。原来我们下井冈山后，彭德怀同志在山上遇到比红五军多三四十倍的敌人的"会剿"，他们艰苦奋战才突围出来。朱军长、毛党代表命令红四军，把在闽西打土豪得来的银圆，集中了十挑二十筐送给了红五军的同志。后来，彭德怀同志又率领红五军回师井冈山，恢复了湘赣边区。

红四军在赣南闽西（也到过广东）的转战中，开辟、建立和扩大了根据地。一九二九年十二月，红四军第九次党代表大会在上杭古田召开了。大会通过的《关于纠正党内的错误思想》的决议，"使红军完全建立在马克思列宁主义的基础上"，"使整个中国红军完全成为真正的人民军队"。[1] 到一九三〇年六月，红一军团（开始叫第一路军）和红三军团相继成立。后来又组成红军第一方面军。朱德同志任总司令，毛泽东同志任总政治委员、前委总书记和工农革命委员会主席。这个进一步集中兵力的战略行动，对红军实现由游击战向运动战的战略转变，意义是重大的。

## 二、长沙失利　龙冈大胜

一九三〇年八月间，我随部队到了离别两年多的家乡湖南，参加历史上叫"第二次打长沙"的行动。长沙是大城市，守敌力量很强。我们攻打了大约一个月左右，连三国时代的"火牛阵"——即用布蒙住水牛的眼睛，点响绑在牛尾巴上的鞭炮，驱赶它去冲敌的办法都用上了，最后还是撤了下来。

[1] 见《毛泽东选集》第一卷83页。

　　离开长沙，很快到了我的出生地醴陵（今株洲）县内。湖南是个河网密布的省份。醴陵一带，大河有湘江，支流有渌水，还有许多叫不出名字的小河。这里有些村庄是我孩提时跟着父亲、叔父打铁到过的；有些道路是我跟着哥哥到萍乡安源当矿工，到衡阳一带当修路工时走过的；有些不知名的小河，是我少年时代游水的地方。走在家乡的土地上，觉得空气里充满了甜丝丝的乡土味，亲切得很。这也想看看，那也想看看，腿有些挪不动了，想家了。但这是敌占区，随部队行进，不可能请假回家。是啊，两年多了，不要说回家，连一封书信也没有通过。年老多病的父亲、叔父如今怎么样了？缺衣少食的兄弟姐妹们好吗？又不知道他们当中哪一个被饥饿夺去了生命。真想见到他们呀！哪怕是远远地看上一眼呢！看不到他们，能见到一个熟悉的乡亲带一个口信也好呀！但是一路上连一个熟悉的身影也没有看到。遇到的都是沿途土豪的民团不断地向我们打来的冷枪。这枪声，使我想起了在"八月失败"中被敌人夺去了生命的哥哥，仿佛家乡变得有些陌生了。

　　不料，我们的队伍从湖南又转到了我参军前当矿工的地方——安源。安源几乎没有什么变化。低矮的棚户，灰黄色的烟雾，打着赤背只披一块乌黑的披肩的推煤工人……但这一切对我来说都十分亲切。那天，我和同志们正在街上作"扩红"宣传，有位大嫂端详了我好一阵，悄声地问："你这位红军是不是醴陵杨海堂的兄弟呀？"我听她叫出我哥哥的名字，点头应着。她见我没有认出她来，亲热地说："忘了？当初我孩子的爸爸和你们兄弟俩一块在这里挖过煤的！"噢，记起来了。我问她："你家大哥好吗？"大嫂叹了口气，说："死了。上年瓦斯爆炸，埋在井里了。"她话语硬朗朗的，没有什么悲伤。我心里却很难过。"你哥哥呢？"她问我。当听说我哥哥也不在了的时候，她又叹了口气，说："唉！死了多少好人呀！"大嫂一定要我去她家看看。我请了假，跟她去了。走在路上，只要是碰上人，她就带着骄傲的神色高兴地介绍："认得不？他是和我孩子爸爸一块在这里挖过煤的。早就当红军了，多好，多好呀！"她把我当成自己的兄弟，我也把她作为自己的亲人。这位大嫂比我大十几岁，如果她还健在，该是位九十多岁的老人了。我像怀念当年同在安源挖煤的工友一样，深深地怀念着她。

　　我们在安源虽然只住了几天，但是由于群众基础好，"扩红"的成绩很大。红军第一个工兵连就是在这里以工人为主组成的。

秋天，部队攻占吉安的时候，我是红四军十一师师部通信警卫排排长兼士兵委员会主席，罗瑞卿同志是师政治委员。他和我们一个伙食单位。

那时，连队的经济开支，连长、指导员不太管，主要由士兵委员会掌握，不定期地向大家公布账目。打了胜仗，缴获多的时候，便开士兵大会，用余下的钱（叫伙食尾子）买些吃的东西，大家边吃边谈，讨论形势、唱山歌、讲故事，很热闹。在吉安缴获了敌人许多武器装备和物资。看到吉安附近几个县的农友们，打着红旗来城里抓从他们那里逃跑出来的土豪劣绅，大家高兴得很，便想开个士兵大会。我把这个想法报告给罗瑞卿政委，并请他参加我们的大会。他兴致很高地问："你准备怎么开法？"我说："买些吃的东西，请你给大家作形势报告。"罗政委一听，笑了。他说："大会我参加。买些东西给大家吃我也同意。只是形势报告我作不得，要你来作，你是士兵委员会的主席嘛！"

开会那天，我先找了间比较大的房子，和大家一起把大小不同，高低不一的桌子对好擦净，摆上花生、糖块、瓜子、纸烟，又打了两桶开水。那时候每人只有一个吃饭用的缸子或碗，想到罗政委要来，我提前对他的勤务员说："哎，把政治委员的缸子带上，要不可是没有喝水的家伙。"开会的时候，罗瑞卿同志真的端着自己的搪瓷缸子来了。他见战士们兴高采烈的样子，很满意地坐在大家中间，说："怎么样？开会吧？请士兵委员会主席杨得志同志给我们作形势报告！"士兵委员会主席在士兵大会上讲话是常事。说到形势报告，就是把首长们讲的敌我动态，当地的社会情况和本部队完成任务、执行纪律以及连队经济开支的情况报告大家。那时很少看到文件和报纸，也没有什么参考材料，要讲的内容，全靠脑子记。你上面讲，下面听的同志可以插话补充，也可以提问题，非常活跃。我那天讲了些一般情况后，还特别讲了两点：一是攻下吉安是个不小的胜利，但不能放松警惕，要随时准备粉碎敌人新的进攻。二是希望湖南籍的同志不要想家。因为我们排湖南籍战士不少，上次从长沙撤下来，有些同志和我一样路过家门却没回去。罗政委和战士们一起座谈，有说有笑，蛮高兴。眼看两桶开水喝得差不多了，我说："好，散会了！"罗政委开玩笑地说："噢，这就散了吗？好像还没有谈完嘛！"

后来在吉安城外的河滩上开了一个隆重的大会。朱总司令和毛总政委都讲了话。贺子珍同志也讲了话。贺子珍同志那时二十多岁，细长的个子，穿一身灰布男式军装，头发罩在军帽里边，腰间扎着皮带，插着短枪，讲话时动作敏捷，声调清脆，很有些男指挥员的气概。在这次大会上，又有不少群众踊跃报名参加了红军。

红军和革命根据地的发展，引起了国民党反动政府的恐慌和畏惧。他们向红军发起了频繁的"围剿"。

一九三〇年十月，蒋（介石）、冯（玉祥）、阎（锡山）中原混战刚结束，蒋介石就立即增兵江西，组织对中央革命根据地的第一次反革命"围剿"。由伪江西省政府主席兼第九路军总指挥鲁涤平任"围剿"军总司令，第十八师师长张辉瓒为前线总指挥，先后调集了十一个师、两个旅约十万人。而中央红军当时只不过五万人左右。

敌人企图在革命根据地以外或边缘地区同我们决战，因为这便于他们集中和调动兵力。我们则依照毛泽东同志提出的"诱敌深入"的作战方针，力争把敌人引进根据地，消耗他的兵力，打击他的气焰，在运动中集中兵力，待机反攻取胜。所以，我们从吉安一线东渡赣江以来，在积极防御中逐步向根据地中心区域转移。敌人多次扑空，欲战不得。我军主力却得到了相对的集中和休整，做好了反攻准备。十一月底（或十二月初）我们到达了宁都县的黄陂地区。

到达黄陂不久，红一方面军总部在小布召开了苏区军民歼敌誓师大会。会场设在小布村外一个叫砻石下的河滩上。一般开大会主席台都在高处，这次大会的主席台却在低处一条小河旁，紧靠着一片梨树林。参加大会的部队和群众坐在高坡上，会场内的一切看得十分清楚。虽然时值隆冬，但气氛很热烈。主席台两侧挂着两条长长的标语，写着：

敌进我退，敌驻我扰，敌疲我打，敌退我追，游击战里操胜算！
大步进退，诱敌深入，集中兵力，各个击破，运动战中歼敌人！

后来知道，这两条标语是毛泽东同志亲自拟定的。它高度概括了毛泽东同志在红军初建时期的战略思想，是毛泽东同志依据马克思列宁主义的普遍真理，根据中国革命尤其是当时敌强我弱的具体情况，在军事上的一个创造。它不仅是当时我军斗争的指导思想，也是我军后来作战原则的一个基础。

那天，毛泽东同志在大会上发表了精辟的讲话，指出了军阀混战后中国面临的政治局势，揭露了蒋介石"围剿"根据地的反革命目的，特别详细地阐述了运用"诱战深入"方针的好处。毛泽东同志讲话通俗易懂，形象生动，道理深入浅出。整个会场随着他的讲话，一会儿欢笑，一会儿鼓掌，非常活跃。最后，他还带领大家呼了口号。这真是一次振奋人心的大会。

誓师大会后，得到敌第九路军所属第五十师（师长谭道源）准备向小布推进的情报。

半夜时分，我们接到开进小布周围山区埋伏的命令，随即行动。行进中根据上级要求，绝对肃静，不准高声讲话，不准有一点火光，我们都一丝不苟地执行了，而且迅速赶到了目的地。

山区的夜很冷，但大家战斗情绪极高，一心等着敌人的到来。可是直到天亮敌人也没有动静。战士们心里着急，嘴上还是自我安慰地说："诱敌深入嘛，哪能这么容易，要有耐性才行。"

又在山区里埋伏了一天一夜，仍然不见敌人的影子，有些同志便沉不住气了。有的战士问我："排长，敌人会那么傻，自己来钻我们的口袋吗？"

我说："怎么，誓师大会上毛总政委讲的，你忘了？才两天你就不耐烦了还行呀！"

战士又问："那敌人什么时候来？"

这我可答不出来，只得说："别急，上级自有安排。"

敌人一直没有到小布来。后来才知道，原来有人向谭道源告了密，谭道源把已经出发的部队又调回去了。

小布设伏不几天，一九三一年的新年就要到了。一天夜里，我们突然接到了出发的命令。这次行军要求更严，连发亮的东西都要求伪装好。部队出发不久，下起了小雨，天气既冷又黑，面前的道路一点也看不清，经常不知不觉掉到路旁的水沟里。雨水淋漓，同志们的衣服全都湿透了，走啊走，一直走到君埠附近的山村里，天都中午了才停下来。这时，敌"围剿"前线总指挥张辉瓒，已经率他的十八师主力到了离君埠不远的龙冈镇。上级决定以优势兵力在龙冈聚歼张辉瓒师。

龙冈之战上午发起，太阳还没落山就传来"张辉瓒被我们活捉了"的消息。这是红军历史上第一次全歼敌人一个师部和两个旅（伙夫、马夫都没跑掉一个）的胜利。真是群情振奋，全军欢腾。进入龙冈，看到有的房子里放着一些大坛子。有的战士说："这国民党，打仗也忘不了喝酒，把它给砸了吧！"我闻着坛子里根本没有酒味，但也认不出里边装的是什么。后来才知道坛子里装的是供无线电设备用的硫酸。可惜有些让个别同志打坏了。

乘龙冈大胜，我们又奉命去打谭道源的五十师。消息一传开，大家都非常高兴。战士们说："在小布冻了两个晚上没等到谭道源，这次可别让他跑了。"由于张辉瓒的被歼，谭道源部已成惊弓之鸟。我们只在追击中消灭了他一部分，其余的敌人仓皇逃窜了。然而我们部队从谭道源的军需处得到了很多崭新的国民党票子，据俘虏说这是谭道源扣下的全师三个月的军饷。可惜有的同志认为是一堆废纸，放火烧掉了不少。

第一次反"围剿"胜利后，部队在驻地一面进一步发动群众，做巩固和扩大根据地的工作，一面休息整顿，开展练兵活动。我们连有位号目（司号班长），他以前在国民党军队里当过兵。多日来，这位号目常带一些纸烟、糖块分给大家，有时还买鸡吃，买胶皮鞋和线袜子。我怕他犯群众纪律，便问："号目，你哪里来的钱买东西啊？"他觉得我问得奇怪，说："消灭谭道源的时候，那么多的票子都让你们烧了，我这是随便拣了些存起来的。这票子和钢洋一样值钱哩！"我笑着说："闹了半天，你是吃的谭道源呀！"他也笑着说："怎么是吃的谭道源呢？这是反'围剿'的胜利品！"

## 三、难忘的教训

观音崖在富田和东固之间，周围山峦起伏，丛林密布，是个险要的隘口。我们在第二次反"围剿"中的第一仗，就是在这里打的。

那时我是十一师师部特务连的连长。师长是曾士峨同志，政委是罗瑞卿同志。

战前，我们十一师的三个团都布防在观音崖一带。观音崖在群山中虽算不得异峰突起，却也是居高临下，地理位置很好。师指挥所就设在山顶稍下的一间房子里。这房子战前大概是老乡们看山歇脚，或者避雨挡寒用的，矮小，破旧。罗政委个子高，进进出出都要低下头，很不方便。特务连就砍了些树木，另外搭了个棚子，曾师长和罗政委就在这里指挥。

眼下敌人是"围剿"军第五路军王金钰指挥的公秉藩（二十八）师。这支部队从北方初到赣南，又时值五月，对炎热潮湿的气候和山林作战都不适应。

他们进入我根据地两个多月，虽没有同红军正式交战，沿途却不断受到赤卫队的阻挡和袭击，已经相当疲惫了。到富田一带后，他们又赶紧修筑碉堡、工事，摆出一副阵地战的架势。显然，我们是不会同他打阵地战的。我们部队按照毛泽东同志的部署，耐心等待战机，以求诱其脱离巩固的阵地，在运动中聚而歼之。

公秉藩终于脱离阵地，向我们开来了。

公秉藩虽不是蒋介石的嫡系部队，但武器装备比红军还是好得多。特别是重武器，山炮、野炮、轻重机关枪，占明显的优势。他们靠着这个优势，向我占据的山头猛烈轰击、扫射，妄图夺路前进，一口吃掉我们。战斗打响，山头上炮火连天，浓烟滚滚，树倒枝断，乱石纷飞。师指挥所小屋旁刚搭起来的棚子也被炮弹击中倒塌了。曾师长和罗政委这时幸好在棚子外边观察敌人的动静，否则也会压在里面。不一会儿，敌人的一路，在炮火掩护下，向我们右后方的山头攻去。

罗政委站在小房门口，说："敌人想攻占三十三团的阵地，从左翼包围我们。"

曾师长同意地点点头，说："不要紧。你看，三十三团前面还有一个山头，敌人要通过这个山头才能接近三十三团。"他停了停，转脸命令我说："杨得志，派人告诉聂鹤亭同志，一定要挡住敌人！"

聂鹤亭同志是三十三团的团长。我这里刚把人派出去，一阵密集的机枪、步枪子弹朝我们飞来。只见罗政委一转身，手没有扶住小房的门框便倒下了。我跑上去一看，子弹从他脸颊的一边射进，穿过口腔飞出。他满脸是血，当时就不能讲话了。看样子十分危险。（我们后来看到罗瑞卿同志的嘴部稍微有些歪斜，就是观音崖战斗留下的伤痕。）

"杨得志！"我正在罗政委身旁，听曾师长喊我，声音很大。

"到！"我立即站到曾师长面前。

他一手搭在我的肩上，一手指着进攻的敌人说："看到了吗？敌人要抢占那个山头。你带特务连上去，一定把那个山头先抢到！抢不到我杀你的头！"

曾士峨同志曾经是黄埔军校的学生，指挥打仗有魄力也有水平。他那只压在我肩上的手虽然有点残废，但分量是很重的。他的脾气我了解。抢不到山头杀我的头这句话，不是随便讲的。他是说到做到的。

　　我们连的张指导员当时不在我身边，不可能和他商量了。我把腰间的驳壳枪一举，喊了声："特务连的，跟我来！"来不及再看罗瑞卿同志的伤情，便冲了下去。

　　红军作战，干部在前面一冲，不用讲话，不用动员，战士们会自动地跟上来。这是个光荣传统。我带着部队冲下山，顺着山势仰望前面那座山头的时候，三班长捅了我一下，说："连长，你看！"我顺着他指的方向一看，敌人黑压压的一片，从我们连的左侧也往小山头运动，最靠前的离山顶只有一百多米了。我回头对刚跟上来的指导员喊道："老张，组织火力打敌人的半腰，我带三班先上去！"话刚落地，部队就开了火。三班长带着他那个班已经冲到我前面去了。

　　公秉藩的队伍虽然不适应山地作战，但两军对垒，谁都知道，这是生死搏斗，所以他们爬山的速度也不慢。待我和三班抢占了小山山顶时，他们的前哨离山顶最多也只有三四十米了。这小山上长满了深深的茅草，树木不高，但很密。我们一到山顶，根本来不及做什么工事，因为敌人离得太近了，讲话的声音都听得清清楚楚。

　　"先敌开火"是我从当战士、班长、排长、连长以来常用的打法。我钻进一丛茅草里边，举枪向敌人开了火。我那支驳壳枪是打十发子弹的，一排子弹打出去，那些接近山顶的敌人停住了。我一边压子弹，一边对三班长喊："开火！"那时候班以下虽然都是单打一的步枪，但十几支枪同时开火，又处在敌人意料之外的情况下，威力还是蛮大的。敌人被打得措手不及，趴在原地不动了。我趁敌人还没摸清我们的实力，赶紧对山下的同志喊："快呀！快上来！"这时，我看得很清楚，山下的敌人少说也有两三个连，而我们山上只有一个班。我也看得很清楚，战士们确实可以说是在不要命地往山上攀登！三班长运动到我身旁，摸了一把脸上的汗水，说："他娘的，脚心都叫汗湿透了。"眼看已经有二十几名战士登上山顶，只是因为爬山的速度不同，班、排的建制已经打乱。为了站住脚，我立即组织现有兵力进行反击。大家知道，运动战中，重要的是利用有利条件，不失时机地消灭敌人的有生力量。于是我指挥战士们一齐动作，甩出手榴弹。随着那"轰！轰！"的爆炸声，从山顶往下冲。此刻，兄弟部队也在进行火力支援，压着敌人打。敌人被打得晕头转向，抬不起头，不得不转身逃窜。很快，整个观音崖一带就响起了我们追击逃敌的声音。仅仅用了几个小时的时间，我们就歼灭了正面的敌人，取得了很大的胜利。

后来听说，公秉藩在战斗中本来被我们生擒了。但由于他已化装成士兵，混在俘虏群里，没有被认出来。那时红军对愿意回家的俘虏，一律发三块银圆作路费，予以释放。公秉藩就钻了这个空子，潜逃了。

歼灭公秉藩师是第二次反"围剿"中的首战。这以后，正如毛泽东同志在《中国革命战争的战略问题》一书中所说的："十五天中（一九三一年五月十六日至三十日），走七百里，打五个仗，缴枪二万余，痛快淋漓地打破了'围剿'。"

然而就在那"七百里驱十五日"，"横扫千军如卷席"[1] 的日子里，有一个人，我虽不知道他的姓名，却总也忘不了。每当一想到他，一种内疚、思念的心情就从心头油然升起，久久不能平静。

那是消灭公秉藩师以后，部队缴获了大量的战利品。除了武器、弹药随时补充部队外，还有很多后方急需的粮食、日用品和药物，要及时运往根据地的中心地带。根据地的人民组成了运输队伍，日夜兼程执行这项任务。因为附近不时有敌人骚扰，为保证民工同志的安全，师部命令我连担负短途护送的工作。

张指导员有些文化，斯斯文文的，脾气好，有耐性，很会做群众工作。这项任务便很自然地分给了他。不料有天早上，部队刚开过饭，张指导员跑来，有些着急地说：

"老杨，你快去看看，有三个民工就是不走了。"

"为什么？"我问。

"他们担的是米，很沉的，可能是太累了。"张指导员说。

我没有怎么看重这件事，便说："哎呀！你这党代表还做不了群众工作？再说，刚吃罢早饭怎么会累得走不动了呢？你再给他们谈谈嘛！"

张指导员有些为难地说："嘴皮都快磨干了，可就是不听。有个大个子把挑子撂在一边，还讲怪话呢！"

"那怎么行？"我有点火，"我们部队开进后，敌人来了，他们要吃亏的呀！走，看看去。"当时我正准备集合部队出发，便只好对通信员说，"让部队等一等，我马上回来！"说完便和张指导员走了。

五六十个民工，每人一副挑子，集合在一块空地上。为首的一个同志见我和张指导员走来，紧跑几步到我们面前，说："同志，时间误不起，我们先走了。那三个人你们让他们跟上，不然遇上白匪就麻烦了。"不待我们表示什么，他就

---

[1] 见毛泽东诗词《渔家傲反第二次大"围剿"》。

带着民工走了。

地上坐着的三位民工斜倚着箩筐，低着头一动也不动。我一瞅，心里的火就往上冒，几大步跨到他们面前，但又不得不耐着性子压低嗓门叫声："老表！"

这三位民工显然知道我的来意，其中的一位站了起来——他看上去顶多三十几岁，个子却高出我一头还不止，粗眉毛、小眼睛，宽宽的肩膀，显得格外健壮。这大概就是张指导员说的那位讲怪话的大个子吧。他瞥了我一眼，低下头，拖着长腔，有点油滑地说："这米担子重得很，压得我们有点走不动了呢！再说天还早，歇歇脚嘛，急什么？"

我仍然耐着性子说："天早晚不是主要的，主要的是附近有白匪，部队又马上要出发，我们要对你负责呀！"

他却毫不在乎，大大咧咧地笑着说："你这红军还怕白匪呀！"

开玩笑也不分什么时候！他的态度，真使人着急呀！这时，通信员跑来对我说："连长，出发的时间到了，走不走？"我抬头看了看刚出发的民工队伍，末尾的几个人已经快看不清了，心里如同火上浇瓢油，更急了。我双手把腰一掐，说话的声音也大了："你们走不走？"

坐着的两位民工听我一吼，都站了起来。哪晓得，原来站着的高个儿大汉，反倒坐下了。我忍不住地向前跨了一步，以命令的口吻冲他喊道：

"起来！"

高个儿大汉听我一喊，摸起扁担站了起来。他也火了。我后退一步，手习惯地放到腰间的驳壳枪上。可能是我这个动作引起了他的误会，他往前赶了一步，气汹汹地喊：

"你，你要干什么？"

我真的火了。心想：我们完全是为你好，你不听，你还发火，便想吓他一下。哪料到，感情一冲动，我完全忘了枪膛里顶着红子。一掏枪，举都没举起来，"砰"的一声，响了！子弹正打在这位民工的肚子上。他倒了下去。

事情发生得太突然，在场的人都愣住了。我呢，觉得这一枪好像击中了自己。张指导员飞快地赶来一把夺过我的枪，责问道："你，你是怎么搞的！"他的脸都变白了。稍过了一会儿，我的头脑也完全清醒了。我不顾一切地扑到高个儿民工面前，使劲地摇着他的双肩，喊："同志！同志！"

但是，他没有回答我。一句话也没有回答我！

后悔已经晚了。

这真是一个血的教训！

细心的张指导员打听到了这位同志家的地址，给当地政府和他的家里写了检讨信。但这一切并不能减轻我的错误和造成的影响，也不能减轻我内心的痛苦。

我自己跑到师长曾士峨同志那里，详细地汇报了事件的经过和我对错误的认识（这时，政委罗瑞卿同志因负伤住院，不在部队），请求上级给予严厉的处分。

我在党小组会、支部大会和军人大会上作了检查，请大家批评。我是连党支部书记，支部大会是由我自己主持的。

师党委为此专门下了一个文件。指出我持枪威胁群众，走火误伤民工，犯了军阀残余的错误。考虑到我的一贯表现和错误发生后的态度、认识，决定给予留党察看一个月和行政记过一次的处分。后来，师党委又下达文件，决定按期撤销了处分。

这次处分，是我参军、入党以来唯一的一次。

后来，有的同志对我说，处分早已撤销，不必再在档案里填写了。也有的同志建议，向组织上写一个报告，经过批准，不再填写了吧。可我想：处分是可以撤销的，但教训是不能够忘记的。犯错误、受处分当然不是好事。但人生一世很难保证不犯错误，重要的是从错误中吸取教训，引以为戒，以便少犯错误或不犯大的错误。而且，让组织上和同志们了解自己犯过的错误，则是一件好事。所以，后来每次填登记表，我都写上这个已被撤销了的处分决定。

## 四、学习自己不会的东西

第二次反"围剿"胜利后的一天傍晚，曾士峨师长派通信员来叫我。我跑步赶到时，他正坐在师部房前池塘的旁边，望着池水出神。他身边摆着些炮盘、炮架和炮弹箱，还有些显然是刚从水里打捞出来的炮筒。见我来了，他点点头，站起身来围着那些炮零件转了好一阵才问：

"听说俘虏里有个炮兵连长分给你了，是吗？"

"是的。"我答，"他姓张，河南人。都四十岁了，本想发三块钢洋让他回家，可是他死也不肯。"

曾师长很有兴致地问："为什么？"

"他说他自己也是苦出身，被抓丁当了兵。如今家里没得什么亲人了。红军待他好，他要跟着红军好好干。看来人很老实的。"我说。

曾师长满意地点点头，说："思想也不错嘛！现在干什么？"

"在二排当战士。"

曾师长笑了："噢，你个二十岁的'小'连长，领导人家一个四十岁的'老'连长呀！"

"师长看他好，调到师部里来嘛！"我也笑着说。

曾士峨同志摇摇头，说："不行，不行，这么个有本事的人，只能在你们那个连。"

我不明白曾师长的意思，一时不知该说些什么。他指着地上的炮零件，说："你看，这八二迫击炮，威力不小哩！"我看那炮筒湿漉漉的，顺嘴说："是刚从塘里打捞出来的吧？"曾师长点点头，过了好一阵，很郑重地对我说：

"我们研究过了，要把你们连改成炮兵连。怎么样，你有什么意见？"

我虽然没有当过炮兵，但炮兵在战争中的作用我是了解，并且有亲身感受的。不要说井冈山时期，就是第一、第二次反"围剿"中，我们也吃过敌人炮兵的不少亏。自己能有炮兵当然是好事。只是我们连——从干部到战士没有懂炮兵业务的人——改成炮兵连，太突然了。我说："你知道，我们连没有懂炮的人呀！"

"怎么没有？"曾师长说，"那个姓张的炮兵连长就懂嘛！要他教，你们干部带头学。当初，步枪、机枪我们也不会打嘛！"

革命军人，只要组织上交下任务，再困难也要努力去完成。曾士峨同志又指着那些炮零件嘱咐我说："现在这些家伙不一定能配成套。你们先运回去，请那位张同志看看，抓紧时间边学边训练吧！"

我在支部会上把任务一说，党员同志们兴奋地议论开了：

"好啊，以往老吃白匪的炮弹，这下我们要狠狠地揍揍他们！"

"我参加农民暴动的时候摆弄过土炮，拌炸药、点火都干过，行呀！"

"什么时候去拉炮？快拉回来学吧！"

张指导员把要请老张当教员的事告诉大家后，特别强调要尊重他，要虚心向他学习。同志们说："我们不会，不向人家会的学怎么办？再说，老张上过学，现在又是我们的同志，领导上放心吧！"

老张同志听我交代完任务，显得有些为难。他刚参加红军，处事谨慎，甚至有点自卑是可以理解的。我鼓励他说："你放心大胆地教，干部、战士都一样，学好了的，表扬；不下力学的，批评！"老张有些拘谨地问："咱们都是些啥炮？"我说："咱们的武器都是敌人'送'来的。我才在师部看到一门八二炮，大概还有别的。不管什么炮，到咱们手里就是三条：学会，打准，消灭敌人！"老张点点头，又问："打仗行军的工夫，这炮怎么办？"我没明白他的意思，反问道："什么怎么办？"老张说："一门炮，不说炮弹，光炮盘、炮架、炮筒少说也得有二三百斤。在'那边'的工夫，嫡系部队有汽车拉着，就是杂牌军也有大骡子、大马和大车运。咱们呢？"这可是个新问题。那时，不要说我们根本没有汽车，就是骡子和马一个团也只有两匹三匹，还都在团部。"咱们呢？"我重复着老张的话，一挥手，说："好办！把炮拆开，人扛！"老张大概觉得我想得太简单，提醒似的说："连长，扛一件最轻的，少说也得负重百把斤，还要行军打仗呀！"我说："和白军比武器装备我们不行，要比吃苦受累——"我把大拇指一伸，"红军数这个！"老张还是有点担心地说："真要全靠人扛着大炮行军作战……不容易呀！"

老张的担心是有道理的。我们全连第一次去师部领了三门炮，单程不过十五里路，回到驻地，大家一个个就像从水里捞出来似的，累得气都喘不赢。特别是河南巩县兵工厂造的那种炮，一个炮筒就九十多斤，炮架也很沉，笨得要死。有的同志肩膀都磨红肿了。

战士们砍了些碗口粗的青竹竿，按照炮筒、炮架、炮盘的不同形状和重量做成工具，有的四个人抬，有的两个人抬，炮弹箱就一个人挑。

老张的炮兵射击课有三门：测量，计算，角度。那时候没有仪器，一切都靠土办法。测量课就是目测、指测，再就是用一根细麻绳拴住一个铜钱或小石头，垂直对着炮口，瞄准远方。计算课比较复杂。因为武器落后，型号不一，底火和发射药包又经常受潮，要计算准确很难。角度课比较简单，老张一再强调要选准角度。距离、角度和底火与药包的计算搞好了，才能打得准。

最困难的是学习炮的构造和射击原理。这些课程对今天有文化的年轻同志是很简单的，但那时对我们没有文化的人来说，却很不容易。老张讲一大套，大家都记不下来。不少同志没有耐性，他们情愿大热天里在野外练实炮操作，也不愿意坐在那里听讲课。有的同志对我说："连长，听那些理论憋得满身出汗，越听越糊涂，不行呀！"老张却对我说："连长，理论课学不好可不行，那可是基础哩！"我们只得把班、排长集中起来，每隔两三天请老张上一次小课。我和指导员也参加。提高干部的水平，带动战士的训练。这办法的效果不错。

我们的学习刚刚入门，敌人第三次"围剿"便开始了。从第二次反"围剿"胜利到第三次反"围剿"开始，中间只有短短的两个月。蒋介石带着英、日、德等帝国主义国家的军事顾问，亲自任"围剿"军总司令，坐镇南昌。何应钦为前敌总司令。包括陈诚、罗卓英、蒋鼎文、卫立煌等蒋介石嫡系部队在内的二十多个师（旅），约三十万人，分左、中、右三路，采取"长驱直入"的方针，向我中央根据地压来。

红军根据临时总前委和毛泽东同志的意见，坚持积极防御的战略方针，以少量部队在地方武装配合下，迟滞、消耗敌人；主力部队则迅速回师，待机歼敌之有生力量。

急于寻我主力决战的敌人，虽然没能实现其战略意图，却开进了我根据地的中心地区，并且占领了根据地内大部分城镇。连毛泽东同志指挥反第一、第二次"围剿"的最老的根据地黄陂、小布一带也被他们侵占了。正如毛泽东同志所说："在敌人第三次'围剿'时，江西红军根据地几乎全部丧失了。"[1]敌人在我根据地内横冲直撞，烧杀抢掠，大肆破坏。我们的医院、兵工厂等后方机构，苏维埃政权和人民群众，损失不小。那时我在基层连队，难以了解整个的战略意图，心里很着急，也很担心——怎样才能打破敌人这次气焰十分嚣张的"围剿"呢？

为了调动敌人，避其主力，打其虚弱，我们抬着沉重的大炮和炮弹，不停地行军、转移。时值七八月间，盛夏酷暑，骄阳似火，风吹过来都热辣辣的，脚下的石板小路像被烈日烤焦了似的，踏上去烙得难受。指战员们不仅衣服全被汗水湿透，连背着的米袋也浸进了汗水，蒸出的米饭带着一股发霉的咸味，又难闻，又难吃。全连虽然只有四门炮，但每人的轻武器都没有减少，负荷量大大超过了步兵，体力消耗极大。抬炮的竹竿都是临时砍下来的，含水量大，为了结实，大家还专找粗壮的做抬杠，所以更加沉重。同志们的双肩，先是被

[1] 见《毛泽东选集》第一卷 209 页。

压得发红、发肿，接着就破皮出血，汗水浸到里边，像伤口上撒了盐一样钻心地痛。这滋味我体验过，是很难忍受的。战士们真好，在这样的情况下你去替换他，他紧紧地抱着竹杠不放。直到你发火了，他才松开手，嘴里却不满地嘟囔着："你们干部不是讲过，要咬紧牙关吗!"有的战士激动地说："你们干部的肩膀都化脓了，为什么不准我们知道？不准我们换？"我的耐性差，这种时刻就靠斯斯文文的张指导员去做说服工作。一向少言寡语的炮兵教员老张，这时也禁不住大声地对我说："连长，我算明白红军为什么能打败白军了。来，把竹杠给我，我抬!"

有天傍晚，我们接受了由兴国西北高兴圩一带隐蔽北移，突破富田的歼敌任务。同志们高兴极了，纷纷议论："没白吃苦受累，总算打上敌人了。"但行军中又突然接到停止前进折回高兴圩一带的命令，大家有点摸不着头脑了。原来我们的战略意图被敌发觉。敌人两个师进至高兴圩以北的崇贤；两个师正向高兴圩以东的良村、莲塘疾进；蒋介石的嫡系第六师、第九师已到达了高兴圩以南的兴国。这样，在高兴圩一带的我军，即处在北、东、南三面受敌，而西面又是波涛汹涌的赣江，"仅剩此一个圩场及其附近地区几十平方里容许我军集中"[1]的严重局面之中。

在这关键时刻，毛泽东同志亲率红军三万余人，利用大山区的有利条件，从敌军之间只几十华里的空隙中星夜穿插，叫作"中间突破"。在三面受敌，一面临江的情况下，这个大胆、果断、出敌所料的决策，显示了毛泽东同志的韬略，足以看出他军事指挥上的英明。

要完成"中间突破"是相当困难的。白天，部队进行严格、彻底、一丝不苟的伪装。所有因撞击可能发出响声的用具，比如搪瓷缸、碗、炊事用具等，一律用布缠好；所有夜间可能发出光亮而引敌注意的东西，比如白布碗套、擦亮的军号等，一律涂上颜色。我们带四门炮行动很费事。炮的本身虽不可能发出什么响声，但抬炮的竹竿却总是吱吱呀呀地响个不停，战士们抬着这些沉重的铁家伙，走起来倒像捧着易碎的瓷器那样小心翼翼。傍晚开始行进时，沿着山间弯曲的小道走，虽然高低不平狭窄泥泞，但总算有路。走不多时，传来前面山下有敌人的消息，我们便不得不舍路攀山。天黑路险，没有一丝灯亮，只有山林、杂草、荆棘，一脚踏下去，不知是深是浅，也不知是石是水。如果踏

[1] 见《毛泽东选集》第一卷 203 页。

在石头上，脚便不敢轻易挪动，怕石头滚下山去发出声音。由于山的坡度陡，炮不能抬着前进，只得前拉后顶，完全用手、用肩，有时用胸、用背，甚至搭成人梯推到山顶。人多路少，部队行进的速度很慢，常常挤在一起，不能前进。因为要求绝对肃静，一停下来，疲劳的战士们也顾不得是水是泥，是锋利的石块还是刺人的荆棘，便席地而坐，屁股一沾地，不少人便睡着了。快到山顶时，突然，山下出现一堆堆火光，冒起一团团烟雾，大家立刻警觉起来——原来是敌人！他们赤身露体点着杂草在熏蚊子哪。敌人近在咫尺，一切活动都看得非常真切。好险呀！但是，敌人却做梦也没有想到红军主力就在他们身边通过，完成了自己的战略计划。

第三次反"围剿"的第一个胜仗是在莲塘打的，歼灭敌四十七（上官云相）师的一个旅。接着北上良村，打四十七师残部及五十四（郝梦龄）师。郝梦龄师是北方部队，骡马很多，但不适应山区作战，接火不久便垮得一塌糊涂。我们缴获了一些马匹，这下可解决了大问题，同志们把自己的夹被铺在马背上当炮架，用来驮炮。由于这两仗都是遭遇战，打得都很急，解决战斗又很快，我们的炮没有来得及发挥作用。

莲塘、良村胜利后，部队在黄陂包围了蒋介石的嫡系第八（毛炳文）师。我连接到命令，到黄陂以南一个山梁上集中，由军团统一指挥。赶到山梁一看，军团其他几个师的炮兵连都已到达，并构筑了简易的炮阵地。十几门各种类型的炮集中于一处，在当时是相当激动人心的事。总攻发起前，忽然下起了大雨。同志们脱下衣服，把一小块一小块土油布也拼起来，盖着炮弹、炮身。人在大雨中淋着，却十分兴奋。这是我们第一次步炮协同作战啊！

指挥员下达"开炮"命令前，我的心情有些紧张，像第一次参加战斗那样。当听到指挥员拖着长腔喊："预备——放！"的时候；当听着炮弹带着尖厉的呼啸声飞出炮膛的时候；当看到炮弹带着火光，冲破雨雾，在敌人阵地上爆炸，升起团团浓烟，扬起飞沙走石的时候，我的心像随着炮弹冲入了敌群！炮兵虽不能像步兵那样，端着刺刀冲杀于敌人中间，但看到步兵同志在自己的掩护下勇猛冲击的身影，也是非常振奋的。可惜曾士峨师长在这次反"围剿"开始时负了重伤，没能参加黄陂战斗，没能看到我们师第一个炮兵连第一次战斗的场景……

莲塘、良村、黄陂三战三捷后，毛泽东同志指挥我们，迅速撤到永丰、兴国、宁都三县交界处，休整待机。而敌人在急于寻我主力决战中，频繁调动，疲于奔命。在根据地人民和红军的打击下，正像敌军官自己说的，"肥的拖瘦，瘦的拖死"，完全陷入了被动局面。当蒋介石不得不命令他的部队总退却的时候，我们便趁机痛歼逃敌，取得了俘敌两万多，毙敌近万人，缴枪二万余支的巨大胜利，彻底粉碎了蒋介石亲自指挥的第三次"围剿"。原来我们几乎全部丧失了的根据地，"不但都恢复了，而且还扩大了"。[1]

毛泽东同志很重视第三次反"围剿"的胜利。他在《中国革命战争的战略问题》一书中说："到了江西根据地第一次反'围剿'时，'诱敌深入'的方针提出来了，而且应用成功了。等到战胜敌人的第三次'围剿'，于是全部红军作战的原则就形成了。"[2]只是我当时身居基层，又是在一个新改建的炮兵连队，难以了解全局，对毛泽东同志关于"全部红军作战的原则就形成了"的论断的理解，只能说是在后来的战争实践中逐步加深的。

就我个人来说，第三次反"围剿"留下的最深印象是学会了打炮，学会了指挥打炮，学会了自己原来不会的东西。而且在向炮兵教员老张的学习中，引起了我不少的思考。

## 五、转　折

一九三二年初，我从红十一师炮兵连调到红四十五师作管理科长。调动工作在那时是常有的事，大家也很习惯，但去机关做管理工作，却是我没有想到的。

离开炮兵连的时候，张指导员、炮兵教员老张、班排长和一些战士同志，一直送了我五六里地。老张说："连长，咱们连才成立，第三次反'围剿'胜利又得了新炮，骡子、马也有了，可你走了。唉！"看他挺难过的样子，我劝慰道："得了新炮，你接着好好教大家。下次打仗，你们掩护我嘛！"张指导员拉着我的手，恋恋不舍地说："老杨呀，这一分手，天晓得哪时再见哟！"他眼圈红红的。我鼻子也发酸。在战场上生死与共的战友要分别，都是这样的。我明白张指导员那句话的意思，但还是强笑着对他说："一个战场上打仗，见面的机会多

[1] 见《毛泽东选集》第一卷209页。
[2] 见《毛泽东选集》第一卷188页。

得很！有空我来看你和同志们。"话是这么说，但这以后我再也没见过张指导员和教我们打炮的老张同志……

四十五师的首长我都不认识。只知道师长叫寻淮洲，湖南浏阳人。人们说他脑子很聪明，在战场上特别清醒，又是中学生——中学生在当时红军里就是"大知识分子"了。政委姓刘，是湘鄂西来的老同志。

到四十五师师部，有人告诉我刘政委要找我谈话。我来到一间低矮的民房前，刘政委把我让到屋里。政委住的房子不大，大白天光线也很暗。房子里有两张用门板搭成的床铺，很低，上面只有稻草，连床单也没有。还有两张没有抽屉、破破烂烂的长条桌子。刘政委让我坐下后，我才注意到屋里还有一个人。这人个头很矮，年纪不大，看上去顶多二十岁出头，背却稍有点驼。他坐在桌前，手里握着支红蓝铅笔，小学生作画似的在一张纸上乱画。我讲话的时候，他不时拿眼瞥着我发笑，不知是什么意思。我想，他大概是文书吧，机关和连队就是不一样，这人要到我那个连当兵，我大半不会收留他——太瘦小了。

政委问了些我的情况后，说："听说你不太乐意做管理工作，是吗？"我坦率地告诉政委，自己想留在连队打仗。再说，管理工作婆婆妈妈的事多，我这人脾性急躁，怕做不好。政委听我讲完，对仍然低着头在纸上乱画的同志说："你谈几句吧，师长！"听政委喊他师长，我吃惊地站起来愣住了——这就是大名鼎鼎的寻淮洲同志吗？

寻师长见我尴尬的样子，放下手中的笔，说："是不是看我身不过五尺，不像个师长的样子呀！哈哈！"他大笑起来。"年过二十，不长了，没得办法了。个子小也有好处，战场上目标小，子弹不容易打着我哩！哈哈！"他见我仍然站着，一边让我坐下，一边说："管理工作不好干哪！你知道'兵马未动，粮草先行'这句话吗？粮草先行为的是兵马要动。兵马动，枪炮鸣，要打仗了，你就是先行官。了不得来！政委要我讲，我就讲四个字：你得干好！"他笑着在我肩膀上拍了两下，重复着："你得干好！"

有人觉得，管理工作无非是衣食住行，琐碎而简单。其实这工作是很复杂的。因为它关系到每个同志的生活（这是看得到，也是最为人们注意的），更关系到战斗（这是不容易直接看到的，也不太为人们注意的）。它不仅要求你眼尖，心细，腿勤，还需要有耐性。特别在物质条件差，战斗频繁的年月，客观条件限制着你，使你很难满足同志们的合理要求。而有些同志不了解管理工作中的困难，这就产生了需要与可能的矛盾。可能满足不了需要，就要受埋怨、受气，甚至挨点骂。

有一次，部队移防前，我带着一个管理员提前到宿营地号房子。那时农村很贫穷，一个大村子，除了土豪的房子和祠堂庙宇宽敞些，农友们几乎全是板棚式的阁楼，又矮又小，住得也挤。师机关精干得很，一间大些的房子就够了。最难安排的是师直的几个连队。那天，我们把师特务连的住处安排在一所祠堂的走廊上。走廊比较宽，我们铺上稻草，边上用木头挡起来，觉得很不错了。谁知部队到达前下了一场大雨，把走廊、稻草都打湿了。我和管理员正在为难，部队冒雨赶到了。特务连长是永新人（名字记不得了），很年轻。他听说连队要宿在这水淋淋的走廊上，很不高兴地说："这样的地方还要你们提前来找呀？我闭起眼来也能摸到！"我看他衣服都湿透了，鞋子和裤脚上沾满了泥浆，便解释说："这地方本来还是可以的，谁知下了大雨，我们……"我的话没讲完，他扯起嗓子对部队喊："把稻草扔到外边去！"战士们按他的命令，往院子里扔稻草。一刹那，挺整洁的院子全乱了。我赶上去对他说："连长，这里是祠堂，要注意点影响呀！"他瞪了我一眼："鬼的影响！战士们冒雨行军，你管理科长总不能让他们在水里困吧？你不心疼战士，我当连长的还心疼呢！"这话说得够噎人的了。但我还是耐着性子说："你别急，我们……""谁急了？"他又打断了我的话，并且用不屑一顾的眼神瞅了我一眼，摆起手像应付小孩子似的说，"走吧，你们走吧！"

我不是走，而是一扭身跑了。跑到寻淮洲同志那里，一屁股坐在他的床铺上便说："不干了，我不当这个管理科长了！师长，你让我去搞别的工作吧！"我气呼呼的，寻淮洲同志却笑眯眯地说："别急，别急，不要发急嘛！讲讲为什么不想干了。"我把事情的经过讲完，寻淮洲同志倒大笑了。他说："为这点子事就不干了呀？不行，不行。同志间闹点误会，受点冤屈，常有的事嘛。听说过'宰相肚里能撑船'这句话吗？我们不是封建朝廷的官，我们是共产党员。肚子里撑不下船，还盛不下几根稻草呀？"他伸出双手比画着，继续说："要能撑船。小船、大船、火轮船，都要撑得开！"寻淮洲同志的话，给我留下了极深的印象。

我对管理工作刚刚熟悉，一九三二年三四月间，红三军围攻赣州受阻后的一天，寻淮洲同志把我叫去。记得他第一句话是："好了，要你去打仗，带一

中国工农红军东路军攻克漳州纪念碑。

个团！"

我毫无思想准备，问："一个团？"

寻淮洲同志点点头，说："新成立的九十三团。你当团长。"他停了停，接着又很严肃地说，"我给你讲清楚，管理工作搞不好，顶多吵吵架，仗打不好，可是要丢脑袋的！"

于是，二十一岁的我，开始走上了团一级的领导岗位。

九十三团是个小团，下属三个步兵连，一个机炮连，相当一个大营。这个团参加的第一次比较大的仗，是毛主席指挥红军占龙岩后的又一个影响很大的胜仗——漳州战役。

攻占漳州后，听说缴获了敌人的飞机。过去，我只见过敌机在空中盘旋、轰炸，没见过自己的飞机，便很想去看看。我把这想法对政委一说，他的兴致比我还高："走，见识见识去！"

漳州城离我们驻地三四十里路，我们团是既无车辆又无马匹，只得步行。四月间，福建的气温已经相当高了。政委又长得矮胖矮胖的，走了二十多里，已汗流满面了。我们俩在公路旁休息的时候，一辆大卡车向我们开来。那时候都是土公路，路面也很窄，透过飞扬的尘土，看见车厢是空的，驾驶室里坐着两个人，但是看不清面孔。我和政委不约而同地跑到公路当中，摆动双手要汽车停下来。我对政委说："坐着汽车看飞机，我们俩今天有福气哩！"汽车停下来，副驾驶员那边的门一开，一位穿皮夹克的同志走下来。我和政委都愣住了——原来是我们一军团的政治委员聂荣臻同志。

"噢，这不是杨得志吗？"聂荣臻同志一边拍打着身上的土，一边关切地问："你们要到哪里去呀？"

军队生活养成的习惯，下级（特别是低好几级的下级）见到上级首长挺拘束的。我打了个敬礼，有点不好意思地说："我们想到漳州去看看缴获的飞机，没看清是首长坐在车上。"

"正好嘛！"聂荣臻同志说，"上来，上来！"

我和政委互相看了看，为难了——上车吧，不好意思；不上吧，车已经停下了。聂荣臻同志看我们发窘的样子，笑着说："车都敢截还不敢坐呀！我坐这车和你们一样，也是截的，不过比你们早一点就是了。快上，快上！"

多少年我都忘不了这件事——第一次见自己的飞机是在漳州，坐的是半路截下的聂荣臻同志坐的大卡车。

蒋介石对红军第四次"围剿"的准备工作，一九三二年年底就开始了。一九三三年新年刚过，担任这次"围剿"主攻任务的中路军总指挥陈诚，把他所属的十二个师，七十个团，约十六万人编为三个纵队，采取"分进合击"的作战方针，向我根据地压来。这十二个师都是蒋介石的嫡系部队，装备精良，战斗力比较强。其中包括后来长征中一直尾随我们的吴奇伟、周浑元指挥的部队。另外，蒋介石还指令驻福建的十九路军为左路军，驻赣南、粤北的广东部队为右路军，配合中路军的行动。一月底，蒋介石又一次亲自到南昌督战。

我作为一个担任团长不久的年轻指挥员，对那时王明路线的领导者，否定毛泽东同志正确的战略战术原则，以至排斥了毛泽东同志在党内和红军内的领导等情况，并不直接了解。只是从一些现象上感到有些问题。其中给我印象最深的是两件事：一是军事上提出了"全线出击"的口号，要求以进攻粉碎敌人的"围剿"，这与毛泽东同志提出的，经过一、二、三次反"围剿"胜利证明是正确的诱敌深入、积极防御的战略方针是背道而驰的。二是个别我们不熟悉，又很缺乏军事指挥经验的同志，走上领导岗位。同时，古田会议后大力纠正的"惩罚主义"有所抬头，对有些同志采取撤职、降职，甚至将头发在当中剃去一道（当时叫"开马路"），作为"犯错误者"的标志，这便使部队内部的关系有些紧张了。但总的看，毛泽东同志的战略战术思想在红军指战员中，还是占主导地位的。这也是我们能够粉碎敌人第四次"围剿"的根本原因。

第四次反"围剿"前，我所在的九十三团，编为红七师的二十团。二十团参加第四次反"围剿"打的第一个好仗是在黄陂以西、登仙桥以东的蛟湖。敌人是罗卓英指挥的第一纵队的五十二（李明）师和五十九（陈时骥）师。蛟湖战斗是运动中的伏击战。战前，李明、陈时骥两个师准备由乐安方向，分别经蛟湖东进黄陂，与由宜黄南下的十一（萧乾）师会合。针对敌人的部署，我一、三军团主力，隐蔽于固岗、登仙桥以东，河口、黄陂以西山高林密的有利地区，准备以分割包围的办法，各个歼灭敌人。

战斗中午打响后，一直进行得十分激烈。李明的五十二师战前虽没能察觉我们的意图，但这个从湘赣边界地区调来的部队，熟悉山地作战，装备好，又是蒋介石的嫡系，战斗力应该说是强的。

这时，从红军学校来的、脸上有几颗麻子的红七师师长彭雄同志给我们的任务是，和兄弟部队七师二十一团并肩作战，抓住敌人，就地歼灭。战斗进行了六七个小时左右，天就完全黑了，敌人一边抵抗，一边撤退，进入了蛟湖。

蛟湖是个依山的小村，房屋建筑比较密集，不易展开兵力。更重要的是敌人到底有多少兵力在蛟湖，我们不完全清楚。正在这时，我们团和师指挥所的联系完全中断了。几乎同时，参谋同志向我报告，在我们周围发现了敌人，有包抄我们的动向。在面对强敌的战斗中失去上级指挥，又有被包围危险的情况下，我这个处在第一线的指挥员，真有点泰山压顶之感，我和政委在一个草棚子里正研究情况，二十一团团长和副团长孟庆三同志急急忙忙地赶来了。

二十一团团长是江西吉安人，嘴里镶着一颗金牙，我习惯地戏称他老"金"，是位很好的同志。他看到我们，第一句话就说："我们和师部失去了联络，你们怎么样？"我把情况说了一遍，他有点着急地问："周围都是敌人，怎么办？"我和政委交换了一下眼神，说："要打下去，不打下去怎么行！"老"金"说："师部没有上来，我们二十一团是个小团，就归你们指挥吧！"这话出乎我的意料，一时不知该怎么回答他。当我看到他那真诚、信任的目光时，禁不住握住他的手说："我们商量着办吧。现在重要的是稳住部队，搞清敌情，不打则已，一打就要打胜，只有这样，才能摆脱被动局面。"一直没有讲话的孟庆三同志这时说："我想带几个人到蛟湖去一趟，摸摸敌情，杨团长，你看怎么样？"要一位兄弟部队的副团长在这种情况下到敌人内部去，我一时拿不定主意。老"金"见我踌躇，便说："孟副团长是宁都起义来的，他对旧军队很熟悉，没有问题。你下决心吧！"

人们常说战斗友情这个词句，是啊，真正的战斗友情是在战斗艰难、危急、严峻的时刻，以心相见结成的，所以它是珍贵的。我们马上找来几套国民党军官服，孟庆三同志挑选了二十一团的一位参谋，我又派了二十团最好的三连指导员，准备随他一起行动。

不一会儿，孟庆三等三位同志化装成敌人，消失在枪炮声不停的夜幕里了。我们这里便一边派人与师部联系，一边组织部队观察敌情。好在敌人不适应夜战，月上中天，他们的行动便停止了。整个战场寂静得很。这种短暂的寂静对我们来说，真比枪炮轰鸣还紧张。这一夜我和政委都没有睡，在担心中眼巴巴地盼望孟庆三他们摸点敌情回来。

拂晓时分，派去与师部联系的同志回来报告，没有找到师部。我们正着急，孟庆三等三位同志回来了，一看他们那个样子，便知道侦察成功了。我派人把老"金"请来，一起听孟庆三同志介绍情况。三连指导员把一个大包袱放到大家面前，说："首长们吃点东西吧。"我一看，那包袱里盛着些罐头、馒头，还有两瓶酒。这时大家好像才记起从战斗打响。快一天一夜还没有吃一点东西呢！

经过侦察，蛟湖敌军确系李明的五十二师，这个小小的村子里，不但有师部，还有一个旅部，一个团部。敌人在我们的打击下，伤亡很大，建制乱了，目前正在重新组编。据此，我提出："抓紧拂晓前的有利时机，集中我们两个团的兵力，迅猛攻击是可能取胜的。"老"金"他们同意了我的建议。于是，大家分头向部队作了简短的动员，攻击便开始了，我把团的主力连三连调到全团的前面，并随他们行动。

这个仗打得非常痛快。三连的同志们冲进了村里，正准备开早饭的敌人才发觉。太阳刚出山的时候，我们听到蛟湖西边桥头方向响起了枪声，不一会儿才知道这是三军团的部队向蛟湖压来了。于是大家一起，全歼了蛟湖的守敌。这次战斗不仅活捉了敌五十二师师长李明，连企图与李明会合的敌五十九师师长陈时骥也成了我们的俘虏。记得当时《红色中华》报报道这次战斗的大字标题是：我红军空前光荣伟大的胜利！

蛟湖战斗后，我们又参加了草台冈战斗。草台冈战斗，我们二十团本来是预备队，天傍晚时，师部突然命令我们攻击一个山头。我还是带着三连上去的。三连在攻占这个山头中，一下子缴获了九挺轻机枪，这在当时是了不得的大胜利。只是我们红七师师长彭雄同志在这次战斗中负了重伤。这以后我就再没有见到他了。

蛟湖、草台冈两仗后，我们参加了攻打乐安的战斗。

乐安是个县城，有比较坚固的城墙，城外是一片狭窄的稻田，对部队的展开和行动都很不利。那时彭雄同志负伤住院，由参谋长代理师长。师政委是位刚从国外回来不久的同志，缺少战斗经验。战斗打响后，十九团到城墙外围，兵力还没有展开，便被敌人居高临下的火力压住了。在这种情况下，师里却又命令我们二十团上去。当时情况紧张，命令又是一位参谋同志来传达的，虽然我和政委都感到这个命令是不妥当的，但客观形势容不得我们申述自己的意见。眼看着十九团的战友受敌人炮火的袭击，伤亡很大，我们还是得带着部队上去。进入稻田，见十九团的伤员和牺牲的同志挤成一团，运不下去。而敌人还在猛烈地射击。我带着三连在泥水中匍匐前进，已经负了伤的十九团副团长翻滚到我身边，问："你们怎么还上来？"我不好回答他，只得说："你负了伤，赶快下去吧。"话刚落地，二十一团又上来了。老"金"爬到我跟前问："情况怎么样？"我说："敌人的火力太猛，我们的兵力展不开呀！"他点点头，猫起腰拉着我说："走，前面看看去！"我们俩摸到一条小沟里，沟很浅，膝盖都挡不住。我们手撑地面，观察敌人的火力配备情况。整个城墙上由步枪、机枪、迫击炮、手榴弹组成许多火力点，对我形成火网。我们没有炮，地形又不利，要想破城显然是十分困难的。看战士们在敌人密集的枪弹下仍然置生死于不顾，前仆后继地往前运动，作为指挥员真是心急如焚。"他娘的！"老"金"攥着军帽的手狠狠地往下一劈，说："组织突击队，把城墙给他捅开！"几乎同时，一排横扫的子弹朝我们飞来。老"金"刚刚准备跃出浅沟的身子一歪，栽倒在离我不到两步远的地上。我就势扑过去，把他抱在怀里，喊："老'金'！老'金'"！老"金"眼都没睁，他牺牲了。

我喊他老"金"，叫他老"金"，其实，他和我一样，只是位二十岁刚出头的同志。我又瞅了瞅大城墙，然后扭过头，大声喊道："通信员！命令三连长上来！"不料通信员却朝我努努嘴，说："团长，血！你负伤了。"我低头一看，原来

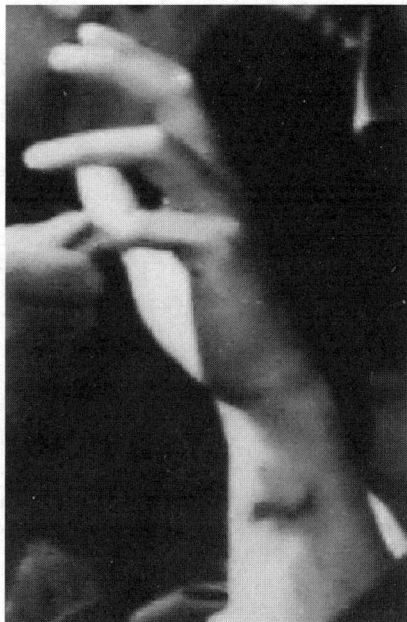

1933 年 3 月，二十团团长杨得志率部攻打乐安县城时手腕负伤。

左手腕被子弹打穿了。但在通信员提醒前，我竟然一点也没有觉得。没有急救包，没有绷带卷，通信员撕下一截绑腿给我包扎起来。这时，能打能冲，头脑清醒的三连长提着轻机枪过来了。他问："团长，怎么办？"我把老"金"同志的想法——转眼间成了烈士的遗言向他讲了一遍。三连长说："那我带几个同志突击一下看。"我知道靠小分队突进城里是不可能的，便对他说："不要硬拼，不能硬拼。把情况搞清楚，搞具体，回来告诉我。"三连长点点头，一句话也没说，走了。

天完全黑下来以后，师部下达了撤出战斗的命令。

我们在距乐安城四五里外的一个山头上休息。团里几位干部陆续从连队回来了（那时候，仗一打响，团的干部一般都分别跟着连队行动）。政委见我负了伤，马上亲自动手砍了些树枝搭成地铺，要我躺下来。不一会儿三连指导员来了。他左胳臂负了伤，用一块很脏的布吊着，满身血迹斑斑，脸色也不好看。他看见我的第一句话是："团长，我们连长牺牲了！""在哪里？"我问。"在城墙下边。""遗体在哪里？"我坐起来，心里很想去看一看我很喜爱的三连长。指导员不讲话，只摇头，眼泪却止不住地流了下来。我明白了，战争是残酷的，我亲眼见过许多烈士，有些同志的遗体是难以辨认的……我拉起指导员的手，问："连队怎么样？"他擦了一把泪，说："只剩下一半了。"这时候，政委来告诉我，我们副团长蔡金标同志失踪了。我问："他不是跟二连行动的吗？"政委说："战斗中他负了伤，二连组织人往下送，他不让。后来就没看到他了。"我腾地站起来，对政委说："派人去找！在伤员里找，在烈士中找，一个一个地找！"但是，整整一夜过去了，谁也没有发现蔡金标同志。大家嘴上不讲，心里却很明白：他也牺牲了。蔡金标同志是河南人。记得比我小两岁，也就是说，牺牲的时候还不满二十一岁！

多少先烈为了人民的今天，默默地献出了他们年轻的生命啊！

乐安一仗没能打好，指挥上的失误是显而易见的。只是当时我们还不可能从王明路线影响的角度去观察和考虑，也没有想到，半年之后开始的第五次反"围剿"斗争，结局竟然更是出乎人们的意料……

## 六、坚信中的困惑

从一九三三年九月到一九三四年十月，第五次反"围剿"打了整整一年。

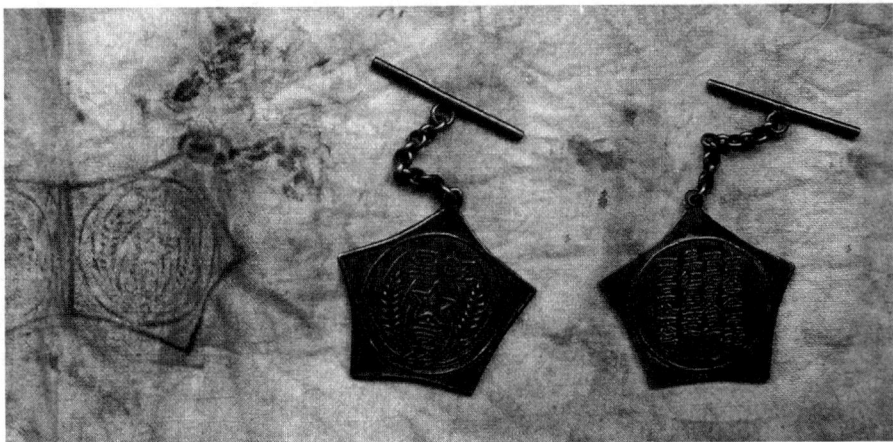

1933 年 8 月 1 日，中央苏区在江西瑞金召开工农兵代表大会，团长杨得志被授予三级红星奖章。

这是我在赣南闽西六年中最感艰难困苦的一年。说艰难困苦，不是指因敌人严密封锁引起的供给紧张，甚至连食盐都吃不上的艰苦生活；也不是指在强敌围攻下空前残酷的战斗。这些，红军早已习以为常了。我指的是，眼看着毛泽东同志率领我们开辟、建立、发展、巩固的根据地一天天被分割，在缩小；全力支援红军的人民群众惨遭白匪的血腥屠杀；无数朝夕相处的战友如今长眠于地下……造成的思想上的困惑，感情上的激愤和内心的苦楚。

敌人的第五次"围剿"，是在第四次"围剿"失败半年后开始的。蒋介石根据以往的教训，采取了一些新的战略和政策。军事上直接用于进攻红军和革命根据地的总兵力达五十多万人，并且提出"持久战"和"堡垒主义"的新战略；政治上推行保甲制度和"连坐法"，实行镇压和诱骗相结合的政策；经济上则实行更加严密的封锁。

这半年，红军在组织领导和战略指导思想上，也发生了可以说是令人痛心的大变化。毛泽东同志几乎完全被排除于中央军事领导之外，他提出的，被实践证明是正确的路线和军事原则，实际上被完全否定了。王明"左"倾路线和战略方针，在红军中得到了可以说是全面的贯彻。第四次反"围剿"的胜利，本来是贯彻毛泽东同志"积极防御"战略方针的结果，而王明路线的领导者却硬说是他们"积极的进攻策略"的胜利，并且以此进一步推行其军事冒险主义。提出和推行诸如"全线出击"，"夺取中心城市"，"御敌于国门之外"，"不丧失寸土"以及"短促突击"，"分离作战"，"两个拳头打敌人"等一系列错误的战略战术和口号。最后，正如毛泽东同志指出的，"是一个拳头置于无用，一个拳头打得很疲劳"，"不愿意丧失一部分土地，结果丧失了全部土地"[1]。

关于第五次反"围剿"失败的历史教训，毛泽东同志有过精辟的科学总结，这是我们不能够也不应该忘记的。另外，在错误的领导者先是推行军事冒险主义，继而实行军事保守主义，以至退却逃跑的情况下，红军屡遭挫折，斗争异常严酷，但广大指战员表现出来的忘我精神和对革命事业必胜的坚定信念，也是不应该和不能够忘怀的。

第五次反"围剿"开始时，我仍任红二十团团长。后来由于部队损失过大，红军缩编，改任一军团一师一团二营营长。红军时期，或因部队的变化，或因工作的需要，干部职务或升或降，是很寻常的事情。一九三四年春，原红一团团长周震国同志因病休养，我接替了他的职务。红一团是一支有着光荣战史的队伍。它的前身是黄公略同志领导的红三军第一纵队。我到一团时，一师师长是李聚奎同志（这之前是罗炳辉同志）。一团政治委员是符竹庭同志。就当时的条件说，红一团所属三个营的装备不错，战斗力也比较强。

红一团在第五次反"围剿"中打了不少硬仗、恶仗、苦仗。其中在福建建宁三甲掌的战斗，我印象最深。

那天傍晚时分，李聚奎师长向我交代任务。他平时讲话就比较快，打机枪似的，这次说话更快了，显得有些急。他说："现在敌人有三个师的兵力在三甲掌一带活动。你马上带部队行动。要抢在敌人的前面，占领三甲掌，并且要坚决守住。"我问："守到什么时候？"李聚奎同志下意识地看了看表，为难地摇摇头："上级只是让我们守住，时间没有具体交代。你们先行动，我随时和你们联系吧。"第五次反"围剿"以来，这种糊里糊涂的仗打得不少了。我看出师长的难处，知道有些情况他也未必十分清楚，就说了句："你放心吧！"便走了。

回到团里，和符竹庭同志简单地交换了意见，决定我带二、三两个营先行，一营殿后。这时天已完全黑了，而且下起了毛毛雨，长满苔藓的道路，泥泞滑溜，更为难走。但因为不知道敌人是否已经占领三甲掌，部队行进的速度一点

[1] 见《毛泽东选集》第一卷第 208，195 页。

也不敢放慢。不少同志摔倒了爬起来，带着满身的泥水拼命往前赶。大家知道，如果敌人先我登上三甲掌，以我们一个团的兵力攻击敌三师之众，困难是显而易见的。战前吃点苦受些累，战时便可以少流血，这是大家熟知的经验。

离三甲掌大约二三里路，前方突然显出了微弱的灯火，三甲掌上繁茂的树林在风雨中摇动着。"是不是敌人呢？"我密切地注视着这一动向。三营长尹国赤几乎是伏在我的耳朵上，轻声却掩饰不住内心的紧张问道："怎么办？"部队仍在行进，黑夜中看不清同志们的神态，但从突然变轻了的脚步声中，我知道大家也都发现了面前的情况。我感到上百双眼睛在望着我，上百颗跳动的心在等待着我的决定。我又望了下三甲掌，树林中虽然没有人的影子，但灯光说明敌人离此地已经不远了。他们是已经宿营，还是正在攀山，一时难以判明。此时此刻，只能作最坏的打算，充分发挥我们近战夜战的优势，准备和敌人拼搏！来不及研究，更来不及动员，我对尹国赤说："运动要肃静迅速。如果敌人先我占了山顶，打响后要果断勇猛，夺取山头，集中全力把敌人赶下去，把他打远、打散，使他无力组织反扑。敌人没有准备，又是夜间，只要把他们打懵……"我的话没讲完，尹国赤便说："明白了。你和二营的速度也要快，不然……""你放心。"我截断他的话说。尹国赤一转身，走了。尹国赤是位清醒机灵、能攻善守的指挥员。我了解他、信任他，但仍为他担心，因为山上的情况谁也不清楚。

接近三甲掌山脚，三营全部散开卧倒，在泥水中匍匐前进的声音，融会在沙沙的细雨声中。好像没有一点战前的紧张气氛。其实，我内心相当紧张。"上！"随着尹国赤同志压低嗓门的一喊，三营的战士们一跃而起，往山上扑去。尹国赤同志真不愧是一个有智谋的指挥员。在敌情不明的情况下，他这个带有偷袭性质的行动，是完全对头的。三营往上冲，我和二营营长陈正湘同志带二营紧紧追赶。我们完全占领了山顶，并没有发现一个敌人，连在山下看到的灯火也没有了。尹国赤一边擦着脸上的汗水和雨水，一边笑着对我说："鬼晓得是怎么搞的，我还打算给敌人拼一下哪！"我知道现在还不是高兴的时候，便对他和陈正湘同志说："根据刚才的情况，敌人肯定离我们不远了。要赶快构筑工事，天一亮他们要进攻的。"雨还在下着，我想，也许是这场雨掩护了我们的行动。

三甲掌是一座土石山。那时候部队装备很可怜，每个连只有几把挖工事的铁锹，连十字镐都没有。山地很坚硬，单靠铁锹，挖工事很困难。但是同志们知道，今夜挖不好工事，天一亮就难以对付敌人的攻击。我想到李聚奎师长讲

三甲掌战场遗址。

的，附近有敌人三个师的兵力，更知道工事的重要。我对三位营长说："要从山腰往上修，修几层。卧沟、跪沟都要搞好，天亮后还要砍些树木加固。铁锹不够用，动员战士们用刺刀挖。"我们在山上干了整整一夜。拂晓，天晴了，我才看清三甲掌的面貌。

三甲掌山不大，尖尖的，有四五百米高，山上有些密疏不一的树木，地面上杂草丛生，藤萝缠绕，坑洼不平，不少地方积满了雨水，我们刚挖好的工事里也到处是泥浆。山虽然不大，但地势比较险要，周围是一大片方圆四五里地的平川，显然是易守难攻的军事要地。如果敌人先占领了山顶，以我们一个团的兵力想攻下来，简直是不可想象的。我和符竹庭同志围着山转了一圈，检查了部队的工事，回到刚搭起的团指挥所（其实是在一个深坑上面架了一点树枝的棚子），刚端起饭碗，敌人的飞机来了。

第五次"围剿",敌人改变了过去长驱直入的战法,采用了碉堡推进,步步为营的堡垒主义新战略。蒋介石调动了五个空军队,配置在南昌、抚州、南城。飞机数量之多,是过去几次"围剿"所没有的。四五架敌机围着三甲掌盘旋。他们欺负我们没有高射炮,飞得很低,气浪掀动山上的树叶哗哗作响。飞机没有投弹,看来是侦察性的。看山下,虽然暂时还没有敌人,但我知道一场不可避免的恶仗就在眼前。我们在敌机轰鸣声中匆匆吃了点饭,战斗便开始了。

敌人先用飞机轰炸,同时配合炮击。一刹那,整个山顶随着炮弹的爆炸,断木碎石横飞直泻,土块泥浆劈头盖脸地打来。我们指挥所的小棚子着火了。整个部队隐蔽在工事里。敌机和炮兵轰了大约半个小时,敌步兵开始行动了。从山上望去,黑压压的一片,在稀疏的炮声掩护下向我们冲来。我到最前沿的三营阵地,见尹国赤同志同战士一样,斜卧在满是泥浆的工事里。他也感觉到眼前形势的严重。他说:"团长,今天这个仗怕是不那么好打哩!"我说:"重要的是信心。敌人虽然多,但我们地形好,在兵力配备上你要小心些,不能硬拼。"他点点头,说:"还是得靠近战。两军混在一起,他的飞机大炮也就没得用了。"话虽简短,但我明白他是胸有成竹了。

我到二营,见陈正湘同志正带领战士们在加固工事,好像他们面前没有成群的敌人在进攻一样,十分沉着。作为一个指挥员,看到同志们一个个充满了必胜的信心,虽然面对强敌,内心也是踏实的。

敌人很狡猾,在指挥上也是费了一番脑筋的。当他们的步兵接近我们山脚下时(在敌兵运动时,我们的小炮做过轰击,但由于炮弹太少,作用不大),七八架敌机飞临我们的上空。飞机疯狂地吼叫着,炸弹成串成串地落下来。阵地上巨石迸裂,断木横飞,浓烟和尘土织成一道道灰幕,能见度很低。我和符竹庭同志几次被断木打倒,身上盖满了树枝泥土。战士们打得真英勇。敌人几次攻上山顶,硬是被赶了下去。当然,我们也付出了重大的代价。太阳偏西时,三个营的营长先后向我和政委报告部队的伤亡情况。他们虽然带领部队很好地完成了任务,但对这种与强敌拼消耗的打法,很有意见。

其实,第五次反"围剿"以来,我们对上面的指挥一反过去毛泽东同志提倡的打法,早有感触。但居于团这一级领导岗位,对中央路线上的变化了解很少。而且那时"左"倾路线的领导者,在部队中推行"无情打击"的斗争方法,压制着不同意见。三位营长的意见虽然是对的,但我们只能让他们考虑在当前的情况下如何完成任务。我们的干部、战士都是好同志，尽管有看法，有意见，但对上级交代的任务，哪怕是极为艰巨，也没有二话。我们一个团在三甲掌阻击敌人三个师的战斗，打了几乎一夜一天，傍晚，红一军团二师从我们左翼出击，一师的其他部队从右翼出击，我们团从正面往下压，才把敌人打下去。三甲掌战斗我们团损失不小，但是同志们完成了上级赋予的任务。战后，总政治部报纸上登载了红一团的战绩。从此，红一团更有名了。

三甲掌战斗后，仗还是那样的打法，不论从整个战局，还是从我们一个团的局部来看，都十分明显地在走下坡路。根据地一天天的缩小，伤员运送、治疗都十分困难，而领导上仍然一味的要求"阵地战"、"决战"，甚至提出了"不是胜利，就是死亡"的口号。一九三四年九十月间，我们红一团在兴国西北高兴圩、狮子岭一战，打得更艰苦。我们在这里"死守"了一个月左右，牺牲了许多好同志，最后不得不撤了下来。得到的命令是连夜赶往于都一带，但是执行什么任务，连师长李聚奎同志也不清楚。

兴国县高兴圩狮子岭红军烈士纪念碑。

当我们在狮子岭仓仓促促掩埋了牺牲的同志，连夜撤出阵地的时候，谁也没有想到就要离开我们战斗了六个年头的苏区，谁也没有想到要离开六年来和我们朝夕相处的根据地人民，更没有想到会有一次二万五千里的长征。不少战士满怀希望地问我："团长，下一仗在哪里打？该调动敌人了吧？"这简单又似乎有些幼稚的提问里，包含着他们对过去几次反"围剿"胜利的怀念和留恋，包含着他们在这样严重的局面下，对革命事业仍充满着胜利的信念。也有的战士在争论中说："我们不是撤退，是上级把我们换下来的，都十月了，我们还穿着单衣，上级要我们下来换棉衣哪！"我们的战士多么淳朴，他们的心像水晶一样。

然而，错误路线的领导者越走越远了，当战士们满怀战胜敌人，保卫中央革命根据地的决心的时候，他们已经决定仓促转移了。由于当时他们在对整个形势错误估计的基础上确定的路线、方针、政策和战略战术，脱离了中国革命的实际，脱离了红军广大指战员和根据地人民群众的意愿，怎么可能战胜强大的敌人呢！从这个角度讲，第五次反"围剿"的失败，确实是难以避免的了。

# 第四章

——

# 长　征

　　"讲到长征，请问有什么意义呢？我们说，长征是历史纪录上的第一次，长征是宣言书，长征是宣传队，长征是播种机。……总而言之，长征是以我们胜利、敌人失败的结果而告结束。谁使长征胜利的呢？是共产党。没有共产党，这样的长征是不可能设想的。中国共产党，它的领导机关，它的干部，它的党员，是不怕任何艰难困苦的。"

——毛泽东《论反对日本帝国主义的策略》

## 一、路 漫 漫

　　赣南的十月，晨风晚露，秋寒袭人。连绵起伏的山峦和田野上，除了常青的老松古柏之外，翠竹野草已开始变黄，山坡村头的油茶花也随风凋谢了。这些属于自然界的正常现象，出现在红一团从狮子岭撤下来的时候，使人有一种恍惚若失的无名惆怅。有些瑞金籍的战士说：红一团从来没打过这样憋气的仗，守了一个多月，牺牲了那么多同志，这是"搞么鬼"哟！当时我们住在于都东面的梓山一带，离中央领导机关所在地瑞金的沙州坝和叶坪不远，大转移前的某些现象和情况，大家看得见听得着。敌人的嚣张气焰是以往没有的。大白天，飞机肆无忌惮地在"红都"瑞金的上空低飞盘旋；土豪劣绅的"剿共团"、"靖卫团"以及国民党的"蓝衣社"、"复兴社"等特务组织，四处活动，造谣惑众，破坏捣乱，形势已经不安定了。不少群众和区、乡苏维埃政府的干部以及战士家属，纷纷来部队打听消息，询问前方战况。那种担心与信任，不安与希望交织在一起的复杂感情十分明显。这一切使原来情绪就不很稳定的部队，更有些动荡了。面对这样的形势，上级却几乎没有什么指示。过去几次反"围剿"中，红军也有处于不利地位的情况，但那时上级的指示及时、具体，指战员们对敌我动态和战争发展的趋势是明确的。而现在——不要说战士同志，就是我们干部也相当焦躁、烦闷。

我和第五次反"围剿"后期调来的团政治委员黎林同志，进行过多次交谈。从部队情况谈到整个战局，从某些令人疑惑的动态谈到难以预见的未来。总之，越谈越感到形势严重。在这样的情况下，要把有着光荣历史和优良传统的红一团带好，担子很重，又责无旁贷。我们几个团职干部都感到自己的力量毕竟有限，应当依靠全团的党员、干部，在全体同志中间开展深入细致的思想政治工作，使大家牢固地树立起对敌斗争必胜的信念。

黎林同志是湖南平江人，虽然也是受苦人出身，但是文化程度比我高，爱学习，写得一手好字。参加红军前，他在家当过小学教员；参加红军后，又在总部特务营担任过党代表。他年龄比我大，性格稳重，作风老练，又能团结同志，是位有能力有经验的政治工作干部。他对错误路线领导者推行的那一套很有意见，但从不在下级面前议论，即使和我们几个团职干部谈起来，也总是强调在当时的情况下，如何靠我们的工作把部队带好。他原则性是很强的。我们团的特派员是周贯五同志。那时候特派员的权力很大，可以越过所在单位的党组织和主管干部，直接向上级保卫部门反映情况。由于一些特派员反映的情况失实，致使一些同志蒙受冤屈，所以他们和部队指战员的关系很紧张。指战员们曾编过这样的顺口溜："天不怕，地不怕，就怕特派员来谈话。"但红一团的同志对周贯五同志却很信任。因为他为人正派，不搞那些捕风捉影的事。因此，团里一些重要工作，黎林同志和我都找他共同商量。可惜第五次反"围剿"后期他病了。我们来到梓山一带时，他的病情仍不见好转。

经过近一年"死打硬拼"的反"围剿"斗争，红一团减员不少。虽然随打随补，但狮子岭一仗下来，全团总兵力已不满一千五百人了。作为一个主力团队，人数显然是少了一些。于是，我和黎林同志商定，趁部队在梓山一带休整的机会，通过地方政府争取补一部分新同志来。当时，于都和瑞金两个县的各级政府，在处境很困难的条件下，为了扩红，动员了不少青年来到了我们部队。也就在这段时间，师部给我们拨发了一些红军自己造的子弹。团里抓住这两件事，在全体同志中进行了一次教育。主要是稳定部队的情绪，提高斗志，准备迎接新的战斗任务。那些天，黎林同志和我分别到各营去作动员，参加战士的讨论会。黎林同志虽然平时话不多，但战士们觉得他的话句句在理，都喜欢听他讲话。这时候，基层干部和老战士们看到我们团里补入了新兵，又补充了弹药，团里的领导干部还不断地深入连队……他们的情绪便有了明显的好转。原来爱讲怪话的同志不发牢骚了。这也算是一条带兵经验吧。当部队遇到困难，当战斗失利，或因其他原因，部队士气低落时，干部身先士卒，解决他们的疑难和思想问题，部队的情绪会很快转过来的。部队情绪好转之后，干部战士开始打听部队下一步的任务是什么了。然而，他们哪里知道，就是我和黎林同志也不知道部队下一步的任务是什么呀！

部队进行教育的时候，红一师师长李聚奎同志来到了我们团。李聚奎同志性格开朗，直言快语，和各级干部以至战士同志的关系都不错。当听说我们红一团的总兵力已经增到一千七百多人，弹药又得到补充，特别是部队政治情绪比较旺盛，求战情绪逐步高涨的时候，他很高兴。可是当我们询问他部队下一步的任务是什么的时候，他的表情变得异常严肃，沉默了好一阵，才以"听有的同志讲"为引子告诉我们：敌人已经占领了瑞金的邻县石城；中央政府的"金库"（那时大家习惯地把机关集中存放贵重财物的地方叫金库）已经开始转移；有些银圆可能要发到部队分散保管；中央医院在动员轻伤员归队，而一些重伤员则将被安置到群众家里……李聚奎同志讲了这些情况后，看了看黎林同志，又瞅了瞅我，然后压低声音说：

"看样子，部队可能要有大的行动。"

这虽然是预料之中的消息，我却仿佛感到了"大的行动"的真实含义，但我还是怀着胜利的希望，禁不住激动地问："要打出去吗？方向是哪里？"

李聚奎同志摇了摇头，苦笑着说："这只是我个人的分析，上级还没有明确指示哪！"

"那就不好对部队做什么动员了。"一直沉思着的黎林同志自语般地说。

李聚奎同志点点头，神态又变得严峻了："这些情况你们两个知道一下，思想上有个准备就可以了。先不要对下面讲——总的情况我也不怎么清楚！"他返回师部前又特意对我们说，"革命即使遇到了暂时的困难，我们党员干部也要挺住，要把部队带好！"

是啊，从一九二八年参加红军以来，这是我头一次遇到这样困惑不解的局面。尽管内心烦闷，很是苦涩，但我还是坚持到各个营去，督促他们抓紧新战士的训练。经验告诉我，旺盛的政治情绪，良好的军政素质是克服一切困难的基础。另外，我在战士们中间，心里也好像踏实得多。

十月中旬的一天，我和黎林同志正在研究部队情况，团部侦察参谋肖思明同志手里拿着一卷地图跑过来，说是刚从师部领来的。我问："什么地区的图？"

肖参谋把地图放到桌子上，说："湘南的。"

我又问："师里有什么交代吗？"

肖思明同志那时只有十七八岁，因为年龄小，又姓肖，所以大家都习惯地叫他"小"参谋。他听我这么一问，好像对师里有什么意见似的说："这些人只管发图，别的什么也不讲。"

我和黎林同志看到，这是一些从敌人手里缴获的十万分之一的军用地图，图纸上标明的地域是酃县、桂东和汝城一带。部队下一步要打到湘南去吗？看来是的。但是，以往每次发地图下来都有个具体交代，这次却没有。几天过去了，仍然没有一点行动的信息。这是为什么？真叫人纳闷！不过，从种种迹象来看，我们在梓山一带停留的时间不会太多了。这时，我又想起了李聚奎师长"要有大的行动"的话，情不自禁地挂牵着正在病中的周贯五同志。

于是，我对黎林同志说："看来这次行动规模不小。周贯五同志又病成那样，万一部队马上出发，怎么办呢？"

"我也想过这件事。"黎林同志说，"不管情况怎么样，我们都应当带他一起走，不能丢下他。你看是不是先征求一下他本人的意见呢？"

我点了点头，说："要征求一下他本人的意见，但是我们要劝他同大家一起走，不能留下来。不然……"我的话没讲完，黎林同志马上说："好，好！"

那一段时间常有这样的情况：许多事大家都有共同的预感，但是谁也不愿意说出来，更不愿意把话挑明，似乎有一种情绪郁积在心头似的。

当天，我便跑到周贯五同志的住处，一进屋，我就发现他那本来就比较单薄的身子,这一病,显得更瘦弱了。可他一看到我,就激动地问:"有什么好消息吗?"

我尽管理解他的心情,却很难直接回答他的问题,因为我这里确实没有那种能够使他高兴的消息,于是只好问他:"这几天身体怎么样?"

"唉,真是急死人了——药物奇缺!"他手一摆,又问,"你说说,部队的情况怎么样?"

我只好把师里最近配发地图,部队可能很快要行动的情况讲了一遍。周贯五同志听了之后,好一阵没有说话。看得出,他的内心很不平静。我没等他开口,又赶紧补充道:"我和老黎商量过了,要走,咱们一起走!"

周贯五同志是个细心人,眼下的形势他不会看不出来,我的意思他自然明白。这时,他摇了摇头,踱着慢步,仍然一句话也没说。然而,当我们两人目光相遇时,他突然开了腔:"部队要打仗,形势又是这个样子,你和老黎的担子够重的了。我帮不上忙,再去拖累你们和同志们,这……"显然,他不忍心这样,"啊,关于我么,过一段时间再说吧。"他停了停,语气变得异常坚定,"实在不行,我就到卫生部去,跟伤病员一起走!"

"那怎么行?"我说:"卫生部大部分是伤病员,照顾起来更不方便。不行,不行!"为了打破这沉闷的气氛,我又笑着说,"把你交给卫生部,万一部队向我要特派员,我怎么办?咱们还是一起走。走不动拿担架抬你,不愿坐担架,你骑我的骡子!"

周贯五同志一摆手,有点激动地说:"那更不行。我不骑你的牲口。不骑!"

那时候团里只是团长和政治委员配有牲口。周贯五同志的心情我完全理解。我说:"你放心,老黎,你,我三个人两匹牲口,一点问题也没有。"

周贯五同志又不讲话了。

"好!"我说,"咱们就这样定了。"

两天之后,我们接到了渡过于都河的出发命令。战争年代,出发和上前线,上前线和打仗,几乎是同义语。以往,部队的指战员们听说要上前线,不用动员也会"嗷嗷"地叫起来。但这次出发,气氛却截然不同。虽然当时谁也不知道这是要撤离根据地;谁也不知道要进行一次跨越十一个省的万里长征;谁也不知道此一去什么时候才能转回来,但那种难分难舍的离别之情,总是萦绕在每个人的心头。

赶到于都河边为我们送行的群众中，除了满脸稚气，不懂事的小孩子跑来跑去，大人们的脸上都挂着愁容，有的还在暗暗地流泪。老表们拉着我们的手，重复着一句极简单的话："盼着你们早回来，盼着你们早回来呀！"连我们十分熟悉的高亢奔放的江西山歌，此时此地也好像变得苍凉低沉了。我难以忘怀的是，那些被安排在老乡家里治疗的重伤员和重病号也来了。他们步履艰难地行走在人群之间，看来是想寻找自己的部队和战友，诉诉自己的衷肠。我们团留下的同志，虽然黎林同志在出发前布置各单位专门派人去探望过，但这时，他们也都赶来了。这些同志伤势都很重，却一再表示要尽快养好伤，追赶部队，即使追不上部队，也要和群众一起坚持斗争，发挥红军战士的作用，决不给红军抹黑。当时我想：渡过于都河之后，一定要打几个漂亮仗，一方面鼓舞部队，一方面也给亲如父兄姐妹的根据地人民，和留在当地的伤病员同志以力量，使他们更好地坚持斗争。我也想过，或许有的伤病员同志会赶上来，但是直至部队进入了湖南，我们团留下的同志中却没有一个能赶上来的……

全国胜利后，我到江西的时候，当地的同志曾给我介绍过几位当年留在根据地坚持斗争的红军伤病员同志，可惜我都不认识，而我提出询问的几位同志，他们也全然不知。在漫长的革命征途上，有众多的英雄人物载入了革命史册被人们称颂；也有更多的同志同样做出了光辉的业绩，却没有留下自己的名字。但在象征革命胜利的红旗上，有他们赤诚的心，鲜红的血。没有他们，便没有我们这些幸存者。他们是更值得后人称颂和怀念的英雄。

坐落在于都城东门外的于都河，河面并不很宽，深秋季节，没有咆哮的浪涛，只有缓缓的微波，显得肃穆庄重，像一个沉思的巨人。现在我们可以说，那时，整个根据地的人民和红军指战员们，都在为中国革命的命运和前途担忧，都在深深地思索着。我们红一团自下午从莲塘背出发以来，由于人多桥少，桥面狭窄，组织得又不好，部队行进速度不快，待全团通过于都河时，已接近午夜了。

深夜，秋风吹动着残枝败叶，吹动着一泻千里的于都河，吹动着身着单衣的指战员们。寒气很重了，我们回首眺望对岸举着灯笼、火把为红军送行的群众，心里不禁有股暖融融的感觉。

这次大转移前，红军并没有什么具体部署，敌人却早就作了种种准备。我们的部队一出发，就处于敌人前堵后追的境地了。就在我们离开于都河时，蒋介石已在安远、信丰一线部署了他的中央军和广东军阀余汉谋的部队与我作战。余汉谋的部队，不同于中央军，穿的军装是清一色的斜纹布夹衣，不仅武器装备好，而且沿公路两旁构筑了许多碉堡和工事，神气、狂妄得很。看来，蒋介石把他们放在第一线（也就是我们后来说的，敌人对中央红军的第一道封锁线），不是没有道理的。他们待在这一带，摆出的是一副不仅要堵住我们，而且要围歼我们的架势。

红军虽然离开了中央根据地中心地带，但大家的心并没有离开根据地，而且信丰一带原来也是我们的根据地。战士们想到第五次反"围剿"失利的情况，想到于都人民别时的深情嘱托，特别是好久没有见到敌人，没有打上一次痛快仗，而眼前的敌人又是什么"王牌"，心里憋着的一股气、一团火，真是按捺不住了，求战欲望非常高涨。

我们团和余汉谋的部队接火是早上八九点钟。战前师部的通报说，我们前面的敌人是两个团，但战斗打响后发现是三个团。我把这些情况告诉各营营长时，他们都异口同声地说：战士们都快憋"炸"了，没有什么问题，拼了，一定能打好！黎林同志告诫大家，战士们情绪越高，干部们头脑就越要冷静，敌人是"王牌"，马虎不得。我对各营营长只提了一条要求：动作要快，要猛。"咬"上敌人后，不论碰到什么困难，都不能"松口"，要一鼓作气，把敌人打懵、打乱、打烂！

战士们真是好样的。一接火，便以饿虎扑食之势向敌人扑去。战斗之勇猛，动作之迅速，是我们指挥员没有完全想到的。余汉谋的部队战斗力虽然强，但由于把红军当成了"溃不成军的败兵"，轻视我们，准备不足，因此一碰到我们勇猛地攻击便不知所措，乱了阵脚。结果这次战斗总共打了不到三个小时，我们就歼敌六百余人，缴获了大批武器和弹药。当团部掌旗员曾西斗同志把红一团团旗插到我们刚刚占领的阵地上时，那真是一片欢腾。不少同志围着曾西斗欢呼跳跃，而曾西斗则像个武士，威严地守护着红旗。那时的掌旗员很不简单，是经过严格挑选的。并且规定，不论部队行进还是休息，旗子都是不许倒的。红旗到哪里，部队到哪里。红旗是胜利的象征。战士们清点战利品时，发现其中有一大批步枪子弹，一个个高兴得蹦了起来。因为我们自己兵工厂造的子弹不好用，打不了几发就得用捅条清一清枪膛，这在战场上是件很恼火的事。如今敌人"送"来了这么多子弹，我们可以换装了！同志们兴高采烈，奔走相告，异常活跃……部队好长时间没有见到这样龙腾虎跃的气氛了。

然而，突破敌人第一道封锁线后，红军并没有真正摆脱困境。部队几乎仍旧一直是处在昼夜不停的强行军之中。我们红一团由于担负了前导任务，因此更加紧张，也更加疲劳，兄弟部队占领湖南汝城后，我们在这里没有停留，而是到了广东的乐昌、韶关一线，任务是在乐昌和宜章（属湖南）线上，为中央纵队（即中央机关）开辟道路和作掩护。

乐昌与宜章之间，丛林密布，古树参天。此刻粤汉铁路的这一段还没有完全建成。有些地方已经铺了铁轨，有些地方只修了路基，有些地方路基、铁轨都没有，只在平地上挖出了高低不平的沟壑，枕木、沙石和施工器械乱七八糟地堆放着。由于这里多雨，土质黏性很强，行动极为不便。我们一个团行军时，首尾的距离有时竟拉得长达二三十华里。况且这是处在敌人前堵后追的形势之下，通讯联络的工具又少又差，因此，一路上，我们几个团职干部都是提心吊胆的，夸张一点说，连眨眼的时候都在竖起耳朵察听四周的情况，生怕发生意外。

湘、粤交界处的九峰山，是我们在这一带遇到的最高的山峰。广东军阀派兵在这里守卫着。我们攻一个山头，他们退一个山头。真是一步一个血印从敌人手里夺过来的。

九峰山从山脚到山顶，苍黑如墨。有些地方，怪石突出，像直立的巨人，巍然屹立着，有的则像倾斜的古树，马上要倒下来似的；也有些地方凹进去，形成了一眼望不到底的深洞。就在这怪石、幽洞之间，长满了枝丫弯曲、杂乱无章的树木。我们来到这里的时候，适逢瓢泼大雨。没有照明设备，四周漆黑一团。雨点像倾泻的大水，随着狂暴的秋风扭成水鞭子，一股劲地向我们抽打着，使你抬不起脚，挪不动步，好像要淹没在这个世界里似的。同志们为了赶路，只得手拉着手，或者一手拉着绑腿带子的一头，一手抓着根木棍，相互偎依着艰难地向上攀登。

雨停了，深山老林的十月，气候阴冷异常。我们团虽然从余汉谋部队的手里缴获了一批夹衣，但只是少部分同志换了装，绝大部分同志穿的仍然是单衣单裤，一些同志甚至还穿着短裤。为了尽快为中央纵队打开通路，部队有时不能停下找个地方做饭，只好饿着肚子前进。

按照惯例，行军中我和参谋长胡发坚同志带几位参谋在前；黎林同志在中，根据情况随时部署和开展政治工作（那时叫"飞行政治工作"）；特派员在后，负责收容掉队的同志。那时，政治工作和收容工作的任务艰巨，困难很多。就政治工作来说，由于我们是处在被动挨打的地位，前进的目的又不明确，实在是没有多少道理对同志们讲。收容工作中的问题就更多，掉队的同志，几乎全是重病号和重伤员。团里虽然有一个卫生队，但药物极少，不要说及时治疗，就是一般的治疗也难保证。况且实际情况又不允许我们从担负着频繁战斗任务的连队中，抽调人员去照顾掉队的同志。但是大家（包括掉队的同志）都明白，在这完全陌生又几乎见不到群众的地区离开部队，后果是很难设想的。作为领导干部，我们也知道，非战斗减员，特别是伤病员在这样的情况和环境里离队，不可避免地要影响部队的战斗情绪。更重要的是，所有的同志都不愿意、不忍心，也舍不得丢下那些曾经生死与共、而今为革命负伤成疾的战友。大家互相团结关心，共同前进，对革命必胜的坚定信念，以及无私无畏的奋斗精神，起了决定性的作用。越过九峰山虽然困难重重，付出的代价尽管很大，但整个红一团基本上没有非战斗减员。

翻过九峰山往宜章西进的时候，我们红一团由前导改为后卫，在左翼掩护中央纵队。途中，有座大王山，山势虽没有九峰山险要，但高度不比九峰山低。我们利用中央纵队通过的空隙，在山下整顿了部队。黎林同志和我还专门到后边探望了收容队的同志们，鼓励他们一定要跟上部队。掉队的同志们情绪还好，只是周贯五同志越发的消瘦了。我们真为他担心啊！可是他却满不在乎，一见到我们就兴致勃勃地讲述赶队中的趣事，引得大家不时大笑。

傍晚，中央纵队登上了大王山，我们也就跟着出发了。这时，天气还好，可是攀上大王山，天又下起了雨。那雨虽然不大，但一直不停，致使部队行进的速度很慢，有好几次我们几乎完全停了下来。这样走走停停，停停走走，也实在累人。后来只要一停下来，大家也不管天上的雨水和地下的烂泥，有的坐下，有的蹲着，有的背靠山崖或大树，还有的同志干脆就站在雨中打起盹来。我们就这样慢慢腾腾地前进着。拂晓时，肖参谋从前面回来对我说："团长，你知道我们一夜走了多少路？"不待我回答，他伸出五个指头，带着明显的埋怨情绪说："五里！就走了五里！"

"怎么搞的？"我问。

他说："中央纵队走得太慢，把我们压住了。"

我向他解释说："机关嘛，年龄大的同志多；又是夜行军，还下雨，哪能和我们战斗部队比呢！"

肖思明却说："我到前面看了，主要是他们带的东西太多。文件箱子、坛坛罐罐不讲，还有机器哩！一架印票子的机器，少说有一个排抬着；还有一架什么给病号照相的家伙（爱克斯光机），说怕碰怕跌，十几个战士像捧着瓷碗似的抬着它走。路这么窄，他们能走得快吗？团长，整天行军打仗，带着架印票子的机器干什么？捧着架照相的家伙干什么？"

后来我想，连一个十几岁的团参谋都能看清的问题，错误路线的领导者却视若无睹。靠他们领导，革命怎么能不受挫折以至面临着失败的危险呢！这也说明，错误路线领导者推行的那一套东西，已经丧失了红军指战员的信任，没有什么群众基础了。

红军血战湘江，突破敌人第四道封锁线之后，减员的情况简直惊人。听说一直作全军后卫的五军团的一个师，几乎完全被敌人吃掉了。而蒋介石除派出嫡系吴奇伟、周浑元、薛岳等部队紧追不舍外，还指令湘、粤、桂等地的军阀和地方武装，在我们行进途中处处设防，节节阻挡。局势确实到了相当严重、万分危急的关头。

在这关键时刻，毛泽东同志关于全军改向敌人力量薄弱的贵州前进的主张（当时，错误路线领导者是计划去川黔湘边界，与红军二、六军团会合的。而该计划已被敌发觉，并有了充分防备），得到了大多数同志的赞同。十二月底，红军从湖南的通道入黔，一举攻克了贵州的黎平。

贵州是个远离国民党中央政府，又比较贫困的省份。那里的确是像人们所说的那样，"天无三日晴，地无三尺平，人无三分银。"当地最高统治者王家烈虽然豢养了不少队伍，但装备差，而且从军官到士兵几乎人人都吸鸦片烟，被群众称之为"双枪军"（即指他们几乎每人都有一支步枪、一支鸦片烟枪），战斗力不强。红军进入贵州，出乎蒋介石的意料，王家烈更无准备。所以我们连战皆捷。几天的时间，由黔东开始，占剑河，越施秉、黄平，一九三五年元旦前夕，作为红一军团一师先遣团的红一团，占领了乌江边上的余庆县城。单讲行军速度，也是我们撤离江西以来所没有的。

刚进贵州的时候，听老乡们说"四川的太阳云南的风，贵州落雨就过冬"，我们还不太明白它的含义。进入贵州腹地后，我们才明白：原来贵州这地方冬天虽然很少下大雪，但细雨碎雪经常不断，落到地上就结冰，整个路面一会就像泼了一层桐油似的，滑得很，非常难走。当地群众都叫这种路为"桐油凌"。这种"隆冬"景色，自然是和雨分不开的。然而大家对这些丝毫也不在乎。此刻，由于追敌一时离我们远了一些，又赶上快过年了，敌人和土豪劣绅办的许多年货，统统成了我们的战利品，部队的情绪比起刚离开江西的时候有了明显的好转。元旦那天，各连队争着来叫我们几个团的干部去会餐，有的连队一顿饭竟搞了十一大盆菜。这样丰盛的会餐，不仅在长征途中，就是在中央根据地，也是数得着的了。可惜的是周贯五同志在这之前调到红一师师部工作去了，没能和大家一起过上这个欢乐的新年。

我们在这里亲眼看到，贵州"干人"（穷苦人）的生活，确实非常贫困。十冬腊月，不少人连棉衣都没有，吃的更不用说了。于是，我们就把缴获的粮食、日用品分发给他们，请他们和我们一起过元旦，他们很受感动。不少"干人"说："红军好，红军好，红军一到，'大肥佬'（土语，指土豪）都吓跑了！"

的确，红军入黔，不只是吓坏了土豪劣绅，更为主要的是吓坏了"土皇帝"王家烈。全国解放后，我看到一份由王家烈授意，用贵州旅粤同乡会的名义分发给两广军阀陈济棠、李宗仁和白崇禧的求援电报。电文很有些意思，开头的称呼是："广州陈总司令伯南，李总司令德邻，桂林白副总司令健生钧鉴"，正文中写道："……我黔省兵力，素称单薄，机械又系窳败，若以兵力堵剿，无异引烛火以冶金，举杯水以扑燎，揆诸情势讵能有济！伏念救兵如救火，安内必先剿共，黔事已急，刻不容缓……伏乞我副总司令早兴义师，剋日入黔……临电鸣悒，不胜拜切之至……"这份电报活现了红军入黔后，敌人惊慌失措、六神无主的丑态。它从反面证明，毛泽东同志关于改道进军贵州的主张是正确的、英明的。进军贵州是红军漫漫长征路上一个带有转折性的开端。

## 二、冲破天险乌江

过罢新年，一九三五年一月二日，我们红一团奉命从余庆赶到乌江渡口——龙溪，准备强渡乌江。那天天气不好，雨雪交加，寒风凛冽，但部队情绪很好。从侦察得来的情报知道，江对岸有当地军阀侯之担的一个团防守。他们企图凭借天险——乌江堵住我们，以便等待追赶我们的中央军到来，形成合

杨得志在长征中任"红一团"团长时使用过的手枪。

围的局面。就我们红军来说，突破乌江不仅可以直取贵州的第二大城市遵义，还可以把追敌甩得更远一些。侯之担的部队战斗力不强，但地形对他们十分有利，加上他们又是以逸待劳，我们要想突破敌人这条防线，确非轻而易举的事。

乌江江面并不太宽，但水深流急。滔滔江水翻着白浪，呼呼的吼叫声回响在两岸刀切般的悬崖峭壁间，震耳欲聋。别说渡过去，就是站在岸边也会给人一种颠簸不宁的感觉。

为了加强火力，渡江前军团配给了我们几门"三七"小炮。可是我们团的前卫营一踏进浅滩，敌人就开了火。我们不得不立即组织火力，压制敌人。与此同时，对敌人的火器和兵力配备情况进行火力侦察。不一会儿，我们的"三七"小炮就对着敌人山顶的制高点开火了。我们清楚地看到连轰几炮后，敌人掉头就跑，纷纷钻到山后去了，敌人的战斗力确实不强。但我们的目的不是击溃他们，而是要渡过江去。怎样才能达到这一目的呢？

我和黎林同志一起来到附近村庄，本来想看看能不能找点渡河器材，顺便再了解一下乌江的情况，结果一调查，发现敌人早就有准备，他们逃跑前对村庄进行了严重破坏。村子里别说没有船，就连一支木桨，甚至一块像样的木板也难找到。船渡显然是不可能的了。架桥呢？不要说没有材料，就是有，水流急，敌人居高临下，也是不行的。凫水吗？湍急、汹涌的波涛将毫不费力地把你吞没……

作为先遣团长，突破乌江的重要意义我十分清楚。当时，被我们甩掉的敌主力部队数十万人已经紧追上来了。中央红军的领导机关和所有的部队，都集结在乌江西岸。而担任突破乌江任务的，只有红四团和我们红一团。中央领导同志和全军的战友们都在等待着我们胜利的消息。时间就是生命，时间就是胜利。我和黎林同志商量后，立即命令部队组织力量，分别到沿江附近的村庄，一面继续设法收购船只、木料，一面走访老乡，向他们请教渡河的办法。

哪知，一问老乡，反而增加了我们的顾虑。那些老乡都说，渡乌江一定要有三个条件：大木船，大晴天，加上熟悉水性、了解乌江特点的好船夫。可是眼下，我们一个条件也不具备不说，对岸还有守敌在阻击。

"怎么办？"当派往附近村庄的同志空着双手回来的时候，我望着旁边正在发愁的黎林同志，心里万分焦急。

风和浪还在呼呼地号叫着，简直分不清哪是风声哪是浪响；雨雪还是一股劲地下着，好像越下越大。冷呀！风雨中我和黎林同志在浅滩凹处蹀着步子，观察着翻腾的江水，注视着对岸的敌人，眺望着滚动的浓云，苦苦地思索着。不时地交换着各自的想法。可想法一个一个端出来，又不得不一个一个被否定了。

已经是下午了，还是没有想出什么妥善的办法。敌人呢，看到我们炮击后再也没有动静，他们又重新返回到原来的阵地上，向我们射击、打炮。我正想拿望远镜看看对岸山顶上敌人的情况，忽然发现江中漂着一样东西，仔细一看，原来是一节很粗的竹竿。它漂在江心，随着风浪的冲击起伏着，旋转着。尽管一个一个浪头淹没了它，浪头一过，它却又顽强地浮出了水面。看着这一起一落的竹竿，我兴奋地拉了拉身旁的黎林同志，指着江面说："你看！"

黎林同志顺着我指的方向一看，飞快地瞥了我一眼，说："扎竹排！"

我点点头，抹了一把脸上的雨珠，拉着他向部队集结的村子跑去。

我们同大家一商量，大家都说这个办法好。因为乌江边的竹子很多，材料是绰绰有余的。于是，同志们一齐动手，不一会儿便找来了许多干的，湿的，粗的，细的，长的，短的竹竿。然后七手八脚地你捆我扎，没有麻绳用草绳，没有草绳剥竹皮，最后连绑腿带也解下来用上了。大约三个小时左右，便扎成了一个一丈多宽，两丈多长的竹排。这一来，大家的情绪更高了。战士们纷纷争着报名，要划第一只竹排冲过乌江去。

竹排是扎成了，但是能否渡过江去并没有把握。于是我们从前卫营挑选了八名熟悉水性的战士，由他们先行试渡。八位战士，每人都配足了武器弹药，没有木桨，就用经过挑选的竹竿和木棍代替。傍晚时分，十几位同志在风雨中将竹排推到浅滩的水里。

对岸，敌人的阵地上一片漆黑，但稀疏的枪声一直不停，蓝色的幽光鬼火似的闪动着。这时，我们的八位战士跳上了竹排。黎林同志和我又一再嘱咐他们，要沉着，要团结一致，到达对岸后，马上鸣枪两响，作为联络信号。

竹排缓缓地离开了浅滩。江边所有的人的眼睛紧紧盯着他们。竹排和八位战士带走了全团同志的心。

十米，十五米，竹排艰难地冲过一个险浪又一个险浪。又前进了几米。突然，竹排像被抛出了水面，一个小山似的浪头向竹排猛扑过去，竹排被江水吞没了。我感到身上在出汗。还好，竹排又从水中冒出来了。好险呀！我从望远镜里模模糊糊地看到，上面还是八位同志，他们仍在奋力地向前划着。我为有这样勇敢的战士而感到骄傲。可是，竹排突然停住了，像是碰到礁石，又好像被卡进了什么地方。我们又紧张起来，耳旁、身边的风雨声似乎也听不到了。然而，静下心来仔细一看，竹排并没有停住，只不过是比开始时稳定得多了。尽管激浪此起彼伏，漩涡一个接着一个，我们的竹排，系着全团指战员心愿的竹排依然在继续前进着。二十米，三十米，又是十米。真难啊！

竹排同激浪搏斗着。我们岸上的人同竹排上的八位勇士一样紧张，每一个浪头，每一次颠簸，都像冲击在我们的心上。

我心中暗暗地为竹排上的同志加油，恨不得飞过去助他们一臂之力。我多么希望能尽早听到对岸山脚下响起自己同志的枪声啊！但是，我们的勇士还在江中搏斗着，搏斗着……

时间过得好像特别慢。

大约又过了两三分钟，岸上的同志突然有人"啊呀"地大叫了一声。我急忙举起望远镜，隐隐约约地看到，竹排在江心中好像斜立起来了，它披着白色的浪条，上面却不见一个人影。我们的八位勇士呢？汹涌的江水，刹那间把竹排推倒，迅速地冲向了下游。几个黑点在浪涛中时闪时现，不一会儿，完全埋进了漩涡。我目不转睛地望着江面，望着刚才还闪现出来的那些黑点。我知道那就是八位勇士，我是多么希望再看到他们啊！但是，他们再也没有漂浮出水面，我再也没有看到那八位勇士的身影……

岸上的喧嚷声一下子停了下来。江水的吼叫代替了同志们对战友们的呼唤……

风还在刮，雨雪还在下。黎林同志和我并肩凝视着恶浪翻滚的江心，一句话也没说。此时此刻又能说什么呢？我们两个人痛苦地度过了几秒钟，但总觉得这时间很长，很长。

"一定要渡过去！"我们把继续渡江的任务交给了一营营长孙继先同志。

战士们并没有被刚才的不幸吓倒，都争先恐后地向营长请求任务。平静的江滩又开始活跃起来。孙营长好不容易才说服了大家，然后挑选了十几名战士。他们的装备和渡江工具与方才一样，不同的是渡江的起点换到下游几十米处水流较缓的地方了，竹排上又增加了几个扶手。

渡江又开始了。十几位战士跳上竹排。孙营长激动地说出了大家的心里话："同志们，一定要渡过去，就是一个人，也要渡过去！全团的希望就在你们身上！"

江边一阵沉寂。

"放心，我们会过去，我们一定能过去！"一个战士大声地回答说。

"前进！"孙营长低声而有力地命令道。

天黑得像锅底，连近在眼前的东西也看不清。竹排离开浅滩，起先还能听到竹片打在水面上发出的"劈劈啪啪"声，随后这声音越来越小，渐渐地连这响声也听不清楚了，只有呼号的寒风从耳边掠过。虽然伸手不见五指，同志们却依然瞪着大眼，默默地注视着东岸。

大约过了半个小时，前面仍然没有一点动静。我感到肩上像压着千斤重担似的，内心十分焦急。时间呀，时间不等人。如果这只竹排再出了问题，天亮了，一切都暴露在敌人的眼下，那……

"乒！"一声枪响，把我从沉思中惊醒。抬头望去，只见火光是从对岸山顶上飞出来的。很明显，这是敌人放的冷枪，而不是我盼望的联络信号。我摇着头，深深地吸了一口气。

"乒！乒！"

是两枪。

黎林同志疾步走到了我的身边，但是没有讲话。

"乒！乒！"又是两枪！

"老杨，两枪，是山下响的！"黎林同志立刻惊叫起来，他是很少这样激动的。

"啊！是我们的！"我简直无法控制内心的喜悦。"是的，是我们的。开'船'！"我兴奋地一面继续望着对岸的山头，一面向孙营长下达命令。早已整装待发的另一只竹排，弦上飞箭似的出动了。几乎同时，我们的机枪、步枪、"三七"小炮一齐开火。竹排在密集的炮火掩护下破浪启程了！

不多久，只见对面山顶上红光闪闪，红光中夹杂着"通通"的音响，听声音我知道那是手榴弹在敌堡中爆炸了。也就是说，我们的勇士已经登上了敌人的山顶。接着，我们又听到，步枪、机枪吼叫起来，爆炸声，喊杀声混成一片。

"老黎，成功了！"我兴奋地拍着政委的肩膀。手掌拍在黎林同志的棉衣上，溅起了点点水花。"噢，你身上全湿了。"我说。

"你不是也一样吗！"

黑暗中我听到黎林同志在笑。我抓住他的手，激动地说："走，坐排子过去！"

我们借着江两岸闪动的红光，顶着风，冒着雨，披着雪粒和浪花，行进在烈马般的乌江江面上！

天险乌江终究被我们突破了。

乌江虽然被我们突破了，可是眼下如果不彻底消灭岸边山上的敌人，一旦被他们反扑下来，那我们就将处于背水作战的危险境地。我和黎林同志过江之后，清楚地意识到了这一点，便立即组织部队攻山。当我们以猛烈的火力、快速地动作占领了全部阵地的时候，我才感到自己那颗悬着的心终于落到了实处。

一月三日，我们获得全胜后，黎林同志和我曾要一营派专人，沿江而下，寻找第一只竹排上的八位同志，可是一天、两天、三天……过去了，却毫无结果，这使我的心久久不能平静。每当我想起乌江，眼前便现出那八位勇士的英姿。是啊，他们同奔腾咆哮，力劈山崖的乌江一样，将永存于世。乌江的浪涛声是人民怀念自己的英雄儿女所发出的呼唤；也是英雄们希望和激励后人所发出的嘱托！

### 三、遵义城走出来的勇士们

我们攻占了遵义。

这个时候，由于撤离中央根据地三个多月来，一直在强敌围追堵截的逆境中浴血苦战，全军八万人已折损过半，大家已是相当疲惫了。然而，我们红军指战员看到红旗在遵义城头高高飘扬，真好比蒙蒙月夜中看到了黎明前的曙光，受到莫大的鼓舞。

隆冬季节的黔北高原，朔风穿胸透背，天气干冷异常。我们这支队伍，经过长途跋涉，连续作战，由于脱离了根据地，得不到补给，不少人身着夹衣，打赤脚穿着草鞋。一个班十几名战士，所穿衣服（很难说是军装了）竟有七八种颜色和式样。有的同志甚至把未经剪裁的棉布捆缠在身上，像原始人那样，也有人披着用细麻绳串在一块的光板狗皮、羊皮，护着连衬衣也没有的前胸后背。至于口粮也越来越困难了。冻饿交加，指战员中病号增多，体力普遍大大下降。

经验证明，健壮的体魄是部队战斗力诸因素中的重要组成部分。要完成未来更加艰巨的战斗任务，就得想方设法尽快恢复和增强指战员们的体力，这是一项不容忽视的任务。

遵义是座比较繁荣的商业城市。当时一块"大洋"可以买到五六斤猪肉，或三四斤盐巴（此地盐比肉贵），或两三丈布匹，或一斗多米。市内的一家"太平洋药房"，药品也比较齐全。我们从江西出发时，各连都带了一些银圆，前一段多在人烟稀少的荒山僻岭间行军作战，银圆没有地方去花。黎林同志和我商量决定，让各连拿出一部分钱来，改善部队生活。

那时干部和战士一样，个人没有什么钱，一切都得靠组织安排。我对连队干部们说："把你们的'小金库'打开，买些吃的用的给大家。要买些活猪，把战士们这一年多掉的肉补回来。把身体搞好，准备迎接新的战斗任务。"细心的黎林同志笑着嘱咐大家："有一条，猪肉不要搞得太多，那东西吃多了要'跑肚子'哩！另外，要强调群众纪律，特别是买卖要公平，态度要和气。"

上级通知说：由于我们刚到遵义，群众对红军还不了解，部队上街买东西要用银圆和铜板，不要用纸币（那时各单位大都有我们在江西发行的中华苏维埃纸币，也有缴获的国民党中央银行印的伪币，由于群众怕"变"，不愿意要这种货币），没有银圆的单位，可以拿纸币到毛泽民同志主持的"没收委员会"去兑换。而我们红一团因为没有在遵义停住，有的连队买了生猪还没来得及杀，便开进到了桐梓、松坎一线。任务是在随时准备战斗的前提下，整顿部队、组织和派出工作队到农村，宣传党的政策，发动群众打土豪，分田地，组织地方武装，建立革命政权，扩大红军。

那时候我们还不知道，党中央政治局扩大会议已经在遵义城召开了。只是感觉到，在与敌人一江（长江）之隔的桐梓、松坎以及湄潭等地部署这么多部队（红一、三、五、九军团都有），显然是有重要意义的。后来才知道，当时我们的主要任务是从正面掩护遵义，保证遵义会议能在一个比较安宁的环境里顺利地进行。

我们在这一线住了十天左右，没有进行什么大的战斗。大转移中能够有这么几天间隙，是非常难得的。部队除了做群众工作之外，都抓紧时间把买来的布请房东剪裁、缝制成新军装。有些性急的战士还自己动手做军装，虽然笨手笨脚，可房东大娘、大嫂要帮他，他还不肯。红一团参谋长胡发坚同志，参加红军前在家学过裁缝。这回，可真是"英雄"有了"用武之地"，他成了大家的"技术指导"，忙得不可开交。同志们做成的军衣虽然式样不大一致，但颜色大体相同。新军装一穿，部队集合起来，可神气了。战士们兴奋地说："嗬，像个工农红军的样子了。"

不久，我们就得到了有关遵义会议后的第一个消息。这就是中央改组了领导机构，由毛泽东、周恩来、王稼祥三同志组成了军事指挥小组，负责全权处理最紧迫的军事指挥工作。也就是说，毛泽东同志终于又回到了军队的主要领导岗位。这是第五次反"围剿"以来，大家日盼夜想的事。因为毛泽东同志领导、指挥红军时的节节胜利，和他被排除领导之后的不断失利，形成的鲜明对照，太强烈，给大家的印象太深了。

事实最能够说服人，教育人。后来，通过中央和军团等各级领导的正式传达，我们才比较详尽地了解了遵义会议的精神。许多过去有怀疑，不清楚的问题——特别是第五次反"围剿"为什么失败；大好的中央革命根据地为什么全部丧失；撤离江西后为什么像"叫花子打狗——边打边走"，等等，才得到了明确的答案。如果说十几天前占领遵义时，大家像在蒙蒙月夜中看到了黎明前的曙光，那么遵义会议之后，真如同看到了中国革命胜利的红日。正如党的十一届六中全会通过的《关于建国以来党的若干历史问题的决议》中指出的，遵义会议"确立了毛泽东同志在红军和党中央的领导地位，使红军和党中央得以在极其危机的情况下保存下来，并且在这以后能够战胜张国焘的分裂主义，胜利地完成长征，打开中国革命的新局面。这在党的历史上是一个生死攸关的转折点。"

我们占领遵义后，蒋介石既怕中央红军北进四川，同活跃在那里的红四方面军会合，又怕中央红军东出湖南，同战斗在那里的红二军团和红六军团会合，除指令湘、鄂、川、陕四省敌军，分别继续围攻红四方面军及红二、六军团外，还调集了他的嫡系薛岳兵团和黔军全部，以及川、湘、滇和广西军的主力，向遵义地区进逼包围。遵义会议结束前后，薛岳指挥的吴奇伟、周浑元两个纵队八个师，已尾追我军进入了贵州。

整个形势虽然依旧是敌强我弱，但遵义会议后在毛泽东同志亲自指挥下的中央红军从遵义城走出来，采取灵活机动的战略战术，变被动为主动，纵横驰骋于川、滇、黔广阔的战场上，迂回穿插于敌人重兵之间，在运动中调动敌人，打击敌人。从著名的四渡赤水，到巧渡金沙江，经过四个多月的转战，打破了敌人数十万重兵的围追堵截，使蒋介石妄图围歼我军于川、滇、黔边区的计划成为泡影。红军取得了战略转移中具有决定性意义的胜利。

四渡赤水之战，是毛泽东同志高超的指挥艺术的生动体现，是我军战史上以少胜多，变被动为主动的光辉典范。不要说敌人，就是我们自己的一些同志，对于时而贵州，时而云南，一会儿又到了四川这样大的迂回、穿插、奔袭、激战，当时也不能完全理解。

二渡赤水之后的遵义之战，击溃和歼灭敌人两个多师，俘敌三千余人，是长征以来最大的一次胜利。这一胜利，迫使蒋介石亲自赶到了重庆。而我军却由贵州的茅台一带，三渡赤水河来到了四川的古蔺、叙永一带。当蒋介石断定我军又要北渡长江，而急忙调整部署时，毛主席又令全军从古蔺下面的二郎滩、太平渡等地四渡赤水，返回了贵州，并且在敌人未搞清我们真实意图之前，分兵向南疾进，前锋出人意料地直逼防守力量薄弱的贵州省会贵阳。而蒋介石当时正在贵阳督战。

毛主席这一着"棋"，何等的厉害啊！

红一团到达距贵阳市只有几十里路程的时候，上级要求我们大造攻打贵阳的声势。战士们听说蒋介石就在贵阳城内，求战欲望更高了，准备攻城的工作更认真了。大家借绳子，绑梯子，张贴标语，完全是一副决心攻城的架势。后来我们才知道，毛主席这一决定的主要目的，是要如惊弓之鸟的蒋介石，调云南军阀龙云带主力出滇为他"保驾"，而我们则可乘龙云大兵出滇之机，直扑云南，威逼昆明，把敌人甩掉。毛主席当时曾说：调出滇军就是胜利！

战事的发展正如毛主席所料，蒋介石果真给龙云下了死命令。而正当龙云带兵入黔时，我军则舍贵阳而西行，过北盘江，进入了敌人兵力空虚的云南。

进入云南，红一团先到了曲靖平原的回族地区，然后来到了距昆明一百华里左右的嵩明县。嵩明守敌是地方部队，战斗力很弱，又没有料到红军会来，所以，那天担任我团前卫的第三营，在营长尹国赤同志指挥下，很顺利地全歼

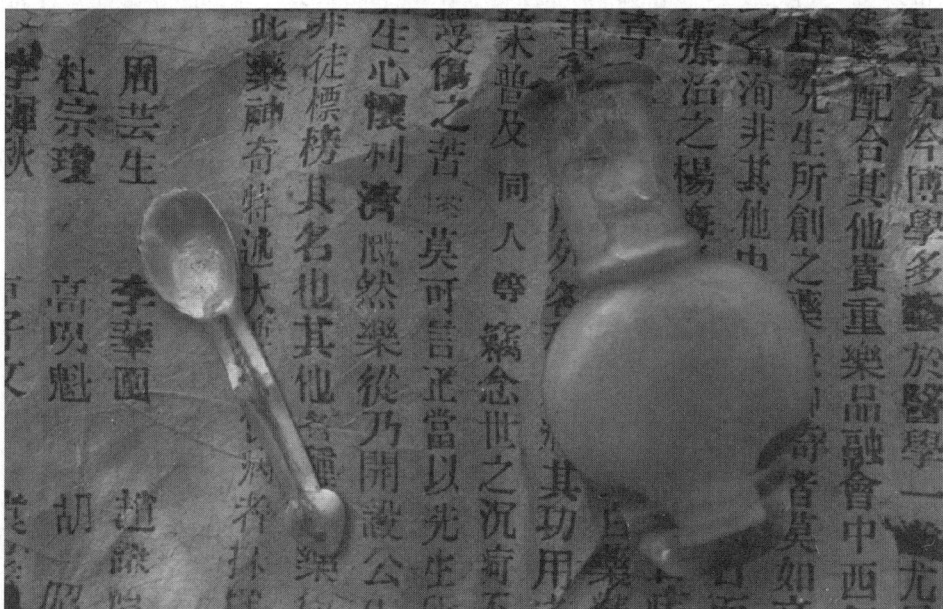

1935 年 4 月，红军长征途经云南时发给每人一小瓶云南白药以备战伤，
杨得志一直保存完好。

了守敌，缴获了一批武器弹药和崭新的军装。团部抵达嵩明城内时，三营大部分同志把刚缴获的军服都穿上了，一个个神气得很。我们刚住下，敌人的飞机来了。但是没有轰炸，也没有扫射，转了几个圈，投下一些传单便走了。敌机走后，团部号目（司号长）张生荣，通信班的宋玉林、游好扬等同志边笑边喊地拿着传单给我和黎林同志看，原来飞机丢下来的不是传单，而是要嵩明敌人死守待援的命令。这时我们进城已经三四个小时。怪不得张生荣他们边笑边喊呢！黎林同志对他们说："好了，赶快通知部队派好警戒，抓紧时间烫脚，休息。明天还有任务呢！"

我特意招呼站在一旁的侦察参谋，说："特别是你肖思明，更要早睡。"因为肖思明在团部人员中，能睡觉是出了名的。战斗时如果没有他的任务，不论枪炮声多么激烈，他也能睡得十分香甜；行军中不论黑天白日他也能睡。有一次，他边走边睡，被路旁的树干碰得头上起了个大包，也毫不在乎。还有一回，团部那些小鬼，在他睡着时，把他从这屋抬到那屋他也不醒。同伴们把他扔到地上，他才突然醒过来，揉搓着惺忪的双眼问："有情况吗？"

是呀，当时他们只有十六七岁，放到现在，还是些背着书包上学，靠家长和老师照顾的孩子哩。可那时，他们战前要侦察、传令，到部队了解情况，战斗中和战士一样打仗；战后还要做机关工作，辛苦得很，累得很。应该说，他们所付出的体力消耗，和他们年龄是不完全相称的。有时候，行军六七十里路，他们便高兴地跳起来，孩子般地喊着："今天才走了六十里，脚上也没打'泡'，讨便宜了，讨便宜了！"兴奋的劲头不亚于打了一场胜仗。什么苦，什么累，他们是全然不顾的。苦和累，安逸和享受，这在当时可以说是一个没有人谈论的题目。

嵩明一带山势不算太高，但连绵不断。因为头一天三营先到嵩明，第二天部队继续北进时，前卫营的任务仍由他们担任。

三营一早出发，爬上一座山顶的时候，我和黎林同志才赶到山下。同一座山，三营往那边下，我们从这边上。大约过了半个多小时，我们刚爬到山半腰的时候，山那边突然响起了枪声，并且吹起了冲锋号。我和黎林同志以为三营和敌人遭遇了，便加紧步伐往山顶急奔。还没有到山顶，枪声却突然停止了。前后不到十几分钟，怎么打得这么快？我觉得有点蹊跷。

我和黎林同志刚到达山顶，随三营行动的肖思明连跑带喘地向我们奔来，气喘吁吁地说："周（恩来）副主席，刘（伯承）总参谋长找你们哪！"

"在哪里？"我问。

肖思明擦了一把满脸的汗水，指着对面的山说："就在那座山上。"他停了停，稚气的脸上带着紧张和不安的神色继续说，"不好了，三营把周副主席和刘总参谋长带的军委纵队给打了！"

"怎么回事？"黎林同志急切地问。

原来，三营下山的时候，正好碰上周副主席、刘总参谋长和中央机关供给部及卫生部的同志一起，沿着山下的一条大路行进。因为三营大部分同志穿的是头天在嵩明缴获的敌人的军装，掩护中央机关的部队误认为三营是敌人，便开了枪。他们一开枪，三营便摆开了阵势，机关枪一架，冲锋号吹响了。供给部、卫生部老同志多，掩护部队少，只得往对面山上撤。三营营长尹国赤看出对方不像敌人，中央机关的同志从三营的号声中也听出了是自己的部队，便连发信号，这才避免了一场大误会。

"机关的同志有伤亡吗？"我问肖思明。

肖思明摇摇头，说："亏得三营长没下出击的命令。真危险呐！"

"尹国赤呢？"黎林同志问。听口气，我感到他似乎要发火。

肖思明还是心神不定地说："正和周副主席谈话哩——真吓人，要是真打起来那不麻烦了吗？"

我对黎林同志说："走，咱们去看看周副主席和刘总参谋长去吧。"

黎林同志一边走一边在摇头，嘴里嘟嘟囔囔地叫着："尹国赤呀，尹国赤！"

我心里也想，这顿批评是跑不了的了。

周副主席和刘总参谋长见我们急急赶来，亲切地同我们握手。周副主席笑着说："杨得志，黎林呀！你们这个红一团可真是天下第一团了，把我们这些伙夫担子赶上了山，还差一点'吃'了我们呐！"

我和黎林同志站在那里，很是尴尬，不知该说些什么。这时尹国赤走到我身旁，低声地解释说："是机关的同志先开了枪，我们才……"我制止他不要再说下去了。

刘总参谋长推了推眼镜，望着尹国赤，笑了："看你们那个鬼样子，他们还不开枪呀！"

尹国赤看了看自己穿的国民党军装，低下头，不好意思地也笑了。

　　周副主席把我们让到他坐的石头上，说："你们这个三营蛮不错。警惕性高，也很灵活。"

　　黎林同志站起来说："我们去看看机关的同志吧。"

　　周副主席一摆手，说："不用了。自己的同志，误会嘛，过去就算了。"

　　刘总参谋长嘱咐我们说："对方打枪，三营迅速展开是对的。你们不要批评他们了。"接着，他和周副主席给我们讲了敌我形势，要我们加快行军的速度，赶往金沙江。周副主席还诙谐地说："这个蒋介石，总是和我们'难分难舍'，又追来了。"

　　金沙江是我们突破乌江后遇到的第一条大江。红一军团抢占的是龙街渡，我们团的位置在白马口。这一带的江面，看上去还比较平静，但水深，江面比较宽，流速很急。没有船只，附近也没有群众，要渡江显然是十分困难的。开始的时候，我们抽调了五位水性好的战士，由九连连长吴光辉同志带领泅渡，成功之后便又组织突击队，准备带钢丝过江，先固定好位置，然后在钢丝上搭浮桥。可是试了几次都失败了。这时，李聚奎师长来到了红一团，和我们共同研究渡江的办法。我想，我那匹红骡子又高又大，要是把钢丝绑在骡子身上，不是比人拉起来有劲多吗？谁知这匹牲口平时很听话，下到金沙江一试时，却扬颈长啸，一步也不往前走。我起初还以为它不熟悉牵它的同志，便自己下到江里，拍着它往前赶，哪知它不仅还是不走，反而掉过头跑回岸上来了。看来，这个办法也不行了。我们只好又去想其他办法。

　　可我们在白马口停留的时间很短，上级就来了命令，要部队火速沿金沙江赶至绞车渡，否则有被敌人切断，不能渡江的危险。于是，全团立即出发，昼夜不停前进，于第二天上午赶到了绞车渡口。这个渡口是陈赓、宋任穷同志率领干部团抢占的。我们从这里乘船渡过了金沙江。

　　渡过金沙江，便得到了消息：四川国民党军队，正日夜兼程迎着我们赶往大渡河，企图阻止我军渡河；原来紧追我们的国民党中央军已到金沙江一线。在这个前堵后追的严重形势下，红军必须全力以赴赶在敌人到来之前渡过大渡河，不然，就只能进入荒凉的大、小金川地区。那里人烟稀少，空气稀薄，几万军队涌人，困难是不可想象的。

　　要奔向大渡河，面前只有两条路：一条是走大路，而这必然会遇到敌人的节节阻击，即使我们取胜，敌人也会赢得加强大渡河守卫力量的时间；一条是走小路，而这就要通过我们完全陌生又相当复杂的彝族区。为了争取最宝贵的时间，中央决定红一团（加配军团工兵连）为先遣队。刘伯承同志任司令员，聂荣臻同志为政治委员。由他们亲自率领，作为全军的前导，先期进入彝族区，做好工作，打开通路。

我们在刘、聂首长的指挥下，夜间占领了进入彝族区的必经之路——冕宁城。

部队休息后，我和黎林同志正在刘、聂首长那里，听随先遣队行动的工作团的肖华同志介绍彝族区的情况。不料，担任前卫的三营营长尹国赤跑来报告说，冕宁县的县长及其老婆等逃跑时，被彝族群众捉住，不仅所带财物全部被没收，连身上的衣服也统统被剥光了。尹国赤愤愤地说："这帮家伙没羞没臊，男的女的都光着身子来找我们要衣服。"

"给他们一点嘛。"我说。

"给了。"尹国赤说，"但这事对部队影响不小。战士们都担心，怕过不去这个'倮倮国'呢！"

黎林同志严肃地对尹国赤说："首先是干部。你就不该叫什么'倮倮国'，而应该叫彝族同胞，彝族兄弟姐妹们。这不是个简单的称呼问题，这是尊重少数民族的大事。不是讲过了吗？由于国民党反动派对少数民族长期的剥削和压榨，他们怀疑、敌视汉人是自然的。刚才刘司令员和聂政委还特别强调，进入彝族区后，不论发生什么情况，我们都不能开枪。你回去告诉孙继先（一营营长）、陈正湘（二营营长），还有王耀南（军团工兵连长），要把道理向战士们讲清楚，把纪律讲明白。天亮以后，我和团长还要分别去给你们讲的。"

我们在刘、聂首长那里待了整整一夜，研究了可能遇到的各种情况和应付的办法。对我们来说，重要的是如何管理好部队，保证在复杂的情况下坚决执行党的民族政策。不但要顺利通过彝族区，还要在这里留下好的影响。彝族同胞受压迫比汉族穷人还深，他们也是要革命的。刘司令员对我说："得志同志呀，现在全军的同志都看着我们，等着我们呢！"

天亮后，我和黎林同志从刘、聂首长那里出来，分别去三个营和工兵连，反复向大家介绍情况，讲解党的政策，强调一定要不折不扣地执行民族政策。这个教育搞了整整一天。

第二天一早，部队开始进入了彝族区。这一带全是苍黑墨绿的山峦。山上树木繁茂稠密，像一道道深邃莫测的屏障。有些地方巉石压着陡坡，怪石悬在半空，像随时都可能坠落地面一样令人担心。许多腐朽的老树东倒西歪，霉烂的树叶杂草中生长着带刺的藤蔓，左缠右绕，脚踏上去有时竟拔不出来，行走起来非常困难。我们只好让王耀南同志带工兵连走在前面开路。

我带着三营掩护刘、聂首长，走在后边。谁知工兵连出发不久，有位同志气喘吁吁地跑回来报告说："杨团长，我们连长的枪被彝民下了，衣服也被抢走了！"

"人呢？"我问，"你们的人呢？"

那同志说："彝民不伤人，只要东西。王连长他们回来了。"

"走，"我说，"你带我去看看。"

我们正往前赶着，王耀南同志走过来了。要在平时，他那样子确实可笑，但在当时的情况下，没有一个人能笑得出来。我问王耀南："情况怎么样？部队呢？"

王耀南同志却笑了。他说："部队都撤下来了。"

我问："有损失吗？"

王耀南依然笑着说："枪支、工具都被'没收'了。人员没有损失。"

"他们怎么放了你们呢？"

王耀南说："碰到一个彝族同胞，说他是什么头人的代表，要见我们首长。他跟他们叽叽咕咕，说了些什么我们也听不懂。于是，就把我们放了。"

我瞅着王耀南同志那副样子，也禁不住笑了，说："赶快找衣服穿上。我去向刘、聂首长报告。你要把部队带好，前面还要你开路呢！"

王耀南同志说："请杨团长放心，我们保证完成任务。我看彝族同胞不错，他们光扯着嗓子喊，却不开枪。可惜语言不通，不然，讲清道理，我看他们是会让我们通过的。不过——"王耀南停了停，摇摇头，又笑了，"我们红一军团的工兵连，这还是头一次'打'这样的'败仗'哩！"

我们的同志真好。他们被不了解红军的彝族兄弟"缴了械"，甚至剥光了衣服——这不仅是工兵连，在红军战史上也是没有的事——不但没有怨言，而是坚决相信党的民族政策一定会得到彝族同胞的理解，一定会取得胜利。

后来，我们找到一位"通司"（翻译），通过他认识了当地彝民的首领小叶丹。刘司令员亲自出面，同他饮鸡血盟誓，结为兄弟。并赠送枪支帮助他们建立了"中国彝民红军沽鸡支队"。这是彝族同胞中第一支群众武装。这支在党的民族政策照耀下谱写的红军与彝族同胞的团结友谊之歌，一直流传到现在。

刘司令员同小叶丹结盟后，小叶丹派代表为我们带路。这位代表拖着长腔"噢——噢"地喊几声，众多的彝族同胞便从山上、林中跑出来。他们站在道路两旁，用惊奇、欣喜的目光看着我们。有时也"噢——噢"地喊着。我们虽然不懂喊声的意思，但从他们那淳朴、憨直的脸色和眼神里，看懂了他们对红军的良好祝愿。于是，战士们也学着他们的样子，喊着："噢——噢！噢——噢"后来听到有人喊："红军卡沙沙！红军卡沙沙！"我问那位代表这是什么意思，他说："卡沙沙是谢谢。红军卡沙沙就是谢谢红军的意思。"我说："应该说彝族同胞卡沙沙。谢谢彝族同胞！"那位代表笑了。他送了我们三十几里路，停下来说："前面不是我们的地方了。"原来彝族区当时分部落。小叶丹的部落叫"沽鸡"，前面那个部落叫"罗洪"。小叶丹的代表请来"罗洪"部落的一个人给我们带路。我们有了通过"沽鸡"的经验，过"罗洪"就更顺利了。

通过彝族区进入汉族区时，我们碰到了一个可以说是典型的国民党的区长。

那天尹国赤带三营走在前面。中午时分，他派通信员来报告，说前面有国民党的一个区长，带着八个马弁，在"欢迎"我们。国民党的区长"欢迎"红军，这倒是件新鲜事。我和黎林同志带着通信员赶去了。老远看见三营的同志们在路旁休息。路旁摆着桌、椅、板凳，桌子上摆着烟茶和食品。那区长见到我们，便马上带着身挎清一色驳壳枪的八个马弁，点头哈腰地迎上来，操着满口的四川话，皮笑肉不笑地说："贵军路过贱地，本区长事先郎格不晓得？啊，啊，接待不周，长官千万莫要见怪。二天长官空闲，欢迎你们再来耍。"

尹国赤跟在我后边，忍住笑，大声对他说："这是我们团长。"

那区长又深深地鞠了一躬，说："欢迎团长二天来耍。"

这是怎么回事？原来国民党的这个区长，从来没有见过他的中央军，当然更不用说我们红军了。我一边喝水，一边顺口问："你们这里有什么情况吗？"

区长看了一下他的马弁，好像还有些"保密"似的对我说："倒是没得啥子大情况。只是上司传话来说，离这里一百多里地以外，有流窜的共军部队。他们要来这里，不过还远得很哩。团长尽管放宽心。再说，刘（文辉）司令的队伍正往这里开，共军来了也没得啥子了不起的！"

眼看时间不早，同志们水喝了，东西也吃了，黎林同志朝我使了个眼色，我便对尹国赤说:"好了,我们走吧!"

尹国赤看了我一眼,意思是:这个区长怎么办?

我低声说:"带上。"

尹国赤告诉他跟我们走,那家伙急了。他卑躬屈膝地笑着对我说:"长官,我不能走。我还要在这里欢迎贵军后边的兄弟来!"

尹国赤一摆手,三营的几个战士走上来,把区长他那八个马弁的枪全部下了。

"走,给我们带路!"尹国赤说。

那区长嘴里嘟嘟囔囔地说:"这是咋个说的嘛,这是咋个说的嘛!""委屈"得像要哭出来的样子。看来,他认定我们是他的中央军了。走出近十里地的一个山坡上,那区长和他的马弁忽然跪倒,顺着山坡连滚带溜地滑了下去。

尹国赤要开枪,我连忙制止他说:"让他跑回去迎接我们后边的同志吧,我们要快些走。"

## 四、强渡大渡河

这之后,先遣队冒雨行军一天一夜,到达了离安顺场只有十五华里的一个小村。大渡河水哗哗的浪涛声在这里听得十分真切。战士们这一百四十多里的急行军,简直是"脚不沾地",停下来倒头便睡着了。可我和黎林同志却怎么也不能入睡。

大渡河是岷江的一条支流。传说太平天国的农民起义军领袖石达开,曾全军覆没于此地。现在,我们的处境也很险恶:后有薛岳、周浑元、吴奇伟数十万大军追赶,前有四川军阀刘湘、刘文辉的部队扼守于天险大渡河所有的渡口。蒋介石吹牛说:前有大渡河,后有金沙江,几十万大军左右夹击,共军插翅也难飞过。他是梦想要我军成为"石达开第二"的。

我和黎林同志都非常清醒地意识到,作为全军的先遣队,红一团身上的担子,也许是长征以来最沉重的一次。渡过大渡河,战胜大渡河,是我们全部的心思。

我找了几位老乡来谈情况。

老乡介绍的情况和我们侦察人员的报告基本一致。前面的安顺场,是个近百户人家的小镇。敌人为了防我渡河，经常有两个连在这里防守。当地所有船只都已被抢走，毁坏，只留一只船供他们过往使用。安顺场对岸驻地有敌人一个团，团部设在苏家坪，主力摆在渡口下游十五里处。上游的泸定城驻有三个"骨干团"，下游是杨森的两个团。要渡过大渡河，必须首先抢占安顺场，夺取船只。

情况刚了解清楚，军委总部便来了命令：要我们连夜偷袭安顺场守敌，夺取船只，强渡大渡河。几乎同时，刘、聂首长亲自来到了我们红一团的驻地，向我们交代任务，并帮助我们制定作战方案。两位首长还特别指示我们：这次渡河，关系着数万红军的生命，一定要战胜一切困难，完成任务，为全军打开一条胜利的道路！

黎林同志坚决地表示："我们不是石达开，我们是共产党和毛主席领导的工农红军！在我们面前，没有战胜不了的敌人，没有突不破的天险。请首长放心，我们一定打好这一仗。"他的话代表了我们红一团全体指战员的决心。

这天夜里，战士们从梦中被叫醒，冒着毛毛细雨，摸黑前进了。

根据分工，黎林同志带领二营（营长陈正湘）至安顺场渡口下游佯攻，以牵制杨森的两个团；我带一营（营长孙继先）先夺取安顺场；尹国赤带三营担任后卫，留在原地掩护指挥机关。刘、聂首长当时就在离大渡河很近的一座小山上，我告诉尹国赤，一定要保证首长们的安全。

天漆黑，雨下个不停，部队踏着泥泞的小路疾进。大约走了十多里，便靠近安顺场了。我命令一营分成三路前进。要迅速、肃静，碰上敌人要"快刀斩乱麻"一样干掉他们。

安顺场的守敌，做梦也没有想到红军会来得这样快。他们以为我们红军还没走出少数民族区哩，因此基本上没有戒备。这时敌人一个营长同几个军官大吃大喝完了，正在打麻将呢。

"哪一部分的？"我们的尖刀排与敌人的哨兵接触了。

"我们是红军！缴枪不杀！"战士们高声喊着，扑向敌人。

"乒！"敌人开枪了。我们的枪支也一齐吐出了火舌。愤怒的枪声，盖过了大渡河的咆哮，淹没了敌人的惨叫。顽抗的敌人纷纷倒下，活着的敌人有的当了俘虏，有的没命地逃窜。敌人两个连，不到三十分钟全部被我们打垮。就在部队向安顺场突进时，我来到路旁一间茅屋里。这里有一位老人。我正向老人了解船的情况，话还没有谈完，突然听到一声喊叫："哪一个？"

我的通信员一听声音不对，机灵地一拉枪栓大吼："不要动，缴枪不杀！"

原来这是几个管船的敌兵，听到枪声不知道发生了什么事情，由于通信员一吼，更是摸不清我们的情况，只得乖乖地缴了枪。我简短地审问了几句，让通信员立刻把这几个俘虏送到一营去，同时要一营尽快把船弄来。

一营花了很大的劲才弄到了一只船。这一只船，便成了我们强渡大渡河的唯一的交通工具。

部队占领安顺场后，我来到了大渡河边，这才看到对岸都是连绵的高山，河宽约三百米，水深有三四丈。湍急的河水，碰上礁石，溅起冲天白浪。眼下一无船工，二无准备，要立即渡河，显然是困难的。这时，军委的命令，刘、聂首长的要求又响在我的耳旁。我赶忙把这情况报告给上级，同时通知部队做渡河的准备。这一夜，我在安顺场街头的一间小屋里，一会儿踱着步子，一会儿坐在油灯旁，一直想着如何渡河的问题。

我首先想到凫水。可是河这么宽，水这么深，而且浪高，漩涡多，人一下水，肯定会卷走的。那怎么行呢？

我又想到架桥。仔细一算，每秒钟四米的流速，桥桩是无法打下去的。想来想去，唯一的希望还是借助于那只渡船。我不得不把趴在桌子上刚睡着的通信员叫醒，要他把孙继先同志找来，以便把找船工的任务交给一营。

孙继先营长接到任务后，派出许多人到周围山沟里去找船工。一个、两个、三个……等到找来十几位船工，天已经大明了。

天明。雨停。瓦蓝的天空缀着朵朵白云，被雨水冲洗过的悬崖峭壁显得格外挺拔、壮丽。大渡河水还是一股劲地咆哮、翻腾。此刻，通过望远镜可以清楚地看到远处的一切：对岸离渡口一里左右的地方，是个只有四五户人家的小村庄，四周筑有围墙；渡口附近有几个碉堡，旁边都是黝黑的岩石。我们估计敌人的主力可能隐蔽在这个小村子里，这样等我渡河部队接近渡口时，他们就可以来个反冲锋，迫使我们下水。怎么办呢？

"兵贵神速。先下手为强！"我默默地下定决心。随即命令炮兵连（军团配属给红一团的）将三门八二迫击炮和数挺重机枪布置在阵地上，轻机枪和特等射手也进入了岸边阵地。

火力部署好了，剩下的问题还是渡河。一只船容不了多少人，必须组织一支坚强精悍的渡河奋勇队。我把挑选渡河人员的任务交给了孙继先同志。

战士们知道要组织渡河奋勇队的消息后，一下子围住了他们的营长孙继先，争着抢着要求参加。弄得孙营长一时不知该挑选谁好。

"怎么办？"孙继先同志问我。

我是又高兴又焦急。高兴的是我们的战士个个勇敢；焦急的是这样争下去会拖延宝贵的时间。于是，我提议集中到一个连里去挑选。

孙继先同志决定从二连选派。人员选定之后，二连集合在屋外的场地上，静听着营长宣布。孙继先同志把十六个名字宣读完毕，这十六位同志跨出队列，排成新的一行。一个个神情严肃，虎彪彪的，叫人一看就放心，真不愧是二连的优秀指战员。可就在这时，突然，"哇"的一声，一个战士从队伍里冲了出来。他一边哭，一边嚷着："我也去，我一定要去！"我仔细一看，原来是二连的通信员陈万清。他是遵义会议后参军的新同志，入伍还不到半年。孙营长激动地看着我，我也被眼前的场面所感动。多好的战士啊！我向孙营长点了点头，表示同意。孙营长说了声："去吧！"陈万清破涕为笑，急忙飞也似的跑到了十六个人的队列里。

一支英雄的渡河奋勇队组成了。二连连长熊尚林同志为队长。勇士们，每人带着一把大刀，一支冲锋枪，一支短枪，五六个手榴弹和其他必要的作业工具。他们精神抖擞，等待着出发的命令。

由于船太小，一次容不下十七位同志，我们决定分两次强渡。第一船由熊尚林同志带领。为加强领导，第二船派营长孙继先同志掌握。

庄严的时刻来到了。熊尚林同志首先带领八位同志跳上了那只唯一的渡船。

"同志们，红军的希望，就在你们身上。你们一定要坚决地渡过河去，消灭对岸的敌人！"

渡船在热烈的鼓动声中离开了南岸。

胆战心惊的敌人，向我们的渡船开火了。

"打！"我向炮兵下达了命令。全军闻名的神炮手赵章成同志的炮口，已瞄准了对岸的工事。随着炮弹的呼啸和爆炸声，敌人的碉堡飞向半空。我们的机枪、步枪一起开火，掩护着划船的老乡们一桨一桨地拼命向前划去。

渡船随着汹涌的波涛颠簸奋进。四周飞溅着子弹打起的浪花。岸上所有的人注意力都集中在渡船上。

突然，一发炮弹落在了船边，掀起一个巨浪，小船剧烈地晃荡起来。

我一阵紧张。只见渡船随着巨浪起伏了几下，又平稳了下来。

渡船飞速向北岸前进。对面山上的敌人集中火力，企图阻止我们渡河。勇士们随着渡船冲过一个个巨浪，顶着一阵阵弹雨，勇往直前。

一梭子弹突然扫到了船上。从望远镜里看到，有位战士急忙捂住了自己的手臂。

"他怎么样？"不待我想下去，又见渡船飞快地往下滑去。滑出几十米，一下子撞在了一块大礁石上，顿时溅起了一个高大的水柱。

"糟糕！"我自语着，注视着渡船。只见几位船工奋力地用手撑着岩石，渡船却像转盘似的猛烈地旋转起来。要是再往下滑，滑到礁石下游的旋涡中，船就有翻的危险了。

"撑住啊！"我禁不住大声喊起来。岸上的人也一齐呼喊着，为勇士们鼓劲，加油！

就在这时，从船上跳下几个船工，他们在难以停留的急流中，靠健壮的体魄、熟练的游水技术，拼命地用背顶着船。船上另外的船工也尽力用竹篙撑着。他们互相支持，密切协作，经过一阵紧张的搏斗，渡船终于脱离了险境。

渡船靠对岸越来越近了。渐渐地，只有五六米远了。勇士们不顾敌人的疯狂射击，一齐站了起来，准备冲上岸去。这真是意志的考验，生命的搏击！

突然，对岸的小村子里冲出一股敌人，涌向了渡口。很明显，敌人企图把勇士们消灭在岸边。

"给我轰！"我大声命令炮手。

"轰！轰！"两声巨响。赵章成同志射击的迫击炮弹像长了眼睛，不偏不斜地在敌群中开了花。接着，一营机枪排排长李得才同志的重机枪也叫开了。敌人东倒西歪，一个接一个地倒了下去。

"'土佬'打得好！'土佬'打得好！"不知谁兴奋地喊起了李得才同志的绰号。

"打，狠狠地打！"河岸上扬起一片吼声。

敌人溃退了，慌乱地四处逃窜。

"打！打！延伸射击！"我再一次地命令着。

"轰！轰！轰！"又是一阵射击。在我猛烈的炮火掩护下，渡船靠上了彼岸。

这时，勇士们飞一样跳上岸去，一排手榴弹，一阵冲锋枪，打向岸边的敌人。勇士们终于占领了敌人设在渡口的工事，为第二船的战友们杀开了一条通路，为全军渡河奠定了立足点。

第二船的勇士们和第一船的战友们会合后，敌人仍在拼命挣扎。他们一次又一次地发起反扑，企图趁我立足未稳，把勇士们赶下河去。面对这种情况，我们的炮弹、子弹，又一齐飞向了对岸的敌人。烟幕中，敌人纷纷倒下。勇士们趁此机会，齐声怒吼，猛扑敌群。雪亮锋利的大刀在敌群中闪着寒光，忽起忽落，左砍右劈。号称"双枪将"的川军被杀得溃不成军，没命地往北山后边逃窜。我们控制了渡口阵地。

我和团部的其他同志是乘第三船过河的。这时，天色已晚，船工们加快速度，把红军一船又一船地运往对岸。刘文辉的川军一边阻击一边逃跑，连附近的群众都说："红军是飞过来的！"不一会儿，我们乘胜追击到渡口下游，又缴获了敌人两只船，这真是"雪中送炭"啊！我们立即把它交给了后续部队。

就在我们红一团强渡大渡河成功之际，追敌薛岳等部也已北渡金沙江，从德昌赶来了。我们几万红军要甩掉追兵，靠仅有的几只小木船过河，时间是绝对不允许的。因此，中央军委决定，除红一师和干部团等部队继续由安顺场渡河，沿大渡河左岸北上外，其他部队则由安顺场右岸北上，分兵两路夹河而进，火速抢占距安顺场三百余里的泸定。红二师四团的同志们疾驰猛进，在强敌固守，大火熊熊中飞夺泸定桥，攀踏着横空悬吊的铁索链，占领了泸定城。同时，红一师、干部团等部队在大渡河左岸，日夜兼程，斩关夺隘，且战且进，有力地配合了左翼部队的行动。

红军的千军万马胜利地渡过了大渡河。蒋介石要把红军变为"石达开第二"的梦想，彻底地破灭了。

一九三五年六月三日出版的《战士报》，在"用我们铁的红军，无坚不摧，战无不胜的勇敢精神，扫平一切当前敌人！"的大字标题下，报道了红一团和红四团的事迹，并且刊登了强渡大渡河的勇士们的名字。他们是：

二连连长熊尚林；

二排排长罗会明；

三班班长刘长发，副班长张表克，

战士张桂成，肖汉尧，王华停，

廖洪山，赖秋发，曾先吉；

四班班长郭世苍，副班长张成球，

战士肖桂兰，朱祥云，谢良明，

丁流民，陈万清。

1983年5月，总参谋长杨得志（中）在北京会见"红一团"强渡大渡河时的船工龚万才、韦崇德。

## 五、友　情

中央红军的指战员，绝大部分是江西、福建和湖南等地人。从地理位置上讲，这几个省都属于亚热带湿润季风气候，大部地区，全年无霜期长达二百五十天以上。也就是说，一年当中的霜冻期极短。据有关资料记载，我的家乡湖南最高气温43.7度，江西更甚，达44.9度。每到六月，便骄阳似火，闷热难耐，有时候打着赤背仍汗流不止。一九三五年六月，中央红军来到罕见的大雪山——夹金山下宝兴一带的时候，出现在我们面前的却完全是闻所未闻，见所未见的寒冷天气。

夹金山海拔四千多米，千奇百怪的巍巍峰峦，逶迤伸延，无边无际。山上的积雪终年不化。白皑皑的雪峰，利剑一般，直插云霄。由于海拔高，气压低，空气稀薄，胸口像堵着团团棉絮，呼吸非常困难。这里气候多变，反复无常。明明是太阳当头，万里无云，一阵疾风便搅得雪雾弥漫，使人头昏眼花。这样寒冷的气候和神话般的情景，不要说盛夏六月，十冬腊月在南方也是绝对没有的。而不少同志身上只有破旧的单衣，甚至还穿着不过膝盖的短裤，冻得周身发抖。不少同志还有明显的高原反应。战士们说："天冷我们倒不怕，可这地方怎么连气都喘不过来呀！"当地群众非常真诚地提醒我们："夹金山是'仙鸟'也飞不过去的'神山'。说句不吉利的话，你们这样的穿戴，到山顶上冻也冻死了，怎么过得去哟！"

在天全、芦山一带的时候，上级就指示我们做翻越大雪山的准备。来到宝兴，又及时通报了前卫部队过山的情况，提出了更加具体的要求。比如要尽量多穿些衣服；设法买些白酒、辣椒等发热和抗寒的食品；每人都得有一根拐棍等。这些要求不仅体现了领导上对部队的关怀，而且很有必要。但要实现这些简单的要求，却相当困难。因为宝兴县靠近大雪山，附近村庄很少。有些村庄，其实只有三五户人家，而且都非常贫穷。要解决衣服问题，就只能在同志们的夹被、床单，甚至油布、毛巾上打主意了。至于白酒等物，群众家里是有的，我们也有钱，但是大家都知道，乡亲们的酒是跑到几十里地以外的集镇上买的，而且酒在这里不是一般的饮料，而是生活必需品，倘若提出买酒的要求，就等于是"与民争食"，便更难启齿了。何况乡亲们久居此地，我们翻过雪山便可以脱离这高寒地区呢！还是多买些当地可以生长的辣椒吧。至于每人弄一根木棍作拐杖，那倒是没有问题的，大家都按照要求做了。

说起我们红一团的战士来，也怪，要是眼下有仗打，尤其是面前的敌人如果装备好或者号称是什么王牌时，那劲头就不打一处来，争着抢着也得要打主攻，再硬的"骨头"也要"啃"下来。但要他们去搞衣服，买辣椒，砍木棍，有些同志的劲头就不大了。一天，团部管理员谢象晃同志找到我，很着急地说："团长，有些小鬼，辣椒不搞，拐棍不砍，凑在一起乐呵呵地说：'没有过不去的火焰山，大雪山有么子了不起！'他们这样要吃亏的呀！"谢象晃在营里当过司务长，后勤工作是有经验的。我和黎林、胡发坚等同志觉得谢象晃反映的情况很值得重视，需要再开次干部会，进一步作动员，让全团马上行动起来。

我在营以上干部会上说："红一团能攻能守，什么样的敌人也不怕，这是长处，要发扬。但是雪山这样的'敌人'我们谁见过？没有嘛！这次准备工作搞不好，就很可能要吃败仗。所以谁也不能马虎！要一个人一个人地检查。首先是干部要带好头。"

黎林同志在强渡大渡河后身体一直不好，行军中早已拄上了拐棍。这时他慢条斯理地说："砍一根木棍并不难，但工作做不到，有的同志就不情愿去办。所以，要把道理讲清楚。要让大家明白，不论是打仗还是办其他事情，要想取胜，搞好，准备工作就得一丝不苟。过雪山也是这样。"

参谋长胡发坚一般情况下是不多讲话的，这次他也忍不住了，说："哪个连队因为准备工作没搞好发生减员，连长、指导员首先要作检讨！"

根据大家的意见，我们制定了翻越大雪山的四条措施：一是伤病员提前一小时出发，准备他们掉队；二是由胡发坚同志挑选一些身体较好的同志，组成担架队，在后边负责收容；三是炊事班要先行，下山后立即烧开水，做饭，保证部队一到能吃上饭；四是提倡阶级友爱，开展体力互助。党员和干部要起模范带头作用。

按照上级的统一要求，翻山前一天傍晚，我们全团到雪山下"村落露营"（即部分同志住房，部分同志露营）。离山越近，天气越冷，战士们身上一点棉絮都没有，冻得睡不着。不少连队班以上干部围成一个圆圈，为战士们挡风御寒。有的干部待战士睡着后，把他们的头、手、脚揽到自己的怀里（睡着前战士们不肯），为他们取暖。战士们则你靠着我，我靠着你，偎在一起，露宿在冰天野地里。炊事班的同志更辛苦。第二天一早，同志们还睡着，炊事员就起来做早饭了。因为各连要求这顿早饭要尽全力做好，让同志们愿意吃，吃得饱。不然下顿饭谁也不知道什么时候才能吃上。据说雪山顶上风太大，不能停留，也不能吃东西。气压低，木柴湿，生个火都很困难。这会儿，炊事员们真是尽了全力，一大早，引火难，又没有风箱什么的，他们就趴在地上用嘴吹，火熏烟呛，直淌泪水也全不在乎。而谢象晃同志呢，这一夜就几乎没睡，据团部文书吴志远同志说，不知道他到什么地方为大家搞菜去了。令人担心的是黎林同志的身体。我知道，这样的情况下劝他休息很难，所以，我每天和他一块睡，想借此督促他休息，等他睡着了我再起来到连队去。哪知，我下半夜回来的时候，他那个铺上已经没有人了。他把夹被和油布铺展在我的铺上，还给我留了一张纸条，上面正正规规地写着：你这个同志又骗了我。睡一会儿吧，多盖些东西……

有些写文章的同志说，军人不流泪，军事指挥员没有眼泪。其实，并不是这样的，那一夜我就流了泪……四十几年过去了，那些感人至深的场景一直留在我的记忆里，一想起来，激动的心情仍不能自已。

眼看就要攀登大雪山了，突然传来了一个振奋人心的消息，李先念同志（这是我第一次听到李先念同志的名字）率领红四方面军的三十军一部，已经与红一方面军（即中央红军）的前卫部队胜利会师了。这消息给了我们很大的鼓舞和力量。

根据雪山地区的气候特点，部队要等太阳出山——九点钟以后才能开始行动。上山下山七十里左右的路程，必须在五六个小时内走完。因为山顶上气温更低，午后气候多变，什么样的情况都可能发生。

六月的太阳挂在万里晴空，但它给人的感觉不再是炙热的火球，仿佛那灼人的热力已被雪山吸尽，使它变得苍白无力。山底下雪不深，道路也较宽，同志们刚开始行进，体力还可以，走起来并不感到特别困难，可是走出一个多小时便不行了。道路没有了，雪地更滑了，气压更低了。面对白茫茫的雪地，深浅莫测，我们只能靠手中的拐棍探索。但有时候拐棍"告诉"我们冰层很厚，人一踏上去冰却破裂甚至塌陷，一旦掉进雪窝里就好长时间也爬不上来，甚至有牺牲生命的危险。

雪山也不是漫地皆白。有的山坡上没有一点雪，乌黑乌黑的。发现这种情况，大家便呼喊着飞奔过去。可哪里知道这里的雪虽然被风吹光，但到处都结着薄冰，滑得很。不要说从这里快速通过，连站也站不住。有的同志刚踏上脚便被重重地摔倒。要是没有别人的帮助，那是很难爬起来的。即使如此，战士们也仍然忘不了开玩笑。他们说："这冰滑得连雪花都落不住，咱们呀，改道吧！"说也奇怪，偌大一个冰窖似的雪山，气候却出人意料地干燥：风是坚硬的，吹到身上毫不打弯；雪像刺人的玻璃渣子，甩在手上脸上，甚至灌到衣服里边也不溶化。

我们红一团过雪山没有遇上特大的风暴。但正如海上无风三尺浪一样，雪山也不平静。我小时候当长工，下煤矿，修公路，什么苦都受过，体质很好。当红军后，一天行军百十里，紧接着打仗，也都不感到特别累。可是，来到雪山上却不行了。最大的问题是气短。每迈出一步都要付出巨大的努力。腿发软，没有劲。看上去前面的路平平的，并不特别陡险，但腿肚子里像灌满了铅水似的，沉重得怎么也抬不起来。手里的拐棍不由自主地老是颤抖。胸口上像压着石块，透不过气来。心跳得特别快，好像一张嘴就会蹦出来似的。那时候部队文化水平低，科学知识少，好些同志不懂得呼吸困难是高原缺氧造成的。有的战士见我行走困难，一边来帮助我，一边气喘吁吁地说："团长，咱们过雪山的准备工作少了一条：应该多吃些盐。听说吃了盐就有劲，可我们多少日子都没吃上盐了，哪能有劲呢！"我和战士互相搀扶着，边走边笑着说："好，接受你的意见，下山后每人发一斤盐！"

翻山的时候，团里的几个干部作了分工。黎林政委在前，负责伤病员和炊事班的队伍；我居中照顾部队；胡发坚参谋长带担架队在后面收容。机关干部也都分到了连队。这时，我非常担心黎林同志的身体，几次想追到前面去看看他。可是我和他出发时间虽然只差一个钟头，但在雪山上要赶上这一段路程却很困难。一路上，我很想见到他，可又怕他以掉队者的身份出现在我的面前，心里矛盾得很。

我们翻过山顶，战士们一边往山下滑，一边兴奋地喊着："'坐汽车'了！'坐汽车'了！"

这边山底下，先行的炊事员同志已经架起了锅灶。十几个伙食单位先后生起了火，炊烟缭绕，火舌跳动，霎时间，空旷的山野增添了生气。斜躺在团部炊事班灶旁边的黎林同志，见我疾步走来，便想起身。我立即俯下身去问："怎么样？"

他笑了笑，揉搓着自己的左胸，说："还好，还好。就是胸部有点疼。不要紧，一会儿就好了。"

黎林同志很少说自己有什么不舒服，他是一个非常乐观的人。我看他此时脸色发黄声音微弱，心里有些紧张。由于卫生队这会儿还没有下山来，我只好让炊事员先给他盛一碗白开水。这也就算是照顾了，长征过雪山，能及时喝上杯热开水也不是容易事呀！我只知道这是他身体比较弱的反映，岂不知他已染上了疾病。到延安后，黎林同志调到一个新组建的师里当师长。后来去中央党校学习。那时党校的学员要自己挖窑洞住。黎林同志在挖窑洞中累倒了。经过检查才知道，他患有严重的肺病和心脏病，由于没有及时治疗，已经很难治愈了。黎林同志在炮火连天的战场上，在艰难的长征路上，积劳成疾，费尽心血，最后，默默地、毫不引人注目地从病床上离开了我们。他终年还不到三十岁。他短暂的一生是平凡的，也是轰轰烈烈的。我永远忘不了他，因为我总觉得我们红一团在长征途中的每一个胜利，都凝聚着他的心血。我们和他共同战斗过的同志都得到过他的教益。是啊，直到现在，他的音容笑貌我仍然记得很清楚。一想到当年过雪山的情景，我耳旁就好像仍然响着他那"还好，还好。就是胸部有点疼。不要紧，一会儿就好了"的声音……

翻过夹金山，我们和红四方面军的同志会合了。长征半年多来，第一次遇到兄弟部队，真使人高兴。战士们看到四方面军的同志装备好，弹药充足，穿戴也不像我们那样破旧，羡慕得很。最使我们感动的是，四方面军的同志对我们非常热情。他们主动地向我们介绍当地风俗民情，又再三询问我们离开江西以来的战斗情况，发现我们的供应奇缺，就"慷慨解囊"，把子弹、衣物等分赠给我们。两支兄弟部队碰到一起真是亲密无间呐！

我们在夹金山下的达维停留了很短的时间，又继续北上了。越过长征中第二座大雪山——梦笔山后，途经两河口、卓克基，便来到了大草地的边缘——毛儿盖。这时，上级指示我们在这一带筹粮，准备过草地。

这里是藏族区。喇嘛庙、土司宫的建筑富丽堂皇，满有气魄。除此之外，一片荒凉。虽然人烟稀少，但土地肥沃。过着游牧生活的藏族同胞，在此地种了不少青稞、小麦等农作物。当地除了炒面、牛羊肉、茶叶等我们熟悉的东西外，还有粘粑、酥油和一些我们叫不出名字的食品。品种虽然不少，但总的数量不多。要供应整师整团部队食用，特别是达到上级要求——每人必须准备五天至七天的粮食，显然不足。可是根据上级的指示，我们红一团除完成自己的筹粮任务外，还要上交一部分支援中央机关。为此，我们以营为单位组成了筹粮队。一开始筹粮，我们就遇到了麻烦。这里的某些土司、头人和国民党反动派早在我们到达之前，就逃跑了，但他们埋伏了些武器装备相当不错的小部队。这些人靠着地理情况熟，不时对我们进行偷袭。小的战斗，不断发生。由于部队进入藏族地区之前，专门进行了尊重少数民族风俗习惯的教育，特别提出不准乱开枪，眼下这些人又都穿着藏族服装，我们分辨不清他们的身份，因此经常吃亏。有的同志负了伤，甚至有的同志牺牲了。即使在这样的情况下，我们部队也还是严格执行党的民族政策和"三大纪律，八项注意"，以实际行动教育了生活在封建奴隶制度之下的藏族同胞。在整个筹粮过程中，由于孤立、打击了反动分子，藏族同胞给了红军很大的帮助。有的藏族同胞冒着生命危险，收留红军的伤病员，竭尽全力给予治疗和照顾。

我们在毛儿盖一带住的时间比较长。中央在这里召开了政治局会议。会议的成果之一是确定了红军一、四方面军混编为左路军和右路军。左路军由朱德同志、刘伯承同志，还有张国焘率领；右路军由毛泽东同志和周恩来同志率领，过草地继续北上。关于张国焘顽固反对北上，企图分裂红军、篡夺最高领导权的罪恶行径，我是在以后的斗争实践中逐步了解的。

在毛儿盖的时候，大草地对我们来说还是个谜。从藏族同胞那里知道：大草地虽然没有山，但比雪山还要难通过。除了气压低，空气稀薄外，气候极其恶劣、多变，要通过，就得花很长时间。我们红一团虽然走的是草地边缘，也需要五天至七天。藏族同胞说："高原上的野牛、野羊过草地都不敢停留，它们也要快跑呢！"我们虽然有翻越大雪山的经验，但草地与雪山到底不同，所以丝毫也不敢马虎。我曾经多次向各营的干部们说："这一次，我们突出抓一件事：粮食。一定要把七天的粮食带得足足的，而且要尽可能多带熟食。"

我们向亘古无人经过的大草地进军了。

从毛儿盖出发走了多半天，我们就遇到了一片枝叶繁茂的原始森林。树木虽然不是特别高大，但却非常粗壮。树梢交错缠绕，形成了自然的树网，遮天蔽日。我们刚一踏入这片森林，一股股潮湿、腐朽和霉烂的气味就扑鼻而来，呛得我们简直是喘不过气来。脚下呢，不是一层压一层的落叶，便是混浊泥泞的沼泽地。越往里走越阴暗。穿过一段密林，参谋长胡发坚同志找到我和黎林同志，说："前卫部队报告，前面越走越黑，看不清路。我们是不是在这里宿营？"我点了点头。黎林同志说："通知部队不走了，点起篝火，做饭、休息。"我只补充道："这是多年的古林，说不定会有野兽，通知部队要放好警戒，千万不能大意。"这时，通信员小蒲来问黎林同志和我在什么地方睡。看他那为难的样子，黎林同志笑着说："只要不睡在泥浆水坑里就行呀。"

一堆堆篝火点起来了。这里还真有飞禽走兽。它们大概从未见过这么多的火光，被惊吓得有的飞，有的跑，有的怪叫。正在休息的战士们好像忘记了疲劳，连蹦带跳地顺着怪叫声追赶着。不知谁放了一枪，把我们头上的"树网"击破了，一道耀眼的日光斜射进来，照得森林里雾腾腾的。小蒲高喊："天亮了，天亮了！"我笑着拍了拍他的肩膀，说："什么天亮了，本来就没有黑嘛！"小蒲说："那让每连都放几枪，不就更亮堂了吗？"黎林同志说："要是一会儿下雨呢？你到哪里去找这么大的'伞'呀！"小蒲摸摸自己的脖颈，笑了。黎林同志又对小蒲说："让大家唱唱歌嘛！"那时我们红一团的连队经常是歌声不断，有些歌，除《三大纪律八项注意》，还有《红军歌》《上前线去》《少年先锋队歌》《共产主义进行曲》等，同志们都会唱。

出了森林，迈进大草地，我们就感到藏族同胞的话是很有道理的。茫茫草地，一望无际，没有树木，没有人烟，只是黑油油的野草浸泡在黑黝黝的水地里。它们开出一些小花，色彩斑斓，极为好看，显示出顽强的生命力。一些腐烂了的野草和污泥搅在一起，人们踏在上面，发出"噗唧、噗唧"的声音，稍不注意，就有陷入泥潭，不能自拔，以至被它吞没的危险。

大草地确实是无人经过的。我们在一些泥塘或小河沟里发现过不少大小不一的鱼群。这些鱼见了人一点也不害怕，你伸手去捉它它也不动。我对团部的同志说："看见了吧？它们从来没有见过人，不知道世界上还会有人捉拿它们哩。"我们在这里还碰到一种鸟，个头比小牛还大。有的同志说是鸵鸟。但和后来在公园里见到的鸵鸟完全不一样。还碰到过一次野羊群，上百只野羊你拥我挤地排成多路纵队，飞快地从我们面前通过，很有些气势。

进入草地后，我们红一团基本上是担任前卫任务，走得还算顺利。几天后，我们听说很快就可以走出草地，到达有人居住的班佑了。一天傍晚，我们接到命令，说由于接近"陆地"（当时把有人居住的地方叫陆地），为防止敌人突然袭击，要我们红一团放慢行军速度，掩护中央纵队。我和侦察参谋肖思明同志走到一条稍稍隆起的土坎前时，突然下起了大雨。我们决定停下来，于是坐在土坎上，但是脚下低凹处的积水越来越多。我和肖思明先是在脚底下挖了条沟，让水流动快些。后来，不行了。肖思明把背包往土坎上一放，招呼我说："团长，上去吧。不然要把我们泡起来了。"我的行李都在后边的骡子身上驮着，只披了一块油布。于是我们俩只好一人抓住油布的一角，蹲在土坎上躲雨。半夜时分，肖思明突然问我："团长，你肚子饿不饿？"

我确实有点饿了，便问："有什么吃的吗？"

肖思明说："有面饼和牛肉干。"

"好。"我说，"借我一点，天明还你。"

哪知，肖思明捧起一把牛肉干和面饼还没递到我手里，便说："坏了。面饼见水，都成面糊糊了。"

我说："那更好，不用喝水了。"谁知吃了牛肉干，口渴得厉害。我又问肖思明："身上有缸子吗？"

"有。"

"给我接点雨水喝。"

肖思明把缸子拿出来，不一会儿就接满了雨水。

我喝了几口，又把缸子递还给肖思明，说："喝吧，蛮甜哩。"

肖思明喝了几口，说："还真有点甜味哪！怪不得我们家乡的老财接雨水泡茶呢。"

我说："我们没有茶叶，更甜！"

草地上的这顿夜餐，今天想起来，那香甜味儿仍感到十分真切。

天将拂晓，中央纵队的同志走过来了。他们也是全身湿透。有几位认识我的老同志大声地喊道："天晴了，快走吧，就要到班佑了。"

我一边向他们招手，一边喊："还是要注意安全啊！"

这时候，胡发坚同志赶来向我报告：昨晚，一营有一个班全部牺牲了。

"怎么搞的？"我急促地问。

胡参谋长说："他们背靠背坐在草地上露营，今天部队起来准备开饭时候，连长见他们没有来，扯着嗓子喊，他们也不答应。走过去一看，原来他们一个个像熟睡了似的，停止了呼吸。"

"什么原因？"我又问。

胡发坚同志摇摇头，为难地说："现在还搞不清。我问过他们连长。他说半夜下雨时还好好的，有的同志说，可能是瘴气中毒。"

大雨中露宿一夜，我没有感到怎么难受，听胡发坚同志这一说，突然好像有点支持不住了。"走，看看同志们去。"我说。

胡发坚同志拦住我，两眼痴呆呆地望着远处，嘴唇颤抖着，声音很小地说："我已经通知部队把牺牲的同志就地埋葬了。"

我点点头，停了一会儿，说："每个同志的坟前能作上个标记吗？最好把他们的姓名、籍贯和所在单位都写上。"

"他们的军帽都放上了。战士们还采了些野花，至于其他的标记……"胡发坚同志说到这里停住了。

是啊，在这茫茫的草地上，能找到什么东西祭奠我们的烈士呢？他们活着的时候从来没有想过人们要纪念他们的事。如今他们离去了，我们活着的人难道能够忘记他们吗！"这样吧，"我说，"在他们的拐棍上刻上名字，立在墓前。走，我们一起去做这件事。"我虽然知道，一根细细的拐棍在茫茫草地里保留不了多长时间，但还是和部队一起这样做了。我觉得仿佛只有这样，心里才能安宁一些。

谁都知道，在草地上是不能够多停留的，但我们每一个同志走过烈士墓的时候，脚步都放慢了。有的同志甚至不走了。他们没有号啕大哭，只是低声抽泣，更多的同志虽然没有掉泪，但两眼一直注视着那拐棍上的名字，无声无息，这更增添了庄严、肃穆的气氛。突然，一位老炊事员终于开了口，说："同志们呐，好好休息吧。我们谁也忘不了你们。等革命胜利了，再来看你们吧！"

长征之后到现在，我还没有机会再去草地。但是我相信，当年在红一团工作过，如今仍然健在的每一个同志，都不会忘记那些长眠在草地上的战友们。

……

我们走出了草地，我们战胜了草地。从那之后，再不能说大草地是无人经过的荒原了。那里不仅留下了中国工农红军的脚印，也留下了他们年轻的生命！大草地上刻印着的红军战士们的英雄业绩将永放光辉！

## 六、信念的力量

一、四方面军会师后，红军左、右两路军，人过十万，战斗力大大加强了。敌人在数量上虽然仍占优势，但一直尾随我们的薛岳兵团等中央军，已被拖得相当疲惫，实力明显减弱。胡宗南的部分兵力虽已入川，但尚来不及集中。川军则由于派系纷乱，缺乏统一指挥，又遭我多次重创，士气不振。形势对我们是有利的。当时党中央的战略方针是迅速北上抗日。积极贯彻中央的方针，形势会更好。但由于张国焘一再地阻挠和破坏，红军在毛儿盖耽误了近两个月。

这期间，胡宗南已在松潘地区集结了兵力；薛岳等部也已与其靠拢；川军则到了北川、威州等岷江东岸地区。这就使敌人有了对我军步步进逼，围困于岷江以西，懋功以北地区的可能。在此形势下，幸亏毛主席和周副主席坚持北上抗日的正确方针，率领右路军出敌不意地通过了草地，指挥红三十军等部队在包座一战，歼灭了胡宗南主力四十九师，打开了北进甘南的门户。就在张国焘顽固地拒绝党的耐心教育、批评和等待，回师南下，走上了公开分裂红军的犯罪道路的时候，右路军虽然仅有七八千人，北上抗日的决心却毫无动摇。

我们到甘南，已是九月中旬。西北高原，秋风飒飒，一早一晚寒气很重了。这一带山势不险，但比较高大。多年的风沙侵蚀，使很多看上去坚硬的山石，变成了风化石，一层一层的，酥软得一掰就碎。山的向阳处，树木依然郁郁葱葱。天然的牧草黝黑茁壮。树落间的青稞和荞麦还没有收割。这充满生气的景象，对我们这些刚从雪山、草地走过来的人来说，真是令人欣喜。这里最长的河流叫白龙江。白龙江突出的特点是江面窄，流速急，多在陡峭的山间穿行。由于河床大都是巨石，急流冲过，使浪花飞溅，声震峡谷。江边有些两个人都搂抱不过来的大树，树皮竟被急流冲得精光。这一点，与乌江、大渡河完全不同。同志们说，白龙江真像一条难以驯服的白色蛟龙。

我们沿白龙江而上。开始很少看到群众，也没有遇到敌人。部队士气高，行进速度也快。黎林同志多次感情深沉地对我说："走了快一年，总算有个盼头了。不容易呀！"战士们也信心百倍地说："乌江、赤水、金沙江和大渡河都冲过来了，雪山、草地也甩在后边了，还能有更严重的困难吗？"

更严重的困难确实不多，意料之外的新情况却不断出现。

白龙江沿岸多系藏族区。因与内地接近，当地上层反动势力和国民党反动派的勾结比较紧密。但他们武装力量的装备并不好，武器很落后，多数是土炮、"单打一"，还有弓箭等，战斗力不强。可他们熟悉地形，又善于攀登悬崖峭壁，经常躲藏在我们观察不到的山垭口、树木后，或者巨石的夹缝间，出其不意地这里放一枪，那里射一箭，有时还从山上往下滚石头。我们在大路上行进，他们一般不干扰。一进入峡谷地带，他们便异常活跃，弄得我们常常是"只闻枪声响，不见放枪人"。有一次，我们在峡谷中要通过座桥，他们便在对岸居高临下放冷枪，阻挡着我们前进。打吧，不仅展不开兵力，更困难的是一时还找不到还击他们的方向。不理他们吧，又不行。部队只好停下来先隐蔽观察。可是我们隐蔽了，他们也不放枪了。然而，我们一行动，他们又变换位置开始射击。面对这种情况，我们喊话宣传吧，语言不通；强行通过吧，肯定会造成部队的伤亡；僵持下去吧，又必然会耽误进军的时间。怎么办呢？这时传来消息：红一师二团龙团长不明不白地牺牲了！我们感到震惊。为摆脱被动局面，我们几个团的干部研究决定，组织一个精干的班，调两挺机枪，集中火力朝对岸可能隐藏人的地方射击。因考虑到对方的士兵大多是受蒙蔽的藏族同胞，因此不求杀伤他们，只求压住他们，使他们不得阻拦，以掩护部队迅速通过。

　　这个办法一试，果然很有效。我们的机枪一开火，对方便一点动静也没有了。后来我们从俘虏中了解到，这些反动武装的士兵，根本没见过这样的阵势。他们的长官说，红军是流窜过来的，已溃不成军，不堪一击；红军是来掠抢寺院的，而且见藏民就杀。所以要他们"节节阻击"。这些俘虏经过教育被我们释放了。也有个别的被留下来给我们当了短途向导。当然，打通前进的道路，主要还是靠我们自己的力量。此后，大家由于有了经验，一进入山谷地带，便集中火力对隐蔽点、隐蔽物猛烈开火。反动武装在这样的情况下，大部分望风而逃。后来大家笑着说，这一段打的是"看不见的敌人"，"杀鸡用的宰牛刀"。

　　部队沿白龙江继续北进，二师红四团突破了号称天险的腊子口后，我们很快就到达了哈达铺。

　　哈达铺这个小镇，只有一条小街。三面有不高的土山，叫"哈拉木顶山"，"哈主山"。人口比较密集，绝大部分是回族和汉族。他们讲的汉话虽不太懂，但三个多月来我们一直在人烟稀少、语言不通的少数民族地区行进，能听到汉语，即使难懂也感到十分亲切了。这条一里多长的小街，两侧大都是青瓦房，街心有一座古老的戏楼，街上还有一座小关帝庙，这些都引起了战士们极大的兴趣。不少同志说："这样的庙，我们家乡每个村庄都有哩！"街两旁小店铺几乎一家挨着一家。因为有陕西、河南等地来的"客户"，货物比较齐全。它使我想起一九二九年下井冈山后，第一次占领的城市——闽西长汀。好久见不到的白纸、麻纸；生茂牌蜡烛；毛蓝布，青洋布；甚至绸缎，锣鼓家什都有。

　　黎林同志从街上买回了白纸，还从一个"跑邮政的"人那里搞来了几张不知哪年哪月的破报纸，高兴得如获至宝。谢象晃同志不仅买了蜡烛，还买了好些各种颜色的布。问他买布做什么用，他只是笑，却答不上来。那神情好像是说，能买到东西就够高兴的了，还没考虑干什么用呢！吸烟的同志买到了烟，更是高兴，因为进入雪山、草地后他们就"断粮"了。在毛儿盖，我曾看到一些"烟鬼"把树叶子、干草搓碎，用从地上拣来的纸卷着吸。他们一边吸还一边说："吸吧、吸吧。这'毛儿盖牌'的香烟，过了这个地方再想吸可就没有了。"如今哈达铺的香烟品种比较多，什么"单刀"、"双刀"、"白飞机"等等，最受欢迎的是"哈德门"。因为这种烟不仅好吸，而且每个盒子里都装有一张关公，或者张飞，或者刘备，或者周仓等历史人物的画片。由于有这个玩意儿，连一些不吸烟的战士也都纷纷将它买回来。他们将烟送人，抽出画片互相传看。真没想到，他们对画片那么感兴趣，瞅过来瞅过去，高兴得像小孩子一样。这时，我高兴地对胡发坚同志说："参谋长，让各连把伙食尾子拿出来，买些布擦枪吧，另外给每个号兵买一块红绸子，最好长一些！"胡发坚同志乐得眼睛眯成一条线，说："这一次，你团长的指示落后了，人家早搞起来了。"

更令人高兴的是，为适应北上抗日的新形势和战争需要，中央决定将右路军整编为中国工农红军陕甘支队，下设三个纵队。彭德怀同志任支队司令员，毛泽东同志任支队政治委员。红一师编入一纵队。我们红一团和红三团的一部分（记得是一个营和一个团的卫生队）编为一纵队第一大队。肖华同志为政治委员，陈正湘同志为副大队长，耿飚同志为参谋长，冯文彬同志为政治部主任，周冠南同志为总支书，我为大队长。

在哈达铺有三件事（或者说有三个人）是我难忘的。

一是当时只有二十多岁的周冠南同志。他较长时间做青年工作，虽然年轻，但深为战士们所敬爱。他是位从思想意识到工作能力、作风都很好的同志。我们一起到的陕北。他在甘泉战斗中负了伤，后来在医院中被国民党反动派的飞机夺去了生命，过早地离开了我们。这是非常令人难过的。

二是胡发坚同志由参谋长改任作战参谋。按现在的说法是"降职使用"了。在当时的红军中这样的情况虽然常有，但并不是每一个同志都能正确对待。胡发坚是位老同志。一九三一年第三次反"围剿"时，我们在一个战场上作过战，那时他就是团政治委员。记得他到红一团任参谋长时，我曾和他开玩笑，说："你这个老胡，文武双全呐！"他笑着说："什么文武双全哟！我当红军前在家是学裁缝的。要是找不到红军，不参加党，顶破天我不过是个蹩脚的裁缝。"这次工作变动是在艰苦的长征即将结束的时候，作为老战友，我应该好好和他谈谈。我把组织上的决定告诉他后，他沉默了。我说："有什么问题你讲嘛！"他凝视着我，深藏若虚地说："部队扩大，任务更重了。作战参谋这个工作对我比较合适。"他毫无勉强，高高兴兴地接受了新的职务。胡发坚就是这样一位好同志。到延安后，我们一起在"抗大"学习了一段时间。后来，我去八路军——五师六八五团，他到新四军一个支队任参谋长。我们是在延安分别的。由于不在一个战场作战，一直没能再见面。一九四五年四月，我去延安参加党的第七次全国代表大会时才打听到，胡发坚同志在与日寇作战中，已光荣牺牲……耳闻目睹流血牺牲，对我虽是惯常的事，但听到胡发坚同志牺牲的消息，我还是抑制不住难过的心情。

　　三是在哈达铺，黎林同志和我分别了。我们两个人从第五次反"围剿"后期在一起工作算起，只有一年多一点，时间不算长。但这一年多，可以说是红军历史上一段最复杂、最艰难的时日。不论是"左"倾错误领导占统治地位的时候，还是初离江西开始长征的那些令人激愤的日子，以及后来艰难的战斗岁月，我们两个人都是形影不离的。作为一位政治委员，黎林同志为共产主义事业忘我奋斗的精神，坚定不移的党性原则，尊重同级，团结同志，爱护战士的优良作风，红一团的同志都是有目共睹的。他给过我不少启迪和帮助。特别是在学习方面，因为他文化程度比我高。这次要分开了。我知道，这是组织上的决定，可感情上确实不好受呀！

　　我是个不善于表达感情的人。黎林同志离开红一团的头天晚上，我俩躺在各自的床上谈了很久、很久。最后我说："你要走，部队很舍不得呀！"

　　"你呢？"黎林同志反问。

　　我坐起来，背依着墙，复杂的心情无从表达，就说了句反话："舍得。我巴不得你早些走哩。"

　　他忽然披上上衣来到我的床上。

　　我俩打着"通腿"，对面而坐。我说："点上支蜡烛吧。"

　　"不要，看得见。"他说。

　　其实那晚上外边并没有月亮。

　　我说："要分手了，应该送你点纪念品才好。"

　　他笑了："你有什么？送我一支枪吗？我也有。我倒是想送你一点……"

　　"什么好东西？"我打断他的话，"写几个字？还是给我一本书？"

　　他摇摇头："我那字不值得送你。说到书，可惜连本破的也没有。"说到这里，他突然放声大笑了。那时候我们都是二十多岁的青年人。我猜，黎林同志可能要开玩笑了。果然，他笑呵呵地说："我比你大一点，算是老大哥了。等将来条件许可，我给你找个老婆吧！"

我踹了他一脚，笑着说："要找老婆也要先给你找。你比我大，身体却不如我，需要人照顾。"

他爽朗地笑着说："你还记得过雪山的事呀。其实我知道，那几天你也疲劳得很。现在好了，将来会更好。"

我们从部队干部、战士的情况，谈到个人生活，又从个人生活谈到部队的工作，东方发白了，话还没有谈完……我们就这样分手了！

部队在哈达铺停留了几天之后，一路北上，不久就到达了通渭城。这里离六盘山地区已经很近了。通渭虽是一座县城，但并不大，人口也不多，县城的四周都是一片黄土坡，几乎连树木都没有。路上只要有车辆或行人，便黄土飞扬，漫天飘舞，噎得人喘不过气来。

不料我们刚到一会儿，毛主席骑着一匹马，带着两个警卫员就赶来了。肖华同志问我："毛主席来了，搞点什么欢迎他呀？"因为事先一点也不知道，我真不晓得该怎样接待他。搞点什么呢？当时通渭城街上只有卖梨子的。于是我就让机关的同志赶紧买了些梨子，洗好后，放在一个铁盆里，摆到一张腿脚直摇晃的桌子上。机关的同志见我不时地察看那张桌子和旁边那几把也不牢稳的椅子和板凳，便说："这样的桌椅还是走了好几家才借到的呢！"

长征以来红一团大部分时间作前卫，见毛主席的机会很少。这次一见，感到他明显的消瘦了。他个子本来就高大，一消瘦，就显得有些单薄了。毛主席见到肖华、耿飚、冯文彬等同志和我，热情地同大家一一握手。大家异口同声地说："主席瘦多了，身体还好吧！"

毛主席拍拍身上的尘土，笑着说："瘦一点好。瘦一点负担轻嘛！"

毛主席关切地询问部队的情况。

我们一边回答毛主席的询问，一边请他坐下。我说：

"主席吃点梨子吧。"

毛主席一边吸烟，一边看着铁盆里的梨子说："梨子呀，好东西。你们有辣椒粉吗？"

我感到奇怪，毛主席怎么看着梨子想起辣椒粉来了？"有。"我说着，便让人去拿。

毛主席接过辣椒粉，望着我说："杨得志同志，你这个湖南人吃没吃过辣椒粉拌梨子呀？"

"我没有吃过。"

"嗳，好吃得很呀！"毛主席说着，把辣椒粉撒到梨子上，"不是说有酸甜苦辣四大味吗！我们这一拌，是酸甜辣，没有苦了。来，你们尝尝看。"他说罢，很有兴致地吃起来。

我们请毛主席讲讲形势，给部队作些指示。他说："你们这个一大队的前身是红一团。红一团在这次大转移中是立了功的。你们一直走在我前面，情况了解得比我多，要讲，应该你们讲嘛！不过我今天要超过你们，走到你们前面去。"那天毛主席真的在我们离开通渭前便走了。

离开通渭不久，我们在东通西安、西达兰州的公路上，遇到了被战士们叫作"老熟人"的毛炳文部队。这个毛炳文在赣南第一次"围剿"我们时，住在头陂一带，当张辉瓒在龙冈被歼，谭道源从东韶突围逃窜的时候，他闻风丧胆，取道广昌往北逃向南丰一带。在第三次反"围剿"中，我担任炮兵连长，第一次指挥打炮，打的就是他的第八师。毛炳文本人是湖南人，他的部队也多是湖南人。我们大队有些同志开玩笑说：毛炳文不光是我们的"老熟人"，还是大队长的"乡里"呢。他的部队战斗力不弱。红军从人数与装备上看，虽不及在苏区的时候，但经过反"围剿"，特别是近一年长征的锻炼，战斗力更强了。毛炳文的几次截击，都被我们打垮。

在和毛炳文的战斗中，曾发生过一件很有趣的事。

那时我们一大队通信班的班长张德仁同志，由于腿有点毛病，平时大家都戏称他为"醴陵拐子"。一天追击毛炳文的部队时，他突然听到有人喊他的名字。他顺着声音望去，见敌人的一个伤兵正向他招手。这就怪了，那伤兵怎么知道他的名字呢？他跑过去一看，原来是他的一个"乡里"。两人的老家相隔不到一里路，在家时彼此就很熟。张德仁问他："你怎么在这里？"那伤兵哭哭咧咧地说："'刮民党'抓兵抓来的。现在受了伤，没得人管了。看在'乡里'的情分上，你补我一枪算了。日后你回到醴陵，只要对我家的人说，我没死在坏人手里就行了。"张德仁同志当然没有这样做，他根据我们红军当时优待俘虏的政策，把身上仅有的几块钱给了那个伤兵，要他设法治伤，另谋生路，不要再给敌人当炮灰。后来张德仁同志自己负了伤，因部队医疗条件差，组织上安排他回到了家乡。因为他在通信班工作，又是班长，工作勤勤恳恳，任劳任怨，我们几乎天天在一起，彼此很熟悉。他离开部队之后，我一直都在想念着他。全国解放后，我曾托一些同志打听过他的下落，可是一直都没有音信。后来我在济南军区工作时，一个偶然的机会，一位同志把他的地址告诉了我。我给他写了一封信，问他的工作和身体情况，生活上有什么困难没有。他很快就来了信，说政府对老红军照顾得很周到，各方面都不错，没有什么困难。只是身体差一些，很想见见我。我回信表示欢迎。不久他便到了济南。二十几年不见，他显得老多了。只在我喊他"醴陵拐子"的时候，他一笑，还有年轻时的样子。我们回忆了战争年代度过的那些日子，深深感到革命胜利来之不易！后来我请机关的同志安排他到济南军区总医院检查身体，发现他身体有点毛病，就劝他住院治疗，休息一段时间。但这位老同志想家，住了十几天执意要走，我也就只好答应了他……关于西兰公路上的这件事情，就是他离开济南前，我请他在我家吃饭时他讲的。

　　跨过西兰公路，我们一大队进入宁夏固原地区，那些天部队天天行军，几乎昼夜不停。大家都知道，我们的目的地陕北快到了，情绪非常之高。一天，在我们行军中突然接到情报，说前面山沟里有个叫青石嘴的村子里，有敌人骑兵大约一个团。马鞍子都卸了，没有什么戒备。我和肖华同志一边向上级报告，一边往前赶去。走到离青石嘴二百多米的地方，我们爬上一个小山头，仔细地观察了一番，果然，村子里成群的马匹都卸下了鞍子，敌人穿来穿去，毫无戒备。于是，我们决定，调几挺重机枪架在这个山头上，另外派两个步兵连，全部打开刺刀往村子里冲。我还向两个连的干部交代："敌人不开枪，你们不要开枪。敌人一打枪，我这里的重机枪就开火，你们再狠狠地打！"因为敌人没有准备，我们两个连一冲进去，他们便慌里慌张地满村乱窜，胡乱开枪，连马鞍子也丢下不管了。整个战斗，进行得很快，我们不仅缴获了一批牲口，而且歼灭了敌人的有生力量，为红军进入陕北扫除了一个障碍。进入甘肃、宁夏以来，就听说西北有"四马"（马鸿逵、马鸿宾、马步芳、马步青），很难对付。说骑兵骑马冲锋，速度非常之快；骑兵在马上用刀砍人，左右开弓，躲都躲不及。战士们没有同敌人骑兵打过交道，心中没有底，难免有些顾虑。青石嘴一仗打下来，战士们觉得骑兵也并没有什么了不起，他们说：什么"四马""八马"

的，还是人厉害，还是我们红军厉害！

青石嘴战斗后，我们过环县，经木瓜城，盼望已久的陕北吴起镇终于到了。从离赣南算起，整整的一年过去了。一年，三百六十多天，我们是怎么走过来的？福建、江西、广东、湖南、广西、贵州、云南、四川、西康、甘肃、陕西[1]，十一个省，二万五千多里的路程啊！蒋介石厉兵秣马，天上地下围追堵截；自然界的江河山岳，古林野岭和风、霜、雨、雪，给我们增添了多少人们难以想象的困难！我们靠什么战胜敌人，创造了这人间奇迹呢？建党六十周年的时候，我写过一篇短文，题目叫《信念的力量》。那是我的切身体会。话说起来很简单：红军是靠着对党，和在党的领导下在中国实现共产主义的坚定信念，一步一个脚印走过来的。在我们走过的十一个省里，留下了许多可亲可敬的好同志。他们没能走过来，但是他们的坚定信念一直伴随着我们，鼓舞着我们。为什么我们常讲先烈们永远活在我们的心里？这个"活"，就是他们给了我们力量——向共产主义迈进的力量！

当我们踏上陕北的土地，看到"中国共产党万岁！"的大标语时，不少同志都流下了热泪。因为从离开江西中央革命根据地以来，几乎没有再见过这非常熟悉的标语了。看到它，便像是回到了中央革命根据地，回到了久别的父老乡亲们中间……有的同志对我说，他听到陕北"信天游"中的一句歌词："山羊绵羊五花羊，哥哥随了共产党"，眼泪就止不住了。我自己第一次听陕北老乡问我："同志，你们这是从'哪哒'来呀？"当时虽然还不懂"哪哒"两个字的意思，但一声甜甜的"同志"，我的眼睛也就湿润了。为什么说到了陕北就是到了"家"？这个"家"，我理解就是根据地，就是人民群众，就是党。

关于长征，毛泽东同志在《论反对日本帝国主义的策略》和《中国革命战争的战略问题》等不朽的著作中，有过非常详尽、生动的描述和科学的历史总结。我和许多老同志一起走过了这段路程。但一个人的回忆必然有局限，况且时间过去六十多个年头了，许多事情，特别是许多已经离开我们的同志的事迹，记不准确，甚至一时想不起来了。这是我感到非常非常不安的。

---

[1] 当时还没有宁夏回族自治区。

# 第五章

——

## 在民族危亡的岁月

　　现在人们都非常清楚地知道，中央红军的长征是被迫的。作为战略性的大转移，开始的时候目的并不明确。只是到了遵义会议之后，为挽救民族危亡而北上抗日的战略方针，才有可能真正成为红军有目的的行动。当然，人们也不会忘却，中国共产党和她领导的红军，对日本帝国主义发动"九一八"事变，野蛮地侵占我国领土，妄图灭亡我中华民族的狂妄野心，态度从来都是十分明确和坚定的。

　　"九一八"事变，一九三一年发生于沈阳。那时，中国共产党领导的主要武装力量——中国工农红军，绝大部分都在远离日寇侵占的我国东北地区的南方。就我们中央红军来说，"九一八"发生的时候，还处在蒋介石的第三次反革命"围剿"之中。即使在这样的条件下，我们党也还先后发表了《为国民党反动政府出卖中华民族利益告全国同胞书》和《关于动员对日宣战的训令》等文件，严厉谴责了日寇的侵略和国民党反动政府的不抵抗政策，号召全国人民武装起来，以民族革命战争驱逐日本侵略者，保卫中华民族的独立和尊严；同时指示各根据地立即对群众展开对日宣战的广泛宣传，动员红军和人民积极准备对日直接作战。粉碎蒋介石第三次"围剿"后，刚诞生的中华工农民主共和国临时中央政府，立即发出通电，正式宣布对日战争。尽管我们党的号召得到了全国各阶层的广泛响应，产生了很大的政治影响，但是红军直接对日作战的神圣愿望，却由于国民党反动派置民族危亡而不顾，对我们党和红军掀起更大规模的反革命"围剿"而难以实现。

"九一八"事变后短短三个月，我东北三省一百多万平方公里的土地全部沦丧，我三千多万同胞陷入了日本帝国主义的法西斯奴役之下。紧接着发生了"一·二八"战争，国民党政府和日本签订了卖国的《淞沪停战协定》。我们党一方面在东北领导和组织抗日游击战争，一方面在极端困难的条件下，在中央革命根据地组成由寻淮洲、粟裕等同志率领的红军北上抗日先遣队，力争早日直接对日作战。北上抗日先遣队受到了国民党军队的重重阻拦。我的老上级寻淮洲同志，红军的著名领导人方志敏同志在北上抗日的途中，英勇牺牲于国民党反动派之手。在日寇占我东北，侵我内地，亡国危急日益严重的情况下，连一些具有爱国之心的旧军队都奋起抗战，而蒋介石依然对我党和红军进行"围剿"，必欲置我于死地而后快。即使这样，我们党仍坚持以民族利益为最高利益的立场，在艰难的长征途中，发表了著名的《八一宣言》（即《为抗日救国告全体同胞书》）。这份充满着爱国激情，为救民族、救国家、救人民而不计一切的宣言，许多老同志、老朋友是不会忘怀的。宣言说："今当我亡国灭种大祸迫在眉睫之时，共产党再一次向全体同胞呼吁：无论各党各派间在过去和现在有任何政见和利害的不同，无论各界同胞间有任何意见上或利益上的差异，无论各军队过去和现在有任何敌对行动，大家都应当有'兄弟阋于墙外御其侮'的真诚觉悟，首先大家都应当停止内战，以便集中一切国力（人力、物力、财力、武力等）去为抗日救国的神圣事业而奋斗。"宣言实际上提出了建立全民族的抗日统一战线的主张。宣言在全国各阶层爱国人民中间发生了重大的影响，但是并没有打动死心反共的蒋介石。

我们一路厮杀到达了陕北。

我们是为了挽救亡国灭种于异族的劫难而来的！

我们是为了拯救在日寇铁蹄蹂躏下的骨肉同胞而来的！

但是，我们神圣而急切的愿望，还是不能马上实现。在我们和日寇之间还有一个蒋介石，还有以蒋介石为代表的卖国求荣的反动派。他们在反共这一点上是一致的。

困难我们是想过的，也是不怕的。但在整整八个年头的抗战中出现的错综复杂的局面，残酷曲折的斗争和空前巨大的民族牺牲，还是始料不及的。不过有一点我们是有充分准备的，那就是为了祖国的独立与自由，为了中国人民起码的荣誉和尊严，或者用一句极普通的话，为了不当亡国奴，我们将不惜献出自己的一切，把日本侵略者赶出中国大地！

中国是中国人民的！

中华民族是不容侵犯的！

## 一、站稳脚跟打出去

中央红军到达陕北，与徐海东、刘志丹等同志领导的红十五军团（即红

1935 年，红军长征到达陕北后，"红一团"团长杨得志照了有生第一张照片并寄给了老家的桂泗姐姐。桂泗姐姐把它藏在墙夹缝里，直到解放后才拿出来。

二十五军和陕北红军会合后组成的部队）胜利会师后，成立了以毛泽东同志为主席，周恩来、彭德怀同志为副主席的西北革命军事委员会。部队进行了整编。恢复了红一军团建制。我们陕甘支队一纵队一大队，也恢复了红一团的番号。团的主要负责人仍然是肖华（政治委员）、耿飚（参谋长）、冯文彬（政治部主任）和我（团长）。

陕北红军和人民群众，在极为困难的条件下对中央红军的热烈欢迎和真诚支援，给了我们巨大的鼓舞。会师的胜利给部队增添了新的力量。记得有一首歌是这样唱的：

> 南北红军大会合，
> 同心协力来救国。
> 一个英勇善战不怕困难多，
> 一个万里长征打遍全中国。
> 胜利有把握！
> 胜利有把握！

部队的战斗情绪是旺盛的，但面临的形势也是严峻的。

当时，日本侵略者正向关内推进，实施其变华北为"第二个满洲"的计划。蒋介石不但不抗日，反而指挥其"西北剿总"，对我陕北根据地进行第三次反革命"围剿"。就中央红军来说，刚刚战胜了敌人的围、追、堵、截，又面临着他们更加严重的进攻。形势表明，红军要奔赴抗日救国第一线，首先要粉碎敌人的"围剿"。也就是说，要打出去必须首先站稳脚跟。

"围剿"的敌军，一路是国民党六十七军王以哲的一一七师，沿洛川、鄜（富）县北上；一路是东北军董英斌的五十七军四个师（一〇九、一〇六、一〇八和一一一师），越过陕甘交界的太白镇，沿葫芦河急速向富县东进。目的是合围我军于葫芦河与洛河之间的地区。

毛主席分析了当时的政治、军事形势，亲自部署和指挥战斗，决心打一个歼灭战。把战场选在富县境内的直罗镇。

直罗称镇，其实是一个百户人家左右的小村。它三面靠山，一面依水。地形对我们是非常有利的。

由于这是中央红军和陕北红军会师后的第一次并肩战斗，大家劲头很足。根据毛主席的指示，战前，十五军团和一军团的团以上干部会合在一起，从直罗镇东南的张村驿到镇西南的山顶上进行实地勘察，研究具体部署。大家提出要以实际行动彻底粉碎敌人的反革命"围剿"，庆祝红军的大会师。我们红一团和另外两个团的任务，是在一定的时候由南向北直接攻击直罗镇。

进入直罗镇的敌人，是五十七军的一〇九师。师长叫牛元峰。

总攻前，我和肖华等同志带部队爬上了直罗镇北面的山峰。陕北的山一般不高，但当时正是十一月下旬，小雪一直下个不停，登上山来，简直可以说是风削如刀，冷气似箭。冰封的萌芦河在黄土高原上，像一面镜子发出刺目的寒光。我们部队到陕北后，当地群众虽然夜以继日赶制了一大批棉衣送了来，但终因物资有限，时间紧迫，不少同志俯卧在地冻似铁的阵地上，身上穿的却还是长征途中的夹衣、破褂。"快下命令打吧，再不打我们要冻死罗！"有的战士说，"这一仗，我就想缴套东北军的厚棉衣，大棉鞋！"这话，现在说来，也许有人会问：我们红军战士在著名的直罗镇战斗前想的就是一套棉衣、一双棉鞋吗？我说：红军战士们在战前想的，当然不止是这些，但是，十冬腊月，衣着单薄的战士们俯卧在冰冻三尺的荒山上，首先想得到一套棉衣、一双棉鞋不是很正常、很合理的吗！而且这棉衣和棉鞋，是要通过战斗去缴获，这不也是很值得崇敬的吗！直罗镇的总攻是拂晓前打响的。战斗进行到最激烈的时候，我得到了军团部的通知，说毛主席和周副主席要亲临我们前沿指挥（彭德怀同志当时在十五军团进攻的方向）。再一次强调要执行毛主席关于"打歼灭战"的指示，还说，这是周副主席亲自打电话讲的。指战员们听说毛主席、周副主席要亲临前沿，受到了极大的鼓舞。战斗虽然艰苦，但指战员们打得十分顽强。上午十一点左右，我们和兄弟部队一起攻入了直罗镇，和敌人展开了面对面的厮杀。击毙了敌一〇九师师长牛元峰。中午时分完全解决了战斗。这一仗打得非常漂亮。毛泽东同志在论述这一仗的意义时曾指出："直罗镇一仗，中央红军和西北红军兄弟般的团结，粉碎了卖国贼蒋介石向陕甘边区的'围剿'，给党中央把全国革命大本营放在西北的任务，举行了一个奠基礼。"[1]

直罗镇战斗胜利不久，我们党在北平领导了震动中外的"一二·九"运动，提出了"停止内战一致对外"，"打倒日本帝国主义"等口号。这个运动冲破国

[1] 见《毛泽东选集》第一卷 136 页。

民党政府与日寇联盟的长期恐怖统治，很快得到了全国人民的响应。蒋介石政府的卖国政策越来越孤立了。

在全国抗日救亡和反对内战的新高潮中，党中央在陕北瓦窑堡召开了具有重要历史意义的政治局会议（历史上又称瓦窑堡会议）。会议通过了《中央关于目前政治形势与党的任务决议》，决定了建立民族统一战线的策略。毛泽东同志根据会议精神，作了著名的《论反对日本帝国主义的策略》的报告，进一步系统地阐述了建立抗日民族统一战线的可能性和必要性，党在统一战线中的领导作用，着重批判了党内的关门主义和"急性病"。在军事战略上，确定了"把国内战争同民族战争结合"的方针；在军事行动上，把"打通抗日路线"和"巩固扩大现有苏区""以发展求巩固"作为重要任务。

为贯彻瓦窑堡会议精神和毛泽东同志的指示，中央决定发起东征。

所谓东征，就是红军由陕北东渡黄河，通过山西，开赴冀、察前线，直接对日作战。当时，山西是个薄弱方向。一是阎锡山和蒋介石有矛盾，阎锡山搞"独立王国"，连铁路都是窄轨的，蒋介石难以完全控制他；二是阎锡山与日寇早有勾结，在黄河一线设置了"堡垒防线"，阻挡红军抗日，这暴露了他卖国求荣的真面目。可是山西和整个敌后人民，热切盼望和期待红军奔赴抗日第一线。当然，比陕北富裕得多的山西，对于我们扩大红军，筹粮筹款，发展抗日武装，进行抗日宣传也都是十分有利的。

东征之前，中央决定将红一方面军主力编为抗日先锋军。彭德怀同志任总指挥，毛泽东同志任总政治委员，叶剑英同志任总参谋长。这之后，红一军团决定由红十三团、红三团和红一团为基础组建一个师，恢复红一师的番号。任命陈赓同志为师长，杨成武同志为政治委员，耿飚同志为参谋长，谭政同志为政治部主任，我为副师长。全师约三千人。没有营，由团直接领导连。红一师面临的任务是渡河东征。

一九三六年的春天来得似乎特别早。一二月份，气候便逐渐转暖，黄河有了解冻的征兆。我们原定踏冰过河的方案，不得不改为船渡。可是在这被称为"天堑"的黄河对岸，阎锡山设置了高碉暗堡，以重兵组成了一条号称"攻不破的壁垒防线"。能不能突破敌人的这条防线，成了我们能否夺取东征胜利的关键。师的主要负责同志把精力几乎都放到抓渡河训练上去了。作为师长，陈赓同志自然更加劳累。

有天晚上，风大，气温低，很冷。我陪陈赓同志检查完部队训练情况，返回驻地。进到屋里刚点上灯，铺开地图，参谋就跑来报告说，军团部指示，要师里派一名领导同志亲自到预定的渡口去。任务是实地勘察地形，进一步了解敌情，以便最后确定突破点。

按照陈赓同志的一贯作风，他是一定要亲自出马的。没想到，他把昏暗的煤油灯拉到地图面前，和我作了一番具体研究后，说："老杨，这件事看来要你代劳了。怎么样？"

我说："什么怎么样，这本来就是我分内的事嘛！"

陈赓同志走到土炕边坐下来，一只手把负过伤的腿搬到炕上，轻轻地抚摸着，压低声音说："这几天我的腿闹'独立性'，看来要搞点'破坏活动'——不然，这件事是轮不到你的。"

我坐到他的身旁，问："是疼，还是……"

"声音轻些嘛！"陈赓同志把被子拉到背后，顺势躺下来说。"酸、疼、木、麻，'四味俱全'。怎么搞的嘛！"他大概发现自己的最后一句话声音也大了起来，笑了笑。"哎，'君子协定'，替我保密。热炕头上睡上一晚，天一亮就会好的！"他见我坐着不动，又说，"你去忙你的，让我睡，让我睡。明天我送你们出发。"

我找了侦察班长小周和四个侦察员，仔细研究了明天的行动计划后，已经是午夜时分了。这时的风虽然小了许多，但依然很冷。这种"干冷"，我们南方人是很不习惯的。我回到屋里，见陈赓同志盖着条薄薄的被子，那被子也许还是他从江西苏区带出来的哩！他睡得很熟，当我把一条线毯加盖到他的身上时，他一点也不知道。然而，我对着小小的煤油灯，望着他，一点睡意也没有了。

我想了许多。

陈赓同志不仅在红军内部，就是在敌人营垒中也是位很有影响的传奇式人物。他的许多真实的故事和并非臆造的传说，完全可以写一本厚厚的、很有特点、又有教育意义的书。他比我长七岁，无论从哪方面讲，都可以做我的兄长。他十四五岁当兵，十九岁参加社会主义青年团，二十岁刚过便在黄埔军校第一期毕业。在第一次国共合作时期，他曾在战场上救过蒋介石的命。党派他到苏联学习回国后，参加了南昌起义。后来在白色恐怖的上海做党的秘密工作。他同中国革命文化的主将鲁迅先生有过密切的交往，向鲁迅先生介绍过我们红军的情况。三十年代初，他进入鄂豫皖苏区，担任红十二师师长。后来因负重伤去上海治疗时，被捕入狱，受尽敌人的酷刑而坚贞不屈。蒋介石曾亲自"劝降"，遭到陈赓同志严词拒绝。他在中央苏区工作时，我们没有机会见面。长征中，他一直随中央纵队，任干部团团长。我们第一次见面是在艰难的长征途中。他中等个子，那时很清瘦，戴着眼镜，走路虽有些跛，但大将风度不减。他这个人对革命事业忠诚、坚定，对部队要求严格、关怀、体贴。对上对下都异常豁达坦率、豪爽开朗。生活上可以说有些不拘小节。就餐时，他可以和战士们抢肉吃；休息时，可以夺警卫人员或者老乡的烟袋，作"吐烟圈"的游戏；可以在大庭广众之下和他的夫人开那种别人开不出来的玩笑；也可以在毛主席作报告的时候，跑到台上去喝毛主席缸子里的水。指战员们喜爱他、信任他、尊敬他，把他当成自己的父兄，自己的亲人。而这时的他还不满三十三岁呢……我记起了斯大林同志曾经说过的一句话：共产党员是特殊材料制成的人。我想：陈赓同志应该算这样的人……

　　……我面前这盏用西药瓶子自制的小油灯，结出一个个果实似的灯花，一跳一闪地仍很明亮。我看陈赓同志嘴角上挂着笑意，不但睡得满熟，好像也很香甜，自己才感到有些发困了。

　　天大亮了，陈赓同志推醒我，说："太阳已晒到屁股，好出发了。"

　　我见侦察班长小周和四个侦察员身穿土布衣服，头上包着"羊肚子"毛巾，完全是陕北农民的打扮，装化得不错，很高兴。我问陈赓同志："怎么样？"

　　陈赓同志说："蛮好嘛！我这个当过'探子'的人也看不出什么破绽哩！"

　　"哎，"我说，"我问你的腿怎么样了？"

　　"噢，"陈赓同志笑了，"不是说过了吗？睡一觉就好——陕北的土炕胜过上海的大医院哩！"

　　我换好陕北农民的衣服，正要走，陈赓同志问："你怎么不带个侦察参谋？"我告诉他，外出侦察只带侦察员不带参谋，成习惯了。他点点头，对侦察员们说："要当心副师长的安全哟，出了纰漏我找你们五个算账，听到了吗！"

　　侦察班长小周是长征途中在贵州参军的，虽说只有十七八岁，但侦察工作的经验已经不少了。他很严肃地对陈赓同志说："请师长放心，我跟副师长行动不止一次了。"

　　这天的风虽然小了些，但依然很冷。我们走了大半天才来到黄河边。黄河不同于我们经过的大渡河、金沙江，也不同于乌江。它河面宽阔，流水混浊，大概是由于春季水浅的缘故，表面上看，水的流速不快，没有什么惊涛骇浪。缓缓的流水，推动着巨大的冰块顺流而下，声音沉重，浑厚有力，好像蕴藏着无穷的力量尚未爆发出来似的。有人说黄河是我们民族的摇篮，是我们民族的象征，我想是很有道理的。后来听到冼星海同志《黄河大合唱》那气势磅礴、雄伟激越的旋律，真感到人民艺术家把伟大的黄河表现得淋漓尽致，万般传神了。和我同行的五个同志中，只有一个是在黄河边长大的。大家让他讲一讲黄河的故事，他讲不出，只是愤愤地说："这可是条害死人的河。我的爷爷、奶奶，还有一个叔叔、一个姑姑都死在河里——那是秋天，发大水，没人管，木板船被大浪撞翻了……"可见，黄河发怒还是相当厉害的！

　　我们来到了距对岸敌人只有五六百米的河边。在我们周围，零零散散的有几位老乡，那时季节还早，不知他们在做什么。但他们很自然地掩护了我们。我们在空旷的田野里做着耕翻土地的动作，极目望去，只见敌人在河对岸的山顶、山腰、山脚和近处的村口、路边，都构筑了堡垒、工事，隔不多远就有一个瞭望哨。但在蜿蜒无际的黄河防线上，仍显得稀稀拉拉，比较零散。敌人的士兵，大部分倒背着枪，弓着腰在河边走一趟便躲到背风处吸烟、打瞌睡去了。有的哨兵偶然朝我们这边看看，举着枪挥动几下，好像要我们走开。我们学着老乡的样子，向他们招招手，指指地，告诉他们我们是干农活的，他们也就再也不管了。我想，这些人到死也不会想到在他们的对面，有一个红军的副师长和五位侦察员。我让侦察班长小周把观察到的情况——地形、道路、哨兵活动规律和能够看得见的火力配置，画成草图。小周确实有办法，他一会儿装作解大便，蹲在地上画；一会儿指手画脚，装作要向敌哨兵说明什么，尽量靠前观察核对，真可以说既大胆又心细。其他几位侦察员则尽力和他配合。应该说，小周是这次侦察的具体执行者，而我，想得更多的是在这样的条件下全师部队如何渡河，渡河后又如何展开……

　　冬天，太阳落山早，小周把草图画好，走到我跟前说："副师长，全部搞好了，我们走吧。"

　　我点了点头，示意大家拉开距离往回走。走了不到一个小时，天完全黑了下来。越刮越猛的西北风，夹杂着米粒大小的沙土向我们袭来。白天只管侦察，大家都没顾得上吃饭，如今干粮冻得像石头，啃也啃不动。更糟糕的是天太黑，虽然有指北针，来时的那条路，我们却分辨不清了。荒郊野地，连个村子也难见。怎么办呢？战士们问我，我说："往前走，找个村子住一晚上。"我相信，在根据地内，只要找到人家，哪怕只有一户呢，战士们就不会挨饿受冻。又走了好长一段路，发现前面有星星点点的光亮。大家高兴地叫起来："看，是个村子！"

一进村，我们先找到了村长。这是个"厚棉裤、大棉袄、羊肚子毛巾满头绕"的陕北老农。听我们说明来意，他便说："今晌天冷得出奇，红军同志那哒也不要去，就住俺们村，包在俺老汉身上！"说完，要把我们几个人分别送到几户老乡家去住，而且把我单独安排在一位老乡家。小周一听有点急，走到我身旁刚要开口，我止住他，说："我们分头去睡，明天天亮集合。"小周还紧紧地跟着我。我知道他记着陈赓同志的话，为我的安全担心，但住在群众家里有什么不安全的呢！我专门对他说："小周，你今天最累，更要好好休息！"小周勉强地点点头，一直瞅着村长把我送进一户老乡家。

我到的这一家有一间半土房。村长进屋点上灯我才看清，外半间是做饭的，盘着锅灶，里间有座大炕。灯小，昏暗得很，只见五十多岁的一男一女，披着破破烂烂的衣服下炕来，听村长说明情况，一把拉住我说："啊唷，红军兄弟，看把你冻的，快、快上炕，上炕！"见他们这热乎乎的劲头，我真想立即上炕。可在昏暗的灯影里突然发现炕当中还有位十八九岁的大姑娘哩！我犹豫了。要知道，我当时是个还不满二十六的小伙子呢！姑娘的父亲见我迟迟疑疑的样子，笑了："咳！咱这哒老刘（指刘志丹同志）的队伍来过，不封建，你上炕，快上炕！"那姑娘冲着我边笑边移到炕角上。老大爷帮我脱掉被泥雪冻住的鞋子，叫老伴去烤，又从两条破棉被中拽过一条给我盖上，说："你先歇着，俺们去去就来。"老大爷一走，那姑娘头也不抬地问我："红军要不要女兵？"我说："要呀，你……"话没说完，老大爷端来一个盛满热水的泥瓦盆，让我烫脚。不一会儿老大娘端来一大碗荞麦面和高粱面做成的饸饹，要我快吃，这饸饹清汤淡水，没有一点点油星，但此时此刻却真是香气扑鼻。老大娘有些歉意地说："春头上，没有啥好吃的东西，你喝一口暖暖身子吧！"

面对根据地亲人赤诚的心，我纵有千言万语又从哪里说起呢！

我正吃着饭，小周来了。他不便直接称呼我，只是问："你这里怎么样？"

我指指被子，指指饭碗，说："这不是很好吗？你们呢？"小周说了声："都一样，很好！"才放心地走了。两位老人看着我吃完饭，说："俺家就这么一铺炕，今夜咱们就睡在一起吧，反正是一家人嘛！"

我问："这地方敌人来吗？"

那姑娘抢着答："白天有时候摇船过来抢东西，夜晚不敢来。"

过了好大一会，两位老人和姑娘大概觉得我睡着了，便谈起话来。

"唉，"这是老大娘的声音。"听这红军的口音，不是咱这哒人，他的爷（爹）娘还不知道怎么挂念着他呢！"

老大爷说："没听人说，当红军就不能顾家。他们讲究的是顾大家，大家就是咱们穷人！"

"人家是来打日本鬼子的！"这是姑娘在讲话。看来她比两位老人知道的事情要多些。

"打日本鬼子还不是为咱穷人吗？就你是个'百事通'！"老大爷冲着自己的女儿不服气地说。

姑娘不生父亲的气，转而说："你们先睡，我去那几家看看，再看看村里有什么动静没有。"

我听见姑娘下炕，穿鞋，脚步声慢慢消失，想制止，却没有动弹，因为我知道那是不可能的。

姑娘走了，两位老人仍在谈话。我真想再听听，但由于太累，不一会便睡着了。这一夜睡得特别香甜，特别解乏。

太阳出来了。我怀着感激和依依难舍的心情，告别了这一家老少三口。

五十多年过去了，那一家人的姓名、住址，全都记不起来了，但他们那可敬可亲的音容笑貌却依然历历在目。我甚至想，当时如果那位姑娘再勇敢些，或者我的年岁再大一些——我得承认，那时我还有些封建——也许我会把她领出来参加革命。我虽然当时没那么做，可后来，也许她经过自己的努力，走上了革命的道路，成了党和人民的优秀干部。

在返回师部的途中，战士们和我一样，因受到乡亲们的款待，心情仍很激动。他们说：这里的老乡太好了，我们一定要多打胜仗，以实际行动报答他们！战士们的话，使我思绪万千，从上井冈山以来，遇到过多少这样的村庄，遇到过多少这样的乡亲啊！他们用物质，用精神，甚至用生命，支持我们，掩护我们，为了我们，他们什么都舍得，他们任劳任怨，竭尽全力，毫无顾忌。这是我们力量的源泉，胜利的保证啊。我对战士们说："对根据地人民的深情厚谊，我们要记住，要夺取东征胜利，用实际行动来酬谢乡亲们的一片心意啊！"

回到师部，我向陈赓等同志汇报。大家听完了既高兴，又深受感动。陈赓同志后来又开玩笑说："你应该把那个姑娘带来嘛！黄河边的青年，说不定会撑船呢！会唱'信天游'也好嘛！'山丹丹开花红艳艳'嘛！你这个家伙哟，封建，封建！"

二月二十日夜，抗日先锋军在彭总指挥和毛总政委的直接指挥下，分左、右两路军，来到了绥德以东的黄河岸边。左路是以徐海东同志为总指挥的红十五军团。右路是以聂荣臻同志为政治委员的红一军团，林彪虽任总指挥，但在"抗大"没有去。

这一晚没有星星，没有月亮，漆黑的夜幕像最好的屏障，掩护着红军的无数只小木船在黄河的浪涛中穿行。我们红一师从沟口附近渡过黄河，没有发生大的战斗，阎锡山苦心经营的"壁垒防线"，很快就被指战员们突破了。过河后，当我们前进到关上地区时，才同阎锡山的独立第二旅打了一仗。阎锡山的这个旅，号称"满天飞"，是晋绥军的"王牌"。据说，一有情况阎锡山就用它，它到哪里都能打胜仗。可是，在这次战斗中，它却被我们打垮了。

那一天，雪花纷飞，我们首先击溃了"满天飞"的旅部和一个团，又连夜包围了关上村的另一个团。在雪花乱飞的夜色中，陈赓等同志和我在山头上指挥。一团和十三团打了好长时间，却拿不下关上。看来敌人相当顽固。我有些着急，指着山下的战场对陈赓同志说："怎么搞的？我到前面看看去！"陈赓同志说："好！今夜一定要把这股敌人搞掉，不能让他们真的'满天飞'了。"我带着几位参谋和警通人员冲到山下，听了红一团和红十三团领导同志的汇报。根据敌人负隅顽抗，我们从正面硬攻一时难以奏效的情况，共同研究了措施，由他们亲自指挥，两个团分别从两面实施包围，齐头并进。经过一番激战，这两支部队终于一起冲进了村子，全歼敌人一个团，俘虏四百余人，缴获了三门山炮。这一下"满天飞"再也"飞"不动了。

关上一仗，对阎锡山震动很大，他急忙调集了十几个旅的兵力，分四路纵队向红军反击。

三月上旬，是吕梁山细雨蒙蒙的季节。我们经交口县及周围的大麦郊、交石等地，到达孝义县的兑九峪地区，又同敌人展开了激烈的战斗。敌人依托工事和猛烈的炮火，疯狂地向我们发动进攻。我们原来得到的情报，敌人是四五个团的兵力。陈赓同志和我各指挥一个团，从上午打到傍晚，不见敌人减少，反而越来越多，心里都犯疑，一时又搞不清是怎么回事。后来才知道，是由于情报搞得不准，敌人实际上是十四个团。毛主席了解到这一敌情后，立即命令我们撤退。这一仗虽未能达到大量消灭敌人的目的，但歼灭了敌人两个整团。用陈赓、杨成武、耿飚、谭政等同志的话说：咱们一天"吃"掉他两个团，可以说是一个不小的胜利。更重要的是教训了阎锡山，他不敢小看红军了。

关上、兑九峪两战皆捷，我们巩固了作战前进阵地，粉碎了阎锡山逼迫红军退回黄河西的企图。为了扩大胜利，毛主席命令左路军北上，佯攻太原；右路军南下，进攻临汾。

在绵绵春雨中，我们经过二十多天的行军、作战，突破敌人汾河封锁线，沿同蒲路到达了临汾地区。

临汾在汾河下游、同蒲铁路线上，是晋南政治、经济、文化的中心。我们刚到这一带，指战员们在宣传抗日民族统一战线，发动群众扩大红军的活动中，办法还多是老一套：手里拿面写着"招募新兵"四个大字的小旗子，走到哪里，就在哪里讲一通，由于语言相隔，方法死板，主要是因为阎锡山搞了一套什么"军事防共"、"政治防共"、"经济防共"、"思想防共"和"民众反共"等花样，成立了什么"主张公道团"、"防共保卫团"，散发了什么《防共应先知共》、《共产主义的错误》等小册子，进行有组织的、广泛的欺骗宣传，所以我们工作效果不太好。发现这些问题后，师里几个领导同志研究决定，由政治部组织工作队，各团组织工作组，挨村挨户进行有针对性的宣传。工作重点是揭穿阎锡山的欺骗宣传，帮助地方组织苏维埃政权，惩办大恶霸，给群众以看得见的利益。没过多久，各阶层人民，特别是青年人的抗日救国热情就被鼓动起来了，出现了妻子送郎、父母送子当红军的热烈动人的景象。不到一个月，仅我们红一师就补充了近两千名新同志。整个一军团的兵力增加了八千余人，还筹集了一大批粮款和作战物资。指战员们说："这次南下临汾，真可以说'人财两旺'了。"

东征的胜利不仅极大地打击了阎锡山的气焰，也震动了蒋介石。阎锡山深感靠山西一省之力，实难抗拒红军势如破竹的进攻和声势浩大的政治影响，便急电蒋介石派兵增援。本来就想染指山西而不能的蒋介石，立即答应阎锡山的请求，调汤恩伯的十三军，关麟徵的二十五师等部队，分别由湖南、陇海路、正太路入晋，并在太原成立了晋、陕、绥、宁四省"剿匪总指挥部"，由陈诚任总指挥。蒋阎合流，敌人的力量大大加强了。他们的目的是压迫红军于黄河东岸狭小的地区，形成新的"围剿"局面，继而消灭之。

根据敌情的重大变化，为保存力量，争取主动，更好地实现迅速直接对日作战的政治任务和"以发展求巩固"的战略方针，履行停止内战一致抗日的主张，党中央决定将抗日先锋军撤回河西，发表了《停战议和一致抗日》的通电（即《回师通电》），斥责了国民党反动派阻拦红军东征抗日的破坏活动，重申了建立广泛的抗日民族统一战线的政策。

西渡黄河回到陕北，记得是在子洲县的一个村子里，方面军召开了庆祝东征胜利大会。彭德怀总指挥和毛泽东总政委以热情洋溢的讲话，充分肯定了东征的胜利和意义。周恩来同志就争取团结东北军一致抗日的问题，作了重要指示。我们军团政治部副主任邓小平同志也讲了话。记得他特别强调东征的胜利是党中央和毛主席制定的在发展中求巩固的方针的胜利。我们把抗日的种子撒在了山西人民中间，蒋介石和阎锡山再也睡不安宁了。红一军团的同志，要继续发扬团结奋斗的传统，准备迎接新的战斗任务。

大会后，举行了会餐，最好的菜是红烧猪肉。陈赓同志本来和我一桌，但是他坐不住，这个桌走走，那个桌站站，最后竟然用筷子夹着大块肥肉摆起了"擂台"，要来个"吃肉大竞赛"，不仅逗得我们笑得直不起腰，连一些领导同志也都笑出了眼泪。他回到我们桌上后，有人提议让他讲个故事。他不假思索地说："好！讲一个关麟徵吧！"

关麟徵是我们在河东刚刚打过的敌二十五师师长。有人不愿听，说："手下败将关麟徵有什么好讲？不要！不要！"

有人喊："讲一讲你的恋爱史吧！"

"恋爱史你自己去做嘛！讲出来有什么意思？"他说。"关麟徵的故事你们不听，下一次给我三盆红烧肉我也不讲了。你们可不要后悔呀！"说着坐下来，再也不吭声了。他还"卖关子"哩！

我说："讲吧！讲吧！再找三盆红烧肉可不容易哩！"

他这个故事还真有点意思。

原来这关麟徵是陈赓同志在黄埔军校的同班同学。那时候黄埔军校的纪律很严，站起队来，教官在你身后朝膝盖背面猛踢一脚，你要打了弯，或者身子摇动了都不行，更不准交头接耳，嬉笑讲话。关麟徵一向自认为是"模范军人"，也确实很得长官的赏识，有点目中无人。有次操练中他和陈赓同志挨边，教官发出立正的口令后，关麟徵昂首挺胸，一派盛气凌人的劲头。陈赓同志趁教官不注意，把舌头伸出来有意地向关麟徵做了个十分可笑的鬼脸。"那一次我是很卖力气的。"陈赓同志说。"舌头向右，鼻子向左，一眼睁一眼闭。关麟徵一看，止不住'扑哧'一声笑了。他一笑，教官听见了。教官一来，我挺起胸脯，目不斜视，装作无事的样子。只听'叭、叭'两声，教官的巴掌落到了关麟徵的脸上。'关麟徵出列！'教官喊着，让关麟徵站到我面前，说，'你看陈赓，他才是黄埔军人的样子呢！'关麟徵看着我，满脸的肌肉有点'四分五裂'了——他是哑巴吃黄连，有苦说不出。事后他对我说：'好你个陈赓，你小心点！'我说：'君子报仇，十年不晚，我等着你老兄的报复！'那是一九二四年，到现在想想十一年多了。"

我笑着说："这一次关麟徵又挨了你的揍——不过不是两个耳光了。"

大家都笑了。

我们的《停战议和一致抗日》的通电不但被蒋介石所拒绝，他还一面派其嫡系胡宗南部北上甘肃，阻拦和"围剿"正在长征北上的红二、四方面军；一面策动西北"三马"的回族军阀部队袭扰我根据地。

为了发展和巩固陕甘根据地，迎接红军大会师，发动西北各族人民抗日，中央决定西征甘肃、宁夏。

西征时，部队作了相应的调整。徐海东、程子华同志（刘志丹同志已在东征中牺牲）领导的红十五军团变为右路军，我们红一军团变为左路军。左权参谋长代理军团长，聂荣臻同志仍为政治委员，彭德怀同志任前敌总指挥。我由红一师调任红二师师长。

和陈赓同志分手，心里很不是个滋味。一向爽朗的陈赓同志也有些激动——他是个感情极丰富的人——"老杨呀！"他说，"我们俩一起两渡黄河，情如流水，源远流长呀！我们搭伴才几个月嘛，刚熟悉嘛！仗也打得可以嘛！我向聂政委提过意见，不让你走。聂政委一字不改！没得办法，我只好送你上任去了。万里征程路尚远，咱们战火之中各尽其能吧！"说着说着，他的眼圈有点发红。

1936 年 7 月，二师师长杨得志
于宁夏豫旺。（斯诺摄）

"我担心你的身体，你的腿！担心你那不要命的劲上来，什么也不顾！"我说。

"腿是不打紧的。"陈赓同志笑了："它经过'红色恐怖'也经过'白色恐怖'，比我能耐大得多！哎，"他话锋一转，很认真地说："你二十六岁了吧？得想法找一个老婆啦。"

"你又开玩笑了。"我说。

陈赓同志仍然很认真地说："不是开玩笑，是严肃的事。我的老婆是个工人，对我帮助很大——可惜现在还在敌人的监狱里。周恩来同志对我说，党在想办法营救她，但愿她早日回来。我是真有点想她呀！等她回来，我把这个任务交给她！"

可惜陈赓同志的夫人王根英同志出狱到根据地时，我们未得相见。后来王根英同志于一九三九年三月在河北反"扫荡"的战场上英勇地牺牲了。

……

红二师的主要领导同志——政治委员肖华，参谋长熊伯涛，政治部主任邓华等同志，都是老战友了，大家在执行新任务时又汇集在一起，特别高兴。

六月，在内地是个生气勃勃，或者已是收获的季节了。我们从延川出发，经吴起镇一带进入了陇东。这里树疏草稀，火球般的太阳直射大地，酷热奇干。漠漠沙原不时升腾起缕缕白烟，风里都好像夹杂着火，呛得人喘不过气来。在这样的条件下行军，宛如进了高温烤箱，燥、热、干、闷，嗓子眼直冒火。偶尔看到的村庄或牧场，也是一副枯黄、凄凉、破旧零落的景象。战士们愤愤地说：马家军把老百姓害苦了。

我们二师是军团的前卫。进入陇东的第一仗是攻打通往宁夏要冲的国民党环县县政府所在地曲子镇。曲子镇是座土城，但不小。不但有十多米高的城墙，城墙外还有很深的堑壕。我们行进到离城五六里地的地方，侦察员来报告，说马鸿宾手下一个绰号叫"野骡子"的旅长，带着三四百名骑兵正在镇子里休息。

"野骡子"的本名叫冶成章，是马鸿宾的亲信和干将。这个人和他的部队，我们过去听说过。"野骡子"这个绰号除了说明他的骄横霸道，也说明他的部队是有些战斗力的。不过我们长征到达陕北时，曾和一个叫马佩清的马家军黑马骑兵团打过一仗，生俘了马佩清，还发给路费放他走了。对付骑兵我们并不很陌生。

这是个很重要的情报。我和肖华同志立即决定抓住这个难得的机会，乘其不备，争取歼灭他们！于是我们一面向军团长报告，一面急令部队迅速把镇子包围起来。

那时我们没有炮，机枪也很少，全凭步枪、手榴弹攻击那座土城，所以战斗进行得很艰苦。下午两三点钟发起攻击，打到傍晚，才只有一少部分部队打开了一个突破口进入镇子，他们随时都有被敌人挤出来的危险。这时我和肖华同志的指挥位置离敌人只百把米，一切都看得非常清楚，"野骡子"这支部队确实能打，而且有不少亡命之徒。他们光着膀子，举着大刀，歇斯底里地狂喊乱叫。眼看突破口要被敌人夺回去，我们的另一支部队马上冲上去。这时，城上城下，镇里镇外，敌我双方混战在一起，形势真有些紧张。

在这紧张关头，左权军团长和聂荣臻政委突然来了。他俩都拎着马鞭，满脸汗淋淋的，看来赶得很急。左军团长一见我就说："'野骡子''野'得很嘛！要不要给你增加点部队？"

"不要。"我说，"我们还有预备队。"

"拿上去嘛！"聂政委拿马鞭指了指前面，"告诉大家，这是回族部队，要特别注意政策，不准胡来哟！"

我跟左、聂两位首长打仗多年，知道他们不看到战斗结果一般是不会离开阵地的。可这里离敌人实在是太近了，而且无法隐蔽。于是，我一面命令司号员吹冲锋号，预备队赶紧上，一面对两位首长说："我们要往前赶，你们往后靠一靠吧。"我以坚定的口吻说着，并示意警卫人员保护两位首长。

战斗进行到深夜，敌人大部被歼，一部分投降，只有冶成章带着几个马弁躲进了一个窑洞。这冶成章真有点"野骡子"的愣劲头，我们向他喊话，宣传俘虏政策和民族政策他都不听。战士们扔手榴弹把他的马弁炸死，"野骡子"的腿被炸伤后，才被我们捉住。可"野骡子""野"气不减，我们的医护人员给他包扎伤口，他硬是不让，还骂骂咧咧地说："你们这是打的啥仗？趁咱没有防备突然袭击，放暗箭算啥真本事！"

"你把这匹'骡子'牵来我看看。"我对警卫员说。

冶成章个子较高，长得很壮实，五十岁上下，穿着一身可体的军官服，不过半边领章和军帽都不知丢到什么地方去了。敞怀露胸，头发蓬乱，还真有点像一匹落魄的"野骡子"哩。他一跛一跛地走进来，站不直却挺着胸膛立在我的面前，一对熬红的眼珠闪动着敌对的目光。他见我穿着沾满炮火烟尘的普通战士服，不像什么"长官"，似乎没有把我放在眼里。我让警卫员拿凳子让他坐下，他不坐，打肿脸充胖子，但汗珠却直往下滴。我想这大概是伤口在发疼，便让医护人员给他上药。这一次他没有拒绝。当警卫员告诉他我是杨师长的时候，他瞪了我一眼，粗声粗气地说："亘古以来没有你这种打仗法，不宣而战，背后放箭！有本事要明对明，一抵一地干，哼！"

愚蠢无知和傲慢是孪生兄弟。医护人员给冶成章包扎完，我说："亘古以来，就有不宣而战和突然袭击的打法，可惜你这位旅长不知道。你听说过孙子兵法和'三十六计'吗？"

冶成章眨眨眼，不知该怎么回答我。

我说："现在日本鬼子打进了中国，作为一个中国人，你的军队不但不抗日，却在这一带烧村庄，毁牧场，抢牛羊，害人民，打红军！可以说是无恶不作。你们对人民是犯了罪的！你们对国家、对民族，对包括回族同胞在内的全国同胞是犯了罪的！我们打你们是忍无可忍，也是为了把你们'打醒'，以便共同对付日本侵略者。我的话你懂吗？"

冶成章抹了一把脸上的汗水，一屁股坐到凳子上，烦躁地撕下另一只领章扔到地下，双手抱住脑袋，瓮声瓮气地说："算老子倒霉，反正这旅长当不成了，要杀要剐，听便！我不怕死！"看得出，他语言虽然强硬，内心却相当害怕。也看得出，他不了解我们的政策。

我把手枪掂在手里，说："杀你容易得很——易如反掌。但是我不杀你，还要放你回去！"

冶成章猛地抬起了头——他当然不相信我说的是真话。

"希望你回去，不再坑害包括回族同胞在内的人民群众，而去打侵略我们中国的日本人！"

我的话刚说完，门外突然闯进一个三十多岁、满脸脂粉的女人。这女人手里拉着两个十岁上下的男孩子，"扑通"一声跪在我面前，哭哭啼啼，头如捣蒜地哀求："长官行行好，放了我们吧，放了我们吧！"

我看那两个小男孩瞪着失神的眼睛，浑身直打战，而冶成章却喊："滚出去！滚出去！"我让那女人站起来，问明缘由。

原来这女人是冶成章的老婆，她自己不生孩子，把马鸿宾手下一个骑兵团长的两个儿子收为养子带在身边。那女人怕我不相信，合起双掌发起誓来："长官，小人如有半句假话，愿受真主惩罚！"

我点了点头，对她和孩子们说："你们不要害怕。红军从来不杀俘虏。我们不仅可以把你们放回去，也可以把冶旅长放回去！"

"真的？"那女人说着在身上摸了好一阵，掏出一些金条、手镯之类的东西，问："要多少钱？"

"我们红军说话算数，一文也不要。"我说，"去年你们有个黑马骑兵团被我们打败过。那个团长叫马佩清，你们知道吗？"

没容那女人回话，愣在一旁的冶成章猛地站起来，惊讶地问："啊？你就是发了三块钢洋放马团长回去的杨得志大队长？"

我点点头，说："这也是真的，没有假。"

冶成章立即跛着腿走到那女人身边，把两个孩子领到我跟前，不容分说地把他们摁倒在地，说："快，快磕头，这就是你们生身之父的救命恩人啊！"

我连忙扶起两个孩子，冶成章却又"扑通"一声跪到了地上："我冶成章今生今世决不同红军打仗，再不做伤天害理的事了。杨师长，本人败在你的手下，口服、心服、五体投地！"

我拉起冶成章，严肃地说："你和马佩清团长都不是败在我个人的手下，是败在红军的手下，败在共产党手下，败在人民的手下。为什么？因为人民要抗日，国民党反动派却要打红军；他们还在我们回汉两族人民中间制造矛盾，挑拨是非，从中渔利。要知道，日本鬼子打来了，他要杀中国人，并不分汉族回族；他要占中国的地，也不分汉族区回族区。日本人占了东三省，在那里屠杀、掠夺，根本就不分什么汉、满、蒙、回、藏嘛！所以，你如果真正服了，就不要听信蒋介石那套鬼话，有力气，有本事，就和各族同胞一起把日本鬼子赶出咱们中国去！你这个人打仗还是有些经验的嘛！"

此时此刻，我看冶成章真有点服了。他叫着自己的绰号说："我'野骡子'闯荡江湖半世，自以为是，义气当先，其实是个武夫之辈。杨师长虽年少于我，讲的却是至理名言。我冶某佩服，佩服！"

一个旧军人说出这样一些显然是讨好我个人的话，我想是可以理解的。

冶成章以后如何，也许是读者所关心的。这里，我们暂且把时间跃到一九四九年，我和李志民等同志率十九兵团进军宁夏，解放银川之后我们在银川住定，出了以我为主任的银川军管会的布告。有天，一位回族上层人士打扮的老人，带着两个学生模样的青年来见我。原来这就是当年的黑马团长马佩清，两个青年便是他的儿子。马佩清告诉我，冶成章被我释放后便脱离马家军回了老家，如今已经去世了。他本人也早已退出了军界。两个儿子现在都在上大学。他说："我和冶成章受你的开导以后，没再干对不起老百姓的事。现在解放了，我们的孩子可以跟共产党干一点正事了。"……

九月底，我们在甘肃七营川地区接到了一个振奋人心的消息——红军第二、第四方面军的同志，经过艰难曲折的道路，已经到达了甘肃。中央命令我们南下和其他兄弟部队一起去迎接大家日夜思念的同志们。我们思念那十分熟悉和敬重的朱德总司令、刘伯承总参谋长，和原属一方面军现在四方面军的伙伴们。一九三五年在大草地分别后，一年多过去了。这是怎样的三百多个日日夜夜啊！我们在战斗，他们也在战斗，而且是在更艰苦更复杂的条件下战斗！除了要对付国民党反动派，还要对付另立中央、企图分裂党、分裂红军的张国焘！我们也思念在毛儿盖地区相识，共同打过著名的"包座之战"的四方面军的战友们。我们还思念虽没有见过面，但早已闻名的、战功卓著的贺龙、任弼时、关向应等同志领导的二方面军的同志们。这种思念之情是难以用言词来形容的。

十月初，我们在会宁同二、四方面军的同志胜利会师了。

我急匆匆地去看望朱总司令。

一年多不见，朱老总瘦多了，胡子老长，两腮塌陷，穿着一件光皮的羊皮坎肩，脖子上围着一条灰黄色的破毛巾，只有那双慈祥、淳朴又十分有神的眼睛一点也没有变。"是杨得志同志吧！"他握住我的手，激动地摇晃着，"你胖了哟！胖了，胖了！好，好！"他拉我坐下，紧握着我的手不松，发出一连串的问话：

1936年7月底，红军西征结束后二师在宁夏豫旺地区休整。前排左起：红一军团教育科长孙毅、师参谋长熊伯涛、红一军团政治部主任朱瑞、师政治部主任邓华、师长杨得志。师政委肖华（后排右二）。

"毛主席怎么样，身体好吗？"

"恩来同志呢？德怀同志呢？少奇同志呢？他们在哪里？怎么样？"

"听说左权和荣臻同志到这边来了，现在在什么位置？离这里远吗？"

"噢！你现在在哪个部队？做什么工作？还有谁和你在一起呀？"

"你们到陕北一年多了，打了些什么仗？打得好吗？取得的胜利不小吧？"

……

我理解总司令这一连串问话中的复杂心情：他是多么想念多年并肩战斗的战友啊！我尽可能详细地回答了老总的问话。特别告诉他毛主席、周副主席和彭德怀、左权、聂荣臻等首长，要我们问总司令好，问四方面军的全体同志好！我告诉总司令："毛主席对我们讲过多次，二、四方面军的同志受苦了！"

朱老总沉静了一下说："谢谢，谢谢，谢谢毛主席和你们大家！其实也没有啥子了不得。我们不是过来了么！我们不是会师了么！我们不是胜利了么！

好，好！"

朱老总说到这里，我才发现屋里坐着一个个子很高的人，但不认识。朱老总热情地向我介绍说："来，认识一下，这位是张国焘同志。名字是知道的吧？"他指了指我，对张国焘说："杨得志同志，井冈山下来的，我们分手的时候，他是红一团的团长。"

张国焘还算热情地同我握了手，问："陕北的供应情况还好吗？你们能吃得饱吗？"

我回答张国焘的问话后，朱老总笑着说："看杨得志同志的样子，大家的日子过得不错嘛！"

……

红军三大主力会师，自然震动了蒋介石。他在红军刚刚会合，部队异常疲劳，衣食都很困难的情况下，急调胡宗南、毛炳文、王均等中央军及东北军、西北马家军等一百二十多个团的兵力，来包围陕甘宁边区。蒋介石亲临西安坐镇督战，想以强胜弱，歼灭我们于甘肃、宁夏境内。追逼我们最紧的敌人是胡宗南第一军的四个师。他们仗着上有飞机，下有汽车、大炮，从西兰公路一直追到我们宁夏的固原地区。

党中央和毛主席为了粉碎蒋介石的"追剿"计划，决定集中三个方面军的主力部队，在宁夏、甘肃交界的海源、打拉池地区狠狠打击胡宗南一下。后来才知道，由于张国焘的错误，一部分部队失去了战机。直到我们部队拉到甘肃环县北面的山城堡，才实现了打击胡宗南主力的作战意图。这就是在中国革命战争史上占有很重要地位的山城堡战斗。

山城堡战斗是由彭德怀（前敌总指挥兼政治委员）和刘伯承（总参谋长）等同志直接指挥的。

山城堡一带山连塬，塬连沟，土寨子比较多，部队便于隐蔽集结，也便于发动攻击，是个理想的设伏地域。

十一月下旬，西北高原的气候相当冷，鹅毛大雪飘个不停。我们红二师经打拉池、同心城、预旺堡等地到达山城堡以南的一路上，差不多都是在大雪中行军的。到达预定集结地，我们得到了胡宗南七十八师开始孤军进入山城堡的情报，还听说敌人因找不到粮食，士气极为低落。我和肖华等同志到所属三个团去了解情况，进一步作战前动员。

1936年底，红一军团二师部分领导于宁夏留影。参谋长熊伯涛（左四）、政委肖华（左五）、政治部副主任唐亮（左六）、师长杨得志（左七）。

1936年，二师师长杨得志（左三）与二师政委肖华（左一）、二师参谋长熊伯涛（左二）、四团团长罗华生（左四）在宁夏。

　　部队虽然顶风冒雪，忍饥受冻，经过了几百里地的长途跋涉，但战斗情绪依然旺盛。有的战士说："听说蒋介石到了西安，离咱不远了，这一仗怎么也得打好，给蒋介石点颜色看看！"有的战士说："听说西安的报上登了蒋介石的照片，这家伙还龇着牙笑哩！好，咱们叫他笑着来，哭着滚！"听着战士们的这些话，我和肖华等同志也乐了。

　　由部队回师指挥所的路上，我们碰到了五团团长曾国华和政治委员陈雄同志。五团是我们师的主力之一，在中央苏区是有名的"夜老虎团"，很能打。陈雄比我小，那时也才二十岁出头，瘦长脸，很精干，是全师有名的军政双全的干部。我看他脸色有些发黄，嘴唇上裂着一道道口子，便问："怎么搞的？病了吗？"

　　陈雄摇摇头，说："没有呀！可能喝水少了点，有点干。"

　　曾国华团长在一边说："他把自己水壶的水都给战士喝了。"

　　"那还不应该吗？"陈雄说罢，问我们："什么时候打呀？"

　　"你这个'陈老虎'想抖抖威风了吧？"我说。

　　陈雄说："抖不抖威风不要紧，只要师长和政委有硬任务，别忘了我们就行。要求不高吧？"

　　这个陈雄，他要求任务不硬抢，不软磨，总和别人不一样。不要说我们师的几个领导同志，连聂荣臻政委也很喜欢他。

　　刚回到师指挥所，左权代军团长便要我去军团部领受具体任务。

　　走进军团指挥部，见左权同志正和几位参谋在摊开的地图前研究作战问题。

　　左权同志是我很熟悉的老首长，我很敬重他。第一次见到他是一九三二年的时候。他是五军团十五军政委，我是一个团长，才二十二岁。年轻人好奇心很大。听说他上过黄埔军校，到苏联留过"洋"，是个知识分子，经得多见得广，便请求他给我们团上一堂课（我们这些工农出身的人对参加革命的知识分子、有学问的同志是很尊重的）。特别要他讲一讲苏联红军的情况，因为那时同志们都把苏联看作是革命的榜样。左权同志欣然同意了。他还和我开玩笑："别人请我不行，你杨得志可以，我们都是醴陵老乡，而且两村相隔只有三十里路嘛！"那天，他手头一张纸片也没有拿，滔滔不绝地从马克思列宁主义原理，讲到列宁和斯大林同志领导的苏联红军，既通俗又生动，既有理论又结合实际，大家都听得出了神。从那以后我们便熟悉了。因为他没有架子，平易近人，我感到他特别亲切，对他也比较随便。这次来接受任务，我见他们研究了好一会还没有完的意思，便说：

"军团长，有什么任务快交代，我好回去部署啊！"

左权同志看我有点着急，便说："好呀！你来，你来！"他把我拉到地图跟前，告诉我敌我态势，详细地讲了我各路部队所处的位置，又具体交代说："现在胡宗南七十八师的先头部队已进占山城堡，后续部队正在跟进。你们的任务是协同十五军团向山城堡西北方向进攻，截断敌人退路！敌人跑了，我找你和肖华算账！"交代完任务，他笑眯眯地看着我说，"这次是三个方面军第一次大会战，你们二师怎么样呀？"我知道他话里的含意，也笑着说："作一点小保证，不扯军团的后腿，不落后吧！""那可不行哟！"我的话刚说完，聂政委从屋外走进来，既严肃又诙谐地说："要让部队懂得，打胜这一仗，关系到巩固陕甘宁边区，关系到逼着蒋介石抗日。就这两小点，我看你杨得志也不甘心落后的，对不对？对胡宗南，既要藐视他，又要重视他，人家是'王牌军'呀！一句话，这仗一定要打胜才行！"

胡宗南的七十八师全部进到山城堡，上级向我们下达了攻击命令。这是十一月二十一日的下午。冬天黑得虽早，但尚未消尽的残雪将山城堡映得十分清晰。三个方面军的参战部队将敌人团团围住，同时从不同方向发起猛烈地进攻。

我正在山城堡西北面同四团团长罗华生、副团长胡炳云指挥战斗时，通信员来报告，说五团被敌人的火力压在山下，攻不上去。我急忙赶到五团，见那山虽不高，但位置重要，是敌人逃跑的必经之路。山上的敌人利用几座炮楼控制着这个制高点。他们用轻、重机枪，严密封锁了五团进攻的道路。曾国华和陈雄见我来了，有点发急地说："师长，我们伤亡很重！"仗打到这种时刻，战士们容易冲动，指挥员又最容易受部队情绪的影响。我又仔细地观察了一下地形和敌人的火力网，对曾国华和陈雄说："把大部队收回来，派小分队迂回进攻，先敲掉敌人的炮楼。不过时间要抓紧，不能耽误全军的进攻。你们看怎么样？"

他俩没有回答。

我又说："你们分头下去，一定要把部队的情绪稳住。告诉大家，谁急躁谁就要吃亏！"

他俩仍然一句话没说，向我敬了个礼，便飞快地走了。

　　激战时刻，这种上下级心照不宣的情况是常有的。而那种"首长放心，我们坚决完成任务"的保证，反而不多，因为时间太紧迫了。

　　曾国华、陈雄走后，我命令配属我师的四师十二团团长邓克明，把他们的机枪架起来，从正面封锁敌火力点，吸引敌人的火力，配合五团的行动。

　　曾国华和陈雄带两个连队，分头从两侧迂回到敌炮楼前，以突袭的动作把炮楼给"端"了。部队在浓烈的烟雾中往上猛冲的时候，突然受到设在山的下半部的一座地堡的火力阻击，转眼间十几名战士倒下了。当时我正在部队中间，离陈雄同志大约百多米。只听他喊了声："卧倒！"部队便停止了冲击。霎时间，阵地上一片寂静。敌人在观察我们。我瞅了瞅那敌堡，位置很低，我们的机枪射不到它的要害部位，手榴弹又够不到，怎么办？只见陈雄从他身旁的一个战士手里抓起一束手榴弹，飞快地向那碉堡滚去。我喊了声："陈雄！"想阻止他——一个政委怎么可以这样干！但他好像根本没有听见，继续往前滚，速度之快，动作之灵活真是罕见的。这个陈雄，打起仗来，特别在关键时刻总是这样。过去我们，甚至聂政委都批评过他，可他总是说下次一定改，一定改。而今……接近敌堡的时候，我见他身子一抬，只高出地面一点点，就倒下了。是负了伤？还是在迷惑敌人？我让身边的同志集中射击进行掩护，好一会他仍然不动——经验告诉我，他肯定是负伤了。"你们上！"我对身边的两位战士喊。这两位战士刚跃起身，陈雄猛地站起来，连扑带爬地靠上了敌堡，我眼睁睁地看到他把那束手榴弹塞进了敌堡的射孔。紧接着"轰隆"一声巨响，敌堡倒塌了，我们的战士们冲上去了——但是我们军政双全的年轻政委陈雄同志却再也站不起来了，再也不能和我们一起战斗了！

　　陈雄同志侧卧的遗体血肉模糊。我搬起他的头，见他的嘴唇依旧是干裂的，裂缝中流出的血是鲜红鲜红的。我想起战前他对我讲的最后一句话："……有硬任务别忘了我们就行。要求不高吧？"他的要求不高。不，他简直没有什么要求！如果说有，那就是用他年轻的生命去换取革命的胜利！我想起了半个小时前他离开我时那无言的神态。我一次发问，一次嘱咐，他都没有讲话，但是他英勇无畏的行动，有什么语言可以比拟，可以表达，可以代替呢！他如果活着回来，我还要批评他不该自己上去，但他再也回不来了……他才二十岁多一点，在激战中身先士卒地冲上去，我能责怪他吗？……

陈雄同志，战士们忘不了你，我也忘不了你。只要想到山城堡，我首先就会想到你。是啊，如果说山城堡是一座丰碑，你就是这丰碑上一颗永远闪耀光芒的红星！

战斗仍在继续进行。

我向曾国华交代了几句，便赶紧前往占领了另一个山头的四团。

一到四团，罗华生和胡炳云同志就接连问我："师长，你听，山下是怎么回事？"

山下人喊马叫，但没有枪声。

"是敌人！"我心中判断。

"要不要派人下去侦察一下？"罗华生问我。

我想了想，说："不要。派两个连冲下去，打！"

当时我没有估计到这个山坝子里，集结了敌人整整一个团的兵力。他们在漆黑的夜里四面受围，懵里懵懂，不知往哪里打，不知往哪里跑，混乱不堪。我们的两个连一冲进去，便混成了一团，由于伸手不见掌，敌我难辨，这个仗难打了。战士的智慧无穷，不知谁喊了一声："以帽徽为准，打！"因为胡宗南的官兵帽子上都有"青天白日"帽徽。战士们抓住人先摸帽子，有帽徽的便用手榴弹砸。因为在这种场合，枪不能开，刺刀也拼不起来。"砸！砸！砸烂敌人的头！"这就是战士们的战斗口号，这可以说是一场没有枪声的战斗，但它的激烈、紧张程度却超过了炮火连天的战斗。

这个仗一直打到东方发白才见分晓。我赶到现地时，只见山坡、山沟、大道、小巷全是被硬砸死的敌人的尸体。当然，我们也付出了很大的代价，牺牲了很多好同志。不少同志是和敌人同归于尽的。有的手里紧攥着手榴弹，胸口里却插着敌人的短刀；有的身下按着敌人，背后却立着敌人的刺刀；有的和敌人紧紧相抱，看起来干瘦的手指，却牢牢地掐着敌人的脖子……这就是我们的战士，这就是我们的光荣，这就是我们的骄傲，这就是我们的胜利！

聂荣臻同志在《结束第二次国内革命战争的最后一仗——山城堡战斗》一文中指出："这个胜利的战斗是长征的最后一战，也是第二次国内革命战争的最后一战。这一战斗对国内和平和抗日战争的实现，起了重要的促进作用。""它是我军在历史伟大转折中的一个重要战斗。"[1] 我们站稳了脚跟！

我们将打出去！

我们将奔赴抗日民族解放战争的第一线！

当然，我们也将经受更加复杂和严峻的考验！

## 二、出师大捷

山城堡战斗后，我们红二师由陇东回到陕北，在井家沟一带休整。

这期间发生了震惊中外的"西安（双十二）事变"。

"西安事变"的发生不是偶然的。它集中反映了在日寇加紧侵略的严重形势下，我国国内阶级矛盾和国际关系的深刻变化。在西北地区，蒋介石逼迫张学良将军的东北军和杨虎城将军在陕西"起家"的十七路军，要么继续在西北"剿共"；要么"让出"西北远去闽、皖。我们党以民族大义为重，对张、杨二位将军进行了大量的、细致艰苦的工作。毛泽东、周恩来、彭德怀、叶剑英等领导同志，早在一九三六年一月便发出了《致东北军全体将士书》，表示希望同在陕西的东北军"枪口一致对外"，联合抗日。后来，毛主席亲自给杨虎城写过信；周副主席亲自会见过张学良；叶剑英等同志在西安多次与张、杨恳谈，提出"停止内战"，"中国人不打中国人"，实行"西北大联合，共同抗日"等主张。中国共产党关于建立广泛的抗日民族统一战线的政策，得到了全国各阶层越来越多的有识之士的热烈赞同和衷心拥护。"西安事变"就是在这样的形势下发生的。

当然，我们得到"西安事变"的消息，仍然感到突然。

记得那是十二月十四日深夜，天气很冷，我和肖华同志在一个屋里睡得正香，急促不停的电话铃声把我们惊醒。肖华同志没来得及穿棉衣，抓起耳机就问："哪里？"我也从炕上跳到肖华同志身边。因为在一般情况下，没有重大事件或紧急任务，这么晚是没有电话的。

"告诉你们一个消息！"对方很激动，很兴奋，一听就是左权同志的声音。

---

[1] 见《星火燎原》选编之四第1、第8页。

"西安出了大事，张学良、杨虎城联合发动兵谏，把蒋介石给抓起来了！"

"什么？"肖华同志看了我一眼，好像问我听清了没有，又好像是问自己。其实，他是在问左权同志。

"蒋介石被抓起来了！"左军团长用更大的声音又一次肯定地说。

我和肖华同志半晌没有说出话来。是呀！我们是被蒋介石逼着拿起枪杆子的。从拿起枪杆子的第一天起，想的、做的，都是为着打倒蒋介石，推翻他的统治。为了这个目的，宁肯吃苦、受罪、流血、牺牲。如今，这个双手沾满人民鲜血的刽子手、中国最大的反动头目被活捉了……

"你们要注意，"我们正想着，左军团长又讲话了，"事变发生后，部队肯定要有各种各样的反应。高兴嘛，那是自然的啦，但是决不能放松警惕。情况是复杂的，变化也将是急速的。一定要使部队稳定。最主要的是一切听从党中央和毛主席的安排，这一条一定要向大家讲清楚！"

我们很快就把这一消息传达到了各部队。红军指战员们的掌声、歌声、欢呼声连成一片，人人欢喜若狂，个个奔走相告，庆祝再盛大的节日也没有这样的欢乐过。大家除了赞扬张、杨二位将军的爱国行动外，几乎都想到一个问题：怎么处置蒋介石这个祸国殃民的罪魁祸首呢？

指战员们想到这个问题是很自然的，完全可以理解。十年内战，蒋介石的双手沾了人民群众和我们共产党人多少鲜血？苦难的中国人民，哪个没有一本血泪账，谁个忘得了那仇和恨？"蒋介石罪大恶极，死有余辜，杀了他，毙了他！"这就是指战员们一致的反映和要求！我们要大家一定记住左权同志的话："一切听从党中央和毛主席的安排！"这样牵动全国甚至影响全世界局势的大事，绝不能感情用事。但是也应该承认，道理好讲，具体工作是很难做的。有的同志甚至说："除了党中央和毛主席决定，谁要说不杀蒋介石我就和他拼！"

党中央和毛主席恰恰决定：不能杀蒋介石。"西安事变"要和平解决。而且就在我们得到"西安事变"消息的这一天，中央派周恩来同志率领我党代表团从保安（今志丹）县去西安了。

当时，南京国民党集团已经一片混乱。以何应钦为代表的亲日派，主张明令"讨伐"张、杨，这必然会置蒋于死地，扩大内战；宋子文、宋美龄等亲英美派代表人物，则火速飞抵西安"救蒋"。各地各种政治势力的代表人物，如李宗仁、白崇禧、韩复榘、宋哲元、阎锡山以及托匪、汉奸等派系，也都从各自的利益出发，如走马灯一样，纷纷登台表演。日本政府公开威胁国民党政府，不准与张、杨妥协，否则他们"不能坐视"，明显地支持何应钦"杀蒋"，打内战，而且积极策划当时在国外的投降派汪精卫回国与何应钦组成"新政府"。直接发动"西安事变"的东北军、西北军内部对如何处置蒋介石，也发生分歧，莫衷一是。

我们部队对这极为错综复杂的形势，和一触即发的内战危机，虽然一时难以了解和理解，但对党中央和毛主席的决定，是深信不疑、绝对服从的。待大家逐步知道了一些具体情况之后，便认识到我们党借此机会促进国共两党联合抗日，动员、说服张、杨"放蒋"的决策是英明的，这样做，既打击了国内外反动势力，同时也表现了我们党以人民利益为最高利益的远见卓识和伟大无私！

为了打击亲日派何应钦以"讨伐"张、杨为名，兵临潼关，威逼西安，扩大内战的阴谋，党中央决定红军主力开赴西安一线，准备与张、杨所部共同对付何应钦。

我们红二师奉命由井家沟经吴起镇进入甘肃，过庆阳、宁县等地，再进入西安以北的三原地区。由于党中央对"西安事变"的处理迅速、果断而又正确，统一战线工作出现了新的局面。我们沿途受到了很好的接待。我在庆阳第一次与东北军见面，他们的一个营长率全体官兵挑着粮食，唱着《打回老家去》的歌曲欢迎和慰问我们，气氛相当融洽。以后每过县城或大一点的镇子，那里的县长、镇长和什么保安团长、队长都要请我们吃饭。

我们有个连长，开始不敢应邀，跑去问团长，团长也没有经验，便来请示肖华和我。我说："人家真心请你，你不去怎么行？失礼嘛！"肖华说："我和师长也要去吃哩！吃是为了工作，不去吃怎么做工作啊！"

我们到达三原时，"西安事变"已经圆满解决，何应钦进攻西安的阴谋破产。仗没有打起来，但是我们一个师在不到十天的时间里，竟扩大了两千多人，这种在根据地也属罕见的情况表明，人民群众的抗日热情是多么的高涨；"西安事变"的正确处理带来了多么大、多么好、多么深远的政治影响！

我们在三原时，彭老总也来了。我去看望他和向他汇报工作的时候，见他正坐在屋里同一个西北军的军官谈话。彭老总向我介绍说："这位是西北军的赵寿山旅长。"赵寿山握着我的手，说："久仰，久仰！"说实话，当时我对这些"程式化"的应酬很不习惯，但还是热情地说："欢迎赵旅长到我们那里看看。"

彭老总高兴地笑了。

赵寿山走后，彭老总给我讲了个故事：

赵寿山有个女儿，曾经在我们红军学校学习过，回去后，赵寿山把她安排到自己的警卫连当了指导员（她是看我们连队有指导员，也要了这么个职务）。这位指导员不仅向她的士兵宣传抗日，还向她的父亲宣传我们党的统一战线政策。甚至还传说她烧过赵寿山的一个"草料场"。彭老总讲到这里，忍不住笑了起来："这就叫姑娘逼着老子学林冲，造反投奔'梁山泊'哩！"

……

过完一九三七年元旦，一月底，上级命令我去军团部带一批干部赴延安"抗大"学习。到军团部才知道，参加这次学习的五六十位干部，都是参加过长征的老同志，带队的是陈赓同志和我。老战友们相见，说不出的高兴。特别是我，一个挑煤、修路、打短工的农民的儿子，能进自己的大学学习，怎么能不兴奋，不激动呢？陈赓见到我便说：

"老杨呀，咱们要做同学了。"

我说："你是黄埔的老毕业生，我还没进'抗大'的门哩！"

陈赓一摆手："咱们的'抗大'和黄埔可不一样啊。"

我突然想起了陈赓的爱人王根英同志，便问："你爱人有消息吗？"

陈赓说："她是政治犯。恩来同志和国民党谈判中，要求释放政治犯是重要的一条来！大有希望呀！"他停了停，突然大笑起来。"你是不是急着等王根英回来给你讨老婆哟——没关系，我这个人是说到做到的！"

陈赓总是这样爱开玩笑。

我们一行由三原启程，走了十天到达延安。大家从南门进城，找到了"抗大"。

这里有几所低矮简陋的窑洞式房子是校部的办公室，学员的"教室"和桌

1937年，在延安抗大学习期间，杨得志与部分井冈山时期的同志受到毛泽东的接见。前排左起：聂鹤亭、毛泽东、朱德。后排左起：杨得志、梁钧、杨梅生、陈赓、贺子珍、姚喆、胡龙奎、肖兴奎。

椅板凳都不够，要自己动手干。

记得开学不久，副校长刘伯承同志风趣地对大家说："我们这个学校的名字叫作'抗日军政大学'。同志们，我是上过大学的，而且是在外国上的。毛主席问过我，说：我们的这个大学可不可以和人家的大学比呢？我说可以比，硬是可以比来！他们有宽敞的教室——大得很来——我们没有；他们有漂亮的教学用具——我说的不只是桌椅板凳噢——我们没有；他们有许多教授——大名鼎鼎来——我们呢？有！毛主席就是头一位嘛！周恩来同志就是嘛，他可是吃过面包的来！徐特立、林伯渠、吴玉章、谢觉哉等同志就是嘛！他们是老教授了。还有朱德同志和好多老同志都是嘛！你们在座的不少同志指挥过不少漂亮的战斗，也可以当'教授'嘛！怎么不可以呢？完全可以嘛！我们还有他们根本没有的，那就是延安的窑洞。所以那天我对毛主席说：我们这个学校也可以叫'窑洞大学'嘛！你们同意吗？"

大家以热烈的掌声回答刘伯承同志。

"我们这里还有马克思列宁主义，有中华民族的正气！"刘伯承同志继续说，"同志们，你们打了多年的仗，有丰富的实践经验。现在中央要你们从理论上加以提高，还是为了打好仗。用战士们的话说：学好本领打日本嘛！"

"抗大"住窑洞，露天上课，背包当凳子，膝盖当桌子，这些困难，对于我都算不了什么；最难的是自己的文化和理论基础差。课程多，时间又紧，像马克思主义哲学、政治经济学等，过去接触很少，学起来很吃力；党的方针、路线和政策，虽然过去都懂，但也没有系统地学过，特别是没有从产生这些方针、路线和政策的理论根据上研究过；至于战争的战略和战术，应该是最熟悉的了，但也没有很好地上升到理论高度去总结过。那时没有教科书，讲义也极少，每队有几份，大都是油印在又黄又粗的纸上或者是标语口号纸的反面上，有的字刻得潦草，难认得很。有时教员讲半天，有些记不下来，只得全凭脑子"储存"，现在想来，年轻真是一"宝"——脑子好，记忆力强，接受能力也快。所以，我以亲身的经验相劝现在包括少数待业的青年在内的同志们，尽量珍惜、利用你们年轻这个无价之宝去努力学习吧！

在"抗大"对我帮助很大的同志很多，但印象深的是陈赓和姬鹏飞同志。

毛主席在"抗大"的讲演，给我的印象最深。毛主席那时才四十几岁。他来讲课，总穿一身灰布军装，不戴帽子。乌黑浓密的头发显得有些长，也有点乱，大概是因为工作太忙顾不上理。宽大的前额好像蕴藏着无穷无尽的智慧。他讲话的语言特别生动、诙谐、通俗、易懂，又非常深刻。记得有一次他给我们讲到促进国共合作一致抗日时，打了个十分形象的比喻说，对付蒋介石，就要像陕北的农民赶着毛驴上山，前面要人牵，后面要人推，牵不走还得用鞭子抽两下，不然它就耍赖、捣乱。和平解决"西安事变"，我们用的就是陕北老百姓这个办法，迫使蒋介石起码在口头上承认了陕甘宁边区政府，接受了一致抗

1937年1月，二师原师长杨得志（后排左一）在延安抗大七队学习期间与武竞天、刘忠、罗华生、张元寿、宋连、黄志勇合影。

日的主张。毛主席风趣幽默的讲话，不但把我们全吸引住，而且深深地印在我们脑海里了。以后，他还给我们讲过反对日本帝国主义的两种方针、两套办法、两个前途等问题，揭露了蒋介石的妥协退让政策，阐明了我党的积极抗战路线。这次讲话后来收进了《毛泽东选集》第二卷[1]。

实践是检验理论正确与否的唯一标准；正确的理论又是指导实践的锐利武器。"抗大"不仅加深了我们对科学共产主义的理解，更重要的是提高了毛泽东军事思想的理论水平。对我个人来说，这一点尤其重要。

我们正夜以继日、积极努力地学习的时候，日本帝国主义完成了入侵中国腹地的军事部署，向我国发动了更大规模的进攻。一九三七年七月七日，卢沟桥事变发生了。

正如中共中央七月八日向全国发表的抗战宣言中指出的：

---

[1] 即《反对日本进攻的方针、办法和前途》。

"平津危急！

华北危急！

中华民族危急！

全国上下应立刻放弃任何与日寇和平苟安的打算。

我们要求全国人民用全力援助神圣的抗日自卫战争。

我们的口号是：武装保卫平津华北！为保卫国土流最后一滴血！

全中国人民、政府和军队团结起来，筑成民族统一战线的坚固长城，抵抗日寇的侵略！国共两党亲密合作抵抗日寇的新进攻！驱逐日寇出中国！"

为了抗日救国、挽救民族危亡的需要，我们在"抗大"的学习提前结业了。结业典礼是在我们这个队由延安向三原搬迁的途中——洛川举行的，可见时间、任务之紧迫。

八月，根据国共两党谈判的协议，中国工农红军改编为国民革命军第八路军（后称第十八集团军）。朱德同志为总指挥，彭德怀同志为副总指挥，叶剑英同志为参谋长，左权同志为副参谋长，任弼时同志为政治部主任，邓小平同志为政治部副主任。原红一方面军和红十五军团为主，改编为八路军第一一五师，师长林彪，副师长聂荣臻，参谋长周昆，政训主任[1] 罗荣桓。我被聂荣臻同志要回老部队，到这个师所属的三四三旅六八五团任团长，副团长是陈正湘和肖远久，政治部主任是邓华。

我离开"抗大"去一一五师师部见聂荣臻同志。他看到我头一句话是："嗬！我们'窑洞大学'的毕业生回来啦，好，来得正好！你看！"他指着桌子上一厚叠用五颜六色纸张写成的东西，抑制不住内心的兴奋说，"全是战士们要求上前线的决心书噢！现在可以说是刀出鞘、弹上膛，盘马弯弓射大雕。部队情绪好得很呀！"

"我们的具体任务呢？"我问。

聂总说："要你到六八五团有两个原因：一是这个团是你原来工作过的二师改编的；二是这个团是全师的先头部队。现在部队已经到了黄河西岸韩城、合阳之间的芝川镇，你们的任务是过黄河进入山西。如今山西以及整个华北吃紧

---

[1] 政训主任后改为政治委员。

抗日战争时期的杨得志。

得很呐！"

聂总简要地向我讲述了华北的形势。他说：北平、天津失陷后，日寇沿平绥、平汉、津浦三条铁路线大举进犯。已经侵占了南口、张家口、大同、涿县、保定、沧州等地，矛头直指归绥、包头、石家庄、太原、济南等地。进入山西的日寇已由大同到了广灵。周恩来和彭德怀等同志曾和阎锡山面谈，鼓励他抗日。日寇进了山西，阎锡山当然紧张。但是要打仗，要抗日，我们还是要有"以我为主"的思想，既要拉着阎锡山，又不能完全依靠他。

聂总的谈话虽然简要，但总的形势、敌我态势和我们的任务、基本方针已经交代的十分清楚了。特别是我们那个团已经到了离黄河不远的芝川镇，我必须尽快赶上部队。谁知走出师部碰到了原红一团改编的独立团的几位老战友。他们听说我要去六八五团，都动员我到独立团去工作，说："这是老红一团嘛，你为什么不回来？"

我那时年轻，转身就去找聂总，说："我还是去独立团当副团长，六八五团的团长让别人去干吧。"

"为什么？"聂总耐心地听完我的理由，然后严肃地说："你去六八五团是命令。命令下达了就要执行。形势这样紧张，部队在等你，你马上去六八五团！"

我火速出发，日夜兼程赶到芝川镇时，部队已经渡过黄河，一直赶到山西侯马市郊才见到了陈正湘、肖远久和邓华等同志。

九月下旬，朱德、彭德怀、任弼时、左权、邓小平等同志率八路军总指挥部进驻五台山区的南茹村，直接指挥我们作战。这时，日寇分兵向太原方向推进：一路由大同进攻雁门关，南下直取太原；一路由蔚县、广灵西扑平型关，目的也是夺取太原。这后一路来势极凶，已经攻到离平型关不远的灵丘。灵丘一失，必将兵围平型关。"两关"一旦失陷，太原必然难保。把守边关的蒋阎二十万军队惶惶不可终日，直退至"两关"一线。我党以民族利益为重，决定援助他们作战。朱总指挥和彭副总指挥号召八路军全体指战员以"与华北共存亡"的决心，兵分两路迎战日寇。一路由贺龙、任弼时同志率领一二〇师，驰援雁门关；另一路就是我们一一五师，从侯马乘阎锡山派出的接兵车，沿同蒲路日夜向平型关急进，迎击进犯之敌。

侯马在晋西南，平型关在晋东北。也就是说，从侯马到平型关要穿越几乎整个山西，大家坐着闷罐车长驱不停，但仍感速度太慢。当时秋雨连绵，狭窄的车厢里人很拥挤，闷热潮湿，空气污浊，再加上不停地颠簸，不少同志忍不住呕吐起来。大家为了驱散这旅途的困扰，便讲笑话，唱抗日歌曲，情绪相当活跃。

最使我们感动的是，车过洪洞、临汾、霍县、介休等大站时，成千上万的群众，携带着慰问品，在风雨中迎送我们。

"热烈欢迎抗日的八路军将士上前线！"

"打倒日本帝国主义！"

"用鲜血保卫我们的每寸土地！"

"中华民族万岁！"

"抗战胜利万岁！"

此起彼伏的口号声，冲破风帐雨幕震撼着祖国大地！

指战员们受到了极大的鼓舞和深深的教育。民族的需要，人民的希望，自己的重任，一切的一切都摆在了眼前！那些在列车开动中一闪而过的人影，深深地留在了我们的记忆中。有的战士开玩笑说："谁说洪洞县里无好人？胡扯，好人多得很嘛！"

好人当然是多得很，但是我们在沿途也看到一些令人气愤的现象——大批溃逃的国民党官员，置人民群众生死于不顾，带着搜刮来的财物，你拥我挤，仓仓皇皇地爬上南去的列车。群众骂他们是民族败类。我们的战士气愤地说："要不是'联合'了，非毙了他们不可！"

我在介休车站接到通知，要我在车到太原后进城去林彪处接受任务（当时林彪住在太原阎锡山的一个招待所里）。午夜，车到太原站，我便带着两个警卫员往太原城内赶去。在城门处我见到许多穿着破衣烂衫的群众聚在风雨中，一打问，原来他们是从大同、广灵、蔚县、灵丘一带逃难出来的。然而，城门紧闭，不许他们入内，只好忍饥挨冻，盼着天明，再想法子。我的警卫员向门卫说明了情况，我们才进了城。

由于不认识路，我们只好雇了人力（黄包）车。这种一人坐一人拉的车我是第一次也是最后一次坐。看着骨瘦如柴的人力车夫在风雨中拉着我，心里真不是滋味。他听说我是八路军，高兴地说："先生，拉你们我喜欢！你们不来我们就要当亡国奴了！"

车到招待所门口，我们先后下了车。可是两个门卫硬是不让我们进。车夫急了，高声喊道："他们是八路军，打鬼子的，你们咋不让进？"门卫不但不理，反而举起枪托要打车夫。我和警卫员一边拦阻一边说明情况，特别是警卫员告诉他俩我是团长，他们才不发横了。警卫员拿出钱给人力车夫，那车夫怎么也不肯收。他说："你们来山西帮我们打鬼子，我再要钱，还有良心吗！"还是我把钱硬塞到他手里，说："这不是给你的车费。就算我请你吃顿饭的钱吧。"他这才收下，眼巴巴地望着我们进了招待所。

林彪见了我，问了一下部队的情况，交代我要加快北上的速度，把部队开到平型关一线。

赶回太原车站，天刚亮。风停了，雨也住了。我们又乘火车急速前进。谁知列车离开太原才三四十公里，日本飞机就来轰炸我们了。敌机扫射把列车车厢穿了不少洞，我们有二十多位同志负了重伤。动员他们下车转后方医院休养，他们怎么也不听。有个战士甚至哭着对我喊："团长，还没见着鬼子的面你让我有什么脸回后方？不！我不走！死也要死在前线上。"时间紧，任务急，我只得命令他们留在后方。其实，我当时心里也很矛盾：这样的好战士，我舍不得离开他们，但又必须离开他们。

列车继续奔驰着。傍晚，进入原平车站时，由于前边的铁路被炸毁，无法通行了。这里离平型关大约还有一百多公里，为了抢时间，我们奉命改乘汽车前进。这时，全团上下只有一个信念，就是天塌地陷，也要及早赶到平型关！

担负输送任务的是国民党军队的一个汽车团，这个团全是美式装备，连卡车也都一律带帆布篷子。条件虽不错，但考虑到前面道路险要，又是夜间行车，而且随时会有敌情，我不禁对这个汽车团能不能安全、迅速地把我们送到目的地越来越担心。部队上车前，我和陈正湘、肖远久、邓华等同志分别向营、连干部交代，一定要做好司机的工作，防止发生意外。

我正要上车，一个司机走到我面前说："首长，这一带全是山路，颠得厉害，您到驾驶室里坐吧。"

听他叫"首长"，我感到很奇怪——国民党士兵对上级从来是称职务或"长官"的，这个司机却非常自然地用了我军上下级之间的称呼，不知为什么。我说："你的驾驶室里还有副手哩，我坐后边可以。"

"不，不。"那司机急忙解释说，"副手已经到另一辆车上去了。您来坐吧，不会出事的。"这后一句话显然是怕我对他不放心。

我看这司机近四十岁的样子，长得粗壮结实，比较淳朴，没有老兵油子的味道。汽车开动后，我问他："你是哪里人呀？"

"河南。"

我看他的车开得很稳，便说："是个老把式了吧？"

他打着方向盘，叹了口气，说："摆弄这个'圆圈圈'十三年了。"

"到过不少地方吧？"我又问。

"怎么说呢？"他燃上一支烟，猛吸了两口，没头没尾说，"你们到过的地方，我也到过一些。"他见我不解，惨然一笑，"最后一次'围剿'你们，我就开车到了江西，后来，你们长征——我们长官说叫'西窜'——我又开车跟过你们，不久前才调到山西来的。我开车，没打过仗，可见过你们。我曾想跑到你们那里去，可又一想：共产党没有汽车，我又不会打仗，去送死呀？你想，我被抓来当兵，家里上有爹娘，下有老婆孩子，我死了他们咋活？现在，我虽然活着，但也不知道他们还喘不喘气哩！这回好了，共产党和国民党不打仗了，大家一块打日本鬼子，打完日本鬼子我就可以回家了。我不是当着您说好听的，要真的正儿八经打鬼子，还得靠你们呀！要是我跟着你们，让鬼子打死了，那也不屈。中国人嘛，不能让个小东洋欺负着！"

黑夜里我看不见这司机的表情，但他朴素、真诚的语言使我感动。他当了多年国民党的兵，对国民党的本质认识不清这是难免的，但他仍有一颗爱国之心应该说这是可贵的。我由他想到了接触过的东北军、西北军的普通官兵、庆阳县的县、镇长们，特别是从侯马到太原一路上见到的人民群众。是呀！偌大的一个中国，拥有四万万五千万同胞的伟大民族，只要真正团结起来，日本鬼子还够打的吗！当然，我也想到了党中央和毛主席确定的，建立广泛的民族统一战线，共同抗日的政策和策略是何等的英明和正确啊！

天明，我们到达了离平型关不远的大营。在从大营转赴平型关外东南边的冉寨、上寨地域的途中，我们遇到了从灵丘败退下来的国民党官兵。他们简直是一群乌合之众，只顾向平型关内溃逃。有些逃兵竟跑到我们的驻地来抢老百姓的东西。我问他们中的一个老兵：

"你们为什么不在前方打日本？"

那个老兵魂不附体似的说："日本人太厉害了，太厉害了！"

"你们打上了吗？"我又问。

"没有。"那老兵摇晃着脑袋，"连鬼子的影儿还没见着，上头就命令我们撤了。"

真是可耻、可悲、可气！

日寇侵华精锐部队坂垣师团占领灵丘不几天，便向平型关扑来。

平型关位于山西东北部古长城上，自古以来是晋、冀两省的重要隘口。关内关外，群山峥嵘，层峦叠嶂，沟谷深邃，阴森幽静。关前有一条公路，蜿蜒其间，一直通向灵丘、涞源，地势煞是险要。这是坂垣师团二十一旅团侵占平型关的必经之路。从关前至东河南镇之间的十余里公路，路北侧山高坡陡，极难攀登，路南侧山低坡缓，易于出击。上级决定，我们六八五团和六八六、六八七等三个团，埋伏在南侧一线。

为了赶到伏击地域，我们连夜从上寨出发。当时大雨如注，狂风不止，加上天黑路滑，行动十分困难。全团上下衣服被淋得透湿不说，几乎都成了"泥人"。深秋，山区的夜晚已是很冷，指战员一个个冻得直打哆嗦。

拂晓时分，我们终于到达了目的地——李庄，我把一营刘营长、二营曾国华营长、三营梁兴初营长叫到一起，在大雨中指着前面的公路说：

"这就是我们的攻击地段。坂垣的二十一旅团要进平型关必须通过这条路，这里居高临下，地形好得很呀！"我又指着东面说："从这里往东是六八六团，再往东是六八七团。"

我们团的三个营都是有着光荣历史的部队。一营是朱老总从南昌起义带出来的；二营是跟着毛主席参加秋收起义上井冈山的；三营是黄公略同志领导的老三军的底子。许多战士都是经过长征的老同志。三位营长都是红军干部，都做过团一级领导工作，可以说是身经百战的了。有这样的部队，这样的指战员，对打好这一仗，我是信心十足的。但考虑到这毕竟是我们第一次和日寇作战，不熟悉敌人的脾性，更何况对手又是气焰十分嚣张、"赫赫有名"的坂垣师团二十一旅团，尽管我们都浸泡在雨水里，我还是耐心地提醒他们说：

"一定要告诉所有的同志——从干部到战士，以至炊事员——这次战斗非同一般，政治意义更巨大。国民党军队的溃逃不仅助长了敌人的嚣张气焰，而且对热心抗战的人民群众是个很大的打击。如今人民的希望寄托在我们身上，他们在看着我们呐！党中央、毛主席、朱、彭等首长也在等着我们的胜利消息。所以，这一仗一定要发扬我们敢打敢拼、不怕流血牺牲的传统，彻底消灭这帮侵略者！打出红军的威风来，打出中国人民的志气来！"

三位营长刚走，陈正湘、肖远久和邓华同志就冒雨来到了我的身边。他们刚分头到各连作了战前动员。我问他们下这么大的雨，部队情绪怎么样，邓华同志说：

"一句话，劲头都集中到刺刀尖上，就等吹冲锋号了。战士们说：日本鬼子嗷嗷叫，国民党兵往后跑，人民群众在吃苦，我们这口气死了也咽不下去！这样的奇耻大辱、深仇大恨怎么也得雪，怎么也得报。要不，就不是中国人，更不是共产党领导的红军战士！"

天亮后，风停了，雨住了。除了平型关方向传来稀疏的炮声外，公路上仍不见鬼子的踪影。怎么搞的？情况有变化吗？一营长从山头左侧跑过来，有点着急地问我：

"团长，鬼子怎么还不来？"

我说："打伏击嘛，就要沉得住气，有点耐性。怎么？你认为鬼子不会来吗？"

一营长摇摇头，说："拿不准。"

"没有什么拿不准的。"我说，"你赶快回到自己指挥位置上去！"因为他那里集中了全团十多挺机枪，我特别嘱咐他说，"要注意你那些机关枪噢！"

那时候我们都没有手表，不知道确切的时间，大约上午八点多钟吧，先是听见远处传来汽车的马达声，接着隐隐约约出现了汽车的影子。汽车越来越近，这才发现后面还有大车、马车一大溜。只见头一辆汽车上插着一面"太阳旗"，坐着几十个鬼子，头戴闪光发亮的钢盔，身着黄呢大衣，上着刺刀的步枪揽在胸前。汽车一辆接一辆地开进了我们的伏击地域。这些家伙装备精良，侵华以来还未遇到过什么真正有力的抗击哩！他们在车上指手画脚，叽里呱啦地不知讲些什么。在我们的国土上，他们旁若无人似的，真有些不可一世的味道。

战士们上好刺刀的枪膛里压满了子弹，机枪射手们已经在瞄准了；他们都不时地望着我。我好像感到了大家的心在剧烈跳动。而我的双眼却只盯着公路的拐弯处。当鬼子的头几辆汽车开到我们阵地的山脚下时，我立刻命令：

"全体冲锋，打！"

顿时，机枪、步枪、手榴弹一齐开火，指战员们暴风骤雨般地向敌人冲去。鬼子最前面的汽车已被打坏，着了火，后边的汽车、大车、马匹等互相撞击，走不动了。鬼子们嗷嗷地叫着跳下车来四处散开。我想他们大概没有想到，会在大白天遇上这样突然的勇猛的打击。"大皇军"的精锐旅团惊慌失措了。

应当说坂垣二十一旅团还是支很有战斗力的部队。他们从懵懂中一清醒过来，其骄横、凶狠、毒辣、残忍的本性就发作了，指挥官举着军刀拼命地嚎叫着，钻在汽车底下的士兵站出来拼命往山上爬。敌人想占领制高点。我立即派通信员向各营传达命令："附近的制高点一个也不准鬼子占领！"这时，刘营长已指挥一营把公路上的敌人切成了几段。他接到我的命令后，马上指挥一、三连，向公路边两个山头冲去。山沟里的鬼子也在往山上爬，可是不等他们爬上去，迅速登上山头的一、三连紧接着又反冲下去，一顿猛砸猛打，把这群鬼子报销了。这个营的四连，行动稍慢一步，被鬼子先占了山头。连长在冲锋中负了伤，一排长就主动代替指挥，他用两面夹击的办法，很快把山头夺了回来，将鬼子逼回沟底全部消灭。

　　正当部队同敌人反复争夺制高点时，两架日军飞机顺着公路来回盘旋。战士们看到这情景，一股劲地靠近鬼子，同敌人混在一起拼杀起来。敌机大概看到双方交织在一起，无法扫射，也无法投弹，只好飞走了。

　　最激烈的白刃格斗在二、三营的阵地上展开了。二营五连连长曾贤生同志，外号叫"猛子"。战斗打响前，他就鼓动部队说："靠我们近战夜战的光荣传统，用手榴弹刺刀和鬼子干，让他们死也不能死囫囵了。"发起冲锋后，他率先向敌人突击，二十分钟内，全连用手榴弹炸毁了二十多辆汽车。在白刃格斗中，他一个人刺死十几个鬼子。他身上到处是伤是血，一群鬼子在向他逼近，他——我们的英雄连长曾贤生同志拉响了仅有的一颗手榴弹，与敌人同归于尽。他的壮烈行为鼓舞着我们，更鼓舞着他身边的战友。他的指导员身负重伤，依然指挥部队；排长牺牲了，班长顶替；班长牺牲了，战士接上指挥。就这样，前仆后继，打到最后，全连只剩三十多位同志，却仍然顽强地与敌人拼杀！三营的九连和十连，冲上公路后伤亡已经很大，但他们依然勇敢地与敌人拼杀，以一当十，没有子弹了就用刺刀，刺刀折了就用枪托，枪托断了就和敌人抱成一团扭打，哪怕只有几秒钟的空隙，他们也能飞速地拣起石块将鬼子的脑壳砸碎。战斗到最后，两个连队眼睛都打红了，尽管伤亡都超过了半数，战斗情绪却依然旺盛得很。这是血战，是意志的搏斗，也是毅力的考验。

　　日军士兵由于长期受军国主义的欺骗宣传和所谓"武士道"的影响，成了一帮亡命之徒。他们负了伤仍然顽抗。战士们喊"缴枪不杀，优待俘虏"，不知他们是听不懂，还是根本听不进去，毫无反应。一九三七年的日军，战斗力还是蛮强的。也许，"皇军"几个月要灭亡全中国的神话在他们的头脑里还起着作用。但神话毕竟不是现实。战斗进行到下午，以我们的最后胜利结束了。据后来的统计，此次战斗共歼敌一千余人，坂垣师团二十一旅团，在中国人民的铁拳下，遭到了毁灭性的打击，被砸烂了！

　　平型关一战，震动了野心勃勃的日本帝国主义。"九一八"事变，甚至更远一些如"甲午战争"以来，他们还没有遇到中国人民这样有力的、巨大的、歼灭性的打击。"不可战胜的皇军"，居然败在了他们认为是"一盘散沙"、"不堪一击"的中国人的手下，说这个震动"如雷轰顶"，恐怕不算过分吧！

　　平型关一战，震动了矛盾重重的国民党各派势力。"灭共派"看到了被他们"灭"了十多年的共产党的真正实力和气魄，不能不作进一步的思考和谋划了；

"联共派"应该说受到了不小的鼓舞，似乎觉得"联共"的"资本"大大地增加了。作为一个整体，国民党在进一步地分化。

平型关一战，也震动了一些对中国共产党了解不深，难免存有观望情绪的人士。从蒋介石"四一二"叛变，经过从未休止的军事"围剿"、"聚歼"和白色恐怖的大屠杀，以及被宣传为"溃不成军的西窜"（指长征）之后，他们觉得中国共产党已经是伤痕累累了；但是今天他们亲眼看到的却是一个无比健壮的、傲然屹立的巨人。这就大大增添了他们对中国共产党的信任和希望，尤其是在民族危亡的严峻时刻。

平型关一战，也震动了世界。那时，距第二次世界大战全面爆发虽然还有近两年的时间，但希特勒已经撕毁了"凡尔赛条约"并同意大利法西斯分子一起干涉西班牙的内战。英、法、美集团采取绥靖政策，力图把战火引向社会主义的苏联。在这法西斯侵略势力日益猖獗的时刻，被视为"东亚病夫"的中国人居然"敢"打日本人，而且打了它的精锐师团，取得了谁也不能否认的胜利，他们不得不"刮目相待"了。而对那些被德、意帝国主义奴役和受到他们严重威胁的人民，不能不说是一个鼓舞和支持。

当然，平型关一战最大、最直接的影响还是在中国国内。它使全国人民看到了貌似强大的日本帝国主义的虚弱本质；它使全国人民看到自己不可战胜的力量；它使全国人民更加信赖中国共产党和她所领导的、坚决抗日的八路军。真是打出了中华民族的威风，打出了中华民族的志气，打出了全国人民对"驱逐日寇出中国"、"打倒日本帝国主义"，取得抗日战争最后胜利的坚强信念和信心！

就我个人来说，平型关一战，起码使我更加深刻地认识到党的坚持独立自主的统一战线政策是无比正确的；"唯武器论"不但不可信，而且是注定要破产的；单纯的防御是必定要失败的；主要是游击战，配合以运动战，灵活机动地运用，在当时条件下，是可以取胜的。

平型关一战打击了敌人，大大鼓舞了全国的民心士气，提高了我党我军的声威，也大大地锻炼和考验了我们自己。

这里我想提及一个问题：在一段时间——特别是"文化大革命"前期的宣传中，好像平型关战斗的胜利是林彪一个人的功劳，真有点"天马行空""独来独往"的架势。其实，如果没有党中央和毛主席的英明决策（这个决策不仅仅是平型关战斗本身，因为这次战斗不是孤立的），没有朱、彭、任、左、邓等首长的直接指挥，就一一五师来说，如果没有聂荣臻、罗荣桓同志的指挥，没有广大指战员的流血牺牲和全力奋战，没有人民群众的支援，就没有平型关战斗的胜利。把功劳归于一个人是不实事求是的，是违背历史的。当然，"文化大革命"当中的那种宣传，今后不会再发生了。

平型关是英雄关，因为她是先烈们用鲜血洗染过的！

平型关是难忘的关，因为她记载着中国人民抗击日寇的第一次伟大胜利！

平型关已经载入了光荣的中国人民革命的史册！

### 三、每一寸土地都是我们自己的

贺绿汀同志的《游击队歌》，是中外驰名、脍炙人口的优秀歌曲。它产生于一九三七年"八一三"之后，却一直流传到现在。不仅老年人爱唱，年轻的同志也喜欢。我这个只会哼几句湖南花鼓调的人，对《游击队歌》特别有情感：

> 我们都是神枪手，
> 每一颗子弹消灭一个敌人。
> 我们都是飞行军，
> 哪怕它山高水又深。
> 在那密密的树林里，
> 到处都安排同志们的宿营地，
> 在那高高的山冈上，
> 有我们无数的好兄弟。
> 没有吃，没有穿，
> 自有那敌人送上前。
> 没有枪，没有炮，
> 敌人会给我们造。
> 我们生长在这里，
> 每一寸土地都是我们自己的。
> 无论谁要抢占去，

我们就和他拼到底。

歌曲豪迈乐观的旋律，常常把我带回到那过去的年代。往事不是如"烟"而是似火，回忆不是如"潮"而是如浪涛一般地扑来……

一九三八年春，日寇为继续扩大侵华战争，调集曾参加过淞沪战争的主力和驻华北重点地区的部分兵力，企图占领战略要地——徐州，彻底打通津浦线。这样，它在华北地区的兵力便相对减少。为了在冀、鲁、豫平原开辟、发展我党所领导的抗日根据地和游击战争，配合和支援正面战场上国民党抗日的部队在徐州一带作战，毛泽东等同志发出了关于在河北、山东平原地区大力发展游击战争的指示。根据这一指示的精神，十八集团军所属部队的部署作了相应的调整。其中一一五师三四四旅的一部分和一二九师的主力部队，接受了由太行山向冀南、豫北发展的任务。

因为三四四旅旅长徐海东同志有病，这年夏天，朱德总司令命令我由六八五团去三四四旅任副旅长，代理旅长职务。

当时，三四四旅旅部住晋东南长治附近高平县的安昌村。八路军总部驻故县村。两地相距不远。据说长治市自秦汉置郡以来就是晋东南政治、经济、文化、交通的中心。这里，四面环山，形成一个小盆地，夏季气候异常炎热。我去总部朱老总那里接受具体任务的时候，机关的一些同志正坐在树荫底下，学习研究毛主席刚发表不久的《论持久战》讲演稿。朱老总戴着眼镜，手里拿着一本好像是油印的讲演稿，见我来了，扬了扬，问：

"毛主席的这个讲演稿，你读过了吗？"

我告诉朱老总我从介休赶到旅部后，才见到毛主席的讲演稿，读是读过了，领会得却还很肤浅。

朱老总摘下眼镜，说："主席说了二十几个问题，很重要。各方面都讲到了，讲得很全面。特别是持久战的三个阶段——要我们有耐性，不要犯急性病。抗战一开始我们就坚信日本不可能灭亡中国，但是也应该看到，我们一天两天也打不败他们。"

他拿起毛巾擦了一把脸上的汗水，接着说，战争嘛，政治、经济、兵力和武器装备、指挥艺术的较量，看谁的优势强！我们最大的优势是民心所向，或者叫作政治优势，这是任何敌人所无法和我们比拟的！毛主席说"兵民是胜利

1938年4月，六八五团部分领导合影。左起：团长杨得志、政委吴文玉、副团长肖远久、参谋长彭明治及肖明。

之本"[1]，有了这条，最后胜利一定是属于我们的！

朱老总谈到我们的具体任务时说，海东同志身体不太好。你是代旅长，要把所有的工作"带"起来。前一段，中央派徐向前、宋任穷、陈再道等同志到冀南去了。你们去的这一片，属于冀鲁豫三省边区，是古战场。这里自古就是兵家必争之地啊。著名的城濮之战、楚汉相争、官渡之战、朱仙镇破金，以及唐末的黄巢农民起义等都发生在这一带。如今，这里对确保太行山，沟通山区与平原的联系，遏止日军南下和西进，起着很大作用。所以，无论如何要牢牢地控制在我们手里。任务艰巨啊！

我对朱老总讲，冀鲁豫地理位置的重要我知道一些，但对在平原作战，特别是在敌后作战，自己还缺乏经验。朱老总说，困难不会少的。而且你这次去，

[1]《毛泽东选集》第二卷476页。

号称一个旅，但你的政治委员黄克诚同志和主力部队不能马上和你一起去。你和崔田民只能带一点部队先去，所以叫作开辟根据地嘛。朱老总特别强调了"开辟"两个字，他还指出在那个地区很早就有我们党的工作，也有一些革命武装力量，群众基础也还不错。另外，还有不少有志于抗战的上层人士。至于平原作战，可以学嘛！当初上井冈山的时候，谁想过要强渡大渡河，要过雪山草地，要在平型关打坂垣师团呢！

朱老总的话把我说笑了。

朱老总见我汗水直淌，叫警卫员拿来一个西瓜切开，一边让我吃，一边继续说："到那个地区后，对日军作战我倒不怎么担心，因为据了解，那里日军主力比较少，但汉奸、顽固派、各式各样的杂牌军——有些老百姓叫'土匪'——多得很。群众反映，那地方的'司令多如牛毛'哩！怎么办呢？毛主席在《论持久战》里说中国要战胜日本有三个条件，而主要的是'中国人民的大联合'[1]。工作艰苦，形势和斗争也会错综而复杂，不过我看没有啥子了不起的嘛！"

朱老总总是这样，在谈古论今，闲聊似的谈话中启发我们，教育我们，使我们在不知不觉当中得到提高，学到许多既有理论又有实际的东西。

根据朱老总的指示，黄克诚同志和我研究确定，将六八七团（团长田守尧、政治委员吴信泉）留晋东南；我和旅政治部主任崔田民带着一百多人去河南滑县，与先到那里的韩先楚（团长）、康子祥（政治委员）等同志领导的六八九团会合。

三四四旅原来是红十五军团的底子，战斗力很强。但是我对这支部队的状况很不熟悉。所以，在黄克诚政委不在的情况下，如何带好部队完成上级交给的任务，心中不太有底。黄克诚不仅年长我好几岁，而且早就是红三军团的领导人之一，为人正派耿直，原则性强，又有丰富的军事指挥和政治工作经验，我很尊敬他，思想上也有些依赖他。因此我便把自己的一些想法毫无保留地告诉了他。

黄克诚同志听罢我的话，在自己的头顶上画了个圈，笑着说："你有这些想法不奇怪。平型关战斗后上级派我来的时候，我也有过类似的思想。这次朱德同志亲自找你谈了话，任务交代得很明确，老杨，这种时刻派你来接替海东同志的工作，担子满重的啊！关于这支部队的情况嘛，一是去了以后就会慢慢了

[1] 《毛泽东选集》第二卷 480 — 481 页。

解的；二嘛，崔田民同志是老陕北，他可以协助你；第三，大家都信任和支持你，你就放心大胆地干吧！"

告别留守部队和安昌村的群众时，黄克诚同志一直把我们送出村外老远。他握着我的手说："你们先去打前站，说不定哪一天我们都得去。有什么情况我们及时联系，好在离得不算远嘛！"

这时已经是一九三八年的九月了。

我们经过十多天的连续行军，翻过太行山，从豫北的淇县、汤阴之间越过平汉铁路封锁线，在滑县地区同六八九团会合了。沿途这一带虽未被日寇侵占，但由于国民党政府贪官污吏的横征暴敛，地方反动势力的敲诈勒索，土匪们的胡作非为，以及洪涝灾害，群众生活十分贫困，精神非常紧张。为了防范"兵匪"的骚扰，几乎村村寨寨都修起了土围子。我们经过的许多村庄，老乡们也都是把围子门关得紧紧的。大人们躲着不照面，只有一些面黄肌瘦的孩子，瞪着一双双惊恐好奇的眼睛，远远地望着我们。但是到六八九团驻地，情况却完全相反，群众的衣着虽然也相当破烂，但情绪高涨。他们欢迎我们，送茶送水，问长问短，孩子们兴高采烈地喊着："快来看啊！又来了八路军的大部队啦！"看到这样热烈的场面，部队受到很大的鼓舞。

"你们的群众工作搞得很好呀！"我对韩先楚同志说，"有些什么经验，给新来的同志们介绍介绍嘛！"

韩先楚团长这位一九二八年参加红军的老同志，操着一口湖北红安话说："什么经验？还不是咱们那老一套——事事严格纪律，处处爱护群众，尽力帮助他们解决些实际困难。再加上一条，就是对敌、伪、顽和土匪不客气。打几个胜仗，解除群众的'后顾之忧'。这就行了！"

韩先楚的话说得简单，但我知道眼前这一切他们是付出了辛勤的努力和巨大的代价的。

韩先楚还告诉我，我们党的直南（指河北省南部，因该省曾称直隶省而得名）特委成立以来，陆续在各地成立党组织，发动群众武装抗日。但由于这一带反动势力比较大，党的活动暂时还处于秘密或半公开的状态。目前虽有了几支游击队，但武器装备很差，成分也比较复杂，思想政治工作又没有跟上去，所以战斗力比较弱。最主要的问题是党的统一领导还没有完全形成，中坚力量不强。他最后说："你们来了就好了。"

"你们搞得不错，打下了很好的基础。"我说："我看，关键问题还是要加强党的统一领导，就我们来说，要多打几个胜仗，煞煞敌人的气焰，鼓舞群众的情绪。一句话，局面已经初步打开，经过大家的再努力，形势会越来越好的！"

大家都高兴地笑了。

我们胜利会合后没有几天，总部指示我们堵截在冀南地区受到宋任穷、陈再道等同志领导的部队沉重打击后，正在向南逃窜的一股伪军。这股伪军的头目叫扈全禄，原系国民党军。我们从滑县经浚县过平汉路追到汤阴以西，将扈全禄部全部歼灭。俘虏伪军一千四百多人，其中还有两个旅长和一个团长。这一仗打得顺利、漂亮，在当时当地可以说是前所未有的大胜利。滑县县城从此得到解放。由于军事上的胜利，特别是中央加强了直南特委，我们在特委的领导下，又经过一个多月的作战，基本上肃清了平汉路东、漳河以南、卫河两岸近百里地内的伪军和土顽部队，开辟了一大片根据地，建立了安阳、汤阴、内黄等县的抗日政权。

深秋，卫河流域发生了严重的鼠疫传染病。为了在少医缺药的情况下保护人民生命财产的安全和部队的战斗力，上级一面要地方党组织尽力安排好群众的预防和治疗，同时指示部队返回晋东南，在长治、高平（县）一带进行冬季练兵。

一九三九年的元旦，我们是在长治以南的柳林村过的。白雪皑皑的太行山，雄伟壮丽；银装素裹的长治盆地，千姿百态。根据地的人民群众正兴高采烈地筹办春节，热闹非常。在烽火连天战乱不已的年月，能看到这样一种比较和平宁静又热烈欢腾的气氛，给人以巨大的安慰。

在我那"备忘录"式的笔记中，有这样一段记载："一月七日，在常隆（镇）六八六团团部宿营，当晚有黄克诚、杨勇、邱创成、杨奇清等几位老同志，谈到下两点才睡眠。"但是，五十几年后的今天，我怎么也记不得那一晚上谈话的内容了。现在，我们五个人当中，黄克诚、杨勇、邱创成、杨奇清四位同志已经先后谢世离开了我们……但他们的音容面貌我至今难忘。记得那次谈话的气氛相当欢快，大家开玩笑，说黄克诚同志这么大年龄了，还不找老婆，是个"顽固派"。其实，当时我们也都是年近三十的光棍。

过了新年不久，一九三九年二月初，我和崔田民又一次奉命东进冀鲁豫边区。

总部给我们的任务是：到冀鲁豫扩大部队，待命回山西。

由于那一带有了一定的群众武装，这次我们由山西高平县出发，只带了一个工兵排和一个炮兵排，总共不足一百个人。黄克诚同志担心我带的人太少，要我再带点部队。我把和崔田民研究的意见告诉他说："太行山是日寇目前扫荡的重点，更需要部队。根据我们的体验，冀鲁豫边区地带是把'干柴'，一点就能燃起熊熊大火。既然总部要我们去扩大部队，你就放心吧！"

我们出壶关，经全涧，在汤阴以南宜沟过平汉路日寇封锁线的时候，正值春节。但车站附近的气氛同我们刚刚离开的晋东南抗日根据地相比，真可以说是天壤之别。节日的欢乐气氛一点也没有，寒风呼号，冰雪凛冽。看到的尽是成群结伴、携家带口的难民。孩子哭，婆娘叫，老人们拄着拐棍四处乞讨。衣是破的，碗是破的。他们失神的眼睛望着我们，也许因为不了解我们，眼神中似乎还有些恐惧。

这是我们的兄弟姐妹和父老乡亲！战士们心里很难过，他们谁也没吭声，只是默默地掏出自己为数不多的口粮，放在一双双伸过来的、干瘦如柴的手里，眼里却含着泪。

我的挑夫老谢，一位江西老表，把自己身上的口粮全部送光了，又在他挑的破箱子里寻找着什么——那里边除了地图、文件，还能再有点什么呢？

我让警卫员把我的口粮交给老谢，让他送给群众。

"不！"他说，"你的口粮一粒也不能动！"

这位老谢同志，年龄比我大，当挑夫的时间也不短了。他身上凝结着中国农民忠厚质朴的美德，曾经多次负伤，身体不怎么好。我动员他不当挑夫，去当上士管管伙房。他说："我一不识字，二不能算账，顶个上士的名不做工作有什么意思？不干！"我动员他去当马夫，那活比挑夫稍轻一点。他说："我没有经验，喂不好马，误你的工作，万一让马踢了还得分你的心，让大伙照顾我，不去！"我说："你总不能跟我当一辈子挑夫呀？""当一辈子挑夫又怎么了？"他有点急了，"你现在离不开我，未必日后就能离开我。只要你还打仗，就得有地图，有文件。有这些东西就得有箱子放。有箱子就得我来挑。"

这就是老谢。

老谢多年来还养成了一个习惯，无论在战场还是到驻地，看见什么人家不要的破布烂绳、针头线脑的总捡起来放着。年轻的战士们和他开玩笑说："老谢，你拣这些破烂下小崽呀！"他不笑，只是说："年轻娃娃懂个啥？日后总有用。世上没有白费的东西哩。"

这就是老谢！

老谢不让警卫员动我的口粮，却从箱子里翻出两块老羊皮，"这还是在陕北一次战斗中捡来的呢！"他说着把羊皮披在两个浑身发抖的孩子身上，挑起担子走了，一边走一边回望着那两个也望着他的孩子……

这就是老谢。他用无声语言给了我们多大的力量啊！

我们过平汉路，从五陵集渡卫河，在浚县与内黄之间的井店一带与刘震同志带领的一个大队会合。这个大队当时只有一个营的兵力，是从三四四旅三个团各抽一个连组成的。我们从这里经濮阳到达鲁西南边上的东明地区，同地方党建立起来的两支游击队，组建成了八路军冀鲁豫支队。

冀鲁豫支队由我任支队长，崔田民任政治部主任（后为政治委员），卢绍武任参谋长。支队下辖三个大队。一大队长刘震，政治委员李雪三；二大队长覃健，政治委员常玉清；三大队长鲍启祥，政治委员刘汉生。共约二千多人。以后还增加了四大队和五大队。四大队是在"不愿做亡国奴的人拿起枪来一致抗日"的口号鼓舞下，背叛地主家庭的吴大明同志，拉起队伍组成的。五大队主要是由当地一支成分相当复杂的部队改编过来的，大队长是胡继成。这时整个支队约四千余人。在我的记忆里，这是冀鲁豫边区由我们党统一领导的一支比较早的抗日武装力量。

根据八路军总部的指示精神，我们的任务是在这片土地上广泛发动群众，开展游击活动，壮大抗日武装，建立民主政权。

开展工作比较困难、花力气最多的是鲁西南地区，也就是现在菏泽市周围的东明、定陶、曹县、成武、金乡、巨野直到梁山这一片。菏泽又名曹州，是著名的牡丹之乡。据说从明朝嘉靖年代就开始种植这"花中之王"，有红、黄、蓝、白、黑、绿、紫、粉等多种颜色的三百多个品种。但我们来到的时候正值春末，不但不见牡丹，群众连粮食都吃不上，过着"糠菜半年粮"的日子。菏泽东北的梁山县，是《水浒》故事中梁山泊英雄们聚义的地方。我们来到的时候，距宋江起义已近千年，只能看到一些传说中的"宋江寨"，"忠义堂"，"阮氏三雄故居"等遗迹。当时这里有两多：一是"响马强盗"多，而且几乎所有的"响马"头头都有绰号；二是土围子多，而且土围子都比较高、比较厚。群

1939年3月，冀鲁豫支队成立时部分领导在山东省东明县合影。左起：二大队政委常玉清、一大队大队长刘震、支队长杨得志、六八七团政委吴信泉、支队参谋长卢绍武、支队政治部主任崔田民等。

众的房子却很简陋，是用高粱秆糊上泥巴盖起来的。

由于受敌、伪、顽反动宣传的影响，我们刚到时，群众一见便往土围子里跑，跑进去就把围子门关得紧紧的，男男女女抄起大刀、梭镖，架起土枪、土炮，大喊大叫着不许我们靠近，气氛蛮紧张的。

进不去围子我们就在外面做群众工作。围子里的群众见我们不攻打他们（他们知道凭我们的武器装备攻打他们是不成问题的），不侵犯群众的利益，慢慢地白天把围子门打开，让我们过路。但只许过路不许停宿——现在想，那也许是对我们的考验吧。后来，他们主动让我们在里面休息，有时还送些开水来。部队喝了水，一律付钱，不许有半点差误。他们感到惊讶——喝点白开水还要给钱的军队，他们肯定是没有见过的。利用休息的机会，战士们告诉他们我们是共产党领导的八路军，是来和他们一块打鬼子，打汉奸，打土匪的，喝水给钱，因为开水是柴火烧的，而柴火是他们砍的。不仅喝水要给钱，损坏了盆子、碗也得赔钱，这就叫八路军的纪律。这样的工作崔田民政委和我都亲自做过。这样的事情做多了，有的青壮年就说："你们这伙子队伍俺们看真不孬，可就是不知道你们能不能打得了鬼子和汉奸，保俺老百姓过安生日子。"有的老年人问："你们叫什么支队，支队最大的官，有没有俺们这里的司令大呀？你们有多少兵？"那时候鲁西南土匪部队不少，司令多如牛毛，群众搞不清楚。

我和崔田民、卢绍武等同志分析了这些情况，觉得通过工作，群众在了解我们的基础上，对我们的感情加深了，他们希望我们能打败日寇和汉奸，但又不那么相信。这就给我们提出了一个问题：要取得群众的完全信赖，最有说服力的是打些胜仗给他们看看。

经过比较充分的准备，四月底我们夜袭了金乡县城的日寇守军；接着在金乡县白浮袭击了日寇的一个汽车队。那天敌人没有准备（主要是他们没有想到会有人"敢"打他们），一接火他们就跑，战士们一边喊一边放枪一边追，战果虽不大，但煞了敌人的威风，长了群众的志气。群众说："沈鸿烈（当时国民党山东省的主席）的兵听见日本人的马靴响就溜，八路军撵着日本鬼子的大汽车跑，厉害，'蝎虎'，中！好！"六月，我们又连克曹县、定陶，歼灭了两个县城的反动武装两千余人。群众看到我们真的打了胜仗，原来的疑虑打消了，相信我们的战斗力了。有些青年人要求参加八路军和游击队了。我们帮助曹县建立了抗日游击区和游击支队，成立了民兵和民兵联防组织，还组织了"青抗先"（青年抗日先锋队的简称）、妇救会等各种抗日团体。曹县县委也由秘密转到公开活动。曹县成了我们在鲁西南抗日根据地的基本区之一。

当时日寇在鲁西南的力量并不大，有的县城只有个把班或者一个小队，最难对付的还是那些"牛毛司令"的队伍和"响马"武装，当然也有真正的土匪。这些队伍的特点是成员复杂。有一部分人是死心塌地跟日本人当汉奸的败类和坚决反共的分子；更多的却是满脑子"杀富济贫"思想的无业游民和极端贫困的农民。后一部分人动摇性大，反复无常，和一些反动会道门有密切联系，又和群众有着千丝万缕的关系。男的在外边"混事"（当兵），老婆、孩子却在根据地，有时他们还回来探家，当然也了解我们的情况。前一部分亲日反共分子大都与日寇和国民党有勾结，经常给日本鬼子通风报信，不准群众和我们接近，否则以"通共匪"论处，甚至把无辜群众抓去送给日寇杀害。对待汉奸武装和坚决与人民为敌的反动分子自然好办，但如何对待这后一种情况复杂的队伍，以至把他们改造成为真正抗日的武装力量，政策性很强，也确实不易。

我们确定首先惩治那些民愤最大的汉奸头子。有一个名叫白毛集的土围子，不但群众发动不起来，平时我们进都进不去。后来一打听，就是由于有几个汉奸头子趁我们不在时，经常打着日本旗威吓群众，谁要反抗，甚至说几句我军的好话，便被送给日寇或在当地杀害。我们警告过多次，他们仗着自己有武装，硬是不听。于是，我们决定打他们一下。打这样的土围子，当时我们的力量还是足够的。战前，崔田民、卢绍武对部队说：今天的主要任务是抓汉奸头子。抓住了决不客气，叫作杀一儆百吧！攻进土围子后，几个汉奸头子全被我们抓住了。于是，我们趁热打铁，就地召开公审大会，宣布其罪行，当场枪决。群众拍手称好，不少青年人马上报名参加了我们的部队，大大震慑了附近的顽固分子。

也有另外一种情况需要计谋。记得支队建立不久，上级要我们将五十多位从延安来的干部，护送到陇海路以南转交给新四军。我和刘震同志带这批干部从东明县和曹县之间出发，前面几十里地有个叫尹店集的村子，是我们的必经之地。这个村里盘踞着一股"响马"，但究竟有多少人一时搞不清楚。我们便派支队司令部侦察参谋唐毅山带一个侦察班先去侦察，见机行动。唐毅山原来是六八九团的一个连长，跟韩先楚到冀鲁豫一带活动过，对这里的地理、民情、风俗习惯，乃至帮会的内幕都比较熟悉。唐毅山去了很长时间没有消息，我担心发生意外，便和刘震带部队往前赶，随时准备战斗。我们刚赶到尹店集土围子外面，唐毅山却高高兴兴地跑来向我报告说："那股'响马'解决了。"我问："怎么这么快？"他绘声绘色地给我讲了一遍：

原来唐毅山伪装成敌人从开封派来的什么副官，带着几个侦察员趁黑夜闯进了围子，先捆起岗楼上两个呼呼大睡的哨兵，然后扑向司令部抓住了那个司令，缴了他和马弁们的枪，逼着他下了投降命令，俘虏了他全部官兵二百八十名。"连一枪也没放呢！"唐毅山兴奋地说。

"俘虏在什么地方？"刘震问。

"全押在他们司令部的大院里，一个也不少。"唐毅山说。

我和刘震同志去看俘虏的时候，那司令战战兢兢地坐在板凳上，其他人都蹲在地上，斜着恐惧的眼睛，瞅我们。一个个穿得破破烂烂，头发、胡子长得像刺猬。我说："你们不要怕，我们八路军主要是打日寇，打顽军的。只要你们不当汉奸，不害老百姓，我们一不打，二不杀，还可以放你们回家去。"他们开始很怀疑，我又给他们讲这是我们共产党和八路军抗日民族统一战线的政策。出了尹店集不远，我们就把这二百八十个俘虏遣散了。他们很感激，有些人临走时还流了泪。但那个司令却很顽固，半路上逃跑时，被游击队打死了。到尹店集以南地区，我们把延安来的干部全部交给了前来接应的新四军六支队副司令员吴芝圃。

这件事证明，即使是被群众称为"土匪"的武装力量，只要我们坚决执行党的政策，大多数人也是可以争取过来的，起码可以使他们不再与我军为敌。记得有个绰号叫"王四拐子"的"牛毛司令"，过去曾在冯玉祥部队干过一段，以后自己拉了一二百人，搞了块地方"占山为王"当了"土皇帝"。他既怕日寇打他，也怕国民党军队赶他。我们抓住他这个弱点，先派人同他联系，然后我和崔田民直接去做工作，鼓励他抗日。他见我们不但没有"吃"掉他的意思，而且不歧视他，便向我们靠拢，先是给我们送点情报，后来真和日本鬼子打起了游击，有些仗打得还蛮不错哩！

对付这些"土皇帝"式的"牛毛司令"，当时有几句很普通、但很能震撼人心的话："你还是中国人吗？""你是吃中国粮食长大的吗？""你忘了自己的'祖宗'是谁了吗？"这些完全是群众的语言，力量很大。当地还有几个绰号叫"张大脚"、"光天棍"的"土皇帝"，就是经过我们不断地做工作争取过来的（当然，他们有的也有反复）。其中有个叫刘杰三的人，当时就五六十岁了。他有几百人的队伍，身边有一个卫队，每人一支步枪一支驳壳枪，叫作"一长一短"，全部骑自行车，蛮有点"山东响马"的豪放劲头。我们把他争取过来，委任他为这支队伍的司令，他逢人便讲："我是八路军委任的司令，正牌的！"对我们很尊重。刘杰三有三个老婆。这一点在主力部队的同志中间便产生了不同的看法。有的同志想不通，说："一个人三个老婆，地主、老财嘛！霸占民女嘛！怎么能当八路军领导的游击队司令？"我们告诉这些同志，你是先动员他去抗日好，还是先动员他退了三个老婆再去抗日好？而且你先动员他退老婆，他还未必能参加抗日活动。有一次卢绍武同志开玩笑似的对大家讲："你是打土豪劣绅出来革命的；人家刘杰三是拉队伍占山为王的；你是共产党员，党教育多年的红军战士、八路军战士，是为打日本到敌后来的；人家刘杰三在我们来到之前还不知道抗日是怎么回事哩！三个老婆有什么要紧，带着三个老婆打日本鬼子，对刘杰三这样的人来说，我看可以。可我们这些人不行。支队长、政委、我和你们大家现在没有老婆，日后也只能一人一个老婆。我们是共产党员嘛！"

对这些"牛毛司令"、"土皇帝"，我们的支队政委崔田民头脑冷静，很讲政策，又有耐性，做了大量的工作，取得了很好的效果。

我们的活动自然引起了日寇极大的注意。秋末，他们纠集顽军卢翼之部，企图在定陶、曹县一带包围我们。我们跳出包围圈，转移到湖西（微山湖、昭阳湖、南阳湖西部）地区，继续开展游击战争，建立抗日政权。

转眼冬天到了。那时我住在微山湖边上的一个小村里，组织筹备过冬的物资。一天，崔田民飞马从单县赶来，说中央军委从延安发来了电报，电报的主要意思是：冀鲁豫地区战略地位重要，你部应作长期打算，在该地区进一步创造扩大、发展和巩固抗日游击根据地。这就是说，中央改变了原来交给我们"扩大部队，待命回山西"的任务。这当然是中央对我们的信任，但随着任务的变化，大量的工作必须跟上来。

这时，冀鲁豫支队已发展到了一万七千多人。要进一步扩大、发展和巩固这个地区，最突出的困难是要解决这一万七千多人过冬的粮食和棉衣问题。原来，国民党直南专员丁树本跟我们搞统一战线，多多少少地补给我们一些钱、粮和其他物资。现在他变成了亲日派，不但什么都不给，还同我们搞摩擦。加上这一带的群众生活本来就苦，我们不能再给他们增加负担了。我对崔田民说："这个问题不解决，我真睡不着觉。你看怎么办？"他也发起愁来，想了一会，说："我听说彭老总现在内黄，你是不是找找他去？"我一听，觉得这是个办法，就说："好。就这么办！"

我带着警卫员骑马由微山湖向西北方向日夜奔驰。赶了二三百里路，到达内黄见到了彭老总。

彭老总住在一户农民的破草屋里，土炕上铺着一张旧席子，炕头上整整齐齐地放着一床薄薄的旧被子。他没有戴帽子，看来好长时间没有理发，原来的短发已经变长了，胡子倒刮得很干净，满面红光，就是额头上多了几道皱纹。我见他盘腿坐在炕上，同司、政、后的干部正在谈话，就悄悄站在一边，没有打搅他。过了一会，我才向他报告。彭老总立即下了炕，大步走过来，拉住我说："啊，一年不见了，大家都好吗？你们那里的情况怎么样？"

我把冀鲁豫边区一年来的情况扼要地向彭老总作了汇报。彭老总高兴地说："你们搞得不错嘛！"

我说："总的形势还可以。但也有使人伤脑筋、发愁的事呀！"

"发什么愁？"彭老总关切地问。

我说："一万七千多人，要吃，要穿，要用，都没有着落。冬天又来了，怎么能不发愁呢？"

"噢，一万七千人的'大军'，吃穿用没有着落是个大问题，让我也得发愁呀！"彭老总说到这里停下来，笑眯眯地望着我。"这么说，你是从微山湖来向我'讨鱼税银子'的了！"

这是彭老总的一个特点，他在听取下级汇报时，一般不插话，一讲话，就一语道破问题的实质。

于是，我直截了当地笑着说："你说准了，就是找你要钱、要粮、要东西来了。你是我们的副总司令嘛！"

彭老总没有笑，也没有马上回答我。他默默地走到门口，凝视着前方。两手挎在腰间的皮带上，魁梧结实的身躯几乎把整个门都挡住了。

我不知道将得到怎样的回答，心里有点惴惴不安。

过了一会，彭老总转过身来对我说："困难呐，得志同志。你困难，我也困难。现在各个根据地几乎都相当困难。我们'财神爷'（指供给部）的腰包里，据我了解也没有多少'油水'可挤。"

彭老总的话使我的心猛地沉了下来。我知道他说的都是实际情况，我感到可能要空手而回了。不料，彭老总突然转过身来，拍了拍我的肩膀，笑着说：

"可我也不能让你这个一万多人的支队长白跑一趟。怎么办？我批一个条子，你去找供给部的同志，让他们给你——"彭老总停了停，像下了很大的决心。"给你一万块银圆吧。数目不多，一个人还摊不到一块。这些情况你要向各级干部讲清楚。还是要像在井冈山、在中央根据地那样，一靠自力更生，二靠从敌人那里夺取！战士们那个歌是怎么唱的？没有吃没有穿，敌人给送上前嘛！

没有枪没有炮，敌人给我们造嘛！"

彭老总笑了。

在场的同志也笑了。

我当然更是心满意足地笑了。

我和警卫员连日连夜返回鲁西南，崔田民和卢绍武同志已经把部队带到单县、曹县地区。他们一见我就急切地问："怎么样？"

我把老总的指示向他们传达之后，说："这一万块银圆是彭老总下了很大的决心才拿出来的。以后我们再也不能向上伸手了——大家都困难嘛！没有别的办法，还是得去找敌人要！"

我们三个人商量要打一次汉奸，而且要打一个民愤大，又有钱又有物的。

打谁呢？

"打'高二穷种'！"卢绍武说。

"高二穷种"是单县西南青堌集的一个大汉奸。虽然有个"穷种"的绰号，实际上，他地多、粮多、钱多，一点也不穷。这个家伙和日寇勾结很紧，家里挂着两面日本旗，还有日本授给他的委任状、指挥刀。依仗日寇的势力，横行霸道，无恶不作。他本人丑陋不堪，又半身不遂，却霸占了三十多个年轻妇女做他的老婆和姨太太，群众恨透了他。打这样的汉奸，既可以为民除害、出气，也可以解决我们经济上的困难。崔田民和我都同意卢绍武的提议。

我们把"高二穷种"捉住后，在当地游街示众，揭露他的罪行，并勒令他家里拿钱来赎他的命。

我们这一行动不但得到了七万块银圆，而且把当地群众也发动起来了。我们用这些钱买粮、买布、买棉花，群众积极地为部队赶制棉衣。一万七千多套棉衣很快做成了，针针线线凝聚着人民群众的深情厚谊。当部队穿上基本上是一色新的军装，向东明和濮阳地区转移时，沿途的群众都高兴地说："八路军越来越威风了。"部队的战斗情绪和坚持敌后斗争的胜利信心也更加强了。

一九四〇年春，我们向顽军石友三、高树勋、丁树本及卢翼之等部，接连发动了较大规模的讨伐。经过近半年的战斗，将数万顽军消灭、打垮或逐出了冀鲁豫地区。这中间最漂亮的一仗是打丁树本。

丁树本是河北人。据说曾在冯玉祥将军部下做过什么书记官，后来被国民党委任为直南专员兼保安司令。这个人开始和我们接触的时候，表现还好，后来越来越反动，还杀了我们好些人。丁树本当时有两万多人，每县都有一些人数不等的保安队。我们想，要打就得打的有理，因为当时他在表面上还是和我们合作的。要打就要打痛他，而要打痛他确实并不那么容易。多少日子，我们都在思考如何把这一仗打好。

有一次，我们在东明与濮阳之间发现了丁树本架的一条电话线。我让电话兵把线搭上，接到我的电话机上。我拿起听筒便听见东明县伪县长正在和丁树本通话（这些人我们都见过，声音挺熟）。丁树本在电话里点着我和崔田民、卢绍武等同志的名字，破口大骂，说他们这里本来很好，因为我们来了，日本人才来这里扫荡，这里才"乱了套"，他已经和其他各县县长商量好了，一定要把我们"挤走"、"挤垮"。

听完电话，我们把三个大队的主要干部找来，共同研究如何打好丁树本这一仗。他要"挤"我们，我们以"挤"对"挤"。他们公开打着"联合"的旗子，我们将计就计。具体方案是，用"联合"的名义派部队（一个连或一个营）去南乐、清丰、濮阳、东明、长垣等县驻防，待机行动，各个击破。各县顽军头目心中有鬼，开始都比较紧张。我们却纹丝不动，麻痹他们，慢慢把他们的兵力部署，火力配备侦察清楚，做到战前心里有数。这一切准备好，我们便和丁树本"摊牌"，指出他依靠日寇妄图"挤走"、"挤垮"我们的反动计划。他不服，我们便有准备地在同一时间从各地发起进攻，打他个措手不及。丁树本的两万多人及直南五县的顽军绝大部分被歼。他本人只带了千把人逃往豫西去了，连他的大衣、图章都没来得及带走。

讨顽战役结束后，为了统一领导冀鲁豫抗日武装，按照中央北方局的指示，建立了冀鲁豫军区，我任司令员，崔田民为政治委员，卢绍武为参谋长，唐亮为政治部主任。下辖直南、豫北、鲁西南三个军分区。与此同时，还成立了冀鲁豫地区党委和边区行署，统一领导直南、豫北、鲁西南地委和各县抗日民主政权。

在残酷、紧张、复杂、多变的对敌斗争中，我们取得了很大的胜利。但是也有极个别的人，经不起艰苦环境的考验，走上了可耻的道路。王凤鸣就是一个典型。这个人当过红军团的青年科长，参加过长征，在战斗中也负过伤。我从六八五团到三四四旅去时，他还和我一路同行过。后来来到山东地方党领导的湖西区当游击支队政委。他在那里大搞"肃托"，整了不少党政军干部。他还

1940年4月，杨得志与冀鲁豫边区妇女救国总会宣传部长申戈军（小名玉珠）结婚。这是当时杨得志送给申戈军的照片，照片背面写有"赠玉珠"。

冀鲁豫边区妇女救国总会宣传部长申戈军。1940年8月，从地方县级干部参军入伍，在八路军冀鲁豫支队担任报务员（战士）。

打电报给我，说鲁西南地委书记以下的不少干部是"托派"，要我们"逮捕起来交给他们处理"。我和崔田民同志商量，认为一是不能随便怀疑自己的同志，二要记取历史教训，三是在毫无证据的情况下，决不能这样做。于是，我们一面向上级写报告反映情况，同时也给他回电报表明了我们的意见。我们到湖西时还当面给他谈，要注意吸取中央苏区搞所谓"肃托"的教训，陕北地区对刘志丹同志等错误处理的教训。他就是听不进去。以后，罗荣桓政委亲自去解决问题，严肃地批评了他。他当时表面接受，可是没过多久，在日寇大"扫荡"中逃到徐州地区，背叛了革命，当上了伪军，还竟然到处写信，为敌人做瓦解我军的工作，成了可耻的叛徒。

这虽然是在艰苦的革命路程中的一个小小的、和整个斗争极不和谐的插曲，但我觉得今天写出来，还是有一定的意义的。

冀鲁豫军区成立后，黄克诚同志从太行山率领八路军二纵队来到冀鲁豫同我们会合。他给我捎来了八路军副参谋长左权同志的一封亲笔信。左权同志是我一向尊敬的老首长，已经有几年没有见面了。听说是他的来信，我就迫不及待地拆开来看。信是用毛笔写的，字体刚劲工整，内容简短亲切，大意是：

> 得志兄：
> 现在二纵队大部分已经回到平原地区。中央决定我不再兼二纵队司令了，由你担任这个职务。请你务必把部队带好。我很想念你和同志们。我们不久会见面的，到那时再畅谈吧！

我等待着与左权同志会面，等待着我们的畅谈，我有许多话要向他讲，也有许多问题要向他请教。但是万万没有想到，这封简短的信竟成了他对我最后的嘱托和期望。一九四二年六月二日，年仅三十八岁的左权同志，牺牲在山西辽县（今左权县）麻田与日寇激战的战场上了。可惜的是，由于战乱，他给我的信没能保存下来。每当我想起这封信，总是深深地怀念他，想起在赣南、闽西的艰苦岁月，想起在艰难跋涉的长征路上，想起在陕甘宁战斗的日子里与他相处时的种种往事，左权同志诚恳、热情、朴实、谦虚和大智大勇的形象，好像又出现在我的面前。太行山边陵川县有座佛子山，人称太行第一峰，海拔一千八百多米，古人形容"佛山之高，黄河之捷"，"俯视中州九千四百八十仞"。登峰远眺，黄水东流，云海翻腾，风卷大地。左权同志就长眠在这太行山的群峰之中。他和太行山永存。他将永远活在我们的心里……

黄克诚同志来冀鲁豫边区不久，六月，遇到了日寇一万多人分十一路的大"扫荡"。天上是飞机，地上是坦克、大炮、汽车、摩托——机械化加骑兵，来势极为迅猛，而且应该承认他们对付我们也是有些经验了。他们的战法可以说有八条：一，集中兵力，有准备；二，歼我主力，而不单纯占点占线；三，战术慎重，分进合击与突然袭击相结合；四、夜行晓袭，走小路，住小村；五，夜间包围村庄，使群众不敢留我；六，与汉奸配合；七，使用毒气；八，夜间如受我攻击则死守到明以待支援。根据敌人战法的特点，我们向部队提出了四项要求：行动要轻装、秘密、迅速；侦察要日夜进行，情报要确实可靠；部队要多分散、多移动，四处迷惑敌人；不攻城、不占村，随时以有准备的遭遇战的形式消灭其有生力量。这也就是毛主席一再讲的，你打你的，我打我的战法。

这次反"扫荡"打了整整十三天。我们伤亡近七百名同志，虽然失去了整个濮阳地区，却歼灭了敌人（特别是伪军）大批有生力量，胜利还是不小的。

这次反"扫荡"胜利不久，黄克诚同志奉命由原冀鲁豫支队改编的新二旅主力和四旅到华东加入新四军了。他走后，留在冀鲁豫边区的主力部队只有三个团，一个是新二旅的四团，一个是军区独立团，再一个是华北抗日民军第一旅（实际相当一个团的兵力）。当时由于日寇接连不断地大"扫荡"，各军分区的部队都在独立作战，军区能掌握的地方武装很少。要战胜大于我一二十倍的敌人，困难是空前的。

这时，中央军委发来电报，征求我们的意见：是继续留在原地坚持下来，还是去（江）苏北（部）地区发展根据地。我和崔田民、卢绍武等同志都知道，这是中央体谅我们的困难、爱护我们。但是大家也知道，开辟冀鲁豫边区这块根据地是不容易的，指战员和人民群众付出了巨大的代价，可以说这里的每一寸土地都有我们的血汗。我们不能离开这里亲如父母兄妹的人民群众，也不能离开这块洒着烈士鲜血、埋着烈士忠魂的土地。

我们向中央发电，代表全区指战员和人民群众，请求允许我们和人民群众一起坚持冀鲁豫边区的斗争。

中央批准了我们的请求，并给了新的指示。

根据中央的指示精神，我们将赵基梅、谭甫仁支队和当地几支游击队合编为有七、八、九三个团组成的新三旅，加上新二旅的四团和独立团，组成了新的第二纵队，去迎接新的、更加艰苦的战斗。同志们说：这里的每一寸土地都是我们打出来的，现在虽然暂时失去了一些，但终究是会夺回来的！

我们生长在这里，

每一寸土地都是我们自己的。

无论谁要抢占去，

我们就和他拼到底。

激越昂扬的战斗歌声又响起来了……

## 四、斗争 生存 发展

一九四〇年七月，纪念抗日战争三周年的时候，毛泽东同志就卓有远见地明确指出，"抗战的第四周年将是最困难的一年。"[1] 在这之前的两个月，毛泽东同志在为党中央写给东南局的指示中，尖锐地提出了要敢于放手发动群众，敢于在日军占领区扩大解放区和人民军队，对国民党反动派进攻的严重性要有足够的认识，要有充分的精神和组织准备等一系列极为重要的问题[2]。

毛泽东同志的这些正确意见，是根据当时国内外形势及发展趋势提出来的，针对性和现实意义都是很强的。就国内来说，一九四〇年冬蒋介石发动第二次反共高潮时，以他的正副参谋总长何应钦、白崇禧的名义，发表了臭名昭著的"皓"（十月十九日）"齐"（十二月八日）两电，对坚持敌后抗战的八路军、新四军大肆污蔑，强令黄河以南的抗日部队限期撤至黄河以北。我党为顾全抗战大局，在驳斥蒋、何、白造谣污蔑的同时，表示可将在皖南的新四军移至长江以北。国民党一方面在电台上大肆宣传皖南新四军将要北上的消息，实际上要求日本人封锁长江，阻止新四军渡江；另一方面又调兵遣将，阴谋伺机歼灭新四军于北上途中。

[1] 见《毛泽东选集》第二卷 719 页。
[2] 见毛泽东《放手发展抗日力量，抵抗反共顽固派的进攻》。

　　毛主席的重要意见和当时严重的形势虽然引起了全党、特别是各级领导同志的极大注意和重视，但极个别存有严重右倾观点的同志，并没有很快觉悟。时过不久，一九四一年一月，新四军九千余人，在泾县的茂林遭到国民党军八万余人的伏击。血战七昼夜，新四军军长叶挺同志及众多干部被捕，副军长项英、参谋长周子昆、政治部主任袁国平被害，除两千余人突围外，其余同志大部分壮烈牺牲。这就是被毛主席称为"惊天动地的大事"的"皖南事变"[1]。

　　"皖南事变"后，中央军委命令陈毅同志为新编新四军代理军长，刘少奇同志为政治委员。毛主席对新华社记者发表了重要谈话，揭露国民党发动"皖南事变"的罪恶目的，警告日蒋反动派"放谨慎一点""仔细……自己的脑袋"，大义凛然地指出："……决不让日寇和亲日派横行到底。时局不论如何黑暗，不论将来尚需经历何种艰难道路和在此道路上须付何等代价，日寇和亲日派总是要失败的。"[2]

　　我们是在豫北卫河东岸的内黄地区得到"皖南事变"的消息，和党中央、毛主席关于处理这一事件的命令、谈话及重要指示的。当时全区军民愤怒、悲痛的情绪可以说达到了顶点，求战欲望简直达到了不可抑制的程度。我个人也是这样，几天几夜总也冷静不下来。新四军中有我许多的老战友，他们如今怎么样了？他们的音容交替地在我面前出现。当我听说周子昆同志确实被害时，心里非常难过。

　　我和周子昆是在延安"抗大"认识的。那时我是军事第七队的学员兼队长，他是我们队的教员。他对教学严肃、认真、负责；对同志热情、谦虚、诚恳。为了完成毛主席交给的任务，尽快培养出深入敌后抗战的军事指挥员，经常顶着烈日，爬山越岭，带领学员搞现地教学。有一次，毛主席要我给大家讲讲游击战争的问题。我怕讲不好，周子昆同志便耐心地帮我准备发言稿。为了搞好教学，他经常向我了解红一团的作战情况。有一次，学校要每个学员写一份带理论性的关于游击战争的经验总结。我是打了多年游击战的，但要把实践经验变成理论确实有些困难。一天晚上，我冒着大雨钻进他的窑洞，他正伏在灯下备课。听我说明来意，他立即放下手里的工作，高兴地和我研究起来，直到鸡

[1] 见《毛泽东选集》第二卷 732 页。
[2] 见毛泽东《为皖南事变发表的命令和谈话》。

叫。像这样一些经过党的长期培养和战争考验的好同志，没有倒在与异族侵略者厮杀的战场上，却惨遭暗算，饮恨亡命于卖国投降派一手制造的"千古奇冤"之中，怎么能不令人痛心疾首呢！

那些日子，我们抓紧时间向部队传达党中央和毛主席的一系列指示，进行有针对性的教育。我和崔田民、卢绍武等同志也交谈了许多、许多。我们从"皖南事变"谈到全国面临的危机，从华北战场谈到冀鲁豫根据地，从敌我力量对比谈到部队今后的艰巨战斗，越谈越感到：在整个战争形势恶化，抗日根据地被日、伪、顽蚕食、分割、封锁的情况下，要把冀鲁豫抗日根据地巩固和坚持下去，只有紧紧依靠党，依靠人民群众，以斗争求生存，在斗争、生存中求发展。必须教育、动员全区军民"以牙还牙，以血还血"，以强烈的民族义愤和阶级感情，迎接抗日战争最黑暗、最艰难、最残酷和最严峻的考验。

凶残的敌人给我们增加了巨大的悲痛，也增加了我们战胜敌人的力量。

"皖南事变"后，毛主席代表中央先后向党内发出了关于《打退第二次反共高潮后的时局》《关于打退第二次反共高潮的总结》等指示，为我们坚持敌后斗争指出了更加明确的方向和政策。

国民党的反共高潮，直接助长了日寇的侵略气焰。一九四一年四月十二日，日寇在从内黄到清丰、濮阳、浚县、滑县一带的沙区（亦称黄泛区）内，开始了极其残酷的毁灭性的大"扫荡"（又称"四一二大'扫荡'"）。

时值春末，整个黄泛区风沙弥漫，一片昏黄。只有极耐干旱的枣树青枝绿叶，给荒凉的平原增添了一些生机。大"扫荡"开始的时候，我们和部队驻扎在濮阳以西地区，边区党委和行政公署机关也住在这一带。首先向我们驻地发动进攻的是国民党"剿共第一路军"李英部。这股伪军约两千余人，来势很猛，对根据地指挥中心威胁很大。我们决定以二纵队主力一部投入战斗。就在这股伪军即将被打垮时，事先集结隐蔽于内黄、五陵集、白道口、滑县、濮阳等地的日军主力（三十五师团、独立第一混成旅团和骑兵第四旅团），加上伪军共一万多步骑兵，有一百多辆汽车和坦克，二十余门重炮，兵分五路，向我们所在的沙区中心地区猛扑过来。

这天傍晚，只见东西南北沙尘弥漫，遮天蔽日，日、伪军的坦克、汽车和骑兵蜂拥而来。远者相距五六公里，近者不到三四公里。不一会，敌人发起猛烈的炮击，炮弹接连不断地落在我们周围的村庄、田野、沙岗和树林中间。弹片如雨，爆炸声震耳欲聋，浓烟烈火，在大风中冲天而起。这种所谓"铁壁合围"之势，我在望远镜里看得很清楚。敌人靠机械化，我们只有两条腿，要想马上突围，显然来不及了。我和崔田民政委当即决定，由我在前，他居中，卢绍武参谋长压后，率领机关和部队就地隐蔽，待机转移。

在烈火硝烟中，我们先撤到沙岗中的枣树林里。这时，夜幕已经降临，由远而近的日军，用机枪疯狂地扫射。走在前面的伪军不敢贸然进入枣树林。等日军赶到，我们已借助于夜色和大风的掩护，从两路敌人中间，穿插到濮阳西北地区。接着，继续转移到内黄东北面，靠近敌人守备空虚的据点休息了两天，最后到山东省范县西北的观城，这才突破了重围。

部队刚刚住下，四团政治委员孙仁道同志跑来向我报告，在最后边负责掩护大部队撤退的四团二营，在近百倍日、伪军的合击中，经过反复冲杀，只突出了五连的部分同志。六、七两个连队的二百多名指战员，抱着宁肯自己战死也要掩护大部队转移出去的决心，同日、伪军搏斗了一天一夜，至今不见一位同志冲杀出来。两天两夜过去了，派去的侦察员回来报告，那里全部被敌人占领，看到了我们不少同志的尸体，二百多个同志啊！一个活着的也没有找到……他们还说，战场上我们的武器不少，但没有一件是完整的……

听这样的汇报，每一句话简直就像一把直刺心脏的钢刀……

孙仁道同志泪流满面，激动地用沙哑的声音几乎是喊着对我说："司令员，让我们打回去，为战友们报仇吧！"

我非常理解孙仁道同志的心情，我也知道他代表的是全团指战员的请求和决心。此时此刻，难道我还能有另外一种与他们稍有一点点不同的心情吗！？……在热血沸腾了的时刻要冷静下来是困难的。但是，残酷的战争锻炼了我们，要求我们越在这样的时候越要冷静，特别是作为一个指挥员，必须做到这一点。牵一发而动全身，错一步而输全局啊！当时，我们部队是打出来了，而被冲散了的地方党、政领导同志和机关的大批工作人员怎么样了？他们的战斗力不能和主力部队相比，他们如今在哪里呢？还有成千上万真心实意拥护我们的沙区人民群众呢？他们大部分人手无寸铁，而且多系老人、儿童和妇女。他们的处境是可以想见的。我们要打回去不是不可以，也不是没有取胜的可能，但要付出极大的代价那是肯定的。二百多位同志，难道仅仅是为了掩护我们主力部队而献出自己宝贵的生命的吗？不，他们是为了保卫党、保卫人民民主政府，保卫人民群众，保卫来之不易的抗日民主根据地。我们倘若只是为了他们而打回去，他们在九泉之下也是不会同意的。

"老孙，"我拍着孙仁道同志的肩膀说，"回去告诉大家，要很好地向六连和七连学习，化悲痛为力量……"我要说的话很多。可只说了这么两句就止住了。但是我相信他能理解我的全部心思和感情。他一句话也没有说，郑重地向我敬了个礼，便走了……

孙仁道同志走后，崔田民同志过来对我说，"整个部队的情绪波动很大，我下去看看。""不，"我说，"你暂时不要走，咱们商量商量下一步吧。哎，卢绍武同志呢？"

我的话音刚落，卢绍武同志和几位团的干部一起进来了。看来他们不知在什么地方研究过了，一进门便一致提出了一个问题：怎样把日寇赶出沙区，保住根据地。

这是个实质性的问题，但是他们的具体办法却不一致。

"攻他的一路！"有的说。

"打他的侧后！"有的这样主张。

"多面出击，把敌人搞个顾此失彼，尔后打它的回头！"有的这样提议。

我一边听着大家的意见，一边思考。

这次日寇"扫荡"的目的，是找我主力决战，企图予以歼灭。我们若打其一路，必然引得多路齐来，正中敌人的下怀。更重要的是敌我力量悬殊太大。我们身边只有四团、九团、独立团、民一旅和南下支队。而且突围中失散人员过多，实力都不足。在上万的敌人中，日军又占有相当大的比重。以硬对硬历来不是我们的战法，因此这条路是走不通的。另外几种办法虽各有所长，但弱点也是明显的。这一切都说明，目前在部分领导干部头脑中起主要作用的，仍然是那种无可指责的激动和急于报仇的情绪。骄兵必败，躁兵也是很难取胜的，特别在敌强我弱的形势下。想到这里，我说："敌人这次'扫荡'，可以说是倾巢出动。这样一来，他的后方必然空虚。因此我提议，暂时绕开他们的主力，直捣他们的老窝。敌人的老窝不止一个，我们要一个一个敲打，目的是逼着他们分散兵力，以便我们争取在运动中杀伤他们。在中央苏区打过仗的同志还记得敌人军官的一句话吗？他们说：中央军是肥的被共军拖瘦，瘦的被共军拖垮，才被打败的。我们这次还用这个老办法，拖一拖日本鬼子，你们看怎么样？"

崔田民同志第一个支持我的提议，并且进一步分析了敌我态势和这种打法可能取胜的根据，各团来的干部也都表示赞同。于是这个"掏老窝"的方案便定了下来。

我们选定的第一个攻击点是豫北边上，靠近鲁西南的清丰县。因为清丰离敌人"合围"我们的地区较远，而且守备力量不足。我们拿去一部分主力攻城，其余部队打据点，端炮楼，炸碉堡，夺物资，就是不让他们安宁。

实践证明我们的决定是对的。我主力部队在沙区游击队和民兵的配合下，到处袭击敌人，搞乱了他们的部署，打破了他们的"合围"，消灭了他们七百余人，缩短了敌人原定的"扫荡"时间。

这次反"扫荡"打了九天。血与火的九天过去，我们再回到沙区中心地带的时候，除了人民的心，几乎一切都变了，变得我们都不敢认了。

反动的大资产阶级不是也讲"人道"吗？日本侵略者说他们来中国实行"大东亚共荣"，是"拯救"中国人民出苦难，也是实行"人道"的。请看看这些法西斯匪徒在沙区"扫荡"中所实行的"人道"吧：

法西斯匪徒们把无辜的群众（包括老人、儿童）赶到一处，让人们自己挖掘土坑再跳下去，跳满了，挤得身都转不了，他们就往上面泼开水，浇汽油，点上火，用机枪扫射。他们称这是"不封顶的活埋"！

法西斯匪徒们把无辜的群众（包括老人、儿童）硬推进深深的水井里，直至人体到达井口，再压上沉重的石磙子、碾盘，将井口封死。他们称这是"凉水煮人"！

法西斯匪徒们对我们妇女同胞（包括老妇和幼女）所犯下的罪行，是代表人类文明的文字所无法记述的，凶残的野兽看到他们的暴行也会大为震惊的！

我们作过一个并不完整的统计，日寇在沙区中心地带的三天中——他们仅停留了三天，七十二个小时：

烧毁村庄一百三十九个，其中全部变为一片焦土的八十个！

杀我同胞三千四百人，其中有五十三户人家连一个人也没有幸免。

至于群众赖以生产和生活的农具、车辆、牲口、粮食，荡然无存。

他们实行的是"杀光、烧光、抢光"的三光政策。

这就是日本侵略者的"大东亚共荣"！

这就是日本法西斯的"人道"！

如果我们对日本军国主义者这些禽兽不如、令人发指的暴行没有仇，没有恨，没有怒，没有愤，我们还算得上是中国人吗！

指战员在悲痛中大礼安葬自己的同胞。把自己仅有的粮、物，甚至身上的衣服脱下来，送给还活着的人民群众。

复仇的烈火在泪水中燃起，求战的欲望被烈火燃烧得再也按捺不住了。

这时，冀鲁豫区党委书记张玺，行政公署主任晁哲甫等同志带领区党政机关的同志们来了。这几位同志很早就在这一带搞地下斗争，领导过著名的饥民"吃大户"运动，可以说都是开辟和创建冀鲁豫根据地的老同志了。在一直为他们担心的时候看到了他们，本来是件值得高兴的事，但我和崔田民、卢绍武等同志同他们见了面，一时竟没有说出什么话来。

大家沉默了好长一段时间……

张玺同志为了打破这难耐的寂静，从破旧的挎包里掏出几个红辣椒递给我，说："你是湖南人，这个给你！"

晁哲甫同志在河北大名第七师范学校当过教务主任，是一九二七年入党的老同志。他说："这次'扫荡'，可以说把我们的家底大部分都折腾光了。现在群众要吃、要穿、要住，一句话，要生存下去！救民如救火。我们和各县都讲了，首先要自己想办法克服困难。另外我想，一九三三年黄河决口的时候，我们曾发动群众'吃大户'的办法，度过了'生死关'，这一次的灾难不比那次小，那个办法可不可以再用？"

张玺同志沉思了一下，望着我们军区的几个领导同志，问："你们几位的意见呢？"

我觉得，张玺同志的询问说明，他在考虑党的抗日民族统一战线问题。

崔田民同志大概也是这样想的。他慢条斯理地说："我觉得'吃大户'作为一个口号，目前可以不提。但是提出有钱的出钱，有力的出力，救济难民就是抗日爱国，是应该的。我们可以向一些开明的地方士绅进行募捐……"

"但主要的要靠打汉奸和亲日派，强迫他们拿出粮食和钞票来。"我接着崔田民同志的话说。

大家同意了这个办法。

经过党、政、军、群各方面的共同努力，在不长的时间里，我们终于筹集了晋冀鲁豫抗日民主政府发行的"边币"九万二千余元，粮食八万余斤，衣服千余件，以及柴草和大量的锅、碗、瓢、盆、农具、家具等，全部救济了难民。军区还派出了一支支小分队，帮助群众修房建屋，重建家园。这样，遭受劫难的沙区人民才度过了"生死关"，逐渐安定下来，使我们重新在这一带立住了脚跟。

我们在当时曾总结了敌人这次"大扫荡"的八个特点。即：一，大分进合击与小分进结合；二，集中合力"扫荡"一点（沙区）；三，夜行晓袭，寻我主力决战；四，反复派人或用火力进行严密的搜索，夜晚用探照灯照射，企图使我无处存身；五，在次要方向大造"扫荡"舆论，以便在主要方向采取秘密的突然的行动；六，伪装我军，制造混乱；七，先占领我边沿村落，后以主力合围，层层包围，向内收缩，造成我难以突围的局面；八，实行灭绝人性的"三光政策"。

这些特点显然与一九四〇年六月大"扫荡"的战略战术有很大变化和不同了。

我们也总结了自己的经验与教训，检讨了自己的缺点甚至错误。我们的主要经验是：一，根据敌侵华兵力不足，"扫荡"队伍多由各地拼凑而成的特点，抓准时机打其"老窝"。但发现其主力集中后应迅速转移；二，要学会在两路（或多路）敌人之间隐蔽自己的本领和抓住战机侧袭他们的办法；三，组织地方武装和人民牵制敌人，配合我主力行动；四，后方人员应分散，高级机关应经常流动；五，尖兵连应有两个向导，尖兵带一，连长带一，以免走错路，迷失方向；六，骑兵夜间不可走沟内，以免遭遇时难以机动；七，要有带夜光的指北针；八，我全体指战员英勇顽强。我们主要的教训、缺点甚至错误是：一，侦察网不好，在敌人内部（主要是指挥机关）没有可靠的秘密工作人员，以至这次大"扫荡"前我们没有掌握准确的情报，准备不足，有些地方和部队甚至毫无准备；二，部队极少数人中不仅有严重的右倾情绪，甚至发生过埋枪逃亡现象。

这些经验教训是我们稳住脚跟，部队展开整训时全区同志共同总结出来的。

这期间，德国法西斯头子希特勒向苏联不宣而战，斯大林同志领导下的伟大的苏联卫国战争打响了。

在中国，日寇抽调了七个师团的主力回师华北，开始了更为残酷的"治安强化运动"。在冀鲁豫周围的平汉、津浦、陇海三条铁路线上，日军集中了六个师、旅团，根据地内日、伪军的总兵力达七万余人。根据地越来越小，回旋余地越来越窄。群众形容说："一枪可以穿透根据地。"当时，与我们紧邻的鲁西军区，也基本上处于同样严重的形势。据不完全统计，这两区的日、伪、顽据点，就多达六百余个。根据这种形势，为集中兵力使部队在更大范围里坚持平原游击战争，我们和鲁西军区的领导同志商讨了两区合并的问题。经十八集团军总部批准，七月七日实现了两区合并，成立了新的冀鲁豫军区。野战部队仍为第二纵队（辖三个旅），其余部队均放到七个军分区。全区兵力共有二万七千三百余人。与此同时，经中共北方局批准，两区的党、政领导机关合并，成立了新的冀鲁豫区党委和行政公署。

新的冀鲁豫军区，由我任司令员，原鲁西军区政治委员苏振华同志任政治委员，卢绍武同志任参谋长（不久卢绍武同志因病调离，参谋长由八路军总部巡视团留在冀鲁豫的阎揆要同志担任），崔田民同志改任政治部主任。原鲁西军区司令员杨勇同志，当时正去延安学习，但仍担任军区副司令员的职务。直到一九四四年一月我去延安，他才回到冀鲁豫军区接替我任司令员。

杨勇同志早先是红三军团中一位优秀的团政治委员。在中央根据地我就听说过他的名字。在艰苦卓绝的长征路上，我们行军、作战在同一个战场上，但没有见过面。直到一九三六年毛主席率领红军东征胜利回师，在陕北召开的一次团以上干部会上，我才第一次同他相见。那次会议期间，大家兴高采烈地在一起会餐，杨勇同志坐的桌子离我不远，我们以茶当酒，互相祝贺胜利。因为他听说我年龄比他大两岁，就脱口叫了我一声："老杨哥。"以后每次见面他总要用这种亲密无间的称呼来表达对战友的情谊。抗日战争时期，我们一同参加平型关战役，又先后从晋东南转战到冀鲁豫平原。虽说分在两个军区，但在共同抵御日寇侵略和打击伪、顽的战斗中，我们都不忘紧密配合，互相支援。原想，这次两区合并，我俩可以在一起朝夕相处了，不料，我来他去，连面也没有见着……

有一次，苏振华政委问我："你怎么不把杨勇同志留下住几天？"

我说："杨勇这个同志我了解，只要命令一下，他饭不吃觉不睡也要立即执行。我留得住他吗！"

是呀，杨勇同志就是这样一位对自己非常严格，对同志非常宽厚，党性原则性特别强的好同志。所以他在全军享有很高的威信，受到广大指战员和人民

1942年7月，二纵队、冀鲁豫军区部分领导合影。左起：苏振华、杨得志、唐亮、崔田民、阎揆要、卢绍武。

群众的尊敬和热爱。

新的军区成立不久，我和苏振华政委主持，在山东观城东南的红庙村，召开了第一次全区性的高级干部会议。这里离黄河故道不远，周围树木成荫，土岗环绕，十分隐蔽。时值夏日，天气很热，但从黄河那边吹来的微风，带着丝丝清凉，令人有说不出的舒畅。这天，除军区司、政、后领导同志早早到达外，各旅和军分区的领导干部也都来得很早，会场内外，充满了欢声笑语。

参加这次会议的主要领导人员有：教导第三旅代旅长王秉璋和政委曾思玉；

教导第七旅代旅长余克勤和政委赵基梅；南进支队司令员赵承金和政委谭冠三。还有一分区司令员刘贤权和政委李冠元；二分区司令员周桂生和政委刘星；三分区司令员刘权和政委王乐亭；四分区司令员刘志远和政委石新安；五分区司令员朱程和政委王凤梧；六分区司令员李静宜和政委裴志耕；七分区司令员张耀汉和政委张应魁等。

他们当中，有来自江西、湖南、鄂豫皖等根据地的老红军；有的是当地"揭竿而起"，发动、领导和参加各种农民暴动的老同志；也有抗战开始投笔从戎的知识分子。大家过去虽不尽相识，但经过几年的共同战斗，已结成了血肉相连不可分割的整体了。

会议期间，大家交流了对敌斗争和根据地建设以及政治工作等各方面的经验，检查了以往工作中的缺点和错误，总结了教训。会议开得很团结，很顺利，也很圆满。

这期间，由于德国法西斯在欧洲战场特别是对社会主义苏联的进攻取得了暂时的"优势"，日寇的气焰特别嚣张。但偌大一个中国并不是小小的日本军国主义者一口能够吞下去的。战线拉得过长，兵力越显不足的弱点，逼迫他们不得不采取"滥竽充数"的做法，以大批伪、顽军作"反共谋略部队"，企图以此把我军限制在狭窄地区。根据敌人的这个特点，我们会议确定了摆脱伪、顽军的钳制，将主力部队推到外线，反"清剿"、反"蚕食"、反"扫荡"，力争主动的军事斗争方针，决定以濮县、范县、观城、清丰、南乐等地为根据地中心区，立即分兵向东南和西南推进。十月上旬，我带着教三旅、教七旅和教四旅（从冀南军区调往山东军区，受阻后留在我区）共五个团的兵力，由观城出发，经范县、鄄城，到达山东省巨野县地区，同顽军孙良诚打了一仗。

孙良诚原归国民党三十九集团军冀察战区总司令石友三指挥，当时是冀察战区游击总指挥兼国民党鲁西行署主任。一九三九年十二月国民党掀起第一次反共高潮后，因遭冀中军区和冀南军区部队痛击，随石友三由河北沧州、石家庄以南逃窜到清丰与濮阳一带。一九四〇年春又遭我军区部队打击以后跑到山东定陶以东成武以西地区，猖狂"蚕食"我根据地。他有三支主力部队，共约八千多人。其中最大的一支，是第十五纵队段海州部。因为此时他还打着"游击日军"的旗号，没有公开投敌，我们为争取他，先派代表去同他谈判，晓以国家民族大义，促其放弃反共政策，退出我根据地联合起来共同对付日寇。但这个家伙却说什么："要退，各退一半！"我们的代表便正告段海州：根据地是我们打出来的，你们不去打日本，却来这里抢掠人民财产，安的是什么心？你们要求"各退一半"是毫无道理的，也是我们断然不能接受的。谈判由此破裂了。孙良诚投降派的真面目也就彻底暴露了。然而，我们却取得了政治上的主动权。

当时，段海州按孙良诚的命令，正进到巨野与定陶两县之间的柳林集、楚楼、黄庄、曹楼等地，处在我三个旅的中间地带。时值秋季，这一年虽干旱严重，青纱帐不大茂密，但对我们还是有利的。他们既然已经占了我们的根据地，而且继续推进，那我们就不能再忍让了。于是决定打这一仗。经过三面夹击，五次激战，终于将段海州部大部歼灭，连他们的政治主任也被教三旅的十九团活捉了。随后，我们又以教三旅奔袭四十多里外的金乡城北的羊山镇，捣毁伪自卫团总部。这一仗打了二十多天，总共歼敌一千余人，俘获敌人六百余名，缴获武器四百五十多件，迫使孙良诚向成武县以西退去。战役结束后，我们把巨南（新设）、成武、金乡、嘉祥、郓巨（新设）五县划为第八军分区，留下教七旅一部分主力，派赵基梅同志兼任军分区司令员和政委，使这块根据地得到了恢复和巩固，与以曹县为中心的第七军分区连成了一片。

我们从巨野北返南乐时，按农村时令，已是"三秋"大忙季节，可是由于异常干旱，庄稼见长不见收，玉米、高粱秆子长得还可以，穗子上却没有几颗粒。收不到粮食，秋耕秋种又难，这不仅直接影响到人民的生活，而且对部队影响也很大。人民有我们有，人民富我们富，我们是离不开人民群众的啊！

我从鄄城过黄河去南乐，摆渡的老船工对我说："天这个旱法，过几天难保我这船在黄河里也撑不起来了。日子可怎么过啊！"

一到南乐，我就接到了五、六分区部队严重缺粮的报告。崔田民主任拿着报告对我说："现在不只是这两个分区缺粮，其他分区包括主力部队也开始闹粮荒了。在目前，我看这比日伪顽对我们的威胁还要大哩！"

苏振华政委说："现在各部队钱有的是，可眼下群众自己还填不饱肚子，让大家到哪里去买粮食呢？供给部的同志曾提出到敌占区去买，但我想问题也不那么简单，因为敌人对我们封锁很紧，要去买，就得有武装保护，难免要打仗。仗可以打胜，粮食问题的解决却没有多少保证。"

这确实是一个严重的问题。

我建议请地方党、政领导同志一起来研究这个迫在眉睫的问题。

当时担任冀鲁豫行政公署副主任的段君毅同志，原是鲁西行署主任，对这一带群众情况很熟悉。他的老家就在濮县白衣阁，从延安回来，一直活动在山东、河北、河南三省交界地区，当过县委书记、地委书记，是位很有地方工作经验的同志。

我们把部队严重缺粮的情况提出来，和他共同研究解决的办法。

段君毅同志当然也很困难，但他还是相当乐观而又实在地说："沙区今年旱灾最严重，几乎颗粒无收。咱们虽然管不着老天爷，但可以动员群众。我们已经要求其他县支援沙区，五、六军分区的缺粮问题，我们一定设法解决。"停了一会儿，他又说："自古讲兵马未动，粮草先行，部队饿着肚子打仗总不是个事，我再和各县同志商量商量，尽量为部队多筹集些粮食，不然不但今冬的日子不好过，我这个行署副主任也得'辞职'了。"

段君毅同志的话给了我们信心和力量：只要有地方党、政府和人民群众的支持，部队遇到再大的困难也能挺过去。但我担心的是，部队筹粮过多，会增加人民的负担，尤其是灾荒年景，人民的生活已经够痛苦的了。想到这里，我对他说："粮食我是得找你这'父母官'要，但筹粮不宜太多，不能过重的增加群众负担。不然，我这个当司令员的也于心不安呐！"

段君毅同志说："军队是群众的命根子，这个道理，老百姓心里是透亮的。当然，咱们丑话说在前头，就是我们尽上十二分的力量，也很难完全满足部队的需要。所以说，我们只能给部队一点小小的支援！"

段君毅同志就是这样一位非常淳朴而又十分实在的人。

段君毅同志走后不几天，行署通知在尚和县搞到一批粮食，要我们速派部队去沙区押送。我立刻命令民一旅旅长兼五分区司令员朱程同志带队前去。不料，运粮部队路过清丰县的宋村时，五十余车粮食，全被被盘踞在那一带的顽军高树勋的部队截走了。经过几个小时交涉，据点里的顽军不但不交出粮食，反而嬉皮笑脸地无理纠缠，说什么"粮食嘛，你吃我吃都一样。你们八路军不是讲联合吗？这粮食我们先'联合'了吧！"

接到这个消息，我的火真压不住了。这是地方党政机关不知花了多大力量组织人民群众勒紧裤带、一粒一粒省下来支援子弟兵的，这帮顽军竟敢截留，真是欺人太甚。

我告诉朱程同志："你给我把宋村包围起来，限时要他们把粮食交出来。过时不交，就武力解决。"

朱程带部队把宋村团团围住后，这帮家伙才把粮食交了出来，但不是全部。他们还扣了十几大车。

朱程又连夜赶到军区司令部，眼睛不知是熬的还是气的，红红的。他激动地说："司令员，这样不行，还是得打。你不下命令我自己去打，打完了回来你处分我。"他那双眼睛好像在喷火。

高树勋的部队拦截我们的粮食，威胁我根据地中心区和基本区的安全，我们打他们一下，教训教训他们不是不可以。但这样比较大的行动，特别是对于高树勋这样一个具体对象，我觉得还是应该同其他领导同志商量一下。"这样吧，"我对朱程说，"你先回去掌握部队，下一步的行动，我们研究后再通知你。不过，你要记住一条：没有命令绝对不许开枪！"

高树勋原来是国民党新八军的军长。一九四〇年年底，他和孙良诚密谋，杀了石友三及其胞弟石友信（该部教导师师长），夺取了国民党三十九集团军总司令的职位。在当地叫作"石高事件"。这个事件从本质上看，当然是他们内部的斗争，但他杀死了反共摩擦最厉害的石友三，对冀鲁豫地区抗日斗争的发展是有利的。经过我们的工作，高树勋为抗日做过一些有益的事情，但后来在日寇和国民党政府的双重压力下，逐渐转向亲日反共。即使这样，我们考虑到他不是国民党的嫡系，并和我们有过合作抗日的历史，所以一直对他采取又联合又斗争的政策。在这次"粮食事件"中，我们也是"先礼后兵"。谁知，他却乘机进犯我根据地中心区，以两个团进占了清丰东南的东北庄，于是我们只好决定实施反击了。

十一月十三日夜，月色蒙蒙，寒风阵阵，我带着南下支队和教三旅的七团，从南乐县东的陈村出发，赶到清丰县的东北庄。东北庄只有百把户人家，不大，我们的目的是引诱高树勋住在此地周围的部队来增援，以便消灭他的主力，打狠他，打疼他，以至迫使他退出东北庄地区，走抗日的正路。部队是佯攻，直打到第三天拂晓，高树勋才调集了四个主力团赶来增援。他们从侧后迂回到东北庄东南地区，三面夹击了教三旅七团三营。这个营在一片开阔地上，硬是顶住了顽军多次集群式冲锋。敌人密集的炮弹、机枪和步枪子弹，几乎把那片开阔地翻了个儿。突出在全营最前面的九连指战员，在数十倍敌人的轮番攻击下，终因寡不敌众，全部壮烈牺牲。我得到这一情况心疼极了。我要部队立即向敌侧后迂回，形成包围圈，在犬牙交错的激烈战斗中，毙敌六百余人，俘敌二百余人，给了高树勋一个沉重打击。后来获悉，高树勋在听到他的主力被我们消灭这么多时，抹着眼泪说不出话。

这一仗，我们在高树勋手里伤亡了二百五十余名同志。这之后不久，当日寇以武力威逼高树勋，使其损失五千人时，我们仍以民族利益为重，不念旧恶，派了两个旅掩护他们撤退，从濮阳、濮县转移到范县根据地内休整，然后又经过湖西地区，把他的残部送过陇海铁路，并将其失散人员和枪支收集起来，送还于他，才使他免于被日寇全歼。临别时，高树勋曾让人捎话给我：八路军对我仁至义尽，从今往后，我决不和八路军打仗，请杨司令员相信我。解放战争初期在邯郸战役中，经过刘帅和邓小平同志的耐心说服和教育，高树勋终于率部起义，脱离了反共反人民的国民党。

一九四一年十二月七日，日军偷袭了美国太平洋基地珍珠港。次日，美英等国对日宣战，爆发了太平洋战争。

为了适应新的国际国内形势，我们根据上级指示，从主力部队中抽出部分干部，组成了十五个游击支队，深入到敌后纵深，发动群众，展开更广泛的抗日游击战争。但由于敌人频繁地"扫荡"，疯狂地经济掠夺，和异常严重的旱灾，一九四二年刚过，饥饿和瘟疫以难以想象的速度在冀鲁豫平原蔓延开了。

饥饿和瘟疫造成的破坏，在某种程度上并不亚于敌人的进攻。因为敌人进攻我们可以还击，可以取胜；而严重的饥饿和瘟疫在当时的条件下简直是不可抗拒的。

群众开始了毫无目的的逃荒。去山西，闯关外，从这村逃到那庄，由这城奔往那县，挣扎在饥饿和瘟疫的死亡线上。山东范县是一个小城，我到那里的时候，竟挤不出逃荒要饭的人群。一些在根据地从未出现的、令人不忍目睹的事情发生了：

一位壮年汉子肩挑一对箩筐，一头一个瘦得皮包骨头的孩子，污面乱发，分不清是男是女。那汉子有气无力地喊着："谁要孩子，按斤换粮，一斤换一斤！"他的妻子扑在孩子身上，疯叫着："不！不！俺不！……"一个年过五十的老妇，领个头插草标、面黄肌瘦、衣不遮体的姑娘，喃喃地哀求行人："哪位先生行行好，把俺这闺女领去吧，她才十八岁，您老给她碗剩汤就行，领去吧，救她一命吧。我老婆子不要钱，也不要粮……"姑娘在老妇凄惨的乞求声中，扑簌簌地流着泪……妇女的疯叫，姑娘的泪水，老妇的乞求，孩子的无言，这一切似乎霎时都变成了刺入我们心上的钢刀……指战员们把能拿出来的东西都拿出来了。有的同志把孩子抱在怀里，给他两块干粮，又无可奈何、恋恋不舍地放下了他……我们应该把自己的一切奉献给这些受苦难的人。但当时全区受灾的村庄达一千六百多个，有八十万人断了粮菜，其中有八百多个村庄已空无一人。春寒未过，连树皮树叶也是干枯的啊！即使把部队所有的一切都献出来，也解决不了问题，更何况我们的物力、财力已经少得极为可怜了呢？

军区供给部长傅家选同志从八路军总部后勤开会回来，对我说："现在华北各地旱情都非常严重，总部指示各区部队要和党、政、民一起自己救自己，上面拿不出更多的钱和粮食来。如今我们的钱袋和米袋也空了。既要救自己，又要救群众，这怎么办呢？"这个红军时期的老同志，老后勤，一向被战士们称为"主意多，办法多的好管家"，也愁得连觉都睡不着了。

办法还是有的。这就是我们根据中央和毛主席有关指示精神提出的：依靠群众，咬紧牙关；克服困难，多打胜仗；开展生产，军民自救。

从春到夏，从夏到秋，冀鲁豫平原没有下过一场透雨。田地开裂，小河干枯，连黄河、卫河、微山湖、东平湖的水位也急剧下降。有一段时间黄河的水很浅，我们骑着马也可以过。夏、秋两季，又大面积减产，地方政府征粮更为困难。据估计，下半年全区党、政、军、民要缺少五个月的粮食。这期间，指战员们每天只能吃些南瓜和少量的杂合面，有时甚至连南瓜汤也喝不上。在这种情况下，要同总兵力已增至十二万余人的敌人进行殊死的搏斗，其艰难困苦是可以想见的。然而，冀鲁豫军区部队并没有动摇自己的战斗意志和抗日必胜的信念。指战员们纷纷表示：朱总、彭总号召八路军与华北人民共存亡，我们也要与冀鲁豫人民共存亡！有的同志豪迈地说："有我们在，就有祖国山河在，我们与这块国土同在！"

的确，环境和条件虽然异常艰难，但部队的对敌斗争和各项工作一刻也没有停止。秋天，我们收复了梁山，恢复了东明、长垣、兰考地区，新建了南华、滨河两县，与此同时，还轮训了各地抗日武装，扩大了民兵联防，并配合地方党和政府，在人民群众中开展了合理负担、减租减息运动，使根据地的巩固和发展更加扎实。

这期间，最令人难以忘怀的，是刘少奇同志来到冀鲁豫军区。少奇同志是从苏北经山东到延安去，路过我们这里的。

这是九月上旬。日寇第十二军团长喜多诚一正在频繁调动平汉和陇海铁路沿线的部队，准备对我濮（县）、范（县）、观（城）中心区发动"扫荡"。得知少奇同志要来的消息，我们既高兴又担心。高兴的是，能在这种艰难困苦的年月里见到中央领导同志，直接听取指示；担心的是少奇同志的安全。经军区党委研究，给部队下了死命令：要用生命保证少奇同志的安全。

一天下午，我们刚将反"扫荡"的任务布置下去，少奇同志就在我们的部队护送下，安全地来到了军区机关驻地红庙。掩映在绿树丛中的这个小村，十分隐蔽。化了装的少奇同志，头戴黑色礼帽，身穿灰布长衫，显得刚健朴素，神采奕奕。我们在场的，除了军区几个领导同志外，还有边区党委和行署的领导同志。当我向少奇同志——作了介绍后，他非常高兴，瘦削的脸庞上带着亲切的微笑，热烈地握着每个同志的手，不住口地向大家问好，表示慰问。

看到中央的代表少奇同志，同志们虽有满肚子的话要说，可又恨不得立即听取他的指示。然而考虑到他在充满风险的路上长途跋涉，已经很疲劳了，都劝他早些休息。但少奇同志不肯，他笑着对大家说：

"你们在这里坚持斗争好几年都不累，我走了几十里地，还是在你们的'重兵保护'之下，累什么？不累，不累，能见到同志们不容易，我们还是先谈谈吧。"

少奇同志一坐下来，就认真地听我们的汇报，不停地在笔记本上记着，偶尔插几句话，也多半是进一步询问或提一些与我们商量的意见。我们汇报完了，请他作指示，他说："我过去没有来过冀鲁豫，对这里的情况了解得很少。听了大家的讲话，我了解了一些情况，可要我作指示，现在还不行，我还说不出什么对你们有用的意见。这样吧，晚上我们再谈谈，然后我再讲点意见好吗？"

少奇同志没有马上讲话，但他那平易近人，谦虚谨慎和深入细致的作风给我们留下了极深的印象。

吃饭后，少奇同志又把军区的几个主要领导找在一起，听我们继续汇报几年来创建冀鲁豫根据地的情况。他对根据地建设中遇到的问题和困难，问得非常详细。

夜已经很深了，他还没有睡意，我们几次催他休息，他都说：

"你们多讲一些。把情况讲透，把你们对中央的意见和要求提完。离天亮还早，不要着急嘛！"

在我的记忆里少奇同志是吸烟的，但那一天他一支也没有吸。我问："少奇同志，你戒烟了吗？"

少奇同志摇摇头，笑了："不是戒了，是没有了。"

那时我们军区的几个领导同志都不吸烟，也没有拿烟招待人的习惯，听说少奇同志断了烟，我们赶紧派警卫员去找来了半包烟给他。

少奇同志吸着烟，精神似乎更足了。他又听我们讲了一会儿，才针对我们的情况，就根据地的发展、巩固；地方政权的健全、建设；统一战线工作；反"扫荡"斗争等，作了详细的指示，提出了很好的而且是切实可行的意见，同时还给我们讲了国际上以及全国范围内的形势。

少奇同志这次路过我们这里，除了听取我们的汇报之外，还找区党委、行署的负责同志，一些机关和部队的一般干部，和党外爱国人士谈了话。

少奇同志的到来，对整个冀鲁豫地区各方面的工作是一个很大的促进和鼓舞。

眼看敌人的大"扫荡"将要开始了，我们心里很着急，劝少奇同志早些离开冀鲁豫。他却笑着说："有你们在，还怕敌人把我'吃'了？我还想多待些日子，同你们一起反'扫荡'哩！"

少奇同志的心情，我们是理解的。但考虑到敌人这次"扫荡"的规模不会小，战斗势必十分激烈，我们还是再三劝他离开。

少奇同志终于同意了。于是我们派部队护送少奇同志从安阳地区通过日寇沿平汉铁路设置的封锁线，安全到达太行山根据地。

## 五、曙光在前

毛泽东同志在《祝十月革命二十五周年》一文中曾说："我们的抗日战争已经进行五年多了，我们的前途虽然还有艰苦，但是胜利的曙光已经看得见了。战胜日本法西斯不但是确定的，而且是不远的了。"[1] 今天的青年同志很难想象，在抗日战争还处于严重困难的一九四二年，这些话给了坚持敌后斗争的我们多

[1]《毛泽东选集》第三卷 845 页。

么大的振奋、激励和力量。

人们知道，曙光到来的黎明前夜虽然短暂，但却是最黑暗的。而战争的胜利又不像自然界的曙光会自己出现，它要靠我们的流血牺牲去取得。从这个意义上，可以说，战争胜利的曙光和黎明，是先烈们的鲜血染红的。

送走少奇同志之后，我们经过两个多月的奋战，先后粉碎了日寇对濮、范、观中心区和湖西地区"铁壁合围"式的两次大"扫荡"。然而，我们却有两千多位同志为胜利倒下去了。代价是何等高昂啊！像八分区政治部主任魏金山、六分区十团团长肖明等同志，都是同敌人拼搏到最后一刻壮烈牺牲的。一九四三年初，又传来了水东军分区政治委员唐克威同志英勇献身的消息。

唐克威是冀鲁豫地区土生土长的共产党员。还在一九三九年，驻濮阳的国民党直南专员丁树本搞反共高潮的时候，他就担任我们驻丁部的办事处主任。他和丁树本进行有理、有利、有节的斗争，取得了很大的成绩。一九四〇年，反共越来越激烈的丁树本遭我们歼灭性的打击逃跑后，中央决定我们向豫东挺进，恢复和发展新四军四师曾建立的水东根据地。唐克威到水东地区后很快就打开了局面，一九四一年一月，水东地区正式划归为冀鲁豫边区，区党委、军区决定唐克威同志任地委书记兼独立团政治委员。我们找他来开会，研究继续发展问题。会刚开了一半，得到敌人要大"扫荡"的情报，他又急急地赶了回去。谁知这一去再也见不到这位坚定、无畏又十分乐观的好同志了。后来军区参谋长阎揆要告诉我们，唐克威是在一千多日寇将水东军分区机关和部队包围后，带着独立团，主动出击的。为掩护机关突围，他率领队伍硬是和敌人打了几天几夜。敌人用飞机、大炮狂轰滥炸，把他的手和腿都炸伤了。他躺在地上仍然坚持指挥战斗，直到机关的同志和大部分部队冲出包围圈，才倒在血泊中……参谋长说到这里，在场的同志都沉默了。那天风雪交加，满天的飞雪像是把人们的心搅碎了似的，我一闭上眼睛，唐克威的形象就出现在我的面前。

到了春天，无情的灾荒仍然严重地威胁着人民群众的生存。当时刚任冀鲁豫区党委书记兼军区政治委员的黄敬同志，为救灾工作花费了很大的心血。有天晚上，他把一些灾情报告递给我，推了推深度近视眼镜，心情沉重地说："这样严重的灾荒，不但直接关系到人民群众的生活，也会影响部队的情绪和作战，我们得赶紧想办法啊！"

我知道黄敬在晋察冀和冀中待的时间很长，而那里和冀鲁豫同是平原，特点和条件相似，便要他谈谈那里的经验。我说："反正是靠山吃山，靠水吃水嘛！"

"对啊，我们在冀中就是这个办法。"黄敬详细地讲起冀中的党组织和军队如何领导人民群众办救灾合作社的事。说："办法很多，比如纺纱织布，烧砖烧瓦，搞各种运输等等，总之，因地制宜，着眼生产，群众自己救自己。"

听完黄敬的介绍，我很高兴。我说："办合作社，这个办法好！灾民有了组织，就不会外逃，社会秩序可以稳定下来了。"于是，我们又讨论了组织合作社的具体办法。

经过广泛宣传、发动和组织工作，灾民合作社如雨后春笋，在冀鲁豫根据地内普遍办起来了。有纺织的，运输的，打井的，熬硝晒盐的，形式多种多样，并结合开展减租减息，反贪污，反汉奸，反黑地，借粮，赎地，改选村政权，实行合理负担，来巩固灾民合作社。这样，在很短的时间里就发展到二十余县，仅山东省的运（河）西几县参加的群众即达十万余人。人民群众齐声称赞："这会，俺们再也不要逃荒要饭了，共产党、八路军把死路变成活路，俺们得救啦！"

老百姓确实得救了。有一天，我和黄敬到东平县走了一趟，县委领导同志高兴地向我们汇报：从合作社办起来后，群众生活有了着落，谁也不愿意离乡背井了。比如，一个灾民织一匹布，可赚三十元，按当时米价可买回三斤四两米，每天还可以得到贷粮二两；参加运粮的，一人每天所得的粮，除自己吃外，还可养活一个人；掘井的，一眼土井可得贷粮三十斤，一眼砖井更多，可得贷粮三百斤；晒硝盐的，每人每天可收入六十元，能买谷子五斤。贷粮从哪里来的呢？主要靠我们的县政府和合作社出面，向地主借，其次是靠反汉奸，靠以物换物从外地购买，靠从敌人手里夺取。比如二月份，他们就从地主那里借了上百石粮度春荒。

听罢汇报，黄敬对我说："形势有了好转，但是还不能太乐观，春耕季节快到了，牲口、种子还是个大问题。"

我说："劳力的问题不大——我们可以派出部队，抽出骡马帮助群众，至于种子嘛，要看你这位党委书记的了。"

春耕开始后，我们通过各行政专员公署及县区抗日民主政府向人民群众发放了种子和贷款，部队牵着骡马，协助当地老百姓耕地、送肥，麦收时又帮助搞运输。与此同时，还在党、政、军、民中开展每天"人省一两粮，马节二两料"的节约运动；在部队中号召学习"南泥湾精神"，贯彻毛主席提出的"自己动手，生产自给"的方针开荒种地。[1] 这时，尽管日、伪、顽对根据地的"蚕食"、"清乡"、"扫荡"依然不断，尽管各地战斗异常频繁、激烈、艰苦，但由于我们一手拿枪，一手拿锄，坚决贯彻党中央生产自救的方针政策，加上"老天"帮忙，连降几场透雨，干旱基本解除，到麦收过后，冀鲁豫的形势就开始好转了。征粮任务超过了原定计划。

那时，冀南军区在敌人的严重摧残和自然灾害的双重袭击下，正是最困难的时期。我们派部队把几万斤粮食秘密运送到冀南地区，司令员陈再道和政治委员宋任穷同志都高兴得不得了。他们让带队的同志捎话给我和黄敬等同志，表示"万分感谢"，说是"雪中送炭"。过后还专门给我们发了电报。说实在的，我当时觉得很惭愧。因为我知道，这么一点粮食对于冀南几十万受苦受难的人民来说毕竟是太少了……

毛泽东同志说过："战争不但是军事和政治的竞赛，还是经济的竞赛。"[2] 事实正是这样。上半年，由于我们在经济竞赛中打了胜仗，使几十万灾民稳定下来，结果根据地和抗日武装也大大发展了。我们不但从敌人手里夺回了一千一百多个村子，改造了村政权，而且发展了七十七个民兵联防区，约二十二万多人的人民武装，把原来掌握在反动阶级手里的武器大部转到了可靠的农民手里。更令人鼓舞的是，毛主席在延安发表了《整顿党的作风》和《反对党八股》的著名讲话，在全党发起以反对主观主义、宗派主义和党八股为主要内容的整风运动，这时在冀鲁豫党内也得到了进一步贯彻和开展。我们按照中央军委、总政治部《关于军队中整顿三风与检查工作的指示》，检查了军事工作中的教条主义和经验主义，总结了经验教训，并派出了大批党员干部到晋冀鲁豫省委和太行分局参加轮训，同时整顿了各地基层党支部。所以，军民情绪空前高涨起来了。

六月下旬，当我和黄敬等同志从各地检查完工作，回到濮县西北道沟村召开了军民联欢大会庆祝胜利时，人民群众为表达对共产党、八路军的感激之情，慰问演出了各种地方戏，足足热闹了好几天。

---

[1] 这个方针是毛主席一九三九年春天对陕甘宁边区提出的。

[2]《毛泽东选集》第三卷 973 页。

沸腾的道沟刚刚平静下来，却传来了一个令人震惊和愤慨的消息。蒋介石正在调动胡宗南（第八战区副司令）指挥的三个集团军（缺一个军），撤离黄河防线，进攻陕甘宁边区，掀起第三次反共高潮。

过不几天，黄敬拿着朱总向蒋介石发出的"抗议电"和毛主席为《解放日报》写的社论《质问国民党》（总部传来的油印件），告诉我：延安已经召开了紧急动员大会，准备对付蒋介石的进攻；各个抗日根据地都发表了声明和通电，支援陕甘宁边区；国民党统治区的爱国民主人士也在纷纷集会，声讨蒋介石制造内战的罪行。讲到这里，黄敬问我："全国都动起来了，我们怎么办？"

我接过他递来的电报和社论，看了一会，回答说："要问怎么办，我的意见是一个字：打！多打几个胜仗，用实际行动支援延安，保卫党中央！保卫毛主席！"

黄敬表示赞成我的想法，并派通信员把阎揆要参谋长和崔田民主任一起叫来，研究作战方案。

当时，对我们根据地蚕食最厉害的有两股敌人。一股是豫北杜淑伪军。该部原属国民党第一战区，两个月前投降日寇，改编为暂二十七军，隶属降将庞炳勋指挥，共有两个师（四十五师和四十六师）和两个独立旅，约一万人。从原来盘踞的平汉路汤阴至新乡一线已侵入我豫北卫（河）南根据地，企图向鲁西南伸展。另一股是顽军李仙洲部（国民党第二十八集团军，李为总指挥），奉蒋介石之命，于一九四二年十一月由皖北越过陇海铁路，侵占我湖西根据地边缘的丰（县）、砀（山）、单（县）、鱼（台）一带后，现正向曹（县）东南地区进犯。

这就是说，顽军在东，伪军在西，对我冀鲁豫根据地形成了两面夹击之势。

我们研究决定：首先打击盘踞在军区门口的伪军文大可部，再兵分两路粉碎李仙洲和杜淑的进攻。东歼李仙洲，由我和崔田民指挥；西歼杜淑，由苏振华和阎揆要指挥；黄敬留守军区机关，坐镇濮、范、观中心区。

文大可原是国民党三十九集团军石友三部的教导师副师长。一九四〇年"石高事件"发生后，他率领该师投敌，被编为伪军暂编三十一师，并任师长，奉日寇之命来到朝城。

朝城名城，实际上是个大镇，离范县只有几十公里。文大可部虽称一个师，实际上只有三千多人，并且分散在各个碉堡和据点，加上内部派系斗争，矛盾重重，战斗力不强。针对敌人的弱点，我们以二、三、四分区各一个团担任主攻，并以民兵大队配合，在七月九日夜开始向朝（城）南地区的敌人发起进攻。部队、民兵和当地人民群众对文大可恨之入骨，一听到枪响，即刻投入战斗。仅三天时间就拔掉了九十二个据点和碉堡，毙俘敌七百多人，缴获一批武器，收复了朝城周围大部地区。文大可带着残部，躲进离城较远的几个大据点里，再也不敢进犯我根据地中心区了。黄敬立即派地方工作同志，到收复的地区建立基层政权。

七月下旬，朝南战斗结束不久，我和崔田民按照预定的作战方案，组织了一个人数很少的"小前指"，率先从朝城地区出发，冒雨渡过黄河，进入鲁西南，很快集中了二、五、六三个军分区的六个主力团和游击队、民兵，在曹县东南地区发起了反击李仙洲顽军的战役。

时值盛夏，闷热异常。青纱帐里毒蛇、蚊虫逞凶。在这种恶劣的环境下，要对付李仙洲指挥的九十二军（军长侯镜如）四个师和两万多人的国民党地方部队，任务是很艰巨的。战前，我和崔田民在五分区驻地召集连以上干部作了动员。告诉大家，对李仙洲我们是先礼后兵。前一段我们对他做了不少工作，但他倚仗人多枪多，视我们的耐心工作为软弱可欺，与日寇沆瀣一气，蚕食我根据地，杀害我抗日干部和人民群众，气焰嚣张得很，这次必须给他以狠狠的打击！

我们首先向曹县以东李仙洲总部外围的村寨发动攻击。李仙洲大为震惊，急忙命令聂松溪（师长）的二十一师，曹班亭（副师长）的暂编三十师，常振山（旅长）的保安第七旅等向他收缩靠拢，以待丰（县）北地区的侯镜如率部救援。敌人此举，是我们意料之中的，也是求之不得的。因为我们打敌首脑机关的目的，就是要调动敌人，以便在运动中各个歼灭。我高兴地对崔田民说："敌人果然上钩了！"

翌日凌晨，东路部队在李仙洲总部驻地天宫庙的北面打响不久，西路部队经过长途迂回，也在天宫庙南面打响了，并很快形成四面围攻。夜幕降临后，东路部队派人来向我请示："常振山率部窜进小范楼村，想要逃跑，怎么办？"崔田民在旁边对我说："可不能让他跑了！消灭这股反共最积极的顽固派，对分化瓦解李仙洲的部队会有很大作用的。"我点了点头，立刻对来人大声说："命令九团，包围小范楼，消灭常振山！"

九团团长匡斌一接到命令，立即带领全团，以快速的动作赶到十几里路外的小范楼，向保安第七旅发动猛烈攻击。疲惫不堪的常振山，怎么也没有想到刚占这个村子，就遭到八路军的袭击，他声嘶力竭地命令部队抵抗。战斗持续到第五天深夜，在敌人极度疲劳时，何光宇同志突然命令全团所有司号员吹响冲锋号，一鼓作气攻进了村子。有些还在睡梦中的敌人，没等完全清醒过来，就乖乖地做了俘虏；有些顽抗的敌人，被我们的战士用手榴弹、刺刀送进了坟墓；惊慌失措的常振山带着一些警卫部队仓皇逃跑。李仙洲的一个旅，就这样被我们一个团吃掉了大部。

这时，李顽总部及其二十一师、三十师等部，正被我东、西两路部队包围在天宫庙南面的陈楼、陈庄两村里。部队攻了几天没有攻下来，都很着急。根据当时的情况，我们决定将村周围的水源和粮道切断、卡死，围而不攻。一连四五天，烈日炎炎，热气蒸腾，四五千顽军猬集一团，缺水断粮，只得杀马充饥，士气更加低落。在我军强大的政治攻势下，不少顽军士兵弃枪逃散，一些下级军官带着整营、整连的部队逃到我方阵地，缴械投诚。

李仙洲一边加紧对部下的控制，一边要侯镜如急速救援。

当时，十九团团长吴大明同志向我建议：在敌人固守待援时，我们来一个虚留生路，纵敌出逃，然后打他的伏击。

我们采用了吴大明的建议，并派二十团配合他们。第二天上午，我赶到十九团时，吴大明兴奋地向我报告：他们把想突围的聂松溪的部队，一下子吃掉了千把人。

这场"引蛇出洞"的伏击战，给敌军造成了巨大的压力。我们则准备利用这个有利机会，加强对陈楼的攻势。就在这时，我接到侦察员的报告：侯镜如带着九十二军军部及五十六师、一四二师各一部，已进到单县以西地区，正向我军逼近。我们立即改变计划，命令东路三个团阻击侯镜如；西路三个团包围陈楼和陈庄。经过几天激战，敌人虽然伤亡很大，但终究实现了两部汇合。面对这种形势，我们重新调整部署，寻求在运动中歼敌的时机。

八月上旬，我们在单县南面的黄岗集又同李仙洲打了一仗，把他最得力也是最反动的曹班亭三十师消灭了大半。李仙洲带着四千多人，分三路向陇海铁路以南移动，想向苏、皖交界处逃跑。当时大家一致的意见是要抓住敌人，即使不能全歼，也要再吃掉他一部分。否则会给新四军的同志增加压力。

　　经过我们东、西两路部队又追又堵,终于在丰县以南的刘庄包围了侯镜如的两千多人。

　　刘庄是个大集镇。汉奸富户住高楼瓦房,穷苦百姓住茅屋土舍,离老远就看得十分明显。侯镜如想抢占大堤未成功,转而固守这个镇子,在四周抢修了工事,布下了密密麻麻的鹿砦。

　　八月的风雨说来就来。战斗刚打响,在大风、巨雷中,担任突击任务的七团和十团的指战员们,高喊着"打进刘庄去,活捉侯镜如"的口号,冒着大雨,蹚着泥水,勇猛地向敌人冲去。他们进到镇子里和敌人展开了激烈的巷战。最后,把敌人压缩到几幢房子里。战斗到第二天拂晓,大部分敌人被消灭。可惜的是侯镜如在暴风雨的夜晚逃走了。

　　经过一个月零二天的战斗,我们总共消灭敌人五千九百多名(其中俘虏纵队司令以下官兵二千七百人,分化瓦解二千多人),彻底粉碎了李仙洲的蚕食计划,开辟了南北约一百华里,东西约九十华里的根据地,新建了成武和曹县两个抗日县政府。

　　这期间,苏振华和阎揆要指挥的西路部队,在河南省的浚县、长垣等地全歼了伪军杜淑的四十六师及两个独立旅,共五千六百多人,建立了卫南、滨河、滑县三个抗日县政府。

　　这两个战役,总共消灭敌军一万一千多人,沉重地打击了国民党蚕食冀鲁豫根据地的企图,对改变这个地区的敌我力量对比起了巨大的作用。战争年代,杨得志一直坚持写战斗笔记,每一场战斗后,他都会把战斗时间、地点、打法、进攻路线等一一记下,认真总结经验。

　　曹东南战役结束不久,我和崔田民带着"小前指"返回军区机关驻地红庙,同黄敬、苏振华、阎揆要等同志汇合。大家见了面都十分愉快。黄敬不知从哪里搞来了白面,包了顿饺子,还弄来瓶"泉州大曲",给每个人的瓷碗里倒了一点。他举着碗对大家说:"我们平日不喝酒,也没有酒,今天例外,既是犒劳,也是庆贺,都喝一点吧!"

　　碗是端起来了,可是谁也喝不下去。酒是香的,为庆祝胜利也是应该喝的。然而,我们想起在这两个战役中伤亡的七百五十多名战友,心情都变得沉重了。想起他们,怎能喝得下这酒呢?

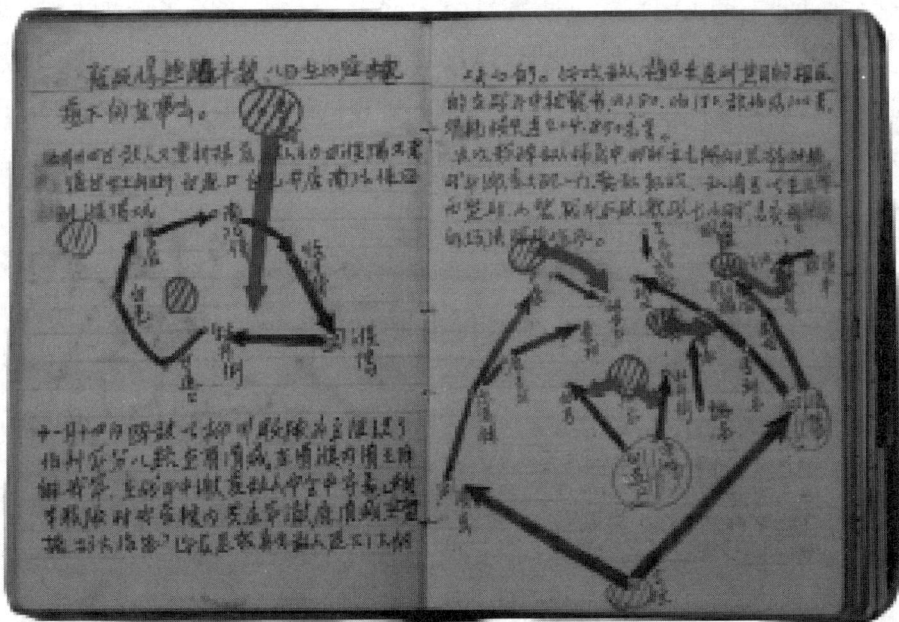

杨得志战斗笔记中记录的 1943 年冀鲁豫地区粉碎日伪"扫荡"的作战经过。

我站起来提议说："大家既然都喝不下去，那我们就把这酒用来祭奠那些为胜利而献身的烈士们吧！"

酒从碗里洒到地上，带着芳香渗进泥土时，大家的心似乎才得到一些慰藉。

国民党反共高潮的失败，也是日寇阴谋的破产。日本侵略者经过精心策划和准备，由津浦、陇海、平汉铁路沿线，调集了三万多人，采取陆、空配合，步、骑、车、坦、炮协同作战，从九月下旬开始，对我冀鲁豫抗日根据地发动了"秋季大扫荡"。这次大"扫荡"最后虽然被我们粉碎了，但是，我五分区司令员朱程同志却英勇地牺牲了。

秋季反"扫荡"胜利结束不多久，我们又和伪军孙良诚部打了一仗。

孙良诚是我们的老对手。此时，他已投降日寇，充当伪第二方面军总指挥，仰仗日军的庇护，趁我们避实就虚、转入外线作战之机，从东明县重整旗鼓，以步步压缩、大筑据点的战术，蚕食了我濮阳与濮县之间方圆数十里地区。当时，他手下有两支主力：一支是以赵云祥为军长的第四军，一支是以王清翰为军长的第五军。他亲率总部坐镇濮阳城东南的八公桥，欲以赵、王两军，威逼我军退出根据地中心区。为了打退敌人的进攻，我和黄敬等同志经过研究，决定采取钻心战术（也叫"牛刀子"战术），袭击孙良诚总部驻地八公桥，捣毁敌人首脑机关。

作战计划在军区干部会议上下达后，大家讨论十分热烈。绝大多数同志认为，这着棋下得好，可以起到牵一发而动全身的作用。但也有的同志认为：八公桥位于敌人纵深，防守极其严密，周围群敌环伺，互为拱卫，袭击它过于冒险了。

为打消一些同志的顾虑，黄敬政委引经据典地说："兵不厌诈，以奇制胜，古来有之。用孙大圣钻进铁扇公主肚子里的办法，可以给敌人致命的打击嘛！"

苏振华政委指着地图，接着说："前几天，我们趁敌人立足未稳，派二分区把范县东面的侯庙、莲花池，北面的虞铺这三处敌人全部歼灭，孙良诚会以为我们的注意力放在东北方向，暂时不可能攻击他的总部。再说，现在，'扫荡'的日寇已经各回原防，伪军失去了庇护，心里发虚，时机对我十分有利。要打敌人指挥中心是得冒点风险，但总的看来，利多弊少。出其不意，攻其不备，打胜的条件还是不少的。"最后，我归纳大家的意见，说：

"应当承认，这是一着险棋。敌人前有五军，后有四军，八公桥附近还有三十八师两个团和一个特务团防守，装备不错，气势很盛，所以我们轻视不得。但是也要看到，孙良诚过去吃过我们的亏，心有余悸，这是一。其二，敌军是拼凑起来的部队，兵力分散，内部不统一，便于我集中优势攻其一点。其三，八公桥既在敌人纵深，也在我根据地内，便于我秘密接近。其四，敌人觉得坐拥雄兵，防范严密，必然思想麻痹。有这么四个有利条件，再加上我们的努力，这一仗是可以打胜的！"

经过会议，统一了认识，部队摩拳擦掌，斗志倍增。

这时，华北平原已经进入严寒的冬季。为了迷惑、调动八公桥的守敌，我们首先来了个"声东击西"。由第二军分区司令员曾思玉、政委段君毅率领七、八两团，连同分区机关，从范县转移到郓（城）北地区，故意远离孙良诚的部队，摆出强攻郓城守敌刘本功部的架势。

黄敬政委对曾思玉、段君毅说："这正应着《红楼梦》中的一句话哩，叫作真作假来假也真，假作真来真也假啊！"

这出戏确实演得很"真"。部队刚在鄄北驻扎下来，就派出侦察员和小股部队，到郓城附近的敌人据点周围大造声势。有的找到伪保长，故意恫吓说："我军在这一带集结，准备攻打刘本功，走漏了消息要找你们算账！"有的把敌人哨兵抓来，详细讯问据点的设防情况，然后放他回去通风报信。有的通过内线关系，把假情报直接送到刘本功的指挥部。同时大搞练兵。这一来，把刘本功搅得日夜不安。他急忙收拢部队，增哨加岗，并拼命地向孙良诚呼救。

不几天，我们获悉：孙良诚得到我军要攻打刘本功的信息十分高兴。八公桥的敌人本来天天向乡保长要民夫赶筑工事，如今也要得不紧了；修筑围砦的敌人，也停了下来。显然，敌人被我们搞蒙了。

我和黄敬、苏振华同志经过商量，决定导演第二幕"侧攻两门镇"。

两门镇，在八公桥西侧，相距不远。担任攻打这个镇的主角，是四分区政委张国华同志。出发前我对他说："老张，攻两门镇是咱们这出戏的重要一幕，就看你们的了。"

张国华这位经过二万五千里长征的"老将"，我在"抗大"的同学，大声地说："放心吧。对付'二鬼子'我们还是有办法的！"说罢跨上坐骑猛加一鞭，飞奔而去。

第二天下午，两门镇战斗打响不久，张国华派人来向我们报告：战斗打得很顺利，已经歼灭了敌人两个连，孙良诚从八公桥东面的徐镇抽调一个团，正向两门镇增援。

我听到这个消息，心里非常高兴，望着黄敬、苏振华说："敌人果然听从了我们的指挥，现在该是全面拉开战幕的时候了！"

他们两个人也抑制不住内心的喜悦，同时说道："对。是时候了，我们下命令吧！"

命令很快下达了。

五分区司令员昌炳桂同志，带七、八两团迅速进到濮阳至东明一线，阻击敌四军。

三分区司令员马本斋、政委刘星、副司令员赵健民指挥三十二团、回民支队及县、区民兵武装，也进到濮阳一带准备牵制、袭扰敌五军。

这时，鄄北、郓北、昆吾、濮阳等县的游击大队也都积极行动起来了。

一切部署就绪后，我和阎揆要参谋长，随二军分区主攻部队，经过一夜急行军，从鄄北地区到达了距八公桥不远的火神庙。分区参谋长潘焱同志跑来向我们报告：敌人还是没有一点动静。这情况说明，敌人丝毫没有察觉我们的意图。

十一月十六日下午四点钟左右，我们经过四十多里强行军，来到了八公桥附近。

八公桥是豫北一座大镇。敌人在镇子四周修筑了坚固的围墙，高约一丈左右。围墙上密布炮楼和碉堡。围墙外面有堑壕、铁丝网、地雷……不能不承认，这是十分完整的防御体系。

这几天北风大作，直刮得黄尘翻滚，河流结冰。镇子里的敌人悄无声息，连围子外的哨兵也躲进碉堡避风。一看这情况，我立刻命令曾思玉和潘焱指挥七、八两团攻城，命令助攻部队把周围电话线切断，将镇子严密包围起来。

曾思玉、潘焱先派七团巧妙地通过布雷区，剪断铁丝网，越过护城河和外壕，架起云梯翻过围墙，打开寨门，后续部队一拥而入。等我和阎揆要参谋长把指挥所移到镇子里，敌人才发觉八路军攻进了他们精心设防的八公桥。

敌人想顽抗，可是已经晚了。碉堡、炮楼、屋子里的所有敌人，都被我们的战士堵住了。被枪声手榴弹爆炸声惊醒的敌人，抱头鼠窜，四外躲藏，乱成一团。部队打得顺利极了，没有多久，就消灭了守敌，攻占了八公桥。

第二天一早，潘焱跑来报告说：伪二方面军参谋长甄纪印被我们活捉了！

不一会，甄纪印被战士们押来了。尽管一夜战火，他装束依然严整，连风纪扣都扣得死死的。他好像还没有从激战中清醒过来，嘴里老是絮叨着："真没想到，真没想到。"我和军区的其他负责同志和他谈了话，大家做了不少工作，把他放了回去，让他把我们的政策告诉孙良诚。

八公桥战斗是一个典型的攻坚战、夜间袭击战，也是一个典型的歼灭战。这一仗，共消灭敌人一千一百五十多人，俘虏军官多名，缴获枪支一千五百三十一支（挺），掷弹筒十四个和一批战马、电台，兵工厂全套机器三部，粮食和军用物资六十九车。战后，全镇人民群众欢声笑语，庆贺我们的胜利。部队指战员分头宣传抗日，气氛极其热烈。最有趣的是，这天下午，濮阳县的邮差来给敌人送信，一到城门口，愣住了，他怎么也没有想到，仅一夜之间，城门口的哨兵竟换上了威武庄严的八路军战士。

日寇得知我们攻占了八公桥，捣毁孙良诚总部的消息后，急红了眼，从开封城里开出八十多台汽车，装满鬼子兵，像疯狗似的扑来，要找我们算账。可是，我们早就从事先派出来的骑兵侦察支队那里得到了准确的情报，敌人赶到时，我们已经将部队分散转移了。

在战斗中度过一九四四年新年不久，刚刚主持开完区党委会议的黄敬，兴冲冲地走来问我："老杨，听说上级来了指示，要你带部队到延安去，保卫延安，保卫党中央，是真有这事吗？"

"真有这事。几天前我就接到命令了，因为正在开会讨论制定新的一年的斗争计划，我怕影响大家的情绪，所以没有马上宣布。"我尽量用平静的语气回答。说实在的，我已有好几个晚上没有平静地睡着觉了。因为这将意味着：我在华北七年多，其中在冀鲁豫五年零三个月的艰苦抗战生活就要结束了；我和几十万患难与共、血肉相连的父老乡亲就要告别了；我和同生死、共命运的战友、同志和部队广大指战员就要分手了。我最不忍离别的，是埋葬在这片神圣的国土上的战友、同志和骨肉同胞。想到这里，我又不能平静了，于是望着黄敬激动地说："我是不愿意离开同志们的，但是你们知道，我又不能不离开大家……"

黄敬虽然和我并肩战斗时间不算长，但是作为一个党的工作干部、政治工作干部，他当然很理解我此时此刻的心情。他没有多讲什么，只是很动感情地说了一句："去吧，去到延安，把大家的心愿汇报给党中央，汇报给毛主席！"

一月三十一日，我和黄敬、苏振华、阎揆要等同志依依话别，率领三团、十一团、十六团，十九团、三十二团和回民支队，从当时属山东省的濮县杨集，开始踏上了回延安的征程。

这条路行程七十五天，二千五百八十三华里，是漫长的，也是艰难的。需要越过急流深沟、崇山峻岭，冲过日寇在平汉、同蒲等铁路设置的一道道封锁线，才能回到我们盼望已久的、日夜思念的党中央、毛主席的身边，回到抗日战争的出发地——伟大的延安。

走在这条路上，我的心情更不平静了。

为了这条路的畅通，多少开拓者用自己的血肉去铺垫它，真是成千上万，成千上万啊！远的不说，就说从红军东征到西征，从西征中的曲子镇战斗到山城堡战斗，再从八路军出师抗日首战平型关到我们开辟、建立、巩固、坚持、发展冀鲁豫抗日根据地，仅仅这么一个侧面，牺牲了多少中华好儿郎！像我所能记忆的，山城堡战斗中的五团政委陈雄，平型关战斗中的一营刘营长，五连曾贤生连长，创建冀鲁豫根据地战斗中的挑夫老谢，水东军分区司令员唐克威，第五军分区司令员朱程，还有八路军的名将左权，等等，只不过是成千上万中极少极少的几位。更多的是不为人们记得姓名的无名英雄、烈士。如果把反抗日本侵略者的历史上溯到"九一八"，那么，在这段生死存亡的岁月里，中国人民所经历的一切，承受的一切，付出的一切，不正像这条漫长、艰难、崎岖而充满光明、希望的道路吗？

　　我们这些幸存者，踏着烈士们的血迹，迎接曙光的幸存者，不能不兴奋，激动，不能不怀念，深思……

# 第六章

―

## 道路 前途 命运

在一次外事活动中，有位五十多岁，看上去蛮有些阅历的外国记者曾向我提过一个问题。他说："将军阁下，我想请你为西方世界不少人解一个谜，或者说是一个神话 ——在被您称为解放战争的三年多的时间里，贵军是靠什么打败了蒋介石先生的八百万军队的？"

我当时是这样回答的："我首先要说的是，中国人民战胜蒋介石已经不是谜，也不是神话，它是事实，而且是被历史证明了的事实。靠什么打败了蒋介石？我想有三条：一，以毛泽东主席为领袖的中国共产党的正确领导；二，中国各民族、各阶层人民的全力支援；三，中国人民解放军全体官兵的英勇奋战。当然，我们也十分感谢包括西方人民在内的国际朋友们的友好支持。"

那位记者眨眨眼，好像没有完全理解我的话，或者对我的回答不那么满足。只是其他记者又提出了新的问题，我们的谈话没能继续下去。

后来我想，要一位外国人很快理解我们解放战争取胜的原因不是那么容易的。

如今，当我回忆起波澜壮阔的解放战争时，又想到了过去说过的话，而且想得更加具体了。

历史学家们把解放战争从日本帝国主义投降后，蒋介石发动全面内战时算起，无疑是完全正确的。但是，我回忆解放战争，首先想到的是抗战胜利前夕，一九四五年四月在延安召开的党的第七次全国代表大会。那时，第二次世界大战虽然还没有结束，但是，在西方，"柏林已经听到红军的炮声"，"在东方，打倒日本帝国主义的战争也接近着胜利的时节。"[1] "七大"就是在这样一个世界形势面临着新的转折，中国人民面临着"两条道路"，"两个前途"，"两种中国之命运"[2] 抉择的时刻召开的。

邓小平同志谈到"七大"的伟大意义时曾说："那次大会总结了我国民主革命二十多年曲折发展的历史经验，制定了正确的纲领和策略，克服了党内的错误思想，使全党的认识在马克思列宁主义、毛泽东思想的基础上统一起来，达到了全党的空前团结。那次代表大会，为新民主主义革命在全国的胜利奠定了基础。"[3] 小平同志的论断，把我的思绪带到了春日的延河两岸；带到了辽阔的华北平原；带到了一望无际的祖国大西北；带回到了那硝烟弥漫，战火纷飞，关系着我党我军和全体中国人民的道路、前途、命运的大决战的年月……

## 一、新的征程

好多年了，我们热切地盼望和等待着"七大"的召开。

早在一九三〇年十二月，党的六届四中全会的决议案中就提出了召开"七大"的问题。抗日战争爆发后，党中央为"七大"的召开作过多次决定。那时，外有敌寇入侵，内有反动派作乱，战事连年，硝烟不息。我军紧张地奋战在全国各个战场，我们的根据地也被分割在全国各地。任务繁重，交通不便，要召开一次党的全国性代表大会，困难是可以想见的。

一九四四年一月，中央命令我带冀鲁豫军区的部分部队到陕北，执行保卫延安的任务。到陕北后，部队编为教导第一旅，我任旅长，张仲良同志任政治委员，驻防在延安以南的清泉沟、王家沟一带。不久，党的六届七中全会开幕了。这次会议是为"七大"做准备工作的。我们关心着这次会议，更关心着"七大"的召开。

---

[1] 见毛泽东《两个中国之命运》。

[2] 同上。

[3] 见邓小平《中国共产党第十二次全国代表大会开幕词》。

教导一旅在延安清泉沟住过的窑洞。

一九四五年春天的一个晚上，仲良同志告诉我，"七大"就要召开了，并且说我是冀鲁豫军区出席"七大"的代表。

盼望已久的"七大"即将成为现实，当然很高兴，但我也成为"七大"代表，倒感到有些突然。我问："你哪里来的消息？"

张仲良比我大几岁，陕西耀县人，是一九三一年入党的老政治工作干部。他为人热情，性格爽朗，嗓门很高。他大手一摆，高兴地说："不是消息，是通知——中央的通知哩！"

这天晚上，我的心久久不能平静。

离开冀鲁豫地区一年多来，我时常想念战斗在那里的部队、战友和乡亲们。如今，那里的党员同志们选我为他们的代表，出席党的全国代表大会，内心怎么能不激动呢！那些熟悉的战友和乡亲们的身影，冀鲁豫大地上的草房瓦舍、山川河流，在眼前迭次闪现。我在自己那"备忘录"式的笔记中曾写过一句极简单的话："第一次参加党的全国代表大会，深感光荣。"

其实，我当时想得还很多很多……

一九二八年十月，我在井冈山的黄坳入党的时候，军龄不满一年，年岁不过十八。小时候虽然读过几天《百家姓》《三字经》和什么"桃花红，李花白，桂花黄"之类的所谓"新书"，但这些东西早就丢在我做童工的安源矿井和衡阳筑路工地上了。实事求是地讲，像我这样一个十八岁的青年人，对革命，对党，对神圣的共产主义事业的认识，还是朦胧、肤浅和幼稚的。十七八年过去了，自己从一个青年战士成为军事指挥员，从一个新党员成为党的全国代表大会的代表，这些年究竟是怎样走过来的呢？

老同志们常说，个人的一切都是党给的，都是人民给的。这不是一般的感慨之词，更不是空话，它有着坚实的内容。这里有挫折和失败；有胜利和欢乐；有炮火连天中的冲杀；也有争论不休中的沉思；有矛盾，有统一；有血有泪，也有宝贵的青春和生命。当然，这一切对一个具体的人来说往往是短暂的，但对整个革命事业来说是漫长的。胜利后的健在者是在那些胜利前的先逝者创造的业绩上走过来的。我说的这些先逝者，包括革命的前辈，革命的同辈和无数人民群众。从这个角度讲，某一个具体的人又好像是某个时代、某个时期、某些先逝者的缩影。

我记起十几岁时在故乡湖南，有两个年轻的文弱书生，英勇地牺牲在反动派的屠刀下。大人们说他们是为穷人舍命的共产党。我第一次知道共产党，就是这两位我至今还不知道姓名的年青共产党人，用生命告诉我的。后来，在安源矿井，在衡阳筑路工地，有些老工人按他们自己的理解，给我讲过一些现在看来带有明显迷信色彩的共产党的传奇故事。我这个农民的儿子，除了恨世道不公，为贫穷所迫外，就是受到那些故事的启发，走上井冈山的。那些老工人中有不少人，后来和我一起当了红军。但是不久，他们几乎全部以无愧于共产党员的姿态战死于沙场。他们的绝大多数，到离开那个混浊的世界也没有加入党的组织。但是我总觉得，我这个共产党员的成长，以至于我的整个生命都是和他们分不开的。

我想到颜有光和老梁同志，是他们把我介绍到党内来的。但是我却说不清他们牺牲的具体时间和地点。我想到井冈山时我的两位班长：一位领我第一次参加打土豪；一位为我夺取了第一支"汉阳造"，他们自己却壮烈地牺牲了。我也想到了牺牲在"八月失败"中的哥哥杨海堂，教我打炮的张教员，死在我怀里的老"金"团长，并肩战斗的红一团政治委员黎林同志……井冈山，赣南闽西，长征路上，抗日前线……多少优秀的同志离开了我们啊！他们如果活到今天，有的将是出色的党的工作者，有的将是难得的军事指挥员。

想到冀鲁豫地区的时候，我面前出现了一个身材魁伟、朴实庄重的形象，他就是冀鲁豫军区回民支队司令员马本斋同志。

马本斋，河北献县人，比我大十岁左右。他青年时代流浪到山海关外，参加了东北军，从士兵一直干到团长。"七七事变"后他回到河北，在我党抗日政策的影响下，参加了八路军。马本斋的母亲白老太太，一九四一年秋季被日寇捕去，以六十八岁的高龄和敌人进行了顽强的斗争，最后壮烈殉国。

一九四二年，日寇在冀中发动灭绝人性的"五一"大扫荡。马本斋从冀中经冀鲁边转战到冀鲁豫军区，我们才相识的。他给我的印象是朴实、豪放，办事认真；关心群众，爱护士兵，军事指挥上很重视深入实际。对他作战地区的地理民情、地形地物都非常熟悉。

一九四四年一月我奉命赴陕北前，听说马本斋脖子后边生了个小疮。当时大家没有怎么特别在意。几天后，回民支队向军区报告，说他高烧不退，病情急剧恶化，可能波及脑髓。那时医疗条件差，我让军区卫生部长专程去全力抢救。

我将要离开冀鲁豫军区时，特地赶到马本斋的住处去探望他。由于较长时间的高烧，他神志不太清醒。当知道我来看他时，他艰难地睁开眼，嘴唇翕动着，却发不出声音来。我告诉他，中央决定我带部分部队去陕北，回民支队也要同行。他点点头，吃力地说：

"我是应该和部队一块走的。"

"不要急，"我安慰他说，"病好了，你赶上来嘛！"

马本斋摇摇头，断断续续地说："我总想，和你一块，去延安！……"

我带部队从当时属山东的濮阳出发，经过七十多天的行军，到达陕北之后，才得知马本斋在我们离开冀鲁豫几天后便去世了。当时延安《解放日报》报道说："八路军回民支队领导者兼三分区司令员马本斋同志，因公积劳成疾，终于二月七日晨病逝于军区后方医院，享年四十三岁……"延安为马本斋同志召开了隆重的追悼大会。叶剑英、吴玉章、林伯渠等同志参加了追悼会，并讲了话。毛泽东、周恩来、朱德、叶剑英、林伯渠、李富春等同志送了挽联。毛泽东同志的挽词是："马本斋同志不死。"周恩来同志的挽词是："民族英雄，吾党战士。"朱德同志的挽词是："壮志难移回汉各族模范，大节不死母子两代英雄！"林伯渠和李富春同志的挽词是："率大军，抗日寇，远近播英明，冀鲁豫河山增色；奉教义，承母志，生死矢忠贞，伊斯兰健儿典型！"叶剑英同志在讲话中说："值得注意的是马本斋同志在旧军队里混得很久，深深地体验到那种官和兵、军和民分开的军队是不能战胜日寇解放中华民族的，因此，他坚决率领他组织起来的部队与八路军合作，并进入党内为党奋斗，一直到死。数年来那种坚持性，那种联系群众，官兵一致的精神是极宝贵的，实不愧为一个模范军人，一个优秀的共产党员。"

马本斋作为抗战初期参加革命的民族英雄，和冀鲁豫军民一起度过了抗日战争最残酷、最艰难的岁月，却没能看到为之奋斗的胜利。他和许多先逝者一样，把胜利留给了后人。我想，如果不是他过早的病逝，冀鲁豫地区的共产党员，是会选他为自己的代表出席党的"七大"的。他也是当之无愧的。

我由冀鲁豫到陕北不久，毛主席把我叫了去。当时，毛主席住在枣园。中央书记处也在那里办公。据说枣园过去是西北军师长高双城的房子。院子很大，长满了繁茂的花草树木，其中有不少很老的梨树。我去的时候是春末，古树新枝，绿草茵茵，春意盎然。毛主席住的窑洞在山坡上，他的左右"邻居"是周副主席和朱总司令。记得毛主席的窑洞门前有一个石亭，亭前有一座小花园，还有一棵不大的丁香树。花儿开了，是紫色的，很香。花园不远处有一块小菜园，菜的长势很好。毛主席听说我来了，大步走过来，握住我的手，亲切、诙谐地说：

"欢迎你呀，杨得志同志。你现在算是哪里人呀？冀鲁豫的，还是我们陕甘宁的呀？噢，对了，你是湖南人氏嘛！"这时，警卫员送来了水。主席让我坐下，对警卫员说："我要留这位客人吃饭，给我们加个菜吧。此人是我的家乡人，多搞些辣子就可以了。"

我详细地向毛主席汇报了开辟冀鲁豫抗日根据地和在那里的工作情况。

毛主席关切地问我长征后是否专门学习过。我说东渡黄河后，到抗日军政干部学校（第二期）学习过，一九三七年初到抗大学习过，但都因为要打仗，没学完便到前方去了。我说："您的几次讲演我是听过了。"

毛主席笑了。他说："你们打仗创造了经验，我来讲演，如此而已！不过，我还是建议你有机会到抗大或者党校去住一段时间。你才三十几岁，来日方长呀!"他停下来,指了指堆在办公桌上的书报文件,又说,"你看,我也在学。"

吃饭的时候,毛主席又问我部队到陕北后的情况。我说:"从前方到后方,从打仗到生产,一开始有些同志不太通。现在好些了。"

"是呀,"毛主席说,"胡宗南在我们周围集结了那么多队伍,我们不能没有准备,所以把你们请来了。你们是归'联司'[1]指挥吧?"

"是的。"我说。"贺龙同志和我谈过话,要我们一方面随时准备战斗,一方面搞好开荒生产。您说的,自己动手,丰衣足食嘛!"

毛主席点点头,一边让我吃菜,一边说:"总归是要这样吧——军队嘛,当然最主要的是准备打仗,没有仗打,要练兵,也要搞些生产。不靠自己生产,吃什么穿什么呢?人总是要吃饭穿衣的。你知道,我们现在还是很困难哟!"

毛主席为请我吃饭,专门加了菜,也不过是四样蔬菜和一盘辣椒。实在说,比部队的伙食好不了多少。我说:"主席,您的生活还是应该改善得好一些呀。"

毛主席笑了:"你是吃过红米饭南瓜汤的,现在比井冈山时期好得多了。"他指了指桌上的酒,又说:"你看,有酒有菜,暂时还听不到枪炮声呢!"

……

回想起这些往事,更觉得党代表的责任是非常之重的。

一九四五年四月中旬的一天,我和仲良等同志骑马赶到延安——"七大"就要正式召开了。

那时延安没有大招待所。即使"七大"这样重要的会议,代表们住的也是相当分散。有住在党校的,有住在部队的。记得我和仲良同志开初便住在我们教一旅设在延安的一个办事处里。

一九四五年四月二十三日下午五时,中国共产党第七次全国代表大会,在延安杨家岭中央大礼堂隆重开幕了。大会秘书长任弼时同志宣布大会开幕。毛泽东同志致开幕词(即《两个中国之命运》)。"七大"开了整整五十天。六月十一日,选举完候补中央委员,毛泽东同志以《愚公移山》为题致闭幕词。记得那天大会的执行主席是彭德怀同志。代表们唱罢雄壮的《国际歌》,彭德怀同志高声宣布,中国共产党第七次全国代表大会胜利闭幕。会场响起了热烈的掌声。人们站着,久久不愿离去。

我第一次出席党的全国代表大会,听取和学习了毛泽东同志关于《论联合

[1] "联司"是贺龙同志为司令员的陕甘宁晋绥联防司令部的简称。

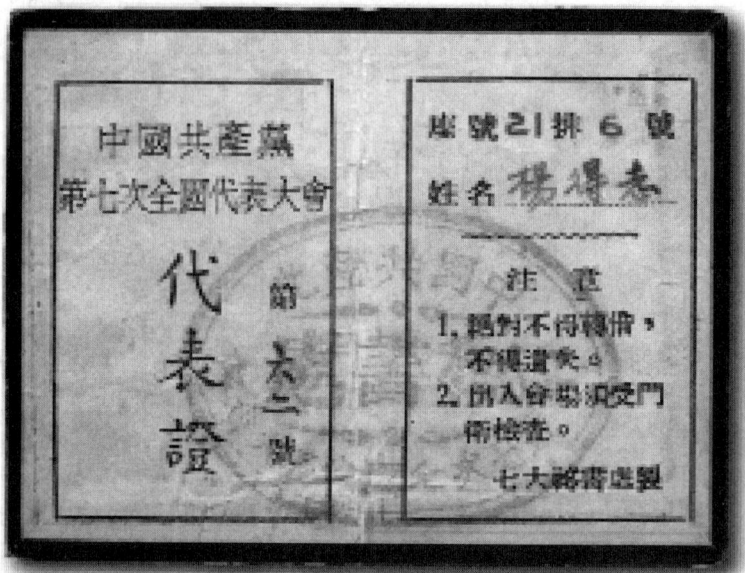

1945 年春，杨得志被选为中国共产党第七次全国代表大会代表。
图为杨得志出席"七大"的代表证。

政府》的报告；朱德同志关于《论解放区战场》的报告；周恩来同志关于《论统一战线》的重要发言；刘少奇同志《关于修改党的章程的报告》，以及彭德怀、陈毅、聂荣臻、陈云、刘伯承、李富春、叶剑英等同志的发言，深深感到全党的思想更统一，认识更一致，团结更坚强了。对中国革命的任务更明确，胜利的信念更坚定了。正如毛泽东同志所说："我们开了一个胜利的大会，一个团结的大会。"[1]

"七大"闭幕后，中央安排我到中央党校学习。我自然想起了一年前刚到延安时毛主席对我讲过的话。但是，刚学习了不到一个月，贺龙同志把我叫去了。

"实在对不起呀，杨得志同志。"贺龙同志对我说："毛主席要你住党校，我是支持的。可是胡宗南这家伙捣乱，要进攻延安。你只好打完仗再学习了。"

贺龙同志的话虽然说得轻松，但胡宗南"要进攻延安"这几个字的分量我是知道的。我问："我们的位置在哪里？"

[1] 见《毛泽东选集》第三卷第 1049 页。

贺龙同志看了看在场的"联司"参谋长张经武，说："我和你这位湖南乡里商量过了，你们教一旅不是住甘泉吗？出甘泉过富县、洛川、黄陵就是胡宗南的老窝西安。我们说这是南线，实际上是第一线。那一带我们只有点地方部队。你先去看一看。胡宗南他要来嘛，我们只能打！"

我从"联司"直接回到清泉沟教一旅旅部，把贺龙同志交代的任务向旅的其他负责同志传达后，便带着一团团长吴大明，参谋长薛宗华，二团团长常仲廉，回民支队副支队长董庆云（马本斋同志去世后，回民支队未任命新的支队长）等部分团的干部，星夜赶往南线。这时，胡宗南的暂编第五十九师和骑兵第二师，已向我关中分区袭来，形势比较紧张了。了解到这些情况，我们昼夜不停地看地形，找地方和部队的同志谈话，拟制作战方案。

十几天后，大约是七月下旬了，我带着初步拟就的阻敌方案，赶到"联司"向贺龙同志汇报。

我们到陕北一年多来一直搞生产，战争年代不打仗，不要说战士们，连我们这些旅、团干部有时也觉得像生病一样难受。那时，"七大"精神刚刚传达到部队，士气特别旺盛。有的战士甚至说："我是真'想'日本鬼子和胡宗南呀！"

贺龙同志听完我的汇报，表示满意。他说："方案是可以的。但是——"他停下来，抚摸着手里的烟斗，微笑的眼睛眯成一条线，说，"情况有了重大的变化。胡宗南突然占领了我们淳化县的爷台山，并且继续向旬邑、耀县等地袭击。"

"我们什么时候拉上去？"我有点着急地问。

贺龙同志仍然不慌不忙地说："你们的部队暂时不要行动了。"

我敏感地问："是日本方面的情况有变化吧？"

贺龙同志点上烟，说："我们盼望的那一天就要来到了。同时，更加艰巨的任务也来了，蒋介石这个人我是了解的。看来，你这个党校是彻底住不成了。"

一九四五年八月八日，斯大林领导的苏联政府，正式对日宣战，出兵中国东北（这一天我们收复了爷台山）。八月十日，朱总司令向解放区发布命令，要求各部队依据波茨坦宣言的规定，向所在地附近的日寇、伪军发出通牒，限时向我军缴械投降，听候处置。如遇反抗，坚决予以消灭。并派出部队对占领区实行军事管制，负责一切行政事宜。八月十三日，毛主席在延安干部会议上发表了著名的《抗日战争胜利后的时局和我们的方针》的讲演，指出抗日战争作为一个历史阶段已经过去了，但蒋介石发动内战的危险十分严重地存在着。我们要针锋相对，寸土必争，人民得到的权利，绝不允许轻易丧失，必须用战斗来保卫。同一天，新华社发表了毛泽东同志写的《蒋介石在挑动内战》的评论。胜利的前夜，欣喜、欢乐的感情和对未来局势发展的严重关切交织在一起，使我们的内心很不平静。

一九四五年八月十七日，我们在清泉沟得到了日寇正式无条件投降的消息。八年啊，日本侵略者给中国人民制造了多么巨大、多么深重的苦难呀！奸淫烧杀，抢劫掠夺，致使古老的中华民族的大好河山遭受了无与伦比的摧残！英勇、伟大的中国各族人民在中国共产党的领导下，依靠自己的力量，终于把这个不可一世的法西斯帝国打败了！回忆这段历史既使人痛心，也令人自豪。

真不知道该怎么表述部队得到这一消息后的喜悦情景。清泉沟当时没有电，平时的照明靠棉花捻子蘸油来点灯。那天晚上，有些连队把做菜用的油桶搬出来，把油泼在破棉絮上，在山沟里点燃起来，熊熊的火光冲天而起。黑夜，过去了，清泉沟，沸腾了！张仲良兴冲冲地对我说：

"老杨，让各连杀猪宰羊，准许同志们喝点酒吧！"

"当然，"我也兴奋地说，"当然要喝酒，当然！"

大概是八月二十日，根据中央的命令，我立即赶到延安朱总司令那里接受任务。

朱老总见到我之后，询问了部队的情况，讲述了最近一段时间蒋介石的活动和我们党中央的一些决定、指示，告诉我中央决定成立晋冀鲁豫中央局，邓小平同志为书记，薄一波同志为副书记。成立晋冀鲁豫军区，刘伯承同志为司令员，邓小平同志为政治委员。太行、太岳、冀南和冀鲁豫四个地区统归刘、邓指挥。朱老总还对我说："中央决定你离开陕北，回冀鲁豫去。"

"什么时候走？"我问。

"尽快。要尽快。"朱老总说。"你先走，部队由其他同志带着随后。怎么样，有这个思想准备吗？"

"有的。"我说。"不过没想到会这么快。"

朱老总说："是呀。毛主席在'七大'闭幕时讲过，把中国引向黑暗还是把中国引向光明在互相斗争着。这个斗争今天更现实更尖锐了。日本人是愿意到蒋介石那里去，而不愿意向我们投降的！蒋介石已经行动了，杀气腾腾。他是决心要夺取人民的胜利果实的。我们当然不答应。所以，你们的任务很急。冀鲁豫的地理位置你是知道的，很重要呀！"朱老总说到这里，话锋一转突然问我："你爱人还在延安吧？"

"在。"我说。

朱老总又问："娃娃呢？现在有三四岁了吧？"

我稍微停了停，说："我和申戈军是四〇年结的婚，抗日时期有过两个孩子，但当时敌人频频扫荡，为了避免部队行动时暴露目标，我们把孩子交给了老乡，再也没能找回来。现在这个女娃是我们的第三个孩子，去年十月生的，还不满一岁哩。"

朱老总说："大家为胜利做出了牺牲，不容易哩！这娃儿生得是个时候嘛！不过她不能和你一起走了。你是首长，她还不是个兵？让她们母女随部队走吧。你爱人是哪里人，做什么工作？"

"冀南魏县的。"我说，"原来做妇女工作，现在做组织工作。"

"那好呀，"朱老总说，"回冀鲁豫，回她的老家，她会高兴的。告诉她，娃儿小，要带好哟！丢掉的两个孩子还是要想办法找一找！"

在这严重的时刻，作为全军总司令的朱德同志还惦念着一个部属的爱人和孩子，我是非常感动的。

一九四五年八月二十四日夜间，我接到了第二天上午九时前到延安东关飞机场的命令。命令只让我一个人去，参谋和警卫人员都不许带，也不准其他同志去送行。

八月二十五日早饭后，我离开教一旅驻延安办事处的时候，冀鲁豫军区政治部的崔田民主任（他当时在延安党校学习），一团参谋长薛宗华同志（他随我去南线看地形还没回部队），我爱人申戈军同志抱着不满一岁的女儿，送到大门口。那时崔田民也接到了命令，要他带太行、太岳、冀南和冀鲁豫四个地区在延安的一些干部、家属、孩子赶往前线。崔田民操着满口的陕北话对我说："您在天上飞，我们在地下走，咱们前线再见吧。"我向他交代了几句带好部队的话，便匆匆分手了。

延安的东关机场我是去过的，但坐飞机却是有生以来的头一次。到机场前，我不清楚还有哪些同志一起去前线。到机场后，首先看到杨尚昆同志，还有黄华同志。尚昆同志是那天活动的现场组织者。我和黄华同志是在朱老总家认识的。那时他在朱老总身边工作。大家都知道他会外语。我到机场不一会儿，看到刘帅来了，陈老总来了，小平同志也来了。还有一些熟悉的老同志也陆续来了。尚昆同志简单地介绍了一下情况，大家便开始登机。

据黄华同志后来说，这是一架美国制造的 DC 型飞机，即道格拉斯运货机，属于当时美军驻延安观察组的。每周或半个月在西安和延安之间往返一次，为观察组运送东西。这次是专供我们使用的。当然，他们不清楚乘坐这架飞机的都是些什么人。

飞机是绿色的，有两个螺旋桨，舱门很矮。给我印象最深的是飞机的大门关不严，起飞时螺旋桨还是靠人推动，机舱的小窗口底下是铁座位，机舱板是弧形的，坐下去直不起腰，头也抬不起来。黄华同志告诉我们，这种飞机最大的优点是安全，只要有块较大的平地就可以降落。

在飞机上坐定之后，我才看清了全部同机人员。他们是刘伯承、邓小平、陈毅、薄一波、陈赓、萧劲光、傅秋涛、李天佑、邓华、陈锡联、陈再道、宋时轮、邓克明、王近山、滕代远、黄春甫（江华）、聂鹤亭、张际春、黄华和我。还有林彪。看到在这样一架极普通的运货机上，集结了我们党这样多的高级党政领导和军事指挥员，我的心情既兴奋又有些紧张。这除了说明任务的急迫，也表现了党中央非凡的胆略。

若干年后黄华同志说，他事先不知道这次行动。因为他当时参加美军驻延安观察组的联络工作，每次美机抵离延安都要到机场去。那天到机场看到这么多负责同志，心里也有些紧张，担心飞行中万一出现什么情况，我们的负责同志与美军驾驶员不能通话，那是很危险的。他向尚昆同志提出随机行动，尚昆同志批准后，他才登机随行的。

九点多钟，飞机的螺旋桨转动，开始在东关机场凹凸不平的跑道上滑行，不一会儿，大地下沉，飞机起飞了。同机的有些同志和我一样，也是头一次坐飞机。坐在我右边的邓华同志问我："怎么样，头晕吗？"我摇摇头，没有讲话。

飞机上的气氛说不上严肃，但很庄重。大家很少互相交谈什么。大概每个人都在想着自己肩上的重任吧。我的心似乎早就到了冀鲁豫。想到受降的问题，想到重返冀鲁豫后同伪、顽军及国民党军队的斗争……

我透过小窗口俯视着苍茫大地。八月，青纱帐成林的季节，翠绿的田野上星星点点的碉堡、岗楼，横七竖八的壕沟、深堑，一晃而过的残墙断壁，真有点"国破山河在"的感觉。飞行中有一阵飞机突然升高了。大家不知道是怎么回事，便问黄华同志。黄华同志用外语同美军驾驶员谈了几句，回来告诉大家说："现在是过同蒲铁路，美国人说这一带可能有日军的高射武器，他们担心发生意外。"是呀，日军虽然投降了，但是他们并没有放下武器。飞行了大约四五个小时，发现地面上有火把、烟雾。黄华同志说："请首长们注意，很快就要降落了。"

飞机降落的地点是晋东南黎城县的长凝临时机场。当地来接我们的同志带来了一些西瓜。陈老总是个乐观、豪放的人，他感谢了来接我们的同志，拿出一副扑克牌招呼薄一波同志说："来，边吃边打嘛！"我们正在休息，黄华同志手托着半个西瓜，走过来说："首长同志们，你们休息，我可是要回延安了。"

陈老总望了黄华同志一眼，问："干啥子这样急嘛？"

黄华同志说："飞机是借来的。人家美国飞行员不愿意在这里久停哩。"

"好呀，"陈老总开玩笑地说："你上你的天，我下我的地。分手。再见。""再见"两个字陈老总说的是外语，把大家都逗笑了。

我们在长凝停了一两天，便分头奔赴各自的作战地区了。真是来得匆匆，走也匆匆。和我同行的是陈老总，他准备由冀鲁豫到华东地区去。

从长凝到冀鲁豫，要通过一些当时还被日伪军控制着的地区，特别是他们戒备比较严的平汉路。去年回延安时我虽然走过这条路，但当时我带着大部队，没有什么其他顾忌，而这次晋东南的同志只派了一支小分队护送我们，互相之间又不熟悉。况且形势变化这么大，一想到垂死挣扎的敌人是什么坏事也可能做出来的，就不禁为陈老总的安全担心。我想，陈毅同志是我党我军的高级负责人，保证他的安全，是我应尽的责任和义务。

离开长凝的头几天，我们基本上是昼夜不停，抄小路和僻静的村庄走，还算顺利。接近平汉路时，我要小分队每日提前出发侦察情况，及时与地下党和游击队取得联系。陈老总和我白天休息。说是休息，但一般不进村庄，有时便在高粱、玉米地里等待着夜幕的降临。陈老总博学健谈。也就在这个时候，他给我讲他当年在外国留学的故事，讲他在赣南坚持三年游击战争的经历，讲马列主义。他还要我给他讲冀鲁豫地区的各种情况。天黑了，要过封锁线的时候，我对陈老总说："您可是要听我的指挥哟！""那是自然。"陈老总笑着说："绝对服从，绝对服从！"

那些天没有月亮，对于隐蔽我们的行动十分有利。可是有天晚上，进入平汉路边上河南汤阴县境的时候，我们突然被敌人发觉了。他们先开了火。这里前不着村后不着店，孤零零的竖着几座炮楼。敌人除了打枪，还用探照灯四处乱照。当时陈老总和我都骑着牲口，目标比较明显。护送我们的小分队一边还击，一边对我们说："首长们放心，不要紧的。你们赶紧靠近炮楼，那样探照灯就瞎子点灯白费蜡了。"我问："炮楼里敌人的情况你们清楚吗？"小分队的同志说："每个炮楼里顶多两个班，我们透熟，好对付。"陈老总看了看我，诙谐地说："如此你我催马前进吧！"因为是夜间，天黑，炮楼里的敌人遭到我小分队还击后，只打枪却不敢出来。

陈老总望着敌人的炮楼，问我："这是啥子地方？"

我说："河南汤阴。"

"噢！"陈老总说，"汤阴县，岳飞的家乡嘛！"

我说："是的，听说离这里不远还有座岳飞庙呢！"

"不错。这座庙大概是在汤阴西南隅吧？"陈老总骑在牲口上，若有所思地说。"岳飞，可算是杰出的民族英雄！那庙宇是明代初年建，和杭州的岳王庙一样，也有秦桧、王氏等佞臣的铁铸跪像。那些碑碣之中，就有岳飞著名的《满江红》词。"

听陈老总说得如此详尽，我不禁问："你过去来过吗？"

陈老总摇摇头，说："是在书上看的，没有到过。"说到这里他突然停下来，很认真地问我："能不能去看一下呀？"

"不行。"我很干脆地说。"这一带是'插花区'，敌伪顽都有。晚上去看不到什么，白天去太危险了。"

"遗憾，遗憾！"陈老总说。"不过我们终究会来的，一定会来的。"他拉了拉缰绳，靠近我，仰望着满天的繁星，在稀疏的枪声中，竟低声吟诵了起来：

怒发冲冠，凭栏处，潇潇雨歇……

回到冀鲁豫军区司令部，军区政治委员苏振华见到我的第一句话是："毛主席到重庆和蒋介石谈判去了，你知道吗？"

这个出人意料的消息，把我同久别的战友们重逢时的喜悦情绪一扫而尽。"什么时间去的？"我有点吃惊地问。

苏政委说："中央有一个关于和国民党进行和平谈判的通知。通知说，周副主席和王若飞同志陪毛主席一起去重庆。离开延安的时间嘛——后来听说是八月二十八日。"

八月二十八日。这就是说，我们离开延安的第三天，毛主席也离开了延安，而且是去了重庆……也就是说，当我和陈老总夜过汤阴的时候，毛主席已经在重庆了。重庆是蒋介石的大本营呀！我感到自己的心有些紧缩。

在那么多我军高级指挥员奔赴前线的第三天，毛主席，周副主席亲赴重庆，说明了什么？意味着什么？前景又将是什么？贺龙同志曾对我说过："蒋介石这个人我是了解的！"是啊，哪一个中国人不了解蒋介石呢！

我问苏政委："刘、邓首长那里有什么指示吗？"

苏政委说："有几份电报。"

"快让他们拿来。"我说，"同时，马上给刘、邓发报，报告我已经回到了部队。"

我当时的心情，除了为毛主席的安全担心，也实在感到肩上的担子太重了。我记起了小平同志在延安对我说过的一句话。他说：

"你呀，我的意见还是回冀鲁豫去！"我也想了离延安前朱总司令的那句话："冀鲁豫的地理位置你是知道的，很重要呀！"

毛主席去重庆，是关系全国大局的前线，我们在这里也是前线，一个局部的前线。形势很清楚，日本帝国主义投降了，我们的新的战斗征程也开始了。

## 二、邯郸破"梦"

蒋介石接二连三地"邀请"毛主席去重庆"和谈"，实际上只不过是欺骗舆论、掩饰其发动全面内战的一个幌子。所以，毛主席和周副主席亲赴重庆，不仅完全出乎蒋介石的意料，也使他在政治上完全陷入了被动的地位。但蒋介石毕竟是个老奸巨猾的政客。八月二十九日，毛主席飞抵重庆的第二天，他一面"欢宴"我党代表，大谈和平；一面密令他的各个战区，重新印发他在一九三三年编就的"剿匪手册",紧锣密鼓地进行着他那从未停止过的内战准备。全国性的内战,大有一触即发之势。

我们是有准备的。毛泽东同志在日寇宣布投降的第二天,一九四五年八月十六日在《评蒋介石发言人谈话》中,重申了我党坚持"人不犯我,我不犯人;人若犯我,我必犯人"的一贯立场。毛主席告诫全党:"内战危险是十分严重的","蒋介石的方针,是要打内战的"。我们的方针是"针锋相对,寸土必争"。"人民得到的权利,绝不允许轻易丧失,必须用战斗来保卫"。[1]

见我们是十分希望和平的。长期以来,我国人民在"三座大山"的重压下,坚韧地抗争着,英勇地奋斗着,无畏地牺牲着,承受了世人难以想象的苦难,付出了世人难以估量的代价。经过八年的浴血奋战,日本侵略者投降了。人民只希望建立一个独立、自由、和平、民主和统一的新中国。这是一个合情合理的神圣愿望。但我们也知道,人民的神圣愿望要变为现实,需要经过艰苦的斗争。和平往往需要通过最不和平的手段——战争——才能得到。这条被历史证明了的规律,我们的体验真是太深了。

重庆在"和谈"。我当时所在的冀鲁豫西部地区,却感受不到我们十分向往的和平气氛。已经投降的日军,不但气焰嚣张地拒绝向我们交出武器,而且同摇身变为"国军"的汉奸队伍相配合,明目张胆地向我们挑衅。阎锡山根据蒋介石的命令,在重庆谈判刚开始的时候,集中了十三个师的兵力,同日伪军一起,先后从临汾、浮山、翼城和太原、榆次等地出发,向我晋冀鲁豫解放区进攻,并侵占了我晋东南的襄垣、屯留、潞城及壶关等地,也就是古称上党郡的上党地区。

侵占上党地区仅是蒋介石发动全面内战的一个步骤。这个步骤的真正目的,是控制同蒲、平津两条铁路,以便抢占平津以及整个华北,进而运兵东北,夺取东北,篡夺全国的抗战胜利果实。这样,作为南北交通大动脉的平汉铁路,必将是敌人的主攻方向和敌我争夺的焦点。因此,刘伯承司令员和邓小平政委在决定消灭侵犯上党之敌的同时,命令冀鲁豫军区的主力部队集中于平汉线,结合太岳、冀南军区部队各一部,加紧肃清平汉线新乡以北的日伪军,以创造战场,配合上党地区的作战。

一面是大张旗鼓地和平谈判;一面是剑拔弩张的军事较量,这就是当时形

---

[1] 毛泽东《抗日战争胜利后的时局和我们的方针》。

势的显著特点。

刘司令员和邓政委号召部队，坚决消灭来犯之敌，用胜利支援毛主席在重庆的谈判。他们指出：我们的仗打得越好，取得的胜利越大，毛主席在谈判桌上的话就越有力量。

上党战役是九月十日打响的。太行、太岳、冀南三个军区的主力部队及地方兵团一部，在刘、邓首长的亲自组织和指挥下，首先攻占了上党地区首府长治周围的屯留、潞城、长子和壶关等地，使长治敌军陷入我层层包围的孤立境地。随后，一面合围长治，一面对付增援长治之敌，叫作"围城打援"。当援敌被歼，长治守军突围逃窜时，刘、邓首长又命令部队全力追击。"双十协定"就是在晋冀鲁豫野战军追歼逃敌，胜利结束上党战役的前两天签定的。

毛主席对上党战役的胜利给予了很高的评价。他在《关于重庆谈判》的重要报告中，讲到"针锋相对，寸土必争"的方针时，以上党战役为例，说："这一回，我们'对'了，'争'了，而且'对'得很好，'争'得很好。就是说，把他们的十三个师全部消灭。""这样的仗，还要打下去。"[1]

"双十协定"签定后，毛主席返回延安。周副主席和王若飞同志仍在重庆同国民党继续谈判。蒋介石利用继续谈判的机会，在美帝国主义的积极支持下，变本加厉地扩大对我进攻的规模，仅华北地区就兵分四路向我们压来。其中一路，蒋军第一战区胡宗南的先头部队两个军已经同蒲、正太路开抵石家庄，后续一个军则进到闻喜（属山西省）以南；第二路孙连仲十一战区的三十军（军长鲁崇义）、四十军和新八军，在其战区副司令长官马法五（兼四十军军长）、高树勋（兼新八军军长）率领下，从新乡沿平汉路北犯，三十二军及伪军孙殿英部跟进，后续还有四个军，其中一个军已进至新乡，其余正准备由洛阳、开封等地向新乡开进；第三路沿津浦线北犯的先头部队一个军，已从徐州进占济南；第四路沿平绥线进攻的傅作义部则已迫近张家口。粗略计算，仅这四路，蒋介石投入的兵力就达十二三个正规军之多，真可谓大兵压境，不可一世，大有将我们一口吞掉的架势。

上党战役后，冀鲁豫、冀南、太行、太岳四个军区的主力部队，依次编为晋冀鲁豫野战军一、二、三、四,四个纵队。针对蒋介石进犯的形势，野战军司令员刘伯承同志十分形象而明确地指出：向华北进攻的敌人，沿四条铁路齐头

[1] 见《毛泽东选集》第四卷 1103 页。

并进，像四只爪子一齐伸过来。主力在平汉线一路。双方争夺的焦点在平汉线的邯郸一带。这不仅因为当时的晋冀鲁豫边区人民政府设在邯郸，更重要的是蒋介石要实现其打通平汉线，运兵抢占东北的野心，必须控制以邯郸为中心的交通枢纽。以原冀鲁豫军区部队为主组成的晋冀鲁豫野战军一纵队，当时正在邯郸一带活动。这样，阻止敌人抢占邯郸打通平汉线的任务，便自然地落在一纵队的身上。

一纵队当时的负责人除我之外，还有政治委员苏振华，副政委张国华，参谋长卢绍武。下辖三个旅。一旅旅长杨俊生，政治委员邓存伦；二旅旅长尹先炳，政治委员戴润生；三旅旅长李东朝，政治委员陈云开。这支新组成的部队既有老红军团、一二九师教导队和长期坚持冀鲁豫地区抗战的地方武装的底子，也有刚刚从县大队升级编入野战军的队伍。旅、团的负责同志，有的刚刚到职，有的过去的主要精力并不在军事工作方面。所以，一纵队既有较强的战斗力，也有许多要解决的现实问题。而党中央和刘、邓首长对我们的要求和期望是很高的。毛主席一九四五年十月十七日给刘、邓等晋冀鲁豫中央局同志的电报中指出："即将到来的新的平汉战役，是为着反对国民党主要力量的进攻，为着争取和平局面的实现。这个战役的胜负，关系全局极为重大。"号召我们"以上党战役的精神，争取平汉战役的胜利。"刘、邓首长对打好以邯郸为中心的平汉战役（又称邯郸战役）也有具体、详尽的指示。

邯郸是一座古城，春秋战国时为赵国的国都。那时的赵国，东临燕、齐，西接秦国，南齐韩、魏，北迫匈奴，"数拒四方之敌"，被称为"四战之国"。刘、邓首长告诉我们，晋冀鲁豫野战军当时也处在"四战之地"的重要战略位置上。因为从我们这个地区看，北可同晋察冀部队共同抗敌，南可与中原部队相接，东可协同华东部队作战，西可配合陕甘部队行动。既处于"四战之地"，就要担负起"四战之军"的重大使命。

邯郸北面不远处有个名唤黄粱梦的小村。据说，唐人沈既济写的《枕中记》传奇中，山东卢生大做"黄粱一梦"就在这个地方。刘、邓首长借用这个故事向部队指出，蒋介石梦想在邯郸取胜，维持其反动统治，我们要打破他的美梦。

部队在"为保卫胜利果实而战"的口号鼓舞下，政治情绪旺盛，求战欲望高涨。初看起来，胜敌于邯郸地区是有把握的。但是严峻的现实提醒我，一纵要完成刘、邓首长赋予的光荣任务，并不那么容易。

首先一个困难是部队的武器装备严重不足。我由延安重返冀鲁豫后，中央曾指示我们精兵轻装，准备进军东北。根据这一指示，我们从党内到党外进行了比较深入的动员和教育。由于考虑到开赴东北后可以收缴日军的武器装备，因此，把原有的迫击炮、重机枪和一部分轻武器移交给了兄弟部队，有的建制连只留了四挺轻机枪和三分之二的步枪。而在这种情况下，我们却接到了参加平汉战役的命令。从准备远征东北到留下就地参战，思想的弯子可以转，但移交兄弟部队的武器却不可能索回了。再一个困难是面临重兵强敌的攻击。

我们接到中央命令后，紧接着收到刘、邓首长签发的《关于平汉路作战部署给一、二纵队首长的指示》。指示明确要求我们要在漳河以北邯郸以南歼灭北犯之敌。这时，来犯之敌三十军、四十军和新八军正在向北推进，先头部队已到达了邯郸屏障漳河南岸的丰乐镇一带。而党中央和刘、邓首长决定投入平汉战役的其他部队，因刚刚结束上党之战（上党战役还在进行中，敌三个军已开始北上了），尚在开进途中。我们知道，兄弟部队大战之后全靠两条腿由山西赶来，确实是需要时日的。这就形成了我一个武器装备不全的纵队，要暂时抗击总兵力超过我们三倍的敌人的进犯。敌三个军中，鲁崇义的三十军是半美械化装备；马法五的四十军可以打近战，还能拼手榴弹，这在国民党军队中是不多见的；高树勋的新八军战斗力也不弱。时值十月，田野里可利用的隐蔽物极少，漳河两岸又是一马平川，多系沙土地质，构筑工事极难。没有相应的工事要想在大平原上阻击这么多装备精良的敌人，便意味着要准备做出巨大的牺牲。

在这种态势下要迟滞敌人的进攻，等待兄弟部队赶到聚而歼之，恶战苦战是少不了的。纵队党委决定，把所有的困难向部队讲清楚，发动群众出主意想办法，群策群力，研究落实刘、邓首长关于一纵指挥要果断，行动要灵活，阻击要坚决的指示，千方百计地迟滞敌人的行动。

敌人主力北渡漳河后，很快占领了距邯郸只百余华里的磁县，与他们原先盘踞的临漳、成安、肥乡等地形成对邯郸的扇形包围圈，并齐头向邯郸逼近。形势既紧张又严重。面对强敌，全面阻击的办法显然不行，节节阻击，我伤亡必大，且会助长敌人气焰。所以，我们首先以小部分部队出其不意地奔袭敌之先头部队，能歼则歼，不能歼则消耗和杀伤敌人一部分，然后即撤出战斗，另寻战机。但奔袭过去，有时扑空，有时因敌人过于集中难以在短时内取胜，有时打上了要撤出来却相当困难。部队的体力虽然消耗很大，但取得了减缓敌人前进速度的效果，为大部队赶至邯郸以南之屯庄、崔曲、小堤等地构筑工事，组织防御，争得了时间。

敌人依仗人力和武器的优势，不惜一切代价地往北推进。鲁崇义的三十军超过高树勋的新八军和马法五的四十军，进占了滏阳河东侧距邯郸只有三十多里路的马头、高木营以南地区，其先头主力部队向我崔曲、小堤一线疾进。

崔曲距邯郸只十几里地，小堤一带是我们纵队及所属三个旅指挥所的所在地。这一带村庄比较稠密，群众为了防沙，在村与村之间的沙窝地里，种植了不少杨树、枣树和梨、桃、杏树，构成了自然的屏障，为我们阻击敌人提供了较好的条件。我们纵队的几位负责同志都清楚，这里可以说是我们保卫邯郸的最后一道防线了，万一被敌人突破，就等于敞开了邯郸的大门，后果是不堪设想的。

纵队决定把一旅放在崔曲一线。一旅决定把他们的主力七团放在有二三百户人家的崔曲村。我向一旅旅长杨俊生、政治委员邓存伦交代完任务后，说："崔曲到邯郸的距离你们是清楚的。部队边打边转移，体力消耗大，减员不少，但是更残酷的战斗还在后边。实话对你们说，我们并不是一点也不担心呀！"杨、邓二位当然明白我的意思，他们对视了一下，没有讲话。过了一会儿，杨俊生才说："二旅和三旅的担子也不轻，至于我们一旅，"他停下来看了看邓存伦，接着说："司令员是了解的，信任的。"说罢，二人严肃地向我敬了个礼，转身走了。我站在门口，见他俩跨上战马，消失在沙土飞扬的小道上……敌人很狡猾他们三个军全部渡过漳河后，让原来突击在前面的三十军留在原地，四十军和新八军一部则继续往北推进。以四十军一〇六师为主，直扑我们一个七团防守的崔曲，并发起连续的攻击。这时七团的工事并没有完全筑好。敌一〇六师师长李振清，外号叫李铁头，据说他经常赤膊上阵，是一个亡命之徒。这不禁使我有些担心：七团能够顶得住吗？

杨俊生、邓存伦同志随时向纵队报告。他们说，七团打得很苦，但崔曲还在我们手里。

七团在崔曲顽强阻击了一昼夜多的时间，靠近我们纵队指挥所的文庄、夹堤一线，突然被敌人突破了。文庄、夹堤离崔曲只三五里地，这一线被突破，自然地加强了敌对崔曲的攻击力量。七团以一团之力抗击敌一个主力师，战斗的激烈和残酷程度不言而喻。如果敌人的力量再加强，将会出现什么局面呢？

战斗进行到这个程度，指挥员应该估计到可能出现的最坏的情况，并且确定应急的措施了。奇怪的是在这样危急的情况下，一旅指挥所一两个小时没有向我们通报战况。"是不是找一下杨俊生他们？"苏振华政委问我。我摇了摇头，说："有情况他们会报告的。现在可以肯定，七团的伤亡一定很大了。是不是考虑把三旅拿上去？"正在这时，参谋同志来说，一旅报告，他们和七团的电话中断了，现在正派人去联系。我虽然预感到崔曲很可能已经被敌人突破，但是话并没有说出来。只是对参谋长卢绍武说："通知各旅旅长和政治委员，火速到纵队来开会。并把我们的情况立即报告刘、邓首长，请求指示。告诉刘、邓首长，请他们放心，敌人是进不了邯郸的！"

然而，崔曲被李铁头的一〇六师突破了。

三个旅的干部汗淋淋地赶到纵队指挥所的时候，情绪都有些紧张。他们满身的硝烟尘土，只几天没见面，人好像突然变了样子。邓存伦进门来，抓起一只碗，一连喝了两碗水，然后坐在一边，从口袋里掏出一个馒头啃起来。看样子好像几顿饭都没吃了。我见那馒头上带着血迹，便问："你负伤了吗？""没有呀！"邓存伦站起来，看了看带血的馒头，说："这是我刚从战场上捡来的。"他把馒头攥在手里，激动地说："七团打得很苦。我见到了团的干部，副团长徐中禹哭了。战士们要求领导上信任他们，他们一定把崔曲夺回来！"

邓存伦说的是七团，但我知道，这也是他和一旅全体指战员的决心。多好的战士，多好的干部啊！

各旅的同志简要地汇报了各自的情况后，我说："一旅撤出了崔曲，仗打得很苦，也打得很好，同志们尽到了最大的努力。现在的问题是必须按照刘、邓首长的指示，不能让敌人再前进一步。大家还记得中央的指示吗？平汉战役的胜负关系全局，极为重要呀！一旦敌人突进邯郸，刘、邓首长的整个战役计划就会被打乱。我们一纵将无法交代。办法只有一个：明天拂晓前把崔曲夺回来！管它什么李铁头、李钢头，都要把他砸烂！"

我提出夺取崔曲的兵力部署和打法后，苏振华政委说："今天的会议就是要明确一个问题：我们一纵必须完成刘、邓首长的战略意图。现在兄弟部队正从山西往这里赶。我们一定要顶住敌人，只许胜，不许败！"

"对！"我接着说："夺不回崔曲是要掉脑袋的！"

崔曲是个大村，当时有二三百户人家。李铁头的两个团住在这里，他的师部和其他部队都很靠拢的囤积在附近，显然是怕被我们分割截断而各个击破。针对这些情况，纵队决定一旅七团从崔曲的西北角，三旅十六团从东北角以合围的形式夺回崔曲。调三旅二十团插在崔曲与李铁头师部中间，一方面准备打援，一方面准备堵死敌人的逃路。我们不但要夺回崔曲，还要在这里歼灭他的有生力量。我对二十团团长王大顺和参谋长慕斌同志说："你们虽然不直接攻崔曲，但任务也很重。这一带是沙土地，很难构筑工事。你们一个团，夜间在方圆几十里的广阔地面上防守和阻击，困难不少呀！"王大顺同志站起来，只说了一句话："请司令员放心。"

纵队几位负责同志的主要精力放在崔曲方面。崔曲虽不是城，但周围有土围子。这里群众的住房几乎全是平顶，平时房顶上可以晒粮食，搭个梯子就能攀上攀下，战时便成了天然的堡垒。村子四周的平顶房，则起着类似城墙上碉堡的作用。不首先占领这些天然堡垒，即使攻入街道狭窄、房屋密集的村内，也不能将敌人赶出去，反而会陷入敌人居高临下的火网，伤亡会更大。我们当时由于重武器少，还不太会用炸药，所以，夺取这些天然堡垒，一是靠梯子，二是靠手榴弹。攻击部队决定分别以两个营的兵力并肩猛攻，也就是以两个箭头插向突破点。主攻部队的前面组织了二百人的投弹队。投弹手们除腰系肩挎，每人还提一个装满手榴弹的柳条篮子。梯子队紧紧跟随，最后边是全团集中起来的火力队。这种配备表示了主攻部队不怕一切牺牲，不打则已，一打就要前赴后继夺取胜利的决心。

夜幕刚刚降下，我们发出了攻击命令。在火力队的掩护下，投弹队和梯子队首先投入了战斗。敌人是有准备的，但他们没有估计到我们会这样快地组织反击，更没有料到我们会组织二百人的投弹队，直奔他们村前沿的"房顶阵地"。这二百人的投弹队简直可以说等于几十门小炮。他们拼命投掷，梯子队的同志奋力冒死攀登，只三个多小时，村头前沿"房顶阵地"上的敌人全部被赶了下去。后续部队乘机突入村内。这时，实际上进行着的立体式的三层战斗：一层是对"房顶阵地"的攻击，这算"空中格斗"；一层是依托门窗逐屋抢占，这算"中间争夺"；一层是敌我将房屋的墙壁炸毁，力争控制街道，这算是"地面战斗"。小小的崔曲敌我混杂在了一起，一片火海，战斗异常残酷。午夜时分，我们得到了李铁头命令崔曲守敌突围的情报。二十团在王大顺同志带领下，在广阔的田野上堵、截、顶、围，硬把李铁头打了回去。这时，崔曲及四周的小路，基本上已被尸体和炮火打断的树木堵塞了。李铁头见大势已去，孤注一掷，只身带着一个多连的队伍，利用夜间乘隙逃窜。

夺回崔曲，我们悬着的心才算落了下来。纵队一面向刘、邓首长报告，一面要各旅迅速整顿队伍，准备再战。这一仗下来，各部队牺牲的同志都很多，仅三旅十六团伤亡人数就超过了三百。战争中的牺牲是难免的，对我们来说也是常见的，但面对各部队报来的伤亡人数，内心总是沉甸甸的。特别是当我们知道一九三二年参加红军、当时只有三十一岁的二十团团长王大顺，和该团参谋长、知识分子出身的慕斌同志也光荣牺牲的消息，泪水便有些止不住了……

一纵在全力阻击敌人的时候，参加上党战役的兄弟部队杨勇同志率领的冀鲁豫军区骑兵团，日夜兼程向邯郸赶来。我们一纵和杨勇同志组成了联合指挥所。这时，刘、邓首长正亲自指挥着另一个重要"战斗"——争取高树勋起义。

高树勋所属新八军原系西北军。多年来备受蒋介石及其嫡系的歧视、排挤，相互矛盾日益加深。共产党员王定南曾以高树勋好友的身份，多次向他传达刘伯承、邓小平等我军高级负责人对他的期望，进行争取工作。为了使高树勋站到人民方面来，邯郸战役打响后，刘、邓首长专派晋冀鲁豫野战军参谋长李达同志去新八军军部，争取高树勋战场起义。

十月三十日，高树勋将军率新八军及由他指挥的河北民军万余人，在马头镇举起了义旗。

高树勋将军战场起义，使得刘、邓首长更能自如地集中晋冀鲁豫野战军全力对付马法五和鲁崇义。

由于受到我军沉重地打击和高树勋将军的起义，马法五和鲁崇义两个军的锐气严重受挫，他们无心恋战，企图想再渡漳河南逃。但这时的漳河已被我从上党赶来的部队控制。十几天前，"十一战区副司令长官"马法五北渡漳河时还大摇大摆，不可一世，此时，他和鲁崇义率部退到临漳便走不得了。漳河将成为他们的葬身之地。

崔曲战斗后，一纵根据刘、邓首长的意图，一路乘胜南追退敌。当我们进至临漳西北北斗望村的时候，接到了刘、邓首长的通报：马法五带十一战区长官部及四十军一部已退至前、后旗杆漳（村），要我们务必抓住战机，消灭马法五。

旗杆章（现名章里集）是个由旗杆章、中章、后章三个庄子组成的大村子，有一千多户人家。这里与崔曲的不同点是村庄内的街道比较宽。马法五的指挥所就设在后章一家地主的大院里。

高树勋将军起义后，马法五便成了北犯之敌的最高指挥。我们的部队听说要聚歼马法五，情绪非常高涨。特别是陈再道等同志根据刘、邓首长的统一部署，率领二纵队赶来同我们并肩战斗，更增加了大家胜利的信心。但考虑到这一带村庄、人口比较密集，敌人火力比我们强大，白天行动对我们不利，便决定下半夜发起攻击。一纵以李东朝等同志领导的三旅为主，从旗杆章的东南方向攻，二纵从正南方向攻。

一切安排停当，我来到了北斗望村西一个烧砖的大窑上。这里离旗杆章比较近，便于观察。不一会，三旅旅长李东朝同志也来了。这位参加过宁都暴动的老同志年龄比我大几岁，长征时在五军团，很能打仗。

激战前的夜晚，很宁静。四周的田野，除了少量的棉花秆不曾收获，已没有什么遮掩物。深秋的风已带有明显的寒意。参谋和警卫人员来劝我们去休息，但这种时刻谁能休息得了呢？

战斗开始阶段进展比较顺利。二纵队的同志和我们三旅逼近村庄时，立即遇到了敌人拼命的顽抗。他们依仗强大的火力和有利的地形地物，把我们阻击于村子的边缘，形成了对峙的局面。好长一段时间，只听到猛烈密集的枪炮声，甚至看得到远处的火光，却得不到部队进展的消息。李东朝同志有点急，要到前面去。我要他告诉部队，一定要抓住夜战的有利时机歼灭敌人。我说："夜间占领一座房子，等于白天占领一条街道。要努力扩大战果，也要准备更艰苦的战斗。"我要李东朝同志了解情况后尽快回来。

部队确实打得苦。因为马法五已经意识到，对他们来说，这一仗是生死攸关的。三旅十六团打进旗杆章即受到敌人的节节阻击，在逐街逐屋的争夺中，每前进一步都要付出指战员们的鲜血和生命。就是这样，也没能达到我们在战前预想的目的——天将拂晓，三旅只控制了整个村子的三分之一左右。

天一亮，敌人发起了疯狂的反扑。有的部队被挤出了已经占领的地段。仍然在村里坚持战斗的部队与我们的电话联系完全中断了。敌人集中炮火朝村外四周射击，这显然是要切断我们支援部队前进的道路，以利他们在村中的战斗。

担任突击任务的三旅十六团二营六连，打在整个部队的前面，并占领了一所较大的院子。副团长薛宗华带团指挥所及其他三个连队，急速向六连靠拢，打通墙壁，在这个院落形成了一片阵地。院落虽大，但集中的兵力显然是太多了。由于这块阵地最突出，自然成了敌人集中火力围攻的主要目标。他们先用排炮将房顶掀掉，再用火箭炮平射，摧毁我们依作屏障的墙壁，然后以数倍于我的步兵向这块阵地压来。坚守在这块阵地上的同志，寸土不让，在一片火海中与敌人抗争。短兵相接，白刃相见，从天亮一直打到下午三点多钟，枪声慢慢稀落下来。

稀落的枪声对我们来说，不是一个好的预兆。但这时要派部队去支援十六团，显然也是不可能的。纵队的几位领导同志决定，一面调部队准备天黑后继续攻击，一面派通信人员，不惜一切代价沟通和十六团的联系。但是几次努力都没有成功，一些同志为此牺牲在半路上。

枪声越来越稀落了。

"司令员，"李东朝有些担心地问我，"十六团会不会……"

"等一等，再等等看。"我相信十六团，相信他们即使剩下一个人也不会放弃阵地。但是为什么几个小时过去了，一点信息也没有呢？

炊事员送来了饭，催着我们快吃。但这种时刻怎么可能吃得下呢？

黄昏时分，机关的同志带来了两名战士。这两位同志手提锃亮的美式冲锋枪，身上的军衣被炮火烧成布条，满脸烟尘，眼里布满红丝，干裂的嘴唇沾着血迹。看到他们真让人心疼。李东朝拉起他们的手，关切地说：

"你们是哪个部队的？"

"十六团的！"两位战士响亮地回答。

"从哪里来？"李东朝又问。

"从旗杆章打出来的！"

"你们的部队呢？"

两位战士这时好像才明白，刚才"打出来"的话，被他们的旅长误会了。赶紧说："部队在，阵地也在！"说着掏出一封信交给李东朝："这是我们团首长让送给旅首长和纵队首长的信。"

李东朝看罢信，把两位战士揽在怀里，拍打着他们的肩膀说："好！打得好！你们打得好呀！"

原来十六团和其他攻入旗杆章的部队一直在坚持着。下午三点以后枪声所以稀落，是敌人几番猛攻均不能奏效，一方面摸不清我们的实力，另一方面他们的劲头也不行了。我们的部队没有组织反击，除因为伤亡确实重大外（十六团原来二千三百多人，此时能参战的只有一千一百多人了，三位营长已有两位负伤），指挥员们在等待着天黑，这样，既可以使部队得到短暂的休息，又可能造成敌人的错觉，使他们误认为我军已无反击能力。真是战争考验了人，也锻炼了人。指战员们在实践中迅速地提高了作战和指挥水平。

李东朝同志看着两位送信的战士，扭头喊："通信员，带这两个小鬼下去休息。"

两个战士马上说："团首长要我们把信送到，带着首长们的指示马上赶回去。"

李东朝疼爱地说："你们先休息一下，吃点饭。多长时间没吃东西了？"

两位战士相互看了看。其中一位说："忘了。"另一位戳了对方一下，笑着说："昨晚上发起攻击前吃的红烧肉，大馒头。怎么忘了呢？"先前说话的那位战士也笑了。

多么纯朴可爱的战士啊！我让机关的同志把炊事员给我们送来的饭，端到这两位可爱的战士面前，说："吃，吃吧，吃饱了再返回部队去！"

两位战士一人拿起一个馒头，一边吃，一边听李东朝交代情况。

攻入旗杆章的部队虽然没有很快地全歼马法五，但他们拖住了马法五，为大部队实现刘、邓首长关于歼敌于漳河以北地区的战略意图，赢得了宝贵的时间。

对旗杆章的总攻进展得比较顺利。黄昏发起战斗，拂晓前除少数守敌漏网外，绝大部分被歼灭了。

天刚放亮，我赶回纵队指挥所的时候，机关的同志报告说，三旅捉到了十一战区长官部副司令长官兼四十军军长马法五。

"马上报告刘、邓首长。"我对机关的同志说。

"您要不要见见马法五？"机关的同志问我。

我看了看纵队在场的其他领导同志，说："怎么样？人家是副司令长官，我们见他一下吧！"

马法五个头比较高，但很瘦，留着小胡子，已经换了便衣。他神情沮丧地站在我们面前，不但没有一般军人的仪表，简直像一个落魄的书生。我不禁想到了黄粱梦、吕翁祠中的卢生。

"你们这一仗打得很苦呀！"我让马法五坐下，对他说。

马法五双手平平地放在膝盖上，抬头看了我一眼。说："我军没能突破贵军崔曲一线的防御，战况便急转直下了。后来高树勋将军采取了那样一种行动，仗就更不好打了。"

我站起来对他说："如果从时间上算，你们的失败还要早些——挑起内战是不得人心的，它注定了你们的失败。另外，现在可以告诉你了：你们被歼的地点和时间，大体上符合我们刘伯承司令员和邓小平政委的安排。这，恐怕是你没有料到的吧！"

马法五又一次抬头望着我，但说不出一句话来。

率领敌人北犯邯郸的两个最高指挥官，一个战场起义，一个被我活捉，部队大部分被我歼灭，平汉战役取得了完全的胜利。

平汉战役是继上党、平绥战役后的又一次规模比较大的歼灭战，它打破了

1946年初，晋冀鲁豫军区第一纵队司令员杨得志(右)与参谋长卢绍武(左)在河北行唐县休整时的合影。

蒋介石妄图打通平汉线的"黄粱梦",是毛泽东同志"针锋相对,寸土必争"战略指导思想的胜利,也是刘伯承、邓小平同志周密筹划,英明指挥的结果。战役之后,毛主席在分别发给周恩来和刘伯承、邓小平、薄一波等同志的电报中称该役为"血战十日"的"伟大胜利"。这既是对当时战况的真实写照,又是对战役准确的评价。

参加平汉战役的有晋冀鲁豫野战军和地方部队的同志共六万余人。我这里记述的仅仅是第一纵队在战役过程中的一些片断。

## 三、一个"创例"

平汉战役后,晋冀鲁豫军区一纵队由冀鲁豫转战到了晋察冀地区。一九四六年年底,我奉命由一纵队调到晋察冀军区二纵队工作,至一九四七年上半年,同兄弟部队一起,先后进行了正太、青沧、保北等战役。仗打得不少,但大家对所取得的战绩,都很不满足。我们感到主要是未能集中兵力大量歼灭敌人的有生力量;未能从根本上打破敌人对(北)平(天)津保(定)三角地带的控制。敌我双方实际上仍处于胶着的对峙状态。战士们着急地问:"我们怎么老和敌人'顶牛'呢?"这个看来简单的问题,形象地说明了当时的敌我态势,更表露出广大指点战员要求打大仗,打大歼灭战的强烈愿望。

一九四七年春末,朱总司令、少奇同志和中央工作委员会的同志来到晋察冀地区,给这里的人民群众和部队带来了很大的鼓舞。七月,我从二纵队到晋察冀新组建的野战军任司令员。野战军直属聂荣臻同志为书记和军区司令员兼政治委员的中共晋察冀中央局和晋察冀军区领导。野战军政治委员是罗瑞卿(他同时是晋察冀中央局副书记,晋察冀军区副政治委员)和杨成武同志,耿飚同志任参谋长,潘自力同志任政治部主任。我在保定东南饶阳南张堡二纵队驻地接到任命后,不久便到野司驻地东内堡,同罗瑞卿等同志会面,共同研究和确定野战军的工作。

我和罗瑞卿相识比较早,他是我的老上级。他在中央革命根据地红十一师任政治委员时,我在这个师当过特务连连长。后来他到红一军团和中央机关工作,虽然一个在机关一个在部队,见面还是经常的。杨成武同志和我虽然在一

1947年5月，新晋察冀野战军成立时前委常委合影。（由左至右）政治部主任潘自力、第二政委杨成武、司令员杨得志、第一政委罗瑞卿、参谋长耿飚。

个单位，工作的时间不长，但多年来我们一直并肩战斗。长征中突破乌江天险时，他和耿飚同志率领的红四团在上游，我们红一团在下游；战胜大渡河时，我们是在水面上强渡，他们是夺取泸定桥而通行，应该说是互相了解的老同志、老战友了。杨成武同志是位既有战斗经验又有政治工作经验的政治委员。我和耿飚同志相识多年了。我俩都是湖南醴陵人。长征到达哈达铺，红一团改编为中国工农红军陕甘支队一大队，我任大队长，他任参谋长。从此以后，在晋察冀野战军、在华北野战军二兵团、十九兵团，参加平津战役、打太原、攻兰州，进军大西北到宁夏，直到抗美援朝出国作战前期，我们一直在同一个单位，而且一直是我任司令员，他任参谋长。耿飚同志是一位出色的参谋长。他那过人的记忆力和大战之中清醒的头脑，是为许多老同志所称赞的。潘自力也是一位老同志。他一九二三年参加革命，一九二六年入党，参加过陕西渭华暴动，到苏联留过学，西安事变时，在周恩来同志领导下做过出色的群众工作，后来到晋察冀军区做过宣传部长。我们称他是"武将文官"。这不是一句玩笑话，他确实是一位很有才能、老实勤恳、忠于党的事业的好同志。党中央和晋察冀中央局让我们几个同志共同领导晋察冀野战军，我是很满意，很高兴的。

老同志相见，大家谈得很热烈。中心议题是我军在全国转入战略反攻的大好形势和我们晋察冀野战军面临的艰巨任务。

从一九四六年七月党中央发出"以自卫战争粉碎蒋介石的进攻"的号召一年来，全国的军事形势发生了可以说是根本的变化。陈（毅）粟（裕）大军继全歼国民党第二绥靖区副司令官李仙洲所属六万多人，并生俘李仙洲的莱芜大捷后，又取得了孟良崮战役的全胜，打掉了被国民党称为"五大主力之一"和蒋介石"御林军"的整编七十四师；刘（伯承）、邓（小平）大军已经渡过黄河，进入鲁西南地区，揭开了战略反攻的序幕；彭德怀、贺龙、习仲勋等同志领导的西北野战军，正按照毛泽东同志《关于西北战场的作战方针》的精神，转入内线反攻；罗荣桓同志率领东北野战军发动了强大的秋季攻势。就全国来说，我军全面进攻，把战争引向蒋管区的总形势已经形成。

晋察冀战场的形势也是令人鼓舞的。一年来，我们在晋察冀中央局和聂荣臻同志的直接领导下，歼敌正规军六个半旅，连同非正规军共十九万七千余人。从四月份转入反攻以来，我们这里已与南边的晋冀鲁豫和东边的山东解放区连成了一片。我们面前的情况是，石家庄之敌已孤立于解放区内地，其他主力分布于我区北面的北宁、平绥、平保沿线各个要点。敌人企图确保平津保战略基地，维护交通线，守住通向东北地区的走廊。根据这一敌情，我晋察冀野战军的战略任务是，务求在运动中大量歼灭敌人的有生力量，从根本上彻底粉碎蒋介石的防御体系。当时，敌人在数量和装备上仍占着优势，我军则缺乏打大歼灭战的锻炼和经验，这是我们困难的一面。但从总体上讲，我们已摆脱了一年前的被动局面，战争的主动权已掌握在我们手中，这是我们实现这一战略任务最有利的条件。

九月，我们向大清河以北进军，组织指挥了大清河北战役。这个仗虽然消灭敌人五千多，打击了敌十六军等部，但由于战役之初围敌过多，口子张得太大，未能达到全歼的目的，打了一个消耗战。仗打得不理想，部队情绪便有些动荡。有的同志说：肉没有吃到，倒把门牙给顶掉了。当我们把战役情况和我们应记取的教训上报党中央和晋察冀中央局后，毛主席、聂司令员不但没有批评我们，反而给了我们很大的鼓励。毛主席在以中央军委名义发来的电报中说：大清河北战役虽然未获大胜，但指战员的战斗精神很好。只要有胜利，不论大小，都是好的。聂司令员也鼓励我们说，顶掉了门牙可以镶金牙，打一仗进一步，歼敌的机会多得很嘛！我们将首长们的指示迅速传达到部队，发动群众总结经验教训，争取新的胜利。在野司机关，特别是包括我们在内的各级指挥员，集中开会，认真地研究战役中暴露出来的各种问题，制定新的作战方案。我们的部队是坚强勇敢无私无畏的。这里的关键是指挥。而在指挥上要处理好的主要问题，就是毛主席当时指出的："到国民党区域作战争取胜利的关键，第一是在善于捕捉战机……"[1]

寻找和捕捉战机，确实是战争学中一门重要的学问。它需要在瞬息万变的情况下，熟悉和掌握敌情动态，并据此作出迅速果断的判断；熟悉和掌握敌方指挥人员及所部的特点，甚至性格和心理的变化，并据此攻其所短，打其所弱；熟悉和掌握未来战场的地理民情等多方面的情报，并据此确定切实可行、有利于我的部署。这些问题处置得是否恰当，对指挥员的胆魄、决心、毅力、意志，都是严峻的考验。这种考验又往往表现于战役全面展开后，所发生的战前无法预料的重大变化上。像巨轮在大海中航行，船长——指挥员应该有驾驭一切惊涛骇浪的本领。

在部队休整总结经验教训的同时，野司领导机关全部工作的重心，就是在寻找和捕捉下次战役有利于我的战机。

九月中旬，我东北野战军进行的秋季攻势越打越猛，蒋介石不得不从盘踞我区的部队中抽调三个师出关增援。这样，不但在本战区兵力对比上发生了有利于我的变化，而且敌人兵力部署也出现了漏洞。这时，罗瑞卿同志因参加贯彻中央土地工作会议精神的晋察冀中央局会议，暂时离开了部队。杨成武、耿飚、潘自力等同志和我决定，抓住这个机会，向敌人展开攻势，在运动中打一个歼灭战。

敌人当然也是有准备的。他们为防备我们乘虚而入，将主力部队作了相对的集中：十六军驻守大清河以北之雄县、霸县、新城；二十二师守卫津平间交通线；九十四军一师一旅配置于涿县、涞水、定兴一带；第五师在北河店、固城、徐水一带；新编第二军的两个师守保定；主力中的主力罗历戎的第三军镇

[1] 见《毛泽东选集》第四卷 1175 页。

守石家庄。上述各地，除石家庄外，均在保定以北铁路线的东西两侧。他们的企图仍然是要确保平津保三角地带这块战略要地。如果把这块三角地带比作一头牛，那么，北边的北平就是牛头，东西两侧的天津、保定便是牛腿了。我们决心既不砍它的头，也不剁它的腿，而是在保定以北实行中间突破，吃掉这头牛最肥的部分。

战役第一阶段的决心是围城打援。即围攻既是北平的南大门，又是平汉路的咽喉之地的徐水，吸引敌人来援，以便在运动中歼灭他们。这里的关键是围攻徐水的部队动作要猛，要以最快的速度占领徐水，打痛敌人，否则，援敌是不会出动的。这个任务交给了陈正湘和李志民同志领导的第二纵队，并将冀中独立第七旅配属他们指挥。敌人援兵出动的方向可能有两个：一是徐水以南的保定；一是徐水以北和东北的固城、容城。至于石家庄罗历戎的第三军能不能被调出来，我们也作过研究和分析。罗历戎是蒋介石和胡宗南的嫡系，石家庄是蒋介石支撑平津保三角地带的重要据点。我们当然希望能把罗历戎调出来，在运动中歼灭他。如能取得这样的结果，它的意义就不仅是歼灭了敌人的有生力量，更重要的是可以进一步孤立石家庄这个具有战略意义的大城市，并为最后夺取它创造有利条件。我们分析，这种可能性是存在的。当然，要使罗历戎离开石家庄钻进我们的口袋，比调动其他的部队要难得多。因为石家庄位置的重要，罗历戎和他的上司是很清楚的。这里的关键仍然是徐水方面的战斗情况。要使罗历戎和他的上司，确实感觉到我们的决心是不惜一切代价要拿下徐水，而徐水一旦被我们攻占，保定便危在旦夕，石家庄将受到更大的威胁。这就是说，要使罗历戎出石家庄，就必须以我们的战役行动造成敌人的错觉。为此，野司决定：郑维山和胡耀邦同志领导的第三纵队，曾思玉和王昭同志领导的第四纵队负责打援。同时，冀中、晋冀和察哈尔省的地方部队也要展开积极的配合行动。其中徐德超同志为旅长的冀中独立第八旅等部队，在石家庄外围，监视罗历戎的行动。我们也考虑到敌人援兵有从几个方向同时扑来的可能。如果真是这样，他们的兵力会大大超过我们，我们准备予以相当杀伤后，诱敌西进（东边是天津于我不利），迫敌分散，然后在运动中各个歼灭他们。只是我们没有完全预料到此次战役的"压轴戏"中敌方的主角是罗历戎。

二纵队四、五两个旅经过彻夜激战，拂晓时分别攻占了徐水的南关和北关，五旅的三个突击连曾一度突入了徐水城内。可惜由于第二梯队动作稍慢，三个突击连没能坚持得住。在这样的情况下，我们仍然坚持围城，继续攻击，以实现打援的预定方案。

援敌终于被调出来了。他们从北面调集了五个师十个步兵团和一个战车团，沿铁路东西两侧的容城、固城齐头并进，直奔徐水。只是石家庄方向，罗历戎依然按兵不动。我三、四两个纵队奋力阻击，将敌困集于徐水、固城、容城之间的地区。

徐水、固城、容城是一个小三角地带，敌我双方众多的兵力集结于此，运动起来相当困难，这便出现了我们早有所料，但并不希望出现的对峙局面。我和杨成武、耿飚、潘自力等同志研究决定，立即实行诱敌西进、迫敌分散，在运动中予以各个歼灭的作战方案。并决定二纵队仍在徐水一带，围城任务不变，夺城攻势不减，以迷惑敌人，掩护全军的行动。

可是，要西移必须首先北进，因为只有北进，才能绕过徐水、固城和容城这个敌人兵力集中的小三角地带。

这时，我野司指挥机关在徐水、保定以东白洋淀附近的东西马庄一带。为了使北进中的各纵队能及时与野司联系，也为了便于观察敌人的动态和接受上级的指示，我们决定野司指挥机关随大部队转移。只把电台暂时留在东西马庄，待部队全部出发后再向我们靠拢。潘自力带着机关的一些同志比我们早走一步，到前面部队中去了。我和杨成武、耿飚同志只带了几个作战参谋和警卫员在身边。那时候没有汽车，一行人全部骑马。只是我和杨成武、耿飚同志的马，比其他同志的稍壮一些罢了。

我们是午后离开东西马庄驻地的。深秋十月的华北平原，庄稼大都收过，空旷无际，我们浩浩荡荡的队伍和村头地边偶然出现的牵牛花，给肃静的田野增添了新的生机。

离开驻地不多一会儿，大路旁出现了一个小小的村庄。作战参谋余震同志纵马赶上来问："首长们要不要休息一会儿？"我看了看并马而行的杨成武和耿飚同志，说："怎么样？休息一下吧。"还没等他们二位答话，忽听后边传来一阵急促的马蹄声，同时，有人大声喊着：

"首长停一下，首长停一下！有重要的情况报告！"

我们三人翻身下马，站在路旁。

来者是野司的通信员。只见他满脸汗水，上衣都湿透了。他向我们敬了个军礼，接着把一份电报交给了我。

电报是野司留在东西马庄的电台收到的。电文极简单，大意是：密悉：罗历戎率第三军出石家庄。现已渡滹沱河，向新乐开进。

战争中情况突变是经常的。罗历戎出石家庄我们也有所料，但情况变化得这样快，却是我没有完全料到的。二十几个字的电文，将牵动千军万马，真可以说是字字千钧。

"罗历戎是冲我们来的。"这是我看完电报后的第一个反应。

"整个战局将要发生重大的变化。"我想。

新乐县在石家庄东北，保定、徐水、容城西南。罗历戎北出石家庄的意图，显然是想造成对我南北夹击的局面。这是一个野心勃勃又十分大胆的行动。罗历戎怎么敢有这个胆量？又怎么敢下这个决心？后来才知道，这是当时正在北平的蒋介石亲自决定的。他认为我军在这个地区的兵力不足，想以此役解救其在东北和华北的危局。

敌情突变，我们怎么办？

我把电报交给杨成武和耿飚同志的时候，作战参谋余震已从我的马袋子里取出地图，就地铺开了。战争年代机关工作的同志就是这样，许多事情他们走在首长的前面，是真正的参谋。

在这田野空旷、尘土飞扬的大路旁，我们司令员、政治委员和参谋长三人，就地蹲下，围拢在地图的周围。警卫员要卸马袋子让我们坐下，被我制止了。

敌情发生了这样重大的变化，我们北进西移的预案必须改变，而且要快，不然，不但难以歼敌，且有可能陷入被敌人南北夹击的境地。那样便很被动了。

我提议："尽快抓住罗历戎，打掉他，歼灭他！这个敌人是送上门的，战机确实难得！"

杨成武、耿飚同志完全同意我的提议。他俩几乎是同声说："打！坚决地打！"

这一仗打好了，就可以扭转长期以来敌我双方对峙的局面。

决心一定，面临的首要问题便是战场的选择。在哪里打掉罗历戎呢？

在保定以北打，是敌人所求，绝对不行。仗必须在保定以南打，但又决不能离保定太近。因为敌人不仅在保定有一个军，保定以北还有更多的部队。耿飚同志伏在地图上，围着清风店地区画了一个大大的圈，说："我看就在这里打！"

清风店以北是望都、保定，以南是定县、新乐（罗历戎当时的驻地），对我们来说是个比较理想的战场。只是罗历戎的三军距清风店地区只九十多里，我军主力离清风店地区最近者一百五十里，最远者达二百五十里以上，且正在继续西进。如果战场北移，我们的行程可以缩短，罗历戎的行程会加大，但是，那样便离保定太近，不行；南移，我军的路程将更远，也不行。所以，能不能打上和打好这一仗，关键是我军能不能以最快的速度赶在罗历戎的前边，到达清风店。"兵贵神速"，时间就是胜利！

我们三个人围在地图旁，以小时为单位计算着敌我双方行军的速度。

我们正常的行军速度一般为每小时十华里。现在情况异常，这样的速度显然不行，要强行军。强行军的速度，每小时可达十四华里。但是连续强行军很难按这个时速计算。因为四个小时以上总要吃点东西，十几个小时以上总要有点休息的时间。就算我们的战士不吃不喝不休息赶到预定战场，巨大的体力消耗是很难保证战斗胜利的。另一方面，我们从来不打糊涂仗。当时野战军三个纵队的大部分及上万的地方部队，都在运动中西进，要他们掉头南下，就必须讲清楚这个带全局性变化的原因。这也需要时间。

时间，时间，一切的一切都集中于时间。

我们三人的计算更具体了。罗历戎距清风店地区九十余里，天已过午，国民党军队是不敢也不愿搞夜行军的。何况罗历戎根据蒋介石的通报，认为我军兵力不足，行军速度不会加快。即使他发现了我们的意图，他的部队由于一些军官眷属紧随不舍，一小时能走十华里，也就不错了。当然，最主要的原因是从新乐县至清风店地区都属于解放区。罗历戎从石家庄北进，实际上是孤军深入。我们在这个地区有坚强的地方党和政府，有广大的、觉悟很高的人民群众，有原先布防于此的徐德超等同志指挥的独八旅和大量的地方武装、民兵。他们了解到野战军的战略意图后，会积极有效地袭扰和钳制敌人，迟滞其前进的速度。因此，罗历戎到达我们预定的战场清风店一带，最早也得明日黄昏。如果地方武装和民兵钳制得好，甚至可以迟滞他到后日拂晓。就我们的部队来说，前三个昼夜在徐水地区，不论是攻城的，阻击打援的，都是在运动中激战，体力消耗大，减员也不少，现在强行军南下，困难自然很多。但是，要抓住罗历戎并且消灭他，我们的主力无论如何必须在二十四小时之内走完二百里左右的路程，赶到方顺桥以南的清风店地区。否则，不但这个仗能不能打上是问题，即使打上，要消灭他，困难将会更多、更大。

取胜的关键仍然是无情的时间。

决心既定，绝不动摇。耿飚同志蹲在秋风萧萧的田野里起草命令：全军除原攻击徐水归二纵队指挥的部队不动外，其余各部接令后一律立即掉头南下，目的地是方顺桥以南的清风店地区。

从接到敌情变化的电报到发出南下清风店的命令，总共用了不到半个小时。

我们身边没有电台。找到电台一时也无法沟通与运动中的部队的联系，下达命令只得靠身边的参谋人员。好在我们当时的有线通信联络网搞得比较好，参谋同志们分头纵马赶赴离我们较近的部队，采取接力的办法，有电话的用电话，无电话的派人，近的通知远的，远的通知更远的。我们向传达命令的同志反复强调：要快！要快！！要快！！！

这里还有一个重要的问题：我们原定的保北围城打援的计划和各个作战预案，都是报经晋察冀中央局、军区和聂荣臻司令员批准的，眼下这个重大的变化却因为时间异常紧迫，身边没有电台，不可能等报告获准后再实行了。

传达命令的同志出发，我们身边只有作战参谋余震和三个警卫员了。大家一齐动手把地图装好，掉转马头加速南下。

我们三个人的马比较好，急进到午夜，余震等同志便掉队了。拂晓前我们赶到新指挥所开设地时，他们才赶上来。虽然深秋深夜，霜雾浓重，寒意袭人，我们和坐下的骏马却都汗淋淋的。好在当时大家都年轻。我们三个人，耿飚同志年龄最大，才三十八岁；杨成武同志最小，只有三十三岁，真可以说体格健壮，精力充沛，彻夜急进并不感到特别乏困，只是有些饿了。

余震等同志赶来后，耿飚同志看见他便喊："快，快把电话搞通！"我见余震走路一瘸一拐的，便问："怎么搞的？"余震摸了摸屁股，不好意思地笑了："我那马背上没垫马袋子，这一夜跑得太快，屁股给颠烂了。不要紧，不要紧！"他边说边走，好像怕我们不让他去执行任务似的。

电话很快架通了。

野司机关还没有赶上来。三位警卫员中有两位外出警戒了。耿飚同志面对几部电话机在不停地讲话。杨成武同志和我商谈着起草一个发往部队的战斗动员令。身边那位唯一的警卫员突然问："首长们要不要吃点东西呀？"我们三个人几乎同时点了点头。是啊，从中午到现在，十几个小时过去了，连口水也没顾得上喝，确实有点饿了。耿飚同志手按着电话机，笑着对杨成武同志和我说："这里有我，你们二位，"他又指了指警卫员，"你们三位去做饭吧。不过要快一点，我们在这里停不了多久。"杨成武同志说："这个分工好。不过做饭我不怎么在行。这样吧，司令员和小鬼去做饭，我去遛马。我们的马猛跑了一夜，不遛一遛不行。"

三个战友——司令员、政治委员和参谋长按照自己的分工，在天将破晓的这个华北平原的小村里开始了工作。

我的烹饪技术不值一提，但总是把饭做熟了。耿飚同志一边吃一边取笑说："你这人饭做得一点湖南味道也没有。"我说："主要是没有辣椒，我的真本领施展不出来哩！"杨成武同志也打趣地说："司令员做的是河北饭嘛，不错，不错！"他一边吃一边对警卫员说："拿一些给余震和电话班的同志吃吧！"警卫员也笑着说："不用了，人家做的肯定比咱们的好。"看来这小鬼对我的"手艺"也不怎么满意。这也难怪，我确实是个不称职的炊事员。但在大战前能吃上这么一顿饭，大家还是很高兴的。

野司机关的同志陆续到达了指挥所。天虽然还没有亮，指挥所却灯火通明，大家都在紧张地忙碌着。各个渠道不断送来敌人的最新动向。

罗历戎果然不出我们所料，在新乐宿营了。新乐的群众向我们报告，从敌人号房子贴的"贴子"了解到，三军仅直属单位就有参谋处、副官处、军务处、军法处、军医处、新闻处、人事室等十几个，另外还有一个全套的野战医院。更可笑的是罗历戎还带了一个由十三四岁的娃娃们组成的魔术团。我们有位参谋说："罗历戎要在新乐唱三天大戏才好哩！"

罗历戎可以宿营做"美梦"。我们却是枪不离肩，马不卸鞍，日夜兼程地往南赶。杨成武、耿飚同志和我，通过电话向各纵队的同志进一步说明情况的变化和野司的决心。

我们向各纵队指出：这个仗打上打不上，打好打不好，关键是时间。敌人九十里，我们二百里上下。没有别的办法，就靠我们的铁脚板！要强行军，昼夜不停地、高度地强行军！南下的部队最迟明天拂晓前要赶到清风店一带，并且要打响，不能让罗历戎再北上。吃饭问题地方党政机关和沿途群众会帮助我们解决，就是吃饭也不能停止行军。话说得死一点：走不到爬也要爬到方顺桥以南！我们还提出：任务越紧迫、艰苦，越要关心部队，爱护战士。

耿飚告诉我：各部队的情绪都很好。他们建议野司重视两件事：一，吃饭问题；二，战场救护问题。他们说，吃饭关系到时间。一顿饭连做加吃起码要个把小时，三顿饭就是三四个小时。省下这些时间赶一赶能跑五六十里路哪！战场救护关系到战斗力。连续强行军，赶到战场就要打响，而且是硬仗，高度的疲劳不说，伤亡在所难免。如果要部队自己运送伤员和牺牲的同志，必然会影响战斗力。

部队的建议很重要。我们一边告诉冀中军区司令员孙毅、政治委员林铁和独八旅的徐德超同志，要他们组织地方武装力量和民兵，不惜一切代价拖住罗历戎前进的速度。同时通报晋察冀边区党、政负责同志，请他们组织群众全力支援野战军的行动。我对耿飚说："应该告诉部队，经过八年抗战，冀中的地方党和政府，冀中的人民群众是完全可以信赖的。吃饭和战场救护问题他们会解决得很好的。"耿飚点点头，同意我的意见。他问我："咱们的指挥所是不是还要往前挪一挪？""要挪！"我说，"应该马上就往前挪！"

参谋和警卫人员听说指挥所要前移，一边收拾地图，一边问："首长们要不要打个盹休息一下呀？"耿飚一摆手："清风店，清风店，一切都要到清风店再说。"

大家忙着指挥所的前移，杨成武仍坐在蜡烛下审阅野司的作战动员令。

我很喜欢这个开门见山，气势磅礴，火药味浓，鼓动性强，似乎千军万马就在眼前的动员令。其中像"为了打大胜仗，必须集中一切兵力、火力，猛打、猛冲、猛进，发挥我军的传统作风，狠打、硬打、拼命打，丝毫不顾虑，冲垮敌人，包围敌人，歼灭敌人！必须不顾任何疲劳，坚决执行命令，不怕夜行军、急行军，不管吃不上饭，没水喝，不顾连天连夜的战斗，不怕困难，不叫苦，不许怠慢，走不动也要走，爬着、滚着也要追，坚决不放跑敌人。全体干部以身作则，共产党员起特殊作用。敌人顽抗必须坚决摧毁，敌人溃逃必须追上歼灭。号召打大胜仗，比赛为人民立功！"这些激动人心的文字，今日读来仍感到热浪扑面，催人发奋。

黎明时分，我们来到大路上。只见几路大军全是跑步向南，向南，向南！像汹涌的波涛奔腾向前。一些干部背包上摞着从战士身上"抢来的"背包，肩上扛着从战士们手中"夺来的"枪支，一边跑一边用简明的语言为战士们鼓劲：

"提前赶到清风店，坚决活捉罗历戎！""为我军增光，为人民立功，同志们，加油呀！"有位同志见我们纵马过来，高声地喊："闪一闪，闪一闪，让首长们过去，让首长们过去！"参谋同志告诉我，这是二纵队四旅（旅长肖应棠，政治委员龙道权）的部队。

四旅是我们的主力旅。他们原来的任务是攻打徐水，后来又转移到徐水东北的容城一线打援。离现在的地区比我们几乎远一倍，可是他们赶上来了。我下马问一位干部："你们走了多长时间？"他把冒着热气的帽子抓在手里，擦了擦满脸的汗水，说："从赶到徐水围城到移防打援，到南下清风店——"他停下来，大概是算账。"噢，八个昼夜了。"

"八个昼夜！"我重复了一句。

那位干部大概认为我为他们的体力担心。他把帽子戴好，笑着说："八个昼夜不光行军，还打了好几仗。打仗总有空隙可以打盹的。"

"怎么样，还能坚持吗？"我问。

他没有正面回答我的问话，却说："首长们讲了，胜利就在我们的大腿上！"说罢，行了一个举手礼又前进了。

部队很快赶到了保（定）南解放区。用战士们的话来说，"进到解放区，出气都觉得痛快！"

地方党、政府和解放区的人民，在短短的时间里为部队准备的一切，是我们没有完全想到的。

大路上每隔五十米左右就有一口大缸，缸里分别装的是开水、带枣的小米稀饭、加了糖的玉米面粥。为了保温，有些大缸的外面包上了厚厚的棉被。想得多周到呀！缸与缸之间是临时架起的锅灶。锅里贴着当地老乡爱吃的玉米饼子。乡亲们把带着黄腾腾"锅巴"的玉米饼子，送到战士们的手里还是热乎乎的哩。这是人民的心呐！守候在路两旁的大部分是妇女同志。她们提着篮子，端着簸箕，里边不仅有馒头、大饼、烧鸡、鸡蛋和大红枣、黄柿子，还有军鞋、毛巾、慰问袋和撕成绑带那么宽的新布条。有些鸡蛋是染红了的。老大娘一边往战士们的口袋、挎包里塞，一边念叨着："这是俺儿媳妇'坐月子'用的。带上吃吧！多杀顽固军保俺过好日子。"看到有的战士的鞋子破了，用绳子绑在脚上，大嫂们一拥而上，争着给战士换新鞋。有的战士脚跑肿了，新鞋穿不上，她们便把战士的脚揽在怀里，轻轻地挑泡、挤水，然后一层层地包上布条。战士含着热泪继续前进，她们追上去，把新鞋挂到战士脖子上，疼爱地说："拆布的工夫脚要先见水，湿透了再拆，要不会疼呀！这新鞋等脚消了肿，再穿，不要紧，里边有垫子，软和的！"姑娘们把绣了花的慰问袋送到战士手里，说："里边有吃的有用的，还有信。"有些大胆的姑娘问战士："你叫什么名字？能当英雄吗？"我们的战士红着脸，跑了。有的老大爷把烧鸡撕成碎条，紧跟着脚步不停的战士，一边往战士的嘴里送，一边嘱咐着："孩子，吃吧，打起仗来就没有工夫了。记住，千万小心，躲着点枪子呀，那东西不长眼。"随部队行动的担架队多半是男青年，也有不少英姿飒爽的姑娘。担架上铺着厚厚的被褥，有的是全新的，有的被子四角上还缀着花生、栗子、枣，显然原来是为新婚夫妇准备的。担架队员们一个个意气风发，斗志昂扬，不少人还带着武器。一看便知道是些有经验的民兵。战争年代的担架队员，不仅要在炮火中抢救和运送伤员，还要当向导，修工事，运粮草，捕捉和看管俘虏。他们的血汗是和战士们流在一起的。

我们在途中遇到了冀中区党委和行署支前指挥部的吴树声同志。他热情地向我们汇报了支前指挥部的工作情况。他说："区党委书记林铁同志让我转告野司首长，冀中两千万人民决心做到，前线要什么，我们有什么，部队有什么要求，我们保证做到！"他们是说到做到的。据战后统计，在短促的时间里，冀中人民组成的民工队伍达十万人，担架一万一千副，牲口九千六百头，大车三千四百辆。战区一带数以万计的民兵，很好地保护了军用电线，保证了指挥联络的畅通。人民，人民是我们坚强的后盾！

由于接到罗历戎出石家庄的情报后，我们的指挥所基本上是在马背上、在进军的途中，无法与军区联络。我想，聂司令员找不到我们，一定很着急。于是，当野司的指挥所移到清风店以东温仁村外的一片松柏树林里后，我们立即将作战部署和情况报告聂司令员，并请求指示。

指挥所刚一定点，各方面的情况便接踵而来。

南下各部队的情况良好，减员数量不大，各级指挥员都抓得很紧。记不得是哪个营的一位营长，在部队火速南进中擅自决定让全营休息了几个小时，旅里决定给他记大过的处分。军队的纪律是铁面无私的，尤其是在战场上，容不得半点马虎。我们要各部队一定做好政治思想工作。告诉大家，按时到达各自的指定位置，不但可以保证战斗的胜利，还有可能争取到短暂的休息时间。战前一刻值千金。一定要懂得这个道理。

傍晚，接到罗历戎先头部队接近定县的情报。新乐到定县五十多里，这位罗军长走了不止一昼夜。

不是罗历戎不想走快，是我们的地方武装、民兵和广大的人民群众阻挡了他。罗历戎部队所经之地，除了大道、村口的地雷、冷枪，突袭总是不断。他们在新乐是宿营了，但觉并没有睡好。罗历戎虽然连酒醉饭饱后用以取乐的魔术团也带在身边，但部队的粮草他是准备靠沿途抢劫来补充的。而他根本没想到解放区的人民群众实行了彻底的空室清野，有些村庄连水井都填死了。最使罗历戎恼火的是我们地方武装很有声势的袭击，他由于摸不透虚实，有时还不得不摆出阵地战的架势来对付。

战役正式打响前，我们接到一个出乎意料的消息：冀晋区党委书记兼冀晋军区政治委员王平同志到了前线。他不是在阜平县参加晋察冀中央局的土地会议吗，怎么突然来到了前线，而且这么快？后来才知道，是聂司令员派他来的。聂司令员交给王平的任务是统一组织指挥地方武装、民兵，尽一切可能迟滞罗历戎北上，为我们的南下争取时间。王平同志接到任务后挥鞭跃马，急速飞驰，竟把一匹膘肥体壮的高头大马活活累死在半路上了。他又赶紧借了一匹马，以想象不到的速度赶到前线。这位身经百战的老战友，亲率一个独立团和上千民兵，有效地迟滞了罗历戎北上的行动。我们是清风店战役的主力部队，但在战役正式打响前，王平指挥的队伍已经开始战斗了。

各路传来的消息都是令人鼓舞的，唯独留在保北的二纵五旅，三纵七旅、八旅和冀中军区独七旅的同志，使我们放心不下。这些部队由二纵队司令员陈正湘、政治委员李志民统一指挥，任务是摆开决战的架势，坚决阻击保定地区的大敌南下，以保证清风店战役的胜利。野司带六个旅南下后，他们在敌我兵力悬殊的情况下阻击，为使敌人坚信我主力仍在保北，不得不打阵地战。四个旅要打出十个旅的样子，担子实在是太重了。我们通过电台询问他们的情况，得到的回答是：请野司放心，决不让这里的敌人南下一步！

战局的发展可以说完全不出我们的预料。我军全部赶到方顺桥以南并全线展开后，罗历戎全军被阻止在清风店周围的高家佐，东、西南合，大、小瓦房等地。这时，这位三军军长才发现，挡在他面前的不是他很不以为然的民兵，而是我军的主力。他向他的直接上司十一战区司令官孙连仲报告，请示援兵。

但是孙司令官却坚持我军主力仍在保北一线。他的根据是：一天多之前那里的战斗异常激烈，我军曾攻进了徐水城关，只是由于他孙连仲"指挥若定"，我军才"被迫"收缩"溃退"。如今，那里我军的攻击没有减弱，战斗依然十分紧张。难怪这位战区司令长官要对他的下属大吼：共军连辆汽车都没有，他们靠什么在二十多个小时内从保北赶到保南的清风店？他们会飞吗？他们是"神行太保"吗？大吼之后当然还有安抚：放心北进吧！

我军的战役合围已经形成。罗历戎不但不能北进，东、西两面的活动余地也不大了，即使他敢违令南返，唐河的渡口也已经被我们封锁了。

清风店战役是十月二十日打响的。由于我们急促赶来，对敌兵力部署的情况了解得不很详细，没有在战役合围的同时，在战术上分割敌人，未能很快地各个歼灭。

二十一日，我们采取分割战术，把敌人切成若干小块，集中兵力，将罗历戎及其主力第七师所在的西南合的外围扫清，打破了他的"梅花形"防御体系。这一天战斗非常紧张、激烈。在逐村逐街的争夺中，许多部队和敌人展开了白刃格斗，出现了不少可歌可泣的英雄。战斗中曾来了十几架敌机。他们知道我们没有高射武器，有恃无恐地低空扫射、轰炸，疯狂得很。我们用轻重机枪组成对空火力网，击伤一架，打落一架，对部队鼓舞很大。敌机不敢低飞了。不少空投的弹药和食品落在了我们的阵地上。我军曾一度突击罗历戎所在的西南合村，但未能成功。

罗历戎被围困在西南合，但他并没有死心。他等待着南来的援兵，更期望着保北的友军。他觉得，只要自己坚持住，"南北夹击"我军的局面也许会出现的。我们不能说罗历戎的打算完全是幻想，但是世界上脱离现实、一厢情愿能办成的事是极少的。

二十一日一天的激战，大概使孙连仲清醒了一些。据说他曾坐飞机到了保北上空，亲自指挥那里的战斗。如果在那里取胜，即使造不成"南北夹击"的局面，起码可以帮助罗历戎突围。因为他在保北的部队有上百辆大汽车，如果能摆脱我军，几个小时便可以赶到清风店地区。孙连仲很清楚，靠清风店以南石家庄的力量来解救罗历戎是不可能的。因为石家庄只有刘英的三十二师及一些杂牌部队，他们是不敢出来的。

这样，我们在保北打阻击的部队压力更重了，战斗更苦了，责任也更大了。

野司随时将我们这边的战况通报他们，要求他们也将那边的战况、特别是困难报告野司。陈正湘、李志民同志的报告很及时，但是没有一次提到困难。来电都很简单：围住罗历戎对我们鼓舞极大，祝全胜！战士们提出的口号是："打下去，熬下去，阻住敌人就是胜利！"这个"熬"字使我们看到了保北战斗的残酷程度和干部战士坚韧不拔的决心。杨成武同志说："那边的同志们打苦了。"耿飚同志说："我们这里要快，要争分夺秒！"

　　为了加速战役的进程，野司连夜决定集中五个旅的优势兵力，从东西南北四个方向向罗历戎指挥所所在地西南合总攻。另派少量部队准备阻击保定方向可能出援的敌人。

　　二十一日夜，应该说是二十二日凌晨了，我们向西南合发起了总攻。

　　罗历戎很清楚，这是决定他的命运的时刻。他把步兵、工兵、炮兵、通信兵，大汽车、小汽车、弹药车、军需车都集结在马家大院的四周。兵力是够多了，但这么多部队集中在仅四百多户人家的西南合村，要想构成什么防线是不可能的了。天亮后，敌机成批地赶来为罗历戎打气，但这一切已无济于事了。短兵相接，人民战士从置生死于度外的革命英雄主义中迸发出来的智慧和力量是无法估量的。有位叫李德胜的指导员，一人抱着十公斤的地雷冲到西南合的一所院子里。这里有敌人的重兵和弹药车，他拉响地雷，连投出十几个手榴弹，引爆了弹药车。院内七间房子在天崩地裂的轰鸣声中全部倒塌，他却安然无恙。共产党员高老二就靠着血染的刺刀和一身虎胆，率领六位战士解决了敌人全部美械化的一个连。战士邢树其只身杀上房顶，冲锋枪直扫敌指挥所。十点钟左右，我们全部占领了罗历戎的最后一个据点西南合。

　　各部队都在清点俘虏，但是没有找到罗历戎。这位军长哪里去了？我们相信他是不会死的，我们更相信他是逃不掉的。果然，没过多久，独八旅徐德超旅长以掩饰不住的兴奋心情向野司报告："罗历戎捉住了，活的，在我们这里！"

　　独八旅当时在唐河边上的南合庄一带，罗历戎怎么跑到他们那里去了？原来罗历戎见大势已去，在混战中带三百余人从西南合往东南逃窜，到了南合庄被独八旅的同志捉住了。罗历戎换了衣服，隐瞒了身份，我们的战士也不认识这位将军。但战士们凭着经验，还是把他放到"俘虏官"的队列，送到八旅旅部。

　　当时，全军上下都在寻找罗历戎。徐德超同志从战场回到旅部，一进联络科的大门，便看见一个相当熟悉的面孔，"这人怎么有点像罗历戎呢？"徐德超想。但是他没有贸然发问。他把联络科的一位干部叫到一旁，问："那些俘虏的身份都搞清了吗？有没有大家伙？"联络科的干部告诉徐德超，有些人的身份问过了，但还没有核实。徐德超指了指那个像罗历戎的人，问："这个人叫什么名字？"联络科的同志顺着徐德超指的方向看了看，说："还没问到他哩！"也就在这时，那人的目光也向徐德超望来。徐德超一步赶到那人面前，问："你不认识我了吗？"那人抬头望着徐德超，尴尬地站起来，苦笑着说："这，这，这不是徐代表吗？啊，遇见老熟人了。"

这是罗历戎。他和徐德超也可以算是"老熟人"吧。

去年（一九四六年），由我党和国民党、美国代表组成了"北平军事调处执行部"。徐德超同志作为这个"执行部"石门（即石家庄）执行小组的我方代表，住在石家庄。他的主要对手就是国民党的代表罗历戎。那时候这位国民党的中将军长衣冠楚楚，气宇轩昂，跟着他的美国朋友，气派得很。有一次他以东道主的身份，请美国人和徐德超同志看戏。搞不清是事先的安排，还是偶然的巧合，三方代表到达剧场后，罗历戎问演什么戏，随从们回答是《战濮阳》。罗历戎马上煞有介事地说："和平时期怎么老唱武戏呢？改，改一出文戏。"将军有令，戏目自然是改了。徐德超同志后来诙谐地对我说："罗历戎为了做样子给我们看，只准剧团在台上唱文戏，可他自己在台下一个劲地演武戏，还老演主角呢！"如今，这位将军成了俘虏，又换了装，徐德超同志没能马上认出他来，也是不奇怪的。

我们要徐德超同志立即派专人将罗历戎送来野司，并马上报告了聂司令员。

战役刚刚结束，聂司令员和萧克（晋察冀军区副司令员）、罗瑞卿等同志便来到了前线。

聂司令员见到我和杨成武、耿飚同志便说："啊呀，你们怎么搞的嘛，我好一段时间都找不到你们了！"

耿飚同志说："情况突变，走得太急，电台又掉了队，我们三个就带了一个骑兵班，几个参谋。"

杨成武同志说："我们知道您一定着急。我们也急得很哪！"

我笑着说："我想，这一仗打不好，肯定是要受批评的。"

聂司令员高兴地鼓励我们："我看你们是只想着打好，没有想到受批评。所

1947年10月22日，晋察冀野战军在清风店全歼国民党主力部队第三军，活捉中将军长罗历戎。图为聂荣臻（前排右二）会见罗历戎（左一）时的情景。前排左二为罗瑞卿、右一为萧克，后排右三为杨得志。

以就打好了嘛，打得很好嘛！"

聂司令员听取了我们的汇报，作了重要的指示，和我们一起接见了罗历戎等人。因为土地工作会议还没有结束，他又很快地赶回了阜平。临走时，罗瑞卿同志对我说："把罗历戎他们送到土地会议上去吧。全区的党政负责同志都在那里，让大家看一看，是个鼓舞呀！前方打老蒋，后方挖蒋根嘛！"

罗历戎等人被送往后方。聂司令员又接见了被我俘虏的三军副军长杨光钰，副参谋长吴铁铮。这两个人是当年聂总在黄埔军校任教时的学生。吴铁铮见到聂总，羞愧地说："二十多年没有见到司令了。"

聂总开朗地说："现在不是又见到了吗！"

杨光钰在黄埔军校时曾和左权同志在一个队学习。罗瑞卿同志告诉他，左权同志已在抗日战争中英勇牺牲了。杨光钰说："他是光荣的，他是光荣的！"

261

聂总问吴铁铮："你看今天蒋介石的军队，和一九二五年大革命时的国民革命军有什么不同呀？"

吴铁铮叹一声，说："现在这个军队，和那时候孙传芳的军队一模一样了。"

吴铁铮说了一句实话。

清风店战役歼敌二万余人。生俘三军正副军长等将校级军官十名。战役结束后，晋察冀边区召开了有三千多名干部和群众参加的祝捷大会。会议由王平同志主持。聂司令员作了重要讲话。他高度评价了战役胜利的意义。说："这次歼灭战打得很干脆，从军长至马夫没有一个逃跑掉。李文（国民党第三十四集团军总司令）亲率十六军、九十四军和九十五师等部的增援救不了他们，蒋介石在北平亲自指挥也救不了他们！"聂司令员号召我们"更多地消灭敌人"，"配合全国大反攻"！

朱总司令为战役的胜利专门作了一首诗：

> 南合村中晓日斜，
> 频呼救命望京华。
> 为援保定三军灭，
> 错渡滹沱九月槎。
> 卸甲咸云归故里，
> 离营从此不闻笳。
> 请看塞上深秋月，
> 朗照边区胜利花。

作为晋察冀战场转入战略反攻后的第一个大胜利，清风店战役之后，当时在河北平山县西柏坡的中央领导朱德、刘少奇同志，晋察冀中央局的聂荣臻等同志高瞻远瞩地运筹着更大的行动。

清风店战役结束的当天（十月二十二日），聂荣臻同志同时向中央军委和中央工委发出电报，正式提出了"乘胜夺取石家庄"的意见。他到清风店前线时，向我们野司的几个负责人谈了他的想法，征求我们对打石家庄的意见，实际上是向我们交代了任务。罗瑞卿政委当时对我说："清风店一战，部队打得很苦，可是我看不会有多长的休整时间。'夫战，勇气也。'聂司令要一鼓作气拿下石家庄。"我说："聂司令征求意见时我说了：要打，要快打！"二十三日，朱德、刘少奇同志联名电复聂司令员，同意他的意见，同时，发电给中央军委，建议批准聂荣臻同志夺取石家庄的意见。这两份电报中都提到，朱总司令即日要到我们野司来。[1]

夺取石家庄，是晋察冀人民和我们野战军全体指战员多年的愿望了。说到准备工作，从总体上讲，近一年来我们进行的大大小小的战斗，都是为了孤立石家庄，最后解放它。

石家庄是河北省的重镇。河北人民骄傲地说，石家庄是全中国最大的一个"庄"。这里是平汉、正太、石德三条铁路的枢纽，西出太原、东接山东，南连豫鄂，北通北平。农业上有粮有棉，工业上有铁有煤。是华北地区举足轻重的战略要地。正因为如此，日本帝国主义投降后，蒋介石才把他的三军、十六军、九十四军、九十二军、独立九十五师等嫡系部队，集结于这一带。保石家庄就是为了保整个华北地区。

石家庄的防务，在日寇侵占时就比较强。蒋介石派重兵进驻后又不断加固，逐步形成了周长六十华里的外市沟，三十多华里的内市沟和市内坚固建筑群组成的三道防线。名目繁多的碉堡达六千个以上。内、外市沟深宽在五至七米左右。沟外有铁丝网、布雷区，沟内有电网、暗堡。外市沟内沿还有一条五十多里长的环市铁路，铁甲车平时可巡逻，战时便是活动堡垒。虽然没有城墙，但深沟层层，暗堡林立，也算得上是"地下城墙"了。难怪敌人气焰嚣张地叫喊："石门是城下有城，共军一无飞机，二无坦克，国军凭着工事可以坐打三年！"

世界上的事物总是对立的统一。我们不否认石家庄工事坚固，也不否认我们确无飞机、坦克。实在说，就是为数不多的大炮，有些还是罗历戎刚从石家庄拉出来"送"给我们的。石家庄有"地下城墙"，地上却是四门大开的。这给我军突进提供了极有利的条件。更重要的是清风店一战，石家庄原来的最高指挥官罗历戎被我俘虏。现在的防区总指挥叫刘英，是罗历戎手下的三十二师师长。他的总兵力号称两万多人，其实正规部队不过一万多一点，其余是石家庄周围十几县逃亡地主的反动武装。石家庄城大人多，街道复杂，敌人布防严密，但是我们在清风店战役中缴获了敌人大量的地图、文件，其中有一份《石

[1] 见《朱德选集》211—212页。

家庄半永久防御工事，兵力部署及火力配系要图》。据俘虏供认，这份绝密要图是罗历戎准备到北平当面向蒋介石汇报用的。另外，石家庄城内有我们四百多位机智、勇敢、经验丰富的地下党员，对敌人来说，这是些随时都可以爆炸的"定时炸弹"。清风店战役后，我们有意识地将近千名俘虏放回石家庄，更加动摇了守敌的军心。实际上石家庄已经成了一座"陆地孤岛"。罗历戎主力被歼，这座"孤岛"便处于人民战争的包围之中了。

形势也要求我们尽快拿下石家庄。一九四七年十月，中央发布了《中国人民解放军宣言》，提出了"打倒蒋介石，解放全中国"的口号。全国其他战场的部队，基本上把战争引入了蒋管区。这样，敌人占领的石家庄，便像一颗钉子楔在我们的腹地，阻隔着我晋冀鲁豫、晋察冀等解放区的联系。这个阻隔虽然是局部的，但总是心腹之患。打掉它，我几块解放区便可连成一片，华北地区的形势会起重大的变化。

当然，要夺取石家庄，决非轻而易举的事。蒋介石不会轻易放掉他经营多年的这个战略要地。特别是他已处于全面被动的形势之下，"牵一发而动全身"的道理，蒋介石不会不懂。他会"决一死战"的。就我们来说，多少年了，打游击战打运动战都有一套行之有效的经验，但是攻取大城市，在我的记忆里这还是第一次。"万事起头难"呐！

这时，罗瑞卿同志回到了野司。我们的领导力量加强了。

不久，中央军委批准了聂荣臻同志的报告。

关键时刻，朱老总风尘仆仆地来到了晋察冀野战军司令部。他亲临前线，给全军增添了巨大的力量。

朱老总到野司后，听我们的情况汇报，听我们的各种预案，谦虚、认真地同我们交换意见，研究战役部署，给我们解决疑难问题。为了把敌情搞得更准确。他和我们一起分析敌情资料，亲自审问俘虏。这样，我们不仅掌握了敌人总的兵力部署，连他们一些营级单位的驻地情况都了解了，甚至刘英的铁甲车每天要巡逻三次的情报也搞到了。在这段时间里，朱老总还深入基层同指战员交谈，从中了解情况，发现问题，给予指示。他还同炮兵、工兵部队的同志研究技术问题。时值初冬，当时已是花甲之年的朱老总亲自给部队作报告，讲形势，讲任务，讲战术，讲纪律，深入浅出，生动形象，大大地激发了指战员们的革命英雄主义精神。我想，凡是当时见过朱老总，以至参加过石家庄战役的同志，都不可能忘记朱老总和我们在一起的那些烽火日月，更不可能忘记他对中国革命胜利所作的伟大贡献。

作为我们的直接领导，聂荣臻司令员对石家庄战役的组织领导，也是非常及时、具体和正确的。

根据朱老总和聂司令员的指示，战役前，我们在安国县召开了旅以上干部会议，详细研究了攻击石家庄的战役准备，作战方案，政治工作，还有对我们来说是一项新内容的城市工作。朱老总在会上作了重要讲话。他针对当时有些部队不太重视战术技术的问题，特别强调"石门战役打的是攻坚战术，是勇敢加技术。"罗瑞卿政委就战役的政治工作做了报告，耿飚参谋长讲述了战役的指导思想、作战指挥原则和各纵队的任务，潘自力主任就城市政策和入城后应该注意的问题作了报告。我也在会上讲了话。

会后，野司把朱老总关于"勇敢加技术"的指示作为一个口号传达到所有部队，要求坚决贯彻执行。练技术我们强调了两条：一是土工作业。平原地带大部队攻坚，没有隐蔽点等于等着挨打，绝对不行。敌人不是有沟壕吗？那好！我们便沟对沟，壕对壕。要求前沿部队把壕沟挖到距敌二三十米处，不仅手榴弹可以砸进去，而且冲锋号一响翻身便可以扑进敌人的沟里。为了更快地接近敌人，各部队准备了大量的梯子，占领沟壕后搭在上面，成为活动桥梁，直扑敌人内城。二是爆破技术。石家庄里里外外六千个以上的碉堡，完全靠我们有限的炮兵去摧毁是不可能的。沟壕之内，街道楼房和上千的暗堡主要是靠炸药包。原来我们只有土造的黑色炸药，清风店战役中得了一大批威力更大的黄色炸药，部队要学会使用，还要提高爆破技术。总之一句话，要按朱老总讲话的要求，以学习攻打大城市的精神进行石门战役，为夺取大城市创造经验。

参加攻击石家庄的部队，除野战军外，还有晋中兵团、冀晋兵团和各分区的部队。为加强攻击力量，朱老总还从华东地区调了一个榴炮营来支援我们。晋察冀人民在清风店大战结束后不到十天的时间里，集中了一万一千多民兵，八万二千多民工和万余副担架、万余头牲口、四千余辆大车，组成了浩浩荡荡的支前大军，并且把各种炮弹八万发，各种枪弹一百五十万发，炸药六万斤，攻坚器材二十万斤，主副食品二十四万斤，运到了前线。英雄的人民推着小车，赶着马车，抬着担架，挑着各类物资跋山涉水，风餐露宿，奋勇支前的动人情景，确实使人感动，也给部队增添了无比的力量。

　　蒋介石得知我们欲攻石家庄的消息后，从保定空运了一个团和一个野炮营给刘英。他的这个行动，与其说是增加什么防御力量，倒不如说是给身在"陆地孤岛"的刘英打气。

　　战役就要开始了。敌机不断地在我们上空狂轰滥炸。这时候朱老总还在我们野司，大家都为他的安全担心。我们几次劝他到冀中军区所在地河间县去，他都摇头不肯。他说："你们不都在这里吗？未必飞机就专来找我朱德。"我知道他是关心着战役的发展情况，便说："你到河间，我们会随时向你报告的。"朱老总笑了。他幽默地说："野战军司令向总司令下'逐客令'，没得办法，我只好去找孙胡子（指冀中军区司令员孙毅同志）了。"

　　十一月四日，各部队按原定作战计划，分别进入指定地点。

　　五日晚，野司运动到距石家庄只二十多里的一个小村庄。在这里，我与聂司令员通了战前的最后一次电话，向他报告了各部队的情况，告诉他刘英虽然已经手忙脚乱，但还是相信他的工事。

　　聂司令员说：

　　"事到如今，他不相信也得相信了，这叫自欺欺人。蒋介石给他发了电报，要他固守待援。你们要反复向部队讲清楚，战斗会相当艰苦呀！"

　　我请聂司令员放心。

　　聂司令员说："我相信你们。战斗进展要力求快速，但指挥上不要太急。要特别向部队交代清楚，入城后要坚决执行党的政策。还有，"聂司令员停了停，然后充满感情地说："告诉罗、耿、潘，还有你，你们习惯靠前指挥，这我不反对，但是一定都要注意安全！你听见我最后几句话了吗？"

　　我答应着，但是没有说出话来。

　　六日拂晓，各部队用隐蔽、突然的动作，在炮兵掩护下，以爆破、突击与政治攻势相结合的方法，进攻石家庄外围之敌。七日，集中火炮急袭发电厂，断绝全市电源，使敌内、外沟壕的电网全部失效；占领了大郭村飞机场，断绝了敌可能的空援。战斗进展比较顺利。只是石家庄东北角的云盘山没能很快拿下来。

　　云盘山高出地面十五米，距外市沟约有六百米，是石家庄东北方向的重要屏障和唯一的制高点。拿下它就等于打开了从东北方向突入石家庄的大门。担任主攻任务的是三十团的第三营。他们经过顽强的战斗，最后由八连副连长李长云同志带突击队，在炮兵支援下，夺取了这座被敌人称为"铁打的云盘山"。我们立即将这一重要进展分别报告了朱老总和聂司令员。

扫除了敌外围据点，各部队向敌人第一阵地实施土工作业，改造地形，构筑进攻出发工事，直达敌前沿阵地百米之内，坑道挖到了敌外市沟外沿。这些作业（包括后来接近内市沟）大都在夜间进行。那几天石家庄地区细雨蒙蒙，战士们冒着寒风苦雨连续作战，相当疲劳。但是进展速度依然很快。有些交通沟一直挖到敌人据点的外围，他们也没有发现。

突破外市沟后，午夜，我正等着部队突击第二道市沟的情况，一位参谋突然跑来向我报告："司令员，请快接电话，是总司令从河间打来的。"我拿起电话听筒，大声地说：

"我是杨得志！"

"晓得的！"电话里传来朱老总亲切的声音，"怎么样呀？"

虽然只一句问话，但我完全理解朱老总的心情，甚至好像看到了他握电话机的样子。我简要地报告着战况。当说到正向第二道市沟突进时，参谋来报告：第二道市沟又被我们突破了。我把这一消息马上报告了总司令。

"打得好呀！我祝贺你们！"朱老总兴奋地说。"按你们的计划打下去，告诉大家，后边的同志可是都望着你们呐！"

我把总司令的指示告诉了罗瑞卿、耿飚和潘自力同志。我说："总司令是希望我们打得更快一点哟！""聂司令员也是一样啊！"罗瑞卿说罢，转身告诉参谋，"把总司令和聂司令的指示和希望迅速通知各纵队，要他们传达到每一个战士，告诉大家，总司令和聂司令在等着我们的胜利消息呢！"

十一日晚，我军不但全线占领了敌人的内、外市沟，而且占领了市区的大部分街道，敌人只剩下核心工事了。六天六夜呀，石家庄这座蒋介石苦心经营多年的"堡垒"，这颗楔在华北解放区中间的钉子，就要被我们彻底拔除了。我们是打过不少胜仗的，但此时此刻也难以抑制内心的激动。

野司决定十二日晨发起对敌核心工事的总攻。我带几位参谋赶到战斗进展比较快、离敌核心工事比较近的四纵队指挥所。罗瑞卿政委和耿飚参谋长等同志在野司指挥所掌握全面情况。这时我们已经有了步谈机，联系起来相当方便。

总攻核心工事的战斗打得很激烈。特别是攻至火车站一带时，遇到了敌人坦克和铁甲车的阻击。当时我们对付坦克没有经验，几次使用爆破的方法虽然都没有成功，但指战员们却抓住了坦克的活动规律。有位叫康德才的指导员，带领战士杨大海乘再次爆破的烟雾，勇猛迅速地登上坦克，命令坦克手调转炮口向火车站和正太饭店轰击。这两个地方被我占领，便切断了敌人的内部联系，孤立了刘英的指挥中心——大石桥指挥所。

我在云盘山四纵队指挥所，得到石家庄敌人最高指挥官刘英被活捉的消息时，有点奇怪。因为当时市内的战斗还正在激烈进行。四纵队的领导同志告诉我，活捉刘英的消息，是他们十旅政治委员傅崇碧同志报告的，这样的大事不会有错。十旅的报告很具体：是一支小分队插入敌人心脏把刘英从床底下拖出来的。我让四纵队的领导同志告诉傅崇碧同志，立即赶到活捉刘英的前沿部队去，要刘英命令他的部队停止反抗。这样，既可以减少我们的伤亡，又能够保护城区的人民群众。我说：“告诉傅崇碧同志，他和刘英谈话，可以用野司代表的身份。”

后来知道，刘英刚见到傅崇碧同志的时候，态度很顽固，不愿意下这个命令。经过傅崇碧同志耐心地做工作，这位曾经扬言“誓与石家庄共存亡”的将军，到底发出了他的最后一道命令：我和团长们被俘，你们坚守待援无望……停止抵抗，缴械投降……

十二日中午，敌人最后固守的几个据点打出了白旗。

石家庄终于获得了新生。

十三日，我们收到了聂司令员转来的朱总司令的电报：

聂荣臻同志转全体指战员：

仅经一周作战，解放石门，歼灭守敌，这是很大的胜利，也是夺取大城市之创例，特嘉奖全军。

我们接到电报不久，朱老总便来到了石家庄。他在这里除同我们野司的负责同志交谈外，还找了三十多名参战的基层干部、战士开座谈会，调查作战情况。十二月二日，在聂荣臻同志亲自指导下召开的晋察冀野战军党委扩大会议上，朱总司令作了当前国际国内形势和石家庄战役经验教训的重要报告（报告

1947年11月12日，石家庄被攻克。图为晋察冀野战军占领石门（石家庄）市政府。

的一部分现已收入《朱德选集》），对攻坚战术作了科学的总结，形成了连续爆破、坑道作业、对壕作业、集中兵力火力、突破一点、穿插分割等一整套攻坚战术。朱总司令总结的经验很快推广到全国各个战场，加速了战争的进程。

石家庄战役后，蒋介石不得不将他在华北的兵力作重新调整和部署。保定、张垣两个绥署撤销了。成立了以傅作义为总司令的华北五省（晋、察、冀、热、绥）"剿匪"总司令部。

历史的车轮碾转到了一九四七年年底，中国的军事形势已经不是蒋介石"剿"我们，而是我们向他们发起更大规模的进攻，为完成"打倒蒋介石，建立新中国"的伟大使命，做最后的奋斗了。

## 四、新保安之战

国民党军为摆脱石家庄战役惨败后的困境，新上任的华北"剿总"总司令傅作义，集中四个主力军于冀中满城地区，寻我"决战"。我们华北野战军第二兵团（原晋察冀野战军），避其重兵，围攻涞水，采取"围城打援"的办法，在涞水城东庄町村一带，全歼了傅作义王牌部队三十五军的新编三十二师。击毙该军军长鲁英麟、三十二师师长李铭鼎，给了傅作义当头一棒。之后，根据党中央的部署，我们分别在承德、北平和北平、张家口两线作战。到一九四八年十月下旬，辽沈战役即将结束，淮海战役就要全面展开的时候，蒋介石、傅作义为缓和他们在全国难以喘息的重压，调集机械化部队和骑兵，图谋偷袭我党中央驻地——石家庄西北的平山。当时，徐向前、周士第等同志领导的华北第一兵团正在围攻太原，杨成武、李井泉、李天焕等同志领导的华北第三兵团远在绥远，只有二兵团离石家庄较近。为保卫党中央，我们以清风店战役时的行军速度，从宣化地区越过平绥线，赶到易县、完县、曲阳一线阻止敌人的进犯。傅作义见我们已有准备，遂即缩了回去。十一月初，辽沈战役胜利结束，华北战场的大决战——平津战役就要开始了。

我们兵团在平津战役中的主要任务，是按照毛主席的总部署，围困、攻打新保安。

新保安这一仗，一九四八年十二月二十二日七时发起总攻，当日十七时解决战斗，十个小时歼灭傅作义三十五军的一万九千余人。战斗的规模和战绩，不论是同歼敌四十七万余人的辽沈战役相比，还是与只进行了两个阶段便歼灭黄百韬、黄维、孙元良等三个兵团的淮海战役相比，实在是一个小仗。但是，毛主席对这个小仗在解放战争时期三个决定性大战 [1] 的最后一战——平津战役中的作用和意义都估价不小。

平津战役中，毛主席为中央军委起草了许多电报。在我看到的九十份电报中，有五十五份是直接或间接发给我们兵团的；这五十五份电报中，大部分又是与新保安作战相关的。毛主席为新保安之战的胜利，倾注了大量心血。

---

[1] 指辽沈、淮海、平津三大战役。

1948 年底，华北军区司令员聂荣臻（右二）、华北军区政治部主任兼第二兵团政委罗瑞卿（右一）、第二兵团司令员杨得志（左二）、第三兵团司令员杨成武（左三）、第三兵团副政委李天焕（左一）。

　　一九四八年十一月十八日，毛主席直接发给我和罗瑞卿、耿飚同志的电报——在我的记忆里，这是我们收到的关于平津战役的第一份电报——中告诉我们：平、津、张、唐，蒋傅两系军队在我徐州作战胜利进展下，有分向西南两方向撤退或集中向南（经海路，亦有某种可能走陆路）撤退的可能。为了稳住傅作义，毛主席命令一兵团停止攻击太原，三兵团停止攻击绥远，我们兵团准备随时向张家口附近出动，阻止敌人向西逃跑。这份距平津战役正式发起还有十几天的电报说明，毛主席关于这一战役设想的重点，是抓住蒋傅两系在华北的军队，就地歼灭。十二月十一日，毛主席在只有两千多字的《关于平津战役的作战方针》中，十三次提到新保安及守敌三十五军，并明确指出："只要塘沽（最重要）、新保安两点攻克，就全局皆活了。"[1] 重读这些言简意深的电文，

[1] 见《毛泽东选集》第四卷 1305 页。

似乎能够听得见千军万马的进军声，看得见毛主席调集敌我于一手的雄才大略。回忆从抓住、围困敌三十五军到攻克新保安，使平津战役全局"活"起来的战斗过程，毛主席作为伟大战略家胸怀全局，审时度势，知己知彼，运筹帷幄，指挥若定的气魄和艺术，历历在目。

燕山南北，海河上下，宛如一座巨大的舞台，毛主席要在这里导演出一幕幕惊心动魄、有声有色的活剧来。

当时，傅作义集团在华北虽然仍有六十万军队，但在战略上已处于极为不利的地位。它的东、北两边受我东北野战军的重压；西边面临我华北部队的直接打击；南边，我中原、华东两大野战军正在围攻杜聿明集团。毛主席十分形象、生动、准确地说，此时的傅作义集团"已成惊弓之鸟"[1]，华北地区的形势如何发展，不仅决定着傅作义集团的存亡，对已是千疮百孔的国民党反动政权，更是息息相关。在这种形势下，早就存在于蒋介石、傅作义和美帝国主义之间微妙复杂的重重矛盾，更日益深化、尖锐起来了。

傅作义虽然被蒋介石委任为华北地区的最高军政长官，但他早年系晋军，是阎锡山的部下，并非蒋介石的嫡系。二十年代末，任师长的傅作义与奉系军阀在河北涿州作战时，因孤军坚守涿州城三个月而得宠，后升任三十五军军长。他在被称为"塞上谷仓"的绥远河套平原（今属内蒙古自治区），扩充实力，苦心经营，自成系统。有人说，傅作义青云直上，发迹的本钱是三十五军，起家的老窝在绥远，是有些道理的。而今，蒋介石在东北地区的部队已全军覆灭，淮海战场的结局也日趋明朗，国民党政权危在旦夕的形势已经很清楚了。"树倒猢狲散"，何谈一群"惊弓之鸟"呢！作为与蒋介石共事非一日，深知国民党派系斗争之烈，又同共产党打了几十年仗的傅作义，不得不想一想自己的下一步了。

蒋家王朝摇摇欲坠的"最高领袖"蒋介石也在想。

出钱出枪帮着蒋介石在中国打内战的美帝国主义，当然也不能不想。

他们都在想，但却是互存戒心，貌合神离。不过，面对全国的形势，在平津地区是守是逃这个大问题上，是他们谁也不能回避的。

美帝国主义出于在华利益，主张守住华北，固守平津。蒋介石和傅作义却是临深履薄，跋前疐后。

---

[1] 见《毛泽东选集》第四卷 1303 页。

　　蒋介石为挽救其灭亡的命运，在总体上是主张打的。他的打，在当时首先是在淮海战场上做垂死挣扎，以解长江以北的燃眉之急。因此，他曾打算放弃华北，将他在华北的嫡系部队和傅作义所部南调，增援淮海前线。这样，即使淮海战场失败，也可为他退至江南做"半壁江山"的"君主"增添一些资本。但是，蒋介石知道，要傅作义跟他南下绝不是一件容易的事。所以，他又想牺牲他在华北地区的军队，同傅作义一起拖住我东北及华北野战军，暂保华北，以便争取时间，扩充实力，再与我军较量。

　　傅作义是"三十六计""走为上"。但是走向哪里却大费周折。跟着蒋介石南逃，首先会失去在华北的统治地位。而且，他的主力王牌三十五军的绝大部分官兵是绥远一带人，故土难舍，兵将是很难带的。更重要的是，离开他起家的地盘，寄蒋氏篱下，不可避免地要受到排挤，以致最后被吃掉。西逃绥远回"老家"，在傅作义看来是最理想的。但当时美帝国主义直接援助他五个军的美械装备还没有拿到手，马上西逃，美国人要翻脸，这笔美援即成泡影。而在蒋系军队全面崩溃的时候，能得到这样一批可观的美式装备，不论是固守平津还是西逃绥远，傅作义将是长江以北最大的军事"实力派"。另外傅作义曾公开对他的部属讲过，他估计我东北野战军经过五十多天的辽沈大战，起码要有二至三个月的休整时间才能入关作战。"杀敌一万，自失三千"，这点军事上的常识，傅作义自认为还是清楚的。得到美援，充实自己，逃至绥远，凭着实力和他在抗战期间与马鸿宾等人的上下级关系，控制西北军阀并非可望而不可即。傅作义的算盘打得是不坏的。但他终究要受美、蒋两方的控制，要实现自己的打算谈何容易。

　　这样，美、蒋、傅三方面是三个主意：蒋要南逃，傅要西窜，美要固守平津。当然，蒋介石和傅作义最后还得服从美国人的意志。于是，蒋介石、傅作义在一次专门研究平津地区防务的会议上，初步确定了"暂守平津，保持海口，扩充实力，以观时变"的十六字方针。

　　根据这个方针，蒋介石要傅作义调整部署，缩短战线，把兵力集中于北平、天津、唐山、塘沽三角地区。而傅作义却把蒋系的二十个师放在平、津、塘地区，把自己的二十个师（除二六二师和骑兵四师）部署于平张线上。很明显，蒋介石还是要牺牲傅系往南逃，傅作义则依然想牺牲蒋系而西窜。南辕北辙，各有各的"小九九"。

　　傅作义把四十多个师摆在津沽、北平、张绥三个防区，长达一千多公里的战线上，形成了一个"长蛇阵"。"蛇头"在津沽，"蛇尾"在归绥（今呼和浩特），摆出既可固守，又可从海上南逃或向绥远西窜的态势。

　　毛主席透彻地剖析了美、蒋、傅三方之间的矛盾及其各自的打算，牢牢地把握着战争的主动权。

　　傅作义这个充满矛盾的"长蛇阵"，为我军实行战略包围和战役分割，斩头剁尾，各个歼敌提供了极好的条件。正是考虑到这样的客观条件，也考虑到如果敌人南逃或西窜，虽然我军可以不战而得平津，但对未来战局却有不利的因素。毛主席在辽沈战役凯歌高奏，淮海战场鏖战正酣之际，出敌不意地作出了东北野战军主力不待休整，迅速秘密入关，会合华北野战军抓住蒋傅两系主力于华北地区就地歼灭的英明决策，及时地发起了平津战役。

　　按照毛主席的部署，平津战役共分三个阶段：一，完成对敌军的分割包围，但围而不打，或隔而不围；二，从新保安开始，然后张家口、天津，依次各个歼敌；三，解放北平。平津战役，敌我双方参战部队的总数即达一百三十万人以上。要在一千多公里长的战线上，调动、使用这不少于几个小国家人口总和的武装力量，又要迅速、果断、正确、有效地处置战争进行中千变万化的复杂问题，使敌人就范于我，需要多大的智慧、气魄和力量啊！这本身就是惊心动魄的壮举！

　　我们常以"用兵如神"这句话来形容和赞颂毛泽东同志指导战争的艺术。"神"在哪里呢？就在于他从根本上打破了视战争如神物的观念，正确地认识和掌握了战争的客观规律。他十分注重战争的全局，集中力量解决主要矛盾，抓住战略枢纽去部署战役，抓住战役枢纽去部署战斗。毛主席把兵给用"神"了，把仗给打"神"了，也把敌人给调动得"神魂颠倒"了。

　　美、蒋、傅不是要在"暂守平津"中"以观时变"吗？毛主席将计就计，先令华北我军缓攻太原，撤围归绥；又命令淮海前线我军，对被围的杜聿明集团暂不作最后歼灭。这个欲擒故纵，以退求进，真真假假，虚虚实实的"时变"部署，使这群"惊弓之鸟"的心，有些安定；也似乎看到了"暂守平津"成功的"希望"，南逃西窜的决心便更难下了。敌人的这个变化，完全符合毛主席的预想。更确切地说，是毛主席对这群反面演员"导演"的结果。待他们稍微清醒，毛主席已经在实际上完成了自己的预想。蒋傅两系军队这条"长蛇"便时至"冬日"了。但是，这条"长蛇"毕竟是由六十万人之众组成的，部署在一千多公里漫长的防线上，是先"斩头"，后"剁尾"，还是先取其中，不仅需要大费神思，也成了战局成败的关键所在。

毛主席决定先从平张线打起，围攻张家口，截断傅作义西窜绥远的必经之路。抓住并歼灭三十五军，挖掉傅作义的"心头之肉"。同时，乘傅作义指挥重心在张平线之机，东北我军秘密入关，造成直取北平的态势。这样傅作义则必然要全线收缩，确保平津。但已经晚了。丢了三十五军这张"王牌"，张家口、北平两处告急，傅作义便陷入了欲战无力，欲守无能，欲退无路的绝境。毛主席这个环环紧扣、一箭"数"雕的计划真是太巧妙、太英明了。

围攻张家口之前，三十五军在北平。但是毛主席料定，时刻不忘西窜的傅作义，在张家口危急的时候，一定要派它出援。三十五军一色美械装备，完全是摩托化，仅"大道吉"汽车就有四百多辆，机动性强，战斗力也确实不弱。傅作义对他这支赖以起家的部队，是完全放心的。有人说，三十五军是整个傅系军队的灵魂，是傅作义本人的"左膀右臂""心尖宝贝"，这并不过分。解决严重危机，舍三十五军还能靠谁呢？

毛主席完全掌握了傅作义的心理状态。

毛主席也非常重视三十五军。

一九四八年十一月二十四日午夜，我们收到了毛主席发给杨成武、李井泉和李天焕同志，并转告我们的电报，知道杨成武等同志领导的三兵团，按中央的命令即要到达张家口附近。他们的任务是"抓住一批敌人不使向东逃跑"，"抓住并包围之后，不要攻击，等候东北主力入关（守秘）围歼敌人之后，再相机攻击"。

这时，我们兵团尚在石家庄北边不远的曲阳一带。

十一月二十六日凌晨，毛主席直接发电给我们。电文是："着杨罗耿率二兵团于今二十六日由曲阳出动，以五日至六日行程进至涿县、涞水以西地区待命。"二十七日午夜，毛主席又来电命令我们"十二月一日集中于易县西北紫荆关地区隐蔽待命"，并告诉我们，三兵团将于三十日左右集中于张家口西南的柴沟堡、怀安地区，然后以迅速动作抓住并包围柴沟堡、怀安或张家口、宣化一线的敌军，吸引东面的敌人往西增援。我们在行军途中接到这些电报，预感到一场大的战役即将展开。罗瑞卿对我说："毛主席调出北平（东面）敌人，让我们各个吃掉的这一着太英明了。"一直在作战地图前忙碌的耿飚说："首先是调出三十五军,毛主席要抓住傅作义的'老本'呀!"我说："围住张家口,又不要攻击,毛主席这篇'文章'大得很来!""是这样。"罗瑞卿说："'兵不厌诈'嘛!"

从十一月二十九日开始,三兵团先后攻占了张家口外围的柴沟堡、万全、沙子岭等重要据点,完成了对张家口的包围。

我军的这一突然而迅速的行动,惊动了傅作义。事后知道,十一月二十九日,傅作义把驻在丰台的三十五军军长郭景云召到北平市里,要他火速带部队西援张家口。生着一脸麻子的郭景云,在国民党军队中算是能打仗的,被吹嘘成"英雄"。此人专横跋扈,孤傲得很。他在离丰台前,对部属们说:"(傅)总司令要我们去救援孙兰峰(敌守张家口的十一兵团司令官),我想不会有什么麻烦。不过你们要注意,北平没有我们三十五军,总司令是不放心的。所以他要我们快去,快打,打了快回来。"

郭景云确实走得很快,第二天下午就到了张家口。他这次只带了他的一〇一师和二六七师,涞水一战被我们歼灭后重新组建的三十二师留在北平未动。是一副"快去、快打、快回"的架势。只是不要说郭景云,就连傅作义大概也没有想,三十五军此一去,回不回得了北平,决定权就不在他们手中了。

三十五军西出北平不久,我秘密入关的东北大军先遣兵团突然出现在北平东北的密云一带;我们兵团的部分部队也进到了北平西南的涿鹿地区,形成了两路大军南北夹击北平的态势。如果说傅作义派三十五军西援张家口时还"信心十足",那么,此时此刻,便首尾难顾,如坐针毡了。所以,十二月四日,傅作义坐飞机到了张家口。傅作义此行,名义上是研究张家口的防务,实际上是要三十五军火速(又是一个"火速")赶回北平为他保驾。只是从后来得到的一系列敌动态中,没有发现傅作义向他的部属(包括"贴身"的三十五军)透露过密云方向我军的情况。

傅作义到张家口的当天(十二月四日),毛主席在十九个小时内连续向我们发来三封电报。凌晨二时,命令我们"应以最快手段攻占下花园地区一线";下午四时,又一次命令我们"务以迅速行动,以主力包围宣化、下花园两处之敌";夜间九时,毛主席更明确地指出我们兵团"最重要的任务"是"务于明(五)日用全力控制宣化(不含)、怀来(不含)一段","务使张家口之敌不能东退"。十九个小时之内的三次电令,急如星火,犹如阵阵战鼓,震人心弦,催人奋发。使人们看到了自己的责任和毛主席的期望和要求，实在说，真有点坐不住了。大家明白，毛主席说的"张家口之敌"，主要是指三十五军；不使他们"东退"，就是不准他们回北平。在毛主席要我们"用全力控制"的宣化、怀来之间，较大的村镇是响水铺、下花园、鸡鸣驿、新保安等。新保安向东不足三十公里便是怀来县城。该城距北平外围的天然防线八达岭极近，而且驻有傅作义的另一支嫡系一〇四军。也就是说，如果三十五军突过新保安同一〇四军汇合，毛主席的整个战略部署将受到极严重影响；罗瑞卿、耿飚和我深感自己的责任重大。

这时，我们兵团的绝大部分部队在平张线和大洋河以南，只有四纵队政治委员王昭同志带该纵十二旅（旅长曾保堂），在铁路和大洋河以北的东面（新保安附近）执行牵制任务。

敌三十五军是沿铁路北面的公路乘汽车东退的。我们要在宣化、怀来间截住它，必须渡过大洋河。公历十二月初，大洋河面覆盖着一层薄冰，但还没有完全封冻，这给需要急速过河接敌的部队，带来了极大的困难。我们一面要王昭、曾保堂同志全力阻击敌人，就地组织防御；一面组织大部队顶着寒风，破冰下水，徒涉大洋河。战士们渡过冰河，棉裤腿和上衣下摆竟冻在一起，步子都迈不开了。大家不顾一切地往前赶，但是行进的速度不要说与坐汽车的三十五军相比，就是按我们自己的要求，也相差很大的距离。

我们兵团指挥机关还没有渡过大洋河。十二月六日清晨三点左右，毛主席又一次命令我们"全力在宣化、下花园一线坚决堵击"敌人。罗瑞卿、耿飚和我，在寒夜的低坡处打着手电传阅毛主席的电报时，作战参谋急急地赶来报告："三十五军已经越过下花园，奔新保安了！"不知是因为天气太冷还是心情过于紧张，他的声音有些颤抖。

这真是一个极为严重的情况！三十五军越过了下花园，意味着我们没能完成毛主席交给的坚决堵击他们于宣化、下花园一线的任务。不论什么原因，决战时刻的这一重大变化，不能不使我们都感到十分紧张。

耿飚说："下花园到新保安只有十五公里了。"

耿飚这句话的意思大家都很清楚，三十五军再走十五公里，过了新保安，形势对我们来说将更加严重。而全部机械化的三十五军，乘汽车走十五公里路，实在是易如反掌。

"这当中还有个鸡鸣驿。"罗瑞卿说着，又问："下花园到鸡鸣驿有多远？"

"十公里。"耿飚答道。

我说："马上给王昭同志发电报，命令十二旅不惜一切代价，坚决堵住三十五军。一定要坚持到大部队赶到！"

"同时发报给三纵、八纵和四纵的其他两个旅加快行军速度。告诉他们，要拿出拼命的劲头来！"耿飚补充道。

"要使大家都清楚，"罗瑞卿严肃地说，"如果让三十五军从我们手里逃过新保安，和怀来的一〇四军会合，那我们二兵团是交不了账的！是要铸成历史大错的！"

十二旅的同志们在鸡鸣驿附近，向三十五军的前卫营开了火。十二旅的这个行动牵制了敌人，同时，我大兵团的急进也引起了敌人的注意和迟疑。事后得知，骄横的郭景云甚至认为这是歼灭我们的好机会。他说："平时想打仗，老找不见人，这一下叫他们来吧，有多少羊还怕赶不到群里，我看这些共军是让咱们在路上再捡点洋捞。"郭景云也是出于对我们的情况不明，担心夜间遭到伏击，没有连夜向东行进。这是一个出我意料又有利于我的情况。

一九四八年十二月七日夜，我们在急促行军的途中接到了毛主席当日二十点签发的电报。从上井冈山到这时，我跟着毛主席已经打了整整二十年的仗，经历过许多艰险和困难，也多次聆听过他的指示、教导，但是，直至现在，这份电报还在震动着我的心。它对我的教育大大超过了电报内容的本身，是我一生怎么也不会忘怀的。

毛主席在电报中说：现三十五军及宣化敌一部正向东逃跑。杨罗耿应遵军委多次电令，阻止敌人东逃。如果该敌由下花园、新保安向东逃掉，则由杨罗耿负责。军委早已命令杨罗耿应以迅速行动，于五日到达宣化、怀来间铁路线，隔断宣怀两敌联系，此项命令亦是清楚明确的。杨罗耿即使五日不能到达，六日上午应该可以到达（该部三个纵队于二日从紫荆关南北出发，以四天最多四天半行程应当可以到达铁路线，该部过去南下时以三天行程即由铁路线到达紫荆关）。三十五军于六日十三时由张家口附近东进，只要杨罗耿于六日上午全部或大部到达宣怀段铁路线，该敌即跑不掉。

这份电报，任务明确，依据充分，陈明利害，措辞严厉，以霹雳之势，行万钧之令。同时，在严格的要求中包含着巨大的关怀、信任和期望。

在收到上述来电的十个小时之后，毛主席又发来了文字极短却更加具体的命令：你们必须将主力（至少两个纵队）用在敌人逃窜方向，即东面，以一部位于敌之侧面，务将三十五军与怀来之联系完全切断，不得违误。这份电报签发的时间是十二月八日五时整。也就是说，十二月七日一夜，毛主席不曾合眼、休息。他关心着我们，关心着战役，指挥着我们，指挥着战役，而且是这样的具体。是啊，毛主席把三十五军调出来了，能不能抓住它，便是我们的任务了。这个责任重大啊！

我们虽然全力追赶三十五军，但仍然没有追上。在这关键时刻，十二旅的同志们在纵队王昭政委和曾保堂旅长的指挥下，发挥了巨大的作用。指战员们在天寒地冻的塞外"坝上"，仅一昼夜便构筑了三道阻击阵地，为迟滞和阻击敌人创造了重要条件。他们积极主动，节节抗击，经过激战、迟滞、消耗和阻住了多于自己三倍的敌人，使敌除占领新保安外，只有两次的进攻，在付出很大代价后，才前进了四里或八里。

十二月八日，我四纵十旅、十一旅和三纵、八纵，经过连续六昼夜的急行军和强行军，终于赶到了新保安镇外，切断了三十五军与怀来暂三军的联系，初步完成了对新保安之敌的包围。就我们全兵团来说，赶到的时间虽然比中央军委和毛主席的要求晚了一天，但是，当我们把三十五军被包围于新保安的情况向中央报告后，军委和华北野战军司令部还是发来了表扬十二旅的通报。这个通报，给了我们全兵团的同志极大的鼓舞。战士们摩拳擦掌，一致要求尽快拿下新保安，消灭三十五军。老实讲，兵团几位领导同志的心情，比战士们还要急切。这除了多年来我们在华北地区和三十五军几经交锋，总没有把它吃掉之外，这一次又让他们抢去我们二十多个小时的时间，险些贻误了战机，这口气实在憋得人难受。眼下，全兵团士气极旺，将三十五军歼灭于新保安是有绝对把握的。但是，这时毛主席发来电报，要我们对新保安之敌采取迅速构筑多层包围阵地，长久围困，待命攻击的方针。

毛主席为什么要发出这样一道命令，当时我们并不完全理解。

包围新保安的除我们兵团外，还有冀热察军区、三兵团的小部分部队。按中央指示，这些部队由我们兵团统一指挥。兵团指挥所设在距新保安只四五里的赵家山。

赵家山是个地处燕山山脉西侧八宝山地段的一个小村，只有二十几户人家，一百多口人。老乡们的房屋依山顺势像梯田一样，建立在层层山坡上。由于贫穷，开山凿石又难，房舍都很矮小。我住的那一家，三间屋加起来不足三十平方米，两边的屋里都有很大的土炕，不要说挂地图、开会，两三个人在屋里身子都转不过来。以往我和罗瑞卿、耿飚每到一地，大都是住在一起的，这次只好分开了。好在我的住处门外有一间碾屋，比较大一点，便成了我们的临时指挥室的碰头研究问题的地方。

三十五军军长郭景云被围于新保安，自然是不甘心的。因为傅作义给他的命令是"火速"赶回北平。所以，他在进入新保安的第二天便开始组织突围。这位一向自认为"所向无敌"的中将军长，死到临头却仍然傲气十足。开始，只派了他的主力一〇一师的一个团打头，并命令其他部队上汽车准备跟进，好像他的一个团便可以打开通往北平的通路。结果失败了，之后他又派一〇一师的两个团突围，仍然以失败告终。这时，郭景云有些紧张了，决定二六七师全部加一〇一师两个团，由自己指挥一齐往东突。应该说，郭景云的这次"总动员"的攻势是相当猛烈的，也曾一度攻破我们的防线，但最终还是被堵回了新保安。

傅作义得知这一消息，真可以说是惶惶不可终日了。用郭景云的话来说：不要说整个三十五军，就是那四百多辆汽车，也"是傅总司令的命根子，不能不要"。他急令暂三军、一〇四军和十六军西进接援三十五军出新保安。

暂三军由怀来沿公路西进，突不破我们的顽强阻击，改道后又遇到我们三、四、八三个纵队的猛烈抗击。此时，三十五军也由新保安拼命东进，想与援军会合。这样，我们便处于敌人东、西两方的夹击之中。暂三军一度西进到距新保安只有五里的马圈子村。形势严重。我们既然已经堵住了三十五军，不论付出多大的代价，也决不允许他们跑掉。而且要坚决把他们和暂三军分隔开，完成毛主席关于"分割敌人，各个歼灭"的部署，战斗打得很激烈，到了白热化的程度。但是敌人没能突破我们的钢铁阵地。这种情况下，暂三军军长安春山为保住自己的实力，停止不前，一定要郭景云东出新保安与他会合；郭景云则因为几次突围被我挡回，坚持要安春山西进新保安接应他。这时，毛主席命令东北野战军第四纵队从敌人的侧背插下来，先歼灭了敌十六军的主力，又收拾了逃跑中的暂三军残部。郭景云见援军已逃，只得窜回新保安。这期间，傅作义曾要郭景云轻装突围。郭景云也确实作了准备，大炮施行膛炸或拆毁；汽车水箱穿孔，轮胎放气；规定轻重伤员不准随队；突出新保安后往西而不往东，以造成回窜张家口的假象，再寻机回转北平。但在郭景云加紧准备突围的时候，傅作义又要他"固守待援"。

傅作义在指挥上已经完全混乱了。但是也看得出，事至如今，他仍然不想放弃通往张家口绥远的要道新保安。傅作义按照毛主席的指挥，自己拴住了自己。

我们东堵截敌暂三军和三十五军成功后，十二月九日，曾两次向军委发电，报告战斗情况。毛主席在十日凌晨三点签发电报表扬了我们。他说：杨罗耿三四两纵昨（九）日击退东西两路犯敌，确保自己阵地，应传令嘉奖。我们立即将毛主席的电报转发各纵队，极大地鼓舞了全兵团的战斗情绪。这时，我们才可以说完成了对三十五军的切实包围。

我们以九个旅（师）的绝对优势，包围了三十五军的两个师及一些杂牌部队，各纵队的求战情绪极高，都要求早日攻打新保安，歼灭三十五军。兵团曾几次向中央反映广大指战员的要求。但是毛主席多次指示我们要"围而不打"，以吸引平津之敌不好下从海上逃走的决心。毛主席说：你们预作攻击准备是可以的，但不要实行攻击。

毛主席抓住傅作义丢不下三十五军这个致命的弱点，把新保安变成一个包袱压在了傅作义的身上。这个"围而不打"的决策确实是非常英明的。但是，要广大的基层指战员在短时间内理解毛主席的决策，需要做很多工作（我们这些兵团的领导同志，也不是一下子就理解了毛主席这一决策的）。罗瑞卿同志在这方面付出了巨大的心血。他亲自组织各级政治工作干部向广大指战员讲述"围而不打"对全歼华北之敌，夺取平津战役胜利的伟大意义，宣传战役中局部必须服从全局的道理，深入细致地做工作，帮助大家克服急躁情绪。同时采取广播喊话；阵地前竖起写着"缴枪不杀，欢迎过来，立功者受奖"的标语牌；释放俘虏，让他们带回大量的"告傅作义官兵书"、"通行证"；给三十五军领导人写劝降信等多种形式，向三十五军展开了强大的政治攻势。我和耿飚等同志则把主要精力放在未来的攻击准备上。组织部队构筑层层阵地，形成对新保安的多层包围，有针对性地开展多种形式的战地练兵。广大指战员以坚韧不拔的革命意志，在新保安周围三十里左右的防线上，挖交通壕，架铁丝网，根据新保安的地形特点，编排攻坚队伍，组成火力、爆破、梯子、登城等各种分队。

有的连队秘密地把地道挖至敌人的城墙下面，把炸药装在棺材里，以提高爆破能力。那时候天气奇冷，朔风似刀，地下冻土在二三尺以上，指战员们顶寒风踏冰雪，在加紧土工作业的同时，时刻准备粉碎敌人的突围行动。由于部队多，包围圈紧缩，许多同志都吃住在空旷的田野里，下铺冻土，上盖寒天，风餐露宿，实在是艰苦。但是整个部队的情绪一直非常高。四纵队一张油印的战地小报上，曾登载过这样一首打油诗："三十五军好比山药蛋，已经放在锅里边；解放军四面来烧火，越烧越煮越软绵。同志们，别着急，山药蛋不熟不能吃；战前工作准备好，时间一到就攻击。"大家只有一个希望，早日拿下新保安，早日歼灭三十五军！

新保安当时有两千多户人家，多数居民经商，有七座学校，有电，是个颇具规模的小镇。据群众讲，此地在明朝万历年间前叫李家堡，万历年代开始修城，改名叫新保定，到了清朝康熙年间才叫新保安，算镇；但建有府衙，把守张家口与北京之间的要道。该镇的城墙，高十二米，顶宽六米，可并行两辆大车，墙根更宽，分东南西三座城门，是按"城池三门"的规格修建的。每座城门都修有高大的门楼。镇内以钟阁楼为中心，分东西南北四条街。钟阁楼有六耳钟一口，传说此钟一响，西可听至半坡街（在宣化，离新保安六十里地左右），东可到八达岭。钟阁四面凿有大字：西为"耀武"，东是"兴文"，南书"纲纪上游"，北刻"锁钥重地"，"锁钥"二字大概是出自五朝名臣寇准镇守大名府时的"北门锁钥"一说，以表明新保安地理位置之重要。

我们从敌工部门的汇报中知道，一向"不可一世"的郭景云被围，特别是几次突围不成，傅作义又命令他"固守待援"后，情绪反常，居然经常求神打卦，占卜吉凶。甚至自欺欺人地对部属说："我是陕西长安人，我儿子叫郭永安，这次来到新保安，这'三安'就可以使咱们转危为安。"他的幕僚们则昼夜收听广播，希望形势有所变化。至于大部分下层官兵，眼见小小新保安镇内，兵多于民，三五天后吃粮都成了问题，为了加修工事，他们砍树、拆房、扒墙、挖地，最后把居民们的门板都全部拆光，引起了群众更大的不满和反抗。有些士兵说，"死活快点，别再受这个洋罪了。"但是，三十五军毕竟是傅作义的"王牌"，他们还是有一套统治办法的。被围之后，他们更加紧了对下层官兵的控制，出阵中日报，派什么慰劳队，在碉堡、工事内张贴反动标语。郭景云还发誓，如果新保安被我攻克时，他全军营长以上军官集体用汽油自焚。这些情况说明，敌人虽然已是我们的囊中之物，但决不可掉以轻心，未来的战斗任务还是相当艰巨的。

我们将敌情变化和自己部队的准备情况随时向军委报告。毛主席十二月十五日凌晨给我们发来电报，一面鼓励我们"加紧完成对三十五军的攻击准备甚好"，一面再次告诉我们"实行攻击时间需待东北主力入关，确实完成平津两地的包围之后，大约在二十日左右。"

在我们积极准备攻击新保安的时候，毛主席将平津之敌的"长蛇阵"切成了三大段：一段在北平，有华北"剿总"及两个兵团部、六个军部、二十二个师；一段在张家口，有一个兵团部、一个军部、七个师；一段在塘沽和大沽，有一个兵团部、一个军部、五个师，全部完成了对敌人的战役分割与合围。蒋傅两系这条"长蛇"完全被肢解了。主席预料的敌人欲战无力，欲守无能，欲退无路的局面已经形成。

十二月十九日，毛主席电告我们，东北野战军四纵队已向张家口前进，待他们到达张家口，与原在该地的华北三兵团完成对张家口的部署后，我们即发起对新保安的攻击，准备五天左右解决战斗。

新保安之战，是平津战役"各个歼敌"的第一仗。兵团决定集中全部兵力参战，造成我与敌兵力对比为四比一强的绝对优势。不打则已，一打必胜。四纵队主攻城东南角；三纵八纵（缺二十四旅）分别攻击西门和城西北角；八纵二十四旅为兵团预备队，准备阻击敌人向东突围。待各纵队集中兵力、火力扫清外围之后，有重点地多路向新保安镇内突击，务求全歼守敌。

忍过了十一个漫长的严寒昼夜，进攻的时刻终于来到了。我和罗瑞卿、耿飚等同志，由赵家山移到了离新保安大约只有三里左右的地方指挥。这里不用望远镜就可以看到新保安。罗瑞卿同志压抑不住内心的激动，对我说："从我们北出紫荆关，一个多月了，毛主席指挥敌我一百多万人，到底把这顿'饭'做熟了。"有位参谋说："三十五军这锅山药蛋快煮烂了。"罗瑞卿一摆手，笑了："你只看到了'山药蛋'，毛主席那个锅里煮的，可是既有天津的海，又有北平的山，还有'皇帝'的金銮宝殿哪！"

罗瑞卿同志的话，把大家都说笑了。

十二月二十一日十四点，兵团所属各纵队以秋风扫落叶之势，分别在二至三小时内即扫清了各自进攻正面上的敌外围工事。二十二日七时，天刚蒙蒙亮，各纵队同时对新保安发起了总攻。四纵十一旅和十旅仅五个小时便占领了敌核心工事钟阁楼，并围歼了三十五军军部，生俘了该军少将副军长王雷震，以及其他官兵八千余人。三纵和八纵也在发起总攻十小时内，全歼了三十五军主力师一〇一师及其他残部七千余人。到十七时，新保安被我们完全占领。十八时我们向毛主席发出了电报。二十二时毛主席复电：全歼新保安之敌甚慰。望你们仿照刘伯承、邓小平、陈毅、粟裕在徐蚌作战中即俘即查即补即战的方针，立即将大部俘虏补入部队，并迅速加以溶化。休整十天，准备行动。

我和罗瑞卿、耿飚、潘自力等同志，是二十三日黎明下山进入新保安的。激战后的新保安，狭窄的街巷，横七竖八的汽车，翻了几个个儿的工事以及群众的房舍依然冒着滚滚浓烟。沟壑纵横，坑洼相连；枪炮车辆，物资弹药遍地皆是。这样的地形，傅作义郭景云的四百辆"大道吉"我们让他们开，他们也

新保安战役结束，我军全歼敌"王牌"三十五军。图为缴获的大批汽车、物资。

是开不出来的。毛主席"围而不打"的决策，在这里起到了比打还厉害的作用。不少群众在工事里寻找自家的东西。他们说："三十五军连我们的切菜板都抢来修了工事。这些该死的家伙！"我的警卫员小段，一个二十出头的大个子，见着成群的俘虏竟气愤地掏出枪来，被我制止了。

我们来到北街半截巷郭景云的指挥所。这座本来比较宽敞的四合院，当时也是杂乱无章，一片狼狈不堪的样子。门外堆有几个汽油桶。据说我军入城后，郭景云曾下令实行营以上军官集体自焚的计划，但是连他的副军长也没有听从他的命令。只有他自己在我军战士攻进这座四合院时，自毙而亡。

我也算是打过一些大仗、胜仗的人了，但是今天能亲自和广大指战员一起，吃掉多年来在华北战场上横行霸道的傅作义"王牌"三十五军，内心的激动却大不同于以往。我曾对罗瑞卿说："打掉三十五军，我有点十三年前渡过大渡河的感觉。"罗瑞卿笑了笑说："那时候是敌人追我们，现在可是我们追他们！"我点点头，感叹地说："那时他们追我们总共才一年，可我们追三十五军，已经好多年了。"

新保安解放不久，张家口也被攻克。至此，傅作义的嫡系部队，基本上被我歼灭。

一九四九年一月，东北野战军主力以迅雷不及掩耳之势，二十九个小时攻占了天津。北平便成了"陆上孤岛"。

由于我党的努力争取，北平守敌在傅作义将军的率领下，接受了和平改编。

古老的名城北平解放了，新生了。

毛主席亲自组织指挥的平津决战，以我们的全胜宣告结束了。

我们取得了决定性的胜利，但还没有取得彻底的胜利。一九四九年一月二十四日，毛主席命令我们，待东北野战军派部队接替我们的防地后，"开至石家庄附近休整半月，即向太原开进"。

那时候，全军上下都在学习毛主席为新华社写的一九四九年新年献词（即《将革命进行到底》）。毛主席在文章中庄严宣布：

"几千年以来的封建压迫，一百年以来的帝国主义压迫，将在我们的奋斗中彻底地推翻掉。"

"一九四九年将要召集没有反动分子参加的以完成人民革命任务为目

标的政治协商会议，宣告中华人民共和国的成立，并组成共和国的中央政府。"[1]

新的战斗，新的胜利在等待着我们！
全国人民为之奋斗的新中国在向我们招手！

## 五、历史是一面镜子

一九四九年二月初，我们参战的部队胜利地开进具有光荣革命传统的北平。这座雄伟的古都虽然依旧承受着塞外寒气的袭扰，但是充满生机的春天，迈着不可阻挡的大步坚定地走来了。

二月三日，在天安门广场举行盛大的入城式后，平津前线指挥部组织部队代表分别参观北平和天津。

平津区卫戍司令员聂荣臻、政治委员薄一波，北平市委书记彭真、军管会主任兼市长叶剑英，天津市委书记兼军管会主任黄克诚、市长黄敬等领导同志，分别接见、宴请大家。

最大的一次宴会是在北京饭店举行的。踏进饭店的大门，我突然想起了延安的窑洞，想起了清泉沟的地窝草棚，想起了"七大"时毛主席和其他中央领导同志关于中国的两条道路、两种前途和命运的讲话。仅仅三年多一点的时间，我们从延安"走"到了北平，"走"到了这富丽堂皇的饭店，就我个人来说，确实是没有料到的。

宴会中有人给我介绍傅作义先生。不久前战场上的对手，现在要握手言欢，我有点迟疑。也许，这灯火辉煌的宴会大厅同血与火的搏斗对比太强烈了，使我这个刚刚从战场上走下来的人有些不适应吧！当傅先生向我伸出手来的一刹那，不管怎么说，我还是握住了他的手，说："很高兴认识你。你这次的光荣行动，大家是不会忘记的。"傅先生握着我的手，摇摇头，脸上掠过一丝不易察觉的愧笑，说："你的名字我是早就知道的。只是没有想到你——"他停下来望着我，"你今年还不到四十岁吧？""你的眼力很好。"我笑着说："刚满三十九，转

[1] 见《毛泽东选集》第四卷 1319、1318 页。

北平和平解放，杨得志司令员在十九兵团庆功祝捷大会上讲话。

眼就四十了。"傅先生点了点头："我今年五十有四，比你大了整整十五岁……"我插断他的话，说："你的气色不错，看起来身体蛮好嘛！"傅先生笑出了声音……

　　参观的日程排得很满，简直有些应接不暇。雄伟壮观的故宫，典雅秀丽的颐和园，梅兰芳等著名艺术家们的精彩表演，使我们看到了我国人民的勤劳、智慧和无限的创造力，看到了我们民族的灿烂文化。天津五光十色的劝业场、利华大楼也使我们大开眼界。人民群众，特别是工人、学生的热情更是无法形容。

　　当然，有些现象也是我们难忘的。我的警卫员小宋，一个很年轻的农民出身的小战士，逛了一次王府井大街和东安市场回来，用惊讶、困惑和不平的口吻对我和罗瑞卿说："我的天爷，一块肥皂要四五万块边币，够我们几个月的津贴费了。铺子里杂七杂八、花花绿绿的东西倒不少，可怎么那么多外国货？听说连袜子也是美国的。怎么，咱们中国人连袜子也不会织呀？怪事！还有，什么钢洋、金镏子也拿到大街上卖。有些贼眉鼠眼的家伙，一看就不是好人。还有……嗨！"小宋手一摆，好像不愿意再讲了。但停了没几分钟，又说："我怎么总觉得怪吓人的。司令员，政委，你们抽空也去看看嘛。我给你们带路。"

看小宋那认真的样子，我笑着说："你呀，少见多怪。带我去看看还可以，要带政委去嘛——晚了，他早看过了，看过多次了。"

"什么时候？我怎么不知道？"小宋问。

我告诉小宋，一九四六年初，罗瑞卿同志作为军事调停处执行部我党代表团参谋长的时候，在北平住过一段时间，和敌人进行过针锋相对的斗争，见得多啦！那时候，我们还在冀东地区活动哩！

小宋摸摸后脑勺，咧着嘴笑了。

罗瑞卿同志耐心地对小宋说："这就叫通货膨胀，外国资本充斥市场和社会治安不佳。懂吗？"

"那怎么办？"小宋问。

"靠我们去做工作呀！"罗瑞卿说："你以为敌人放下了武器，城市归我们就完成任务了？不，还早呢！"

小宋点点头，仿佛在思考着什么。

小宋反映的情况，我们是知道的。不过当时我们考虑的中心问题，还是进入北平前（一月二十四日）毛主席给我们的命令：杨罗耿、杨李待林罗[1]派出接替新任防务之部队到达后，即开至石家庄附近休整半个月，即向太原开进。

那时，我们十九兵团（即原华北野战军二兵团）指挥机关住在颐和园后边的大有庄。

有天晚上，罗瑞卿同志问我："哎，我记得你到过太原的，对不？"

"三七年参加平型关战斗的时候，在太原阎锡山的招待所停过半夜。不过，那一次匆匆忙忙，什么都没看清，现在没有什么印象了。"

"那也算到过了。"罗瑞卿说："山西，听起来好像是'山稀'，其实它的山密得很——太行山、太岳山、五台山、中条山……不仅山多，'关'也不少，什么娘子关、天井关、雁门关、平型关……难怪有人说，山西之险是'俯天下之背面扼其吭'，蒋介石把阎锡山搞了三十多年封建法西斯统治的太原城，说成'反共模范堡垒'，是有些道理的。这块'骨头'啃起来，恐怕要比石家庄还要难

---

[1] 杨李，指杨成武、李天焕；林罗，指林彪、罗荣桓。

些。"罗瑞卿停了停，略有所思地继续说，"这些天，我老想着联络部送来的那份通报！"

罗瑞卿说的那份通报，介绍了阎锡山的一些情况。通报说，阎锡山为了显示坚守太原的决心，学着希特勒的样子，搞了一些烈性毒药；专门从他的老家五台山运来木料，做了一口棺材；又从他留用的三千多名投降的日军中，挑选了一个所谓"武士道精神"最强的士兵，以备在"最危急的时刻"把他打死。阎锡山还口口声声地说："这个任务，非日本武士不能完成。我就是要'效法庞德，抬榇死战'！"

"其实，"我对罗瑞卿同志说："阎锡山未必有郭景云的胆量。他的棺材是摆给美国人和蒋介石看的。毒药嘛，大概是给他的部下准备的。"

罗瑞卿点点头，说："攻太原，是我们在华北地区的最后一个大仗了。要打好这一仗，困难要想得多一些。另外，潘自力和政治部的同志告诉我，目前部队里有不少思想问题哩！"

罗瑞卿一向注意部队的思想动态，并且善于从一些看来是细小的问题入手，脚踏实地又生动活泼地进行教育，予以解决。

北平和平解放后，部队的战斗情绪仍很旺盛，这是主流。但相当多的同志特别是干部认为；三大战役后，中国的大局已定，虽然仗还是要打下去，但不会像过去那样艰难了。兵团机关有的干部就对我说，徐向前司令员兼政委领导的十八兵团（即原华北野战军一兵团）和晋绥、晋中军区的部队，一九四八年十二月初便占领了太原城南和东山要点，只是为了稳住平津之敌才暂停攻击。如今我们和二十兵团的同志再上去，"'饺子'包好了，就等咱们去'会餐'了！"这些分析当然有一定的道理，但那种明显的轻敌情绪就不对头了。

我对罗瑞卿说："没有胜利想胜利，取得了大的胜利，又有可能成为包袱。"

"问题就在这里。"罗瑞卿说，"我和老潘商量，请政治部的同志搞一个闯王李自成的材料发给部队。李自成这位农民起义领袖的失败，原因固然很多，但攻下北平后便骄傲起来，不能不说是重要的一条。"

我说："这是一个非常重要的问题。"

"是呀！"罗瑞卿说，"前几天聂司令员对我说，中央决定最近开一次全会（即七届二中全会），我想，部队中的一些重要问题，我们要向中央和毛主席报告。"

这天晚上，我们谈得很晚。谈话后没有几天，罗瑞卿便到西柏坡参加党的七届二中全会去了。我们则组织部队进一步学习毛主席《将革命进行到底》、《把军队变为工作队》，以及揭露国民党利用和平谈判来保存反革命实力的一系列评论文章，解决部队中存在的突出问题。

七届二中全会期间，我们接到命令，经沧州到石家庄休整。三月下旬到了太原南面的榆次。这是我第四次到山西了。第一次是一九三六年春，由陕北东渡黄河到三泉镇；第二次是一九三七年秋冬，参加平型关和广阳战斗；第三次是一九三八年，我任八路军三四四旅代旅长时，在霍县、安泽、洪洞、沁源一带活动了半年多。以上三次可以说都是为打日寇来山西，向阎锡山"借路"的。这一次，我们不再是"借路"了。我们要彻底捣毁阎锡山的老巢，解放包括太原在内的整个山西！

我们到榆次前，杨成武等同志率领的二十兵团已经到达太原北面的东西黄水一带集结，加上原来围困太原的十八兵团，和彭绍辉同志带领的一个军，众多的兄弟部队在这里会师了。我记得十八兵团和其他兄弟部队为欢迎我们搭起的彩门上写着："兄弟兵团大会合，攻取太原有把握！""老大哥工作好，团结巩固士气高！"等巨幅标语。战士们兴高采烈地说："这下可好了，华北的'兄弟三个'全到齐了，加上西北野战军的老大哥部队，阎老西不要说是'锡山'，就是'铁山、钢山'也能把他轰平砸烂！"

刚到榆次，我便去看望徐向前司令员。他那时身体不怎么好，住在太原东面的一个小村子里。

徐帅是我们敬重的前辈。他二十年代初期在黄埔军校第一期学习后，便参加了讨伐军阀陈炯明的东征。一九二五年，我还在安源煤矿当童工的时候，他已经是国民军第二军的政治教官了；在著名的广州起义中，他是工人赤卫队的联队长。后来，他受党的委托，和其他同志一起开辟创建了鄂豫皖革命根据地。他曾是红四方面军的总指挥。抗战期间，他同刘帅共同领导一二九师，还担任过抗大的代理校长。我是在他经历了比我们更加艰苦的长征后，在延安见到他的。这次去看望他，是要向他汇报，听取他的指示。

"欢迎你呀，得志同志！"徐帅见到我热情地说，"欢迎你，欢迎十九兵团的全体同志来！"他招呼我坐下后，又诙谐地说，"我是山西人，阎锡山也是山西人，而且我们都是五台县的，可我这个人没有地方观念，咱们一起来打这个山西人。而且还要打好！"

我向徐帅汇报十九兵团的情况时说，十九兵团过去打大仗不多，攻坚更少，缺乏打大城市的经验，希望他多作些指示。

徐帅笑了笑，说："你们那个石家庄（战役）打得不错嘛！总司令讲了话，是一个'创例'嘛！还有新保安，也打得很好嘛。当然，石家庄和太原不完全一样：打石家庄的时候，我们在整个华北战场还没有取得完全的优势。现在呢？辽沈、淮海、平津三个大仗已经胜利结束。伯承、小平、陈毅、粟裕同志就要率领大军渡长江了。蒋介石先是'求和'，后又'引退'，总的形势大变了。这是一个不同吧！另外一个不一样：石家庄是'城下城'，太原呢？太原可是'城上城'、'城中城'哩！它的防御体系，经过阎锡山、日本人多年反反复复的修整，应该说是相当坚固的。阎锡山说太原城有'百里防线'。我们有的同志说这是吹牛。依我看，阎锡山在这一点上并不完全是吹牛的。"徐帅停了停，问我，"你们有个炮兵团吗？装备怎么样？"

我说："有一个炮兵团。装备嘛，都是蒋介石'送'来的。炮的型号不太一样，不过总的看还可以。"

"那就好。"徐帅高兴地说，"攻太原这样的城市，还有我们今后的作战，只靠炸药我看是不行的了。要有大炮，还要有坦克，要有杀伤力更强大的武器才行哩！"

谈话中有位同志给徐帅送来了药。

我问徐帅："你的身体……"

"还好。"徐帅说，"就是看材料，或搞别的什么事情，时间长了，头有些疼。"

"那打起仗来你可要注意啊！"

"头疼脑热，问题不大！"徐帅十分乐观地说，"这次毛主席要我做总前委的书记和司令员，其实仗还是要靠你们大家去打。另外，毛主席决定彭德怀同志到我们这里来，他是我们的副总司令，'谁敢横刀立马，唯我彭大将军'！他来了，胜利就更有把握了嘛！"

彭总到太原前线不久，便召开了总前委扩大会议。彭总宣布，中央军委决定：由徐向前、周士第、杨得志、罗瑞卿、杨成武、李天焕、陈漫远、胡耀邦八位同志，组成太原前线党的总前委。徐向前为书记，罗瑞卿、周士第为副书记。徐向前为"前指"司令员兼政治委员，周士第为副司令员，罗瑞卿为副政治委员。

罗瑞卿同志在会上介绍了党的七届二中全会情况和毛主席的讲话精神。二中全会关于夺取民主革命的彻底胜利和由民主革命向社会主义革命转变等重大决策，给了我们极大的鼓舞。毛主席关于"人民解放军永远是一个战斗队"和"夺取全国胜利，这只是万里长征走完了第一步"等精辟论断，使我们更加明确了新形势下的战斗任务。毛主席向全党发出的"务必使同志们继续地保持谦虚、谨慎、不骄、不躁的作风，务必使同志们继续地保持艰苦奋斗的作风"的号召，以及关于要防止在"人们用糖衣裹着的炮弹的攻击"面前打败仗的忠告，给我们敲起了警钟[1]。

彭总、徐帅在会议上作了重要指示。会议还研究、确定了太原战役的指导方针和部署。

我们十九兵团得到晋中军区独立第四、五、六旅的加强，其任务是由城南、城西突破敌人防御，先歼灭南区和西区的敌人，尔后攻城。二十兵团得到西北军区第七军之十九师的加强，由城北和城东突破敌人防御，先歼灭北区之敌，尔后攻城。十八兵团得到西北军区第七军（欠十九师）的加强，由城东攻击，并策应南、北两面作战。炮兵部队配属和支援各兵团作战。这样，我们以四十余万人的绝对优势，将太原围了个水泄不通。

各部队按总前委的指示，进入了紧张的攻城准备工作。

那时，罗瑞卿虽然还是十九兵团的政治委员，但主要精力已集中到"总前委"，不能够经常回兵团部来，我们这里没有特别重大的事情，也尽量不去打扰他。有天深夜，他突然回到兵团部，大步走进我的屋子说：

"告诉你一个不大不小的新闻——阎锡山坐飞机跑了。"

"去南京了吗？"我问。

罗瑞卿点点头，说："李宗仁给他来了一份电报，说是'党国大事，诸待我公前来商决，敬请迅速命驾'。说得好听。其实，据我们得到的情报，这是阎锡山派人在南京活动的结果。这一下真应了你的话，阎锡山的棺材、毒药都留给他的部下了。"

"敌情有什么大的变化吗？"我又问。

---

[1] 见毛泽东《在中国共产党第七届中央委员会第二次全体会议上的报告》。

"阎锡山出逃前开过一次会。"罗瑞卿说："他虽然把太原这个烂摊子推给了梁化之、王靖国和孙楚几个人[1]，但这个家伙很善于遥控。徐向前司令员说，一九三〇年他倒蒋失败逃往大连，耍的就是这一手。当然，这一次他是回不来了。按我们的分析，敌人在总的部署方面不会有什么大的变化。"

阎锡山逃至南京后，迫于形势，当时国民党政府的"代总统"李宗仁曾表示愿意出面交涉和平解决太原问题。我军遵照毛主席、中央军委的指示，迭次向守敌发出劝告，要他们依北平方式或按国内和平协定八条二十四款的精神达成地方性协定，和平解决太原问题，使太原三十几万人民免遭战争的损害。但阎锡山却一再拒绝。梁化之、王靖国、孙楚等人在太原则大肆宣传"凭坚死守"，"奋斗到底"。据此，我太原总前委于四月十四日用电报向党中央提出，如"谈判无大效果，可否提前攻击太原"的请示。四月十七日，毛主席给徐向前、周士第、罗瑞卿复电说：你们觉得何时发起打太原为有利，即可动手打太原，不受任何约束。

后来我才比较详细地知道，在我们到达太原前线不久的四月一日，以周恩来同志为首席代表的我党代表团，和以张治中先生为首席代表的南京国民党政府代表团，在北平开始谈判了。我党代表团以毛主席一月十四日发表的《关于时局的声明》中提出的八项和平条件为基础，以极大的诚意，提出了《国内和平协定草案》（作过修正后成为《最后修正案》），并做了耐心的工作。周恩来同志对国民党的代表说，等待是可以的，但在协定签字之前，我们不能够宣布停战。不能无限期的等待，不能无限期的受这个约束。周恩来同志特别指出，如果南京政府在四月二十日还不签字，那我们就只有渡江。

国民党反动政府拒绝签订国内和平协定。

四月二十日，我们对太原的总攻打响了。

太原前线万炮齐鸣！

整个解放战场万炮齐鸣！

敌人不投降就叫它灭亡！

四月二十一日，毛主席、朱总司令发布了《向全国进军的命令》，命令全军

---

[1] 梁化之，国民党太原特务头子。王靖国，国民党太原防守司令。孙楚，国民党太原绥靖公署副主任。

指战员"奋勇前进，坚决、彻底、干净、全部地歼灭中国境内一切敢于抵抗的国民党反动派，解放全国人民，保卫中国领土主权的独立和完整。"[1]同一天，刘伯承、邓小平和陈毅、粟裕、谭震林等同志领导的第二、第三野战军，在西起九江东北的湖口，东至江阴的长达五百余里的战线上，神奇般地渡过了天险长江！

二十二日，我们遵照毛主席、朱总司令的命令，在兄弟部队伟大胜利的鼓舞下，一举全部肃清了太原周围的据点。

二十三日，我们在太原城下鏖战正急，即将发起最后攻击的时候，传来了南京解放的消息。统治中国二十二年，给中国人民带来数不尽的灾难、痛苦和屈辱的蒋家王朝覆灭了！

震耳欲聋的连天炮火，刺破夜幕的曳光飞弹，随着腾空纷飞的捷报，和着战士们兴奋狂热地呼喊，震动着太原城。

二十四日破晓，阎锡山苦心经营了三十八年的太原城，回到了人民的怀抱。从发起总攻到红旗插上太原城头，仅用了四个多小时。

什么叫摧枯拉朽、所向披靡？什么叫排山倒海、势如破竹？什么叫跃马横戈、攻无不克？什么叫势不可当、所向无敌？我想，一九四九年四月的这几天，中国人民解放军在长江南北，黄河上下的壮举，完全可以体现上述词句的含义。

太原解放了。但是我们永远不会、也不应该忘记为解放这块土地创建了功勋和献出生命的英雄们。像我们兵团拿下双塔寺的"攻克要塞开路先锋连"；登上首义门的两个"猛虎连"；突破水西门北的某部二排长彭彦雪，和战斗到最后全排剩下的一名小战士——十八岁的陈昌翰同志。他们的英雄业绩是不朽的！

太原战役刚结束，毛主席就电令十九兵团改隶第一野战军建制，统由彭总指挥。这件事在太原战役打响前，彭总就给我们打过招呼。那是在一次兵团领导同志参加的会议上，他说："我这次来太原前线办两件事：一是总攻太原。太原敌人城防坚固，我参加战役，主要是学习攻坚战的经验。二是来带兵的。打下太原以后，十九兵团将调西北战场参加对胡、马匪军的决战，争取在一年左右的时间里，全部解放大西北！"

---

[1]《毛泽东选集》第四卷 1388 页。

1949年4月23日，杨得志（右四）、耿飚（右三）等在太原战役中指挥作战。

太原解放后我们没有进城，而是迅速南移到太谷、祁县地区进行战斗总结和准备进军西北的军政整训。

全国形势在飞快地发展。其中有些事我虽然有点预感，但事到临头，总不免还是有些突然。

记不准是在什么地方了，彭总对我说："告诉你一件事噢，中央和毛主席要'罗长子'（罗瑞卿同志身材高大，一些老同志都这样亲切地称呼他）到北平去工作，调李志民来做你的政治委员。怎么样，李志民你熟悉吗？"

李志民我是熟悉的。他是湖南浏阳人。平江起义后一直在彭总领导下的红五军、红三军团做政治工作；他参加革命前当过教员，是我们这些人中间的知识分子、活跃分子哩。一九四六年我们一起调到晋察冀野战军二纵队，我任司令员，他任政治委员，在一个炕上滚过不少日子哩！

彭总听了我的回答很高兴。他说："毛主席要我最近到北平去一次，研究解放大西北的问题。不是我这个人性子急噢，在东南战场，杭州都解决了。我们慢腾腾的，不行！"

"李志民同志什么时候到职？"我问。

"很快就让他来。"彭总说，"十九兵团这支部队不错。你们要共同把工作抓紧。西北地区有些地方长征时我们走过，少数民族多，土皇帝多，气候和生活条件比华北都差。这些情况都要向部队讲清楚，使全军都有充分的思想准备。我从北平要直去西北。毛主席有什么指示，我尽快传给你们。一句话，一切准备工作都要抓紧、抓细、抓死！"

彭总走了。

李志民同志还没有来。

这时，兵团机关有些干部已经知道罗瑞卿要调往北平，并且有些议论。而罗瑞卿同志本人却一如往常，忙于战斗总结和进军西北的各项准备工作。有时还抓时间深入部队。

有天晚上，夜已经很深了，罗瑞卿手里拿着一份材料来到我的屋里，他见我在看西北地区的地图，便说："怎么还没有休息？"

"你不是也在忙吗？"我说。

他没有说话，坐下来，把带罩子的煤油灯扭亮了些。

"机关里有些反映，你听到了吗？"我的问话虽然没头没尾，但我知道他明白我指的是什么。

他还是不讲话。

"下面的同志舍不得你走啊！"我把问题挑明了。

他站起来，手里仍然紧握着那份材料。"中央和毛主席决定了，走还是要走的。"

"那当然。"我说，"不过……"

"不过我们这次是在胜利中分手，应该高兴！"罗瑞卿接过我的话说，"还记得第二次反'围剿'在观音崖那一仗吗？那颗子弹无论是再往上一点，或者是再往下一点，我和你早就永远分手了。"他把手里的材料交给我。"李志民同志大概快来了。工作嘛，我总得有个交代。你把这个材料看一下。"

我把材料放在桌子上，说："你走之前，是不是给机关的同志讲一讲？"

罗瑞卿好像早有考虑。他说："大家都忙。我想不要开什么大会了。有些同志我是要分头找他们谈一谈的。我去北平，你们去西北，两个北字，大不相同来！我们这个部队，打硬仗恶仗是不怕的，进入西北后我估计硬仗、恶仗不一定很多，而政治仗——少数民族政策，少数民族上层人士的政策，管理城市，组织人民群众，建立政权，对我们不少同志，包括一些军、师干部都是新问题。另外，基层干部和战士同志华北人多，初到西北，生活不一定能很快适应。说到底，我进京城，你们奔边塞；我是电灯电话，你们是黄土沙漠。想到这些，真有点舍不得你和同志们噢！"

我知道罗瑞卿同志可能出任人民共和国的第一位公安部长，便说："你那个'官'也不好当呀！"

罗瑞卿笑了："工作嘛，总得有人去做。你不做我做，我不做他做。好在中央和毛主席都到了北平，离他们近，我们多汇报，多请示嘛！"

谈着谈着东方已经发白了。

六月初，李志民来到十九兵团。不久，罗瑞卿便走了。过了不几天，我们兵团就踏上了进军大西北的征途。一九四九年对我们来说，真是一个马不停蹄的大忙之年啊！

包括陕西、甘肃、宁夏、青海和新疆五个省（区）的大西北，地域辽阔，占全国总面积的四分之一。其中甘肃省会兰州市，是国民党统治西北的军政最高领导机关——西北军政长官公署的所在地，也是接连其他四省（区）的交通枢纽，地理位置非常重要。国民党反动集团为了保住大西北作残喘之地，在胡宗南败逃陕南、陇南等地之后，极力拉拢这一地区的实力派青、宁二马（即青海的马步芳，宁夏的马鸿逵）。五月，他们任命马步芳任代理西北军政长官，马鸿逵除继续担任副长官外，还许诺其担任甘肃省政府主席，目的是拉二马出兵陕西，同胡宗南联合起来对付我军。他们当时的总兵力为三十八万，较我第一野战军的总兵力多四万人。但二马与胡宗南以及二马之间，长期以来就有很深的矛盾，如今虽不得不联合起来，但貌合神离，互存戒心。牺牲对方，保存自己的算盘，都是打得很精细的。另外，敌军总兵力虽较我略多，却分散于西北各地，防线漫长。这就给我军利用敌人的矛盾，实行各个歼灭，提供了有利的条件。

这里的首要问题是先打谁。是钳胡打马，先马后胡？还是钳马打胡，先胡后马？毛主席和彭总都认为，胡宗南部虽系蒋介石的嫡系，但连续遭我沉重打击，战斗力已大大减弱；而青、宁二马尤其是青马，是当时敌军中最有战斗力的部队。因此，西北战场决战的关键是歼灭青、宁二马主力，只要歼灭了青、宁二马主力，就可以基本上解决西北问题。

战争不是儿戏，这是人人皆知的。但是战争指挥者在瞬息万变的复杂情况中经受的严峻考验，所做的各种抉择，则是一般人难以体会和掌握的。

华北两个兵团归入一野建制，开赴陕西的行动，引起了敌人极大的警觉。青、宁二马主力由原来集结的乾县、礼泉地区迅速退到麟游山区，企图以此为机动位置，有利时可援助胡宗南进出关中，不利时则退守平凉。二马还将其兵力分散配置于宽大正面，以防我聚而歼之。胡宗南主力则猬集于扶眉地区渭河两岸，以五个军之众集团配备，目的是既便于机动，又利于坚守。应该说，胡宗南这个既可联合作战，又能保守实力的部署是不错的。但由于其主力集中，纵深力量薄弱，与青、宁二马虽可南北策应；但中间空隙很大，给我军迂回包围，聚歼该敌造成了良好战机。毛主席和彭总抓住这一战机，决定钳马打胡，先胡后马。我们十九兵团担任了钳马的任务。

扶眉战役前，我和李志民到西安参加前委会议。彭总一见到我们就说："你们长途行军，很辛苦。最好给你们二个月时间休整，而现在马上要打仗，连准备的时间也很少了。虽然充分准备是胜利的关键，但失掉战机，纵有充分准备也不能歼灭敌人。好在主攻部队已经准备好了。你们对付二马，切不可有轻敌情绪。他们惯用的手法是绕到背后突然袭击。只要能防备这一手，就可以立于不败之地。这是毛主席要我告诉你们的。"说着，彭总递给我们一份电报。

电报是毛主席六月二十六日发来的。上面有这样一段话："杨兵团应立即西进，迫近两马筑工，担负钳制两马任务，并严防两马回击。此点应严格告诉杨得志，千万不可轻视两马，否则必致吃亏。杨得志等对两马是没有经验的。"

《孙子·谋攻》中说："知彼知己，百战不殆"。我们的毛主席在战争领导中不但透彻地知彼，而且透彻地知己。他对自己部属的长短强弱和随着情况的变化可能出现的问题，简直可以说了如指掌。我在长征后期虽与马家军稍有接触，但那时指挥的仅是一个团，而今和李志民等同志带一个兵团，面前的敌人又是实力很强，气焰相当嚣张的青、宁二马主力。毛主席的提醒，实在是太重要了。

这份电报是毛主席发给彭总的，彭总直接交给我们，说明了他对我们的信任和期望。

扶眉战役由彭总直接指挥，以一、二、十八三个兵团，歼灭了胡宗南的四个主力军，解放了八座县城，取得了解放战争以来西北战场上的空前胜利。这一胜利不仅使胡宗南残部退守秦岭一带，青、宁二马撤至陇东地区，而且彻底粉碎了胡宗南与二马联合作战的企图，更加孤立了青、宁二马。毛主席在扶眉战役后给彭总的电报说："打胡胜利极大，甚慰。不顾天热，乘胜举行打马战役是很好的。"

毛主席和彭总把打马战役的地点选在了平凉地区。平凉是扼制甘、宁的咽喉，我能占领，即可形成大军直捣兰州、银川之势。平凉一线深壑峭壁，关山险要，人烟稀少，气候多变。攻打平凉对我来说，远离后方，供应较为困难。而敌人后有兰州、银川为依托，补给相当方便。青、宁二马尚未受我严重打击，必将凭借平凉一带的天险进行抵抗。因此，彭总决心以十八兵团之两个军钳制胡宗南，保障我后方安全，集中一、二、十九兵团和十八兵团的一个军，追击二马，力争歼其主力于平凉地区。毛主席完全同意彭总的计划，并高兴地断定：只要平凉战役能歼二马主力，西北战局即可控制在我们手中，往后占领甘、宁、青、新，基本上只是走路和接管的问题了。

我们准备的时间是短促的。主要内容是政治动员，准备吃大苦，耐大劳，付出大的代价。特别强调要严格遵守党的民族政策，团结回族同胞，还专门制定了《宽待回民俘虏守则》。七月下旬我们从乾县、礼泉一线出发，沿西兰公路两侧向敌人发起追击。我们把在华北战场上缴获的几十辆坦克和装甲车组成战车队放在前面，为整个兵团开路。想不到，这些装备给长期"闭关"塞外的二马军队造成了很大的威慑，使他们的士兵极度恐慌。

青、宁二马面对我军的行动，陷入战退难决的窘境：欲战，自知难以抵挡我三十万胜利大军；欲退，则惧怕失去甘、宁咽喉，老巢难保。直到我军全面出动之后，他们才制定了所谓"关于会战指导复案计划"，作出平凉决战的部署。部署一出笼，宁马立即察觉青马要保存实力，让他们打头阵的企图。于是，马鸿逵急电宁马临时总指挥卢忠良：保存实力，退守宁夏。这样，敌人的平凉决战计划未及实施，便向西撤退了。这时，青马主力也撤到了静宁地区。很明显，敌人已放弃在平凉与我决战的企图，而改为各保其家，节节抗击，迟滞我军前进的战法。

彭总根据敌情的变化，及时修订了原来的作战计划，我十九兵团继续追击宁马，一、二兵团则分两路猛追青马，力争歼灭敌人。这时，青马加速逃向兰州，宁马拼命窜回宁夏。这样，我们虽然未能歼敌主力于平凉地区，却达到了分割青、宁二马，为以后各个歼灭创造了有利条件。八月初，我兵团一部攻占了战略要地六盘山，形势对我更加有利。

青、宁二马被我分割，兰州、银川危在旦夕。当时逃往广州的国民党政府行政院长阎锡山，急召马步芳、马鸿逵和胡宗南去穗，举行"西北联防会议"，共谋兰州决战计划。此间，阎锡山还极力调解马步芳和马鸿逵的矛盾，任命马鸿逵为甘肃省主席。但离开广州后，马鸿逵并没有去兰州就职，而是飞回了老巢银川。

我们是希望与青马在兰州决战的。就二马来讲，青马在西北政治上占统治地位，军事上也比宁马强大。歼灭了青马，便可基本解决西北问题。在哪里歼灭青马呢？彭总对我们说：最好是在兰州。如果青马退回其老窝青海，势必造成我进军作战的严重困难，也会延长解放西北全境的时间。攻打兰州虽然是一场艰巨的攻坚战，但作战条件远比青海有利。事实证明，彭总的分析和决断是正确的。

八月四日，彭总发布了进军兰州歼灭青马的作战命令。我们兵团兵分两路：六十四军在宁夏固原一带向宁马佯动，并准备阻击宁马出援；六十三军和六十五军同二兵团全部分两路进攻兰州。彭总还命令：一兵团等部队向敌人的老窝青海迂回，并拦阻和歼灭从兰州逃窜之敌，尔后西渡黄河，直取西宁；十八兵团等部队沿川陕公路前进，以钳制胡宗南所部。

彭总给马步芳布下了一个无法逃脱的天罗地网。

八月八日，我兵团主力直奔兰州。我们沿着弯弯曲曲的盘山公路，登上巍峨的六盘山，鸟瞰祖国苍茫大地和浩浩荡荡的西进大军，真是感慨万千！十四年前我们经过这里时，也是这样一个季节。那时，我们是被追赶者，许多和我们朝夕相处的战友，因病、因伤、因漫长艰苦行军带来的体力不支，被马步芳匪帮惨杀了！而今，我再次登上六盘山，仿佛看到那一层层风化石渗透着先烈们殷红的血迹，仿佛听到空中飘荡着战友们慷慨的高歌。十四年前红军战士们曾经说过，我们是要打回来的！如今我们终于回来了，胜利地回来了！此时此刻，怎么能不深深地怀念那些为了今天的胜利，而没有看到今天的胜利的战友们呢？记得我们红一团团部有位姓黄的测绘员，江西吉安人，就是在这一带负伤后失踪的。当时只有十七八岁。我一直记着他的模样：矮矮的个子，黑黑的脸盘，年龄虽小却长了满腮的胡子。长征途中，他绘制的那一幅幅地图，尽管很粗糙，但对我们行军打仗帮助很大。他如今在什么地方呢？我也很自然地想到了毛主席那壮丽的诗句："六盘山上高峰，红旗漫卷西风。今日长缨在手，何时缚住苍龙？"让我们以新的、更大的胜利来告慰烈士们的英灵吧！

经过十几天不停地长途进军，八月二十日，我们与许光达同志率领的二兵团在兰州城郊会师，并且从东、西、南三面包围了兰州。兰州城北的黄河，浊浪涛涛，发出震天动地的呼叫，好像它也加入了人民军队的伟大行列。

彭总交给我们兵团的任务是，沿西兰公路首先攻占路南的马架山、古城岭、豆家山和路北的十里山，然后向兰州城东关发动进攻。

彭总对攻占兰州作了周密的部署，并决定以九个团的兵力，在总攻前进行一次试攻。试攻中我们兵团投入了五个团的兵力。攻击方向便是豆家山、古城岭和十里山。这次攻击准备非常不足，投入战斗也比较仓促。同时，在千里追击中，敌人不战而逃的情况，也助长了指战员中的轻敌思想。试攻两天，没能夺下敌人一个阵地。第三天，彭总来到了我们兵团指挥所。

我和李志民、耿飚、潘自力等同志，因为前两天的仗没有打好，心情有些沉重，也憋了一肚子气。彭总一到，我便说："十九兵团的历史上还没有遇到过这样的情况。军、师、团干部都很憋气，迫切要求继续打，非出这口气不可！"

李志民说："毛主席一再指示我们，千万不可轻视二马，否则必致吃亏。我们虽然经常给自己敲警钟，也一再教育部队，但这个问题没有真正解决，果然吃了轻敌的亏。仗没有打好，责任主要在我们兵团领导。"

彭总一向是严肃的，但又是亲切的。他说："这次试攻是我决定的。时间仓促，准备不够。不过，受阻的主要原因我看是轻敌，次要原因是敌人顽强，工事坚固。青马匪军是当今敌军中最有战斗力的部队，在全国也是有数的顽敌之一。我们通过这次试攻了解了敌人，这是最大的收获。告诉部队要沉住气，好好地总结经验教训，仔细地研究敌人的防御特点，扎扎实实地做好准备工作，待命发起总攻。"

彭总告诉我们：王震率领的一兵团前进速度很快，已于二十二日占领了接近青海省的临夏，斩断了兰州和西宁的联系。他和野司决定，调三边地方军五个团加强我们留在宁夏固原一带的六十四军，一定要他们全力阻击宁马，使其不能来援兰州。

彭总直接指挥我们攻打兰州，同时也在筹划和指挥着整个西北战场的行动。

一兵团占领临夏危及马步芳老巢西宁的消息，更使马步芳在兰州坐卧不宁了。他急令一部分骑兵窜回青海，增强西宁的防御力量，又派专人飞往宁夏求援。他对宁马和胡宗南按兵不动极为不满。所以，又以十万火急电报国民党中央政府："窜洮河西岸临夏附近之共军第一军、第二军，刻正向永靖、循化进犯，患在腹心，情况万急！如陕署、宁夏友军及空军再不迅速行动协歼，深恐兰州、西宁均将震动。千钧一发，迫不及待！务请火速分催，不再迟延。"马步芳的惊恐空虚和绝望情绪在这封电报中暴露无遗了。

1949 年 8 月 25 日，兰州战役打响，杨得志指挥第十九兵团与兄弟部队并肩向兰州发起总攻。26 日，兰州解放。

我军试攻后经过几天准备，八月二十五日拂晓，向兰州发起总攻。二兵团一部首先攻占了沈家岭主阵地上的中、下狗娃山。我兵团先后攻占了豆家山、古城岭和马架山。战斗进行得十分激烈，每一道峭壁、每一个阵地、每一道壕沟都经过了反复争夺，多次与敌人拼刺刀，展开肉搏。敌人遭到了惨重的伤亡。战斗进行到下午，守敌见宁马、胡匪和空军来援无望，又恐我军乘虚夺取西宁，断了退路，慌忙决定撤出兰州，退至黄河北岸，重新部署部队。他们怕我军发现其企图，不得不在天黑夜暗一片混乱中逃窜。

我们发现这一重要情况，立即发起追击。经黄河铁桥狼狈撤退的敌人，只顾逃命，骑兵、步兵搅起一起，人马车辆争相夺路，被车压死、被马踩死和落水而亡者不计其数。在我控制黄河铁桥后，马匪指挥官不顾士兵死活，强令泅渡黄河，又使无数人葬身鱼腹。真可谓兵败如山倒。

一九四九年八月二十六日正午，被敌人吹嘘为"攻不破的铁城"的兰州宣告解放。国民党反动集团在西北地区最大的堡垒彻底崩溃！

兰州解放之后我们才知道，马步芳在向他的"中央政府"发出那份"患在腹心，情况万急"，"千钧一发，迫不及待"的电报的当日，便仓皇逃出兰州到了西宁。只隔一日，这个横行于西北多年的土皇帝，就逃到了重庆。他的这个逃跑速度，比他那个"中央政府"从南京逃广州，从广州逃重庆还要快得多！

解放兰州，歼灭了西北地区敌军中战斗力最强的青马主力，宣告了西北战场决战的胜利。正如毛主席所预料的那样，我军在完成解放整个西北的任务中，再没有严重的战斗，基本上是走路和接管的问题了。

当然，要"走"得好，"接管"得好，也还要费一些周折。

我们兵团接受的新任务，是单独进军宁夏。彭总在向我们交代任务时说："新政协筹备会在北平开过两个多月了。毛主席在会上的讲话不仅我们看到了，全世界人民也看到了。毛主席说要'宣告中华人民共和国的成立'，并且喊出了'中华人民共和国万岁'的口号。这个话和口号可不是随便提的来！意义重大来！人民共和国就要正式成立了，我们这片地方，如今还有一个新疆，一个宁夏没有全部到手。大家加把劲，在共和国成立前拿下这两个地方，来个锦上添花，喜上加喜！你们看怎么样呀？"

彭总说出了大家的心里话。

九月九日，我们从兰州出发向宁夏进军。

宁夏也有二马，这便是马鸿宾和马鸿逵。他们二人虽兄弟相称，但关系一向紧张，所谓"一槽二马，相争不懈"。宁夏的马家军，主要有两支部队，一是马鸿逵的儿子马敦静为司令的宁夏兵团（马敦静还是整个宁马的总指挥）；一是马鸿宾的儿子马惇靖为军长的八十一军。就他们内部相比，马鸿逵的力量要强一些。但在兰州、西宁相继解放，青马主力被歼，我大军压境的情况下，他们都如惊弓之鸟是一致的。

根据毛主席关于对宁夏二马可在军事打击下，尽量争取用政治方式加以解决的指示精神，我们认真分析了宁夏形势。大家认为，马鸿逵长期追随蒋介石反共反人民，对宁夏兵团控制较严，该兵团的上层军官又多系他的心腹。兰州解放前，他曾到重庆接受了国民党政府的数百万银圆军饷，并表示"死守宁夏"。在我进军宁夏中，他已逃往重庆。而马鸿宾与马鸿逵则不完全一样。抗战期间，马鸿宾曾表示拥护我党停止内战一致抗日的主张，并在绥西一线同傅作义先生共同抗击过日本侵略者。解放战争初期，他的一个团长被我们俘虏，彭总亲自接见，并由这个团长将彭总给马鸿宾的信带回了宁夏。这个团长回到宁夏，马鸿宾非但未加刁难，反而奖给了他一匹马。马鸿宾当时内受马鸿逵的刁难、限制，外受我军重大压力，心情十分矛盾。在这样的情况下，只要我们的工作跟上去，做得好，争取马鸿宾起义的可能性是很大的。

这里，我要提到在和平解放宁夏中不畏艰险，任劳任怨，做了不少工作的郭南浦（即郭均三）先生。郭先生是位老中医，在甘肃、宁夏伊斯兰教上层人士中有较高的威望和影响。兰州解放后我和李志民同志曾几次去看望他。这位老人身材瘦长，常穿一件银灰色长衫，戴一顶雪白的回民小帽，童颜鹤发。虽已年过七旬，却动作灵敏，头脑清楚，爽朗健谈。那时他刚得一子，我们每次去他家，他都将幼子抱出来，讲些笑话。当他知道我们要进军宁夏，又有意和平解决宁夏问题时，便主动承担向马鸿逵和马鸿宾通报信息的任务。他说："我与他们虽不同姓，却系同族同教。我愿将大军对回家之情谊和为国为民的宗旨，转告他们。"我们担心他年事已高，北上银川路途遥远，万一有什么闪失就不好了。这位老人却引用古语侃侃而谈，"'丈夫为志，穷当益坚，老当益壮'，'老马之智可用也'！"我们将郭老先生的意愿报告了彭总。彭总同意后，我们要兵团联络部长甄华选几位有经验的同志，与郭老先生研究入宁后可能遇到的问题，如何开展工作，并与他结伴。同时将此事告知当时已在宁夏的六十四军负责人曾思玉、王昭、唐子安和傅崇碧诸同志，要他们注意保护郭老先生的安全。

　　进军宁夏的部队，基本上兵分三路：左路克甘肃的景泰后，北渡黄河挺进宁夏重镇中卫；中路挟黄河而行，在向中卫前进的路上，曾在一个叫枣林子的地方，包围敌人八十一军一个团，并迫使其投降；右路由固原、黑城、海原一带出发，直扑宁夏另一重镇中宁。三路大军行进路线不尽相同，但所遇困难则大体一样。这一带不少地区荒沙漠漠，人烟罕见；有些地区虽有百里草原，却无一条道路可寻。更困难的是严重缺水。偶尔遇到一点积水，多半又苦又涩又咸，简直不能入口。这里气候多变，日出曝晒闷热，日落冷风飕飕，且秋雨不断，道路泥泞。这对于负重在七八十斤以上，来自华北平原的青年战士们，实在是从未经历过的。但是他们战胜了这一切！应该说，他们的革命精神一点也不比经过长征的前辈们差。

1949 年 9 月，杨得志（前排左一）、李志民（前排右五）、潘自力（后排左一）看望率部起义的国民党西北军政长官公署副长官马鸿宾先生（前排中）。右一为郭南浦老先生。

　　我六十四军进至中宁以南马家河湾时，郭南浦老先生等从中宁赶来，向军的领导同志转达了马鸿宾求和的意愿。军的领导同志赞扬了郭老先生为了宁夏人民不辞劳苦，长途奔波的精神，请他转告在中宁的马惇靖，尽快下最后决心。郭老先生返中宁后又转赴银川。这时马鸿逵已逃往重庆，宁夏的军政大权，均由其子马敦静代行。马敦静对郭老先生不但避而不见，反而封锁消息，派人监视，以至限时要郭老先生等离开银川。马鸿宾接待了郭老先生一行。他说："马敦静虽是我的侄儿，但我们多年已不往来。此刻他不找我，我也不能去找他。只有八十一军马惇靖部我能负责。"之后，马鸿宾派车将郭老先生一行从银川送往他儿子马惇靖驻地。

　　马鸿宾父子虽有起义的意愿，但仍然顾虑重重，犹豫不决。一是因为他们所处的地位和对我们党的政策了解不够，二是受国民党反动政府的牵制。当时伪国防部代部长徐永昌正在银川，策划宁夏兵团南下与胡宗南汇合，然后入川协同宋希濂部作战，或向甘肃河西一带运动，尽快与马步芳残部汇合的阴谋。这期间，马鸿宾曾由宁夏飞往绥远，面见正在那里与董其武先生共商解决绥远事宜的傅作义和邓宝珊先生。马鸿宾曾是傅先生的部下，与傅、邓二位的私交不错。据说，傅先生等人以自己的亲身感受，向马鸿宾讲述了我们党的政策，阐明"和有利，战无利"的道理，对坚定马鸿宾起义的决心起了一定的作用。根据这些情况，我们要六十四军代表十九兵团向马惇靖发出通知，表示我们欢迎他们起义，并愿意与他谈判起义的具体事宜，但不能拖延。我们限定了谈判的时间，明确指出"过时不候"。这样，马家父子才最后下定了起义的决心。八十一军起义后，我们报请彭总批准，任命马惇靖为该军军长，甄华为该军政治委员。彭总向马鸿宾发出了祝贺电，马鸿宾给彭总回复了感谢电。我们还以十九兵团领导人的名义，将一面绣有"和平老人"四个大字的锦旗，送给了郭南浦老先生。这四个大字是李志民同志题写的。

　　我们对马鸿逵父子也曾进行了大量的耐心的工作。但是他们或置若罔闻，或玩弄花招，策划钻贺兰山、进大沙漠和我们打游击，甚至掘千年古渠放黄河之水阻挡我军前进。

　　针对马鸿逵父子的顽固态度和他们对宁夏兵团完全封建家族式的严密控制，我们在金积、武灵地区对他们进行了歼灭性的打击。马敦静见大势已去，秘密逃往重庆。

1949 年 9 月 25 日，宁夏战役结束。杨得志（左）、李志民（右）接受银川人民向十九兵团赠送的锦旗。

记得我在中宁曾对马敦静宁夏兵团的主力，一二八军军长卢忠良等人说："解放军从兰州出发，郭均三（南浦）老先生曾自动前来，为和平解决宁夏奔走。但你们不理，反派人监视，听说你们有人想在战败之后，把队伍拉到贺兰山或在沙漠里和我们打游击，那好嘛！我们人民解放军是打游击打出来的，可以说是打游击出身吧，这一点你们应该是清楚的！要打游击，你们肯定是不行的，肯定也是要被消灭的！至于掘堤放水，那是罪上加罪，也根本不可能阻止我军的进攻！"

九月二十三日——我们离开兰州半个月的时候，银川解放了，宁夏解放了。这块坐落在我们伟大民族摇篮黄河之滨，有十七多万平方公里，二百多万回、汉、蒙、满等族同胞的土地，终于回到了人民的怀抱！

　　记得我和李志民政委，耿飚副司令员兼参谋长，政治部潘自力主任等是九月二十六日进入银川市的。马鸿宾先生率领原军政负责人，以及银川市各民族和各界群众的代表近千人，齐集南门外热烈地欢迎人民解放军。同一天，我们收到了新疆全省（当时自治区未成立）和平解放的消息。整个西北战场，在毛主席和彭总的指挥下，取得了完全的胜利！

　　喜讯如滔滔黄河的巨浪一个接着一个传来。在我们进入银川的前五天，一九四九年九月二十一日，全国人民渴望已久的中国人民政治协商会议第一届全体会议在北平开幕了！西北全境解放不到一周，一九四九年十月一日，中国各族人民前赴后继，历尽艰险，出生入死，流血牺牲换来的中华人民共和国，在北京正式宣告成立了！那时还没有电视，我们远在祖国的大西北，看不到北京天安门广场那激动人心，雄伟壮丽，万民振奋，一片欢腾的热烈场面，但是，毛主席那震撼全世界的庄严而伟大的声音，我们听到了，十分真切地听到了：

　　　　中华人民共和国成立了！
　　　　中国人民从此站起来了！

　　我又想起了毛主席在"七大"会上关于中国的道路、前途、命运的讲话。

　　我们的道路是艰辛的，但它是我们自己走出来的！

　　我们的前途是光明的，但它是我们自己夺得来的！

　　我们的命运曾经是坎坷的，但它一直是牢牢地掌握在自己的手中的！

　　历史，是一面镜子。

　　写到这里——从我的童年到新中国诞生，我的这一段回忆可以结束了。但是我还想记述一件小事，或者说讲一个小小的插曲。

　　这件事发生在我们进军宁夏的路上。

　　那天，我跟一个师部行动。傍晚，来到了一座不大的城镇。住下不一会儿，警卫员来向我报告："首长，外面有一个老百姓要见你。"

　　一个老百姓要见我。这里怎么会有老百姓知道我？而且要见我呢？是送情报？还是反映什么问题的吗？

　　"他知道你的名字，还说他认识你。"警卫员又补充说。

　　"请他来吧。"我说。

警卫员有些犹豫地问："到你这里来吗？"

"请他到我这里来。"我肯定地说。

那个人一进屋，我们的视线一相遇，我便愣住了。看上去他好像有四十多岁，满脸胡子，头发老长，披了一件油渍斑斑露出棉花的棉袄。怎么这样的面熟而又陌生？他是谁呀？

我让他坐下。还是他打破了寂静："你，你是杨团长吗？"听得出，这短短的一句问话里，包含着疑、惊、喜、盼，包含着我说不出但感觉到了的许多、许多。"团长，你，你不认识我了吗？"他这句话深沉而颤抖，好像期待着我作肯定的回答。

"小黄！"我喊起来了。"你是红一团的测绘员小黄！"

他没有再说话，甚至连头也没有点一下，两眼顿时明亮，泪水泉涌般地淌了下来。

"小黄！"我叫着，一步走到他的身旁，扶住了他的肩膀，握住了他的一只手。

"团长！"小黄只吐出这两个字，便泣不成声了。

我的眼睛也湿润了。

警卫员站在一旁，呆呆地望着我们。他不明白发生了什么事情。

我把小黄拉到我的床前，让他坐下，端详着他，为他擦着怎么也擦不干的泪水。

"你怎么找到我的？"

"你现在住在哪里？在干些什么？"

"你的生活怎么样？"

……

我向小黄提出了一连串的问题。我想知道他的一切！十四年前，更远一些，在中央苏区我们是朝夕相处的啊！

小黄告诉我，他是从兵团的布告上看到我的名字找来的。他反问我道："黎政委呢？他还和你在一起吗？"

我告诉他，黎林同志已经牺牲了。

"谢象晃呢？那个管我们吃饭穿衣的谢象晃还在吗？"小黄又问。

我告诉他，谢象晃同志还在，不过他负了重伤，一条腿被打断了。

"肖参谋呢？"小黄又问："那个搞侦察的肖参谋呢？他搞侦察，我跟着他调查测定行军路线，我们俩是老在一块的。"

我告诉他，肖思明同志还在，但是目前在什么地方，我也不知道。

小黄几乎问遍了红一团团部所有的同志。十几年了，他记得是那样清楚。十几年了，他大概天天都在想念这些同志。而这些同志大部分已经为今天的胜利献出了自己宝贵的生命，离开了我们。我在回答他的问话时，也是很难过的。

我让警卫员去搞饭，请他告诉伙房的同志加几个菜，说我这里来了我的一位老战友。

吃饭了，小黄的情绪好像才平静下来。他告诉我，长征时他一条腿上中了两颗子弹，流血过多，昏迷了过去。醒来发现旷野里只有他一个人。他爬到一个山洞里，没有吃的，没有喝的。他自己也不知道是在什么地方。后来他遇到了另外两个负伤掉队的同志，但这两个同志的伤势比他重得多，不久便牺牲了，又剩下了他一个人。因为没有一点药品，他的伤口化了脓，溃烂了。有天夜里，他爬到一家穷苦的老百姓家里，请求给他一点吃的东西，并想要一点药。穷苦的老乡给了他一条破被，并没有问他的来历，只是告诉他白天不要出来。看来老乡知道他是红军，因为当时掉队的红军战士不止他一个人，而国民党军队常常来搜查。至于药，老乡家没有。但是老乡给他找来草药，捣碎了敷在伤口上。就这样，他的伤慢慢地好起来，能走路、能劳动了。但他的腿再也不能完全复原了。小黄拉起裤子给我看，被子弹打穿的地方留下一个很深的洞。

"伤好后天气渐冷。"小黄继续说，"我得不到一点部队的消息。想部队，想你们，可我一个人到哪里去找呢？那家老乡对我很好。他们家没有劳动力，我就留下了。我成了他们的儿子，以后成了家。但我还是天天等，天天盼，指望着有一天自己的部队能打回来。"

"我们今天不是打回来了吗！而且，我们有了自己的共和国！"我说。

"可我等了整整十四年！十四年呀，团长！离开江西的时候我十八岁，今年都三十二了。"小黄说。"不过我还是有'运气'的，终于等到了你们。那些牺牲了的同志，吃的苦、流的血都比我多，他们也在等，可是没有等到你们，也没有等到今天……"

是啊，有多少同志在等着"我们"，有多少同志在等着"今天"。不过他们没有等到。他们为着"我们"，为着"今天"献出了自己的青春，自己的热血，自己的生命。我们怎么可能又怎么能够忘怀他们呢！所以我们说：

我们的红旗上流着先烈们的血！

我们的江河里淌着先烈们的汗！

我们的高山大川，辽阔的国土上埋葬着先烈们的忠魂！

所以我们说：

革命胜利是来之不易的！过去的胜利来之不易，今天的胜利来之不易，未来的胜利也将来之不易！

要努力奋斗！为了过去，为了今天，更为了将来而努力奋斗！而这一点，对于老一代，新一代，甚至未来的一代，我想都应该是完全一样的！

# 后记

多年来，一些战友提议，许多青年同志要求我写点回忆录。

回忆往事，既有兴味，又不容易。

我从一九二八年参加人民军队，至今已经五十五年了。在我之前、之后以及同时投入革命洪流的同志，在党和毛泽东同志领导下，历尽艰险，浴血奋战，为中国人民的解放事业作出了不可磨灭的贡献。他们之中，有的英勇地牺牲了，有的默默地离开了我们。作为幸存者，我们有责任将他们可歌可泣的事迹写出来，告知后人，留传后世。

作为我个人的回忆录，只能以自己有限的经历为线索，尽可能具体地介绍一些我军从小到大、从弱到强的斗争历程；介绍一些我所接触到的、为革命事业而献身的战友和人民群众；介绍一些我们党、毛泽东同志和他的战友们领导革命战争的实践活动。如果通过这本回忆录，能使年轻的同志和其他读者从中了解一些我国人民武装革命斗争的历史和光荣传统，受到一点启发，体会到中国革命的胜利来之不易，更积极地投入到今天的社会主义现代化建设中去，更坚定地为实现伟大的共产主义理想而努力奋斗，那我的写作目的就算达到了。

这本回忆录的初稿写成后，曾呈送中央军委聂荣臻副主席审阅。令我十分感动的是，八十四岁高龄的聂帅，热情地为本书题了书名，写了序言。这里也寄托了老一辈无产阶级革命家对我们大家的殷切期望。

这本回忆录从我的童年写到中华人民共和国成立。按时间算，远者在六十多年以前，近者距今也三十多个春秋了。战争年代我没能保存什么资料，现在又忙于日常工作，难以集中精力系统、仔细地回忆和思考往事。好在一些与我共同战斗过的老同志，帮我作了不少回忆。赵骛、刘顺庆、康成仁同志帮我进行了文字整理。这是应当感谢的。即使这样，我个人记忆上的差误和叙述上的不妥之处在所难免。希望看了此书的同志们提出批评，给予指正，以便有机会时修订。

杨得志

一九八三年炼于临

ISBN 978-7-5171-3769-6

定价：78.00 元